When A Rogue Meets
His Match
by Elizabeth Hoyt

危険な愛にほだされて

エリザベス・ホイト
岸川由美[訳]

ライムブックス

WHEN A ROGUE MEETS HIS MATCH
by Elizabeth Hoyt

This edition published by arrangement with Forever,
New York, USA
through The English Agency(Japan)Ltd.

危険な愛にほだされて

主要登場人物

メッサリナ・グレイコート……上流階級の令嬢
ギデオン・ホーソーン……公爵の部下
ルクレティア……メッサリナの妹
ジュリアン……メッサリナの長兄
クインタス……メッサリナの次兄
ウィンダミア公爵オーガスタス・グレイコート……メッサリナの叔父
ウィリアム・ブラックウェル……ギデオンのビジネス・パートナー
ハーロウ公爵夫人フレイヤ・デ・モレイ……メッサリナの親友
エルスペス……フレイヤの妹
サム……ギデオンに雇われる少年

1

『ペットとキツネ』

昔むかし、国じゅうをあちこち旅して物を売る陽気な行商人がいました……。

一七六〇年九月
ロンドン郊外

辻強盗に襲われるのに、ちょうどよい頃合いなど存在しない。けれども、用を足している最中となると、それはとりわけ間が悪い。

メッサリナ・グレイコートは、美しい陶器の携帯用尿瓶を脚のあいだに差し入れたまま凍りついた。最後の一滴がぴちょんと音をたてる。侍女のバートレット、それに叔父の憎らしい部下ミスター・ギデオン・ホーソーンは、彼女をひとりにするためについさっき馬車の外へ出ていったため、メッサリナは恥ずかしい格好をして馬車の中にひとりで立っていた。

「あり金を置いていけ！」と怒鳴り声が轟いたあと、馬車の外は不気味なほどしんと静まり返っていた。

メッサリナは耳をそばだててごくりと唾をのんだ。

バン！　銃声が静けさを破った。

メッサリナはドレスの裾をあわてておろした。

馬車の扉が勢いよく開いてバートレットが中へ押し込まれた。ミスター・ホーソーンの荒々しい顔とぎらりと光る不敵な黒い瞳が垣間見えた。「じっとしているように」彼が命じた。

扉が叩き閉められたかと思うと、怒号に銃声、馬のいななきがあがった。

ふだんは肝が据わっている中年のバートレットも、目を大きく見開いてメッサリナを見つめている。

何か大きなものがぶつかったように車体が揺れた。

「辻強盗は何人組なの？」メッサリナは尋ねた。

「はっきりとは存じませんが、六人は」バートレットが声を震わせて答える。メッサリナの手に握られたままの尿瓶に視線を落とし、今度はいつもの調子で言い添えた。「あら、お片づけしませんと」

尿瓶は取っ手付きの楕円形の器で、繊細なピンク色に金箔の縁取り、一見グレービーボートのようだ。もちろん、いつもならバートレットが馬車の外で待っていて受け取り、中身を捨てるのだが、いま気の毒な侍女は尿でいっぱいの陶製の容器を持ったまま、ぐらぐら揺れる馬車の中で立ち往生していた。

それもこれもすべてミスター・ホーソーンのせいだ。日が暮れる前に馬車を止めるよう頼んだのに彼が聞き入れてくれなかったから――。

ふたたび扉が開け放たれ、薄汚れた大男の体が扉枠いっぱいを占めた。唇をめくりあげて男がにたりと笑う。

バートレットが悲鳴をあげた。

メッサリナはとっさに侍女の手から尿瓶を奪い取ると、男の顔めがけて投げつけた。陶器は相手の額にごつんと命中し、男は顔面に尿をかぶった。メッサリナは男を思いきり突き飛ばした。

男がひっくり返って馬車から落ちる。

メッサリナは急いで扉を閉めてバートレットに目をやった。

侍女は蒼白(そうはく)になっている。「あの……その……素晴らしい機転でした、お嬢さま」

メッサリナは背筋を伸ばした。頬がかっと熱くなるのを抑え込もうとしたけれど、うまくいかない。「ええ。必要に迫られたらなんでも使わないと」

外では悲鳴があがり、それが唐突に途切れた。

メッサリナは思わず体をすくめて息をのんだ。

馬車の扉が開いてミスター・ホーソーンが乗り込んできた。

メッサリナはほっと安堵(あんど)の息を吐いて座席に沈み込んだ。

「ああ、神さま、感謝いたします」信心深いところなどそれまで見せたためしのなかったバートレットがささやいた。

ミスター・ホーソーンは肩をすくめた。「感謝する相手は目の前にもいると思うが」

メッサリナは笑いたい衝動をこらえた。バートレットが彼女の隣にどすんと腰をおろす。

ミスター・ホーソーンが血まみれのナイフを握っているのに気がついたのはそのときだ。

彼の謎めいた瞳がメッサリナの視線をとらえる。「怪我(けが)は？」

彼は人を刺したのだ、メッサリナのために――そしてもちろん自分自身のために。「わたしなら大丈夫よ」

ミスター・ホーソーンはうなずいて腰かけた。ハンカチーフを取りだしてナイフの血をぬぐいはじめる。布地は真っ赤に汚れていった。彼は視線をあげることなくつぶやいた。「ナイフはいつもすぐにきれいにする。刃に……汚れがついたままでは切れ味が悪くなる」

「そう。では、わたしもナイフを使ったら必ず血をぬぐうようにするわ」メッサリナは辛辣に言い返した。

「必ずそうすべきだ。それから、布についた血はまず落ちない」彼は大まじめな口調で言った。

メッサリナはぞっとして彼を凝視した。

ミスター・ホーソーンは特に大男というわけではない。彼をひと目見るなり、〝命が惜しいなら、是が非でもこの男を避けなくては〟と警戒する人はいないだろう。警戒心が目覚めるのは、彼の姿を見直したときだ。そのときはしなやかな筋肉に覆われた肉体、恐ろしいほど無駄のない身のこなし、それに、襲いかかる直前のような一瞬の静けさに気がつくだろう。

そのうえ、彼の顔立ちときたら。

ミスター・ホーソーンの顔立ちはまるで悪魔のそれだ。眉は両眼の上で深いVの字を描き、眉尻はまがまがしくつりあがってはねている。左頬には長い傷跡が縦にすっと走り、不気味な印象を添えている。威圧的な男性だ。

恐怖をもよおさせる男性。

長引く沈黙に耐えられなくなり、メッサリナはこほんと咳払いした。「どうだったの？」

ミスター・ホーソーンが視線をあげた。黒い瞳は彼の髪と同じくつややかに輝いている。

「どうだったとは？」

メッサリナはいらだたしげに目を細くした。「辻強盗たちは逃げたの？」

「もちろん」彼はナイフをたたんでさっとコートの中へしまい、立ちあがって屋根を叩いた。そしてふたたび腰をおろし、心がかき乱されるようなまなざしで彼女を見据えた。

御者台には召使いがふたりいるだけだった。たとえバートレットが実際よりも辻強盗の人数を多く見誤っていたとしても、数では相手のほうがだいぶ勝っていたはずだ。

「ぼくを心配してくれたのか？」含みのあるミスター・ホーソーンのかすれた声が、メッサリナの物思いを破った。

「いいえ」メッサリナはぴしゃりと言った。

「強盗団にさらわれるほうがましだったとでも？」彼の声にはかすかにロンドンの下町訛りがある。

「ええ！」

「幸い」ミスター・ホーソーンはやさしげな、それでいて不吉な声音で言った。「きみにはそんな愚かな選択をする機会はない。きみがぼくのものであるあいだは」

「あなたのもの」メッサリナは彼をにらみつけたが、体はぞくりと震えそうだった。彼はどうしてそんな言葉を使ったのだろう？　まるで彼女を所有しているかのようではないか。

「どういうつもりかは知らないけれど――」言い返そうとして、彼がポケットから取りだしたものに目をとめた。

ミスター・ホーソーンはピンク色の優美な尿瓶を捧げ持っている。

「これはきみのではないかな」彼はしげしげと器を眺めて言った。

メッサリナはあんぐりと口を開けた。

バートレットがミスター・ホーソーンの手から尿瓶を奪い取る。「まあ、なんてこと！」ぶつぶつ言いながら器をしまった。

ミスター・ホーソーンはにやりとすると、座席に寄りかかって帽子を目深におろし、弧を描いた唇だけをのぞかせた。

メッサリナは真っ暗な窓へぷいと顔をそむけた。

イングランド北部で馬車に乗っていたところをいきなりミスター・ホーソーンに止められ

たのは一週間ほど前のことだ。彼女の叔父、ウィンダミア公爵ことオーガスタス・グレイコートが彼女に火急の用があり、ロンドンの公爵邸までミスター・ホーソーンが連れていくと告げられて、メッサリナは一緒に旅をしていた妹のルクレティア、それに自分の馬車とその場で別れを告げることを余儀なくされた。長兄のジュリアンに助けを求めるよう妹に言うと、さらわれるようにしてこの馬車へ乗り換えさせられたのだ。

その後はこの不愉快なミスター・ホーソーンと一週間も同じ馬車の中で向かい合っている。

メッサリナは伏せたまつげの下から彼をちらりと眺めた。

危険が去り、ミスター・ホーソーンは眠ってしまったらしい。ブーツを履いた足を足首で交差し、両腕は胸の上で組んでいる。馬車のランタンが彫像を思わせる顎と高い頬骨に光を投げかけていた。その唇は、眠りに落ちているときでさえ何か淫らな冗談をひそかに楽しんでいるかのごとく口角があがっている。キューピッドの弓のような曲線を描く上唇は、薄くて古典的な美しさをたたえているのに対し、下唇は卑猥(ひわい)なまでにふっくらと厚みがある。

こんなに退廃的な唇を持つ男性は見たことがない。

彼女はあわてて目をそらした。ミスター・ホーソーンは無法者だ。彼がロンドンでも最下層の生まれなのを彼女は――誰もが――知っている。噂(うわさ)では、叔父が見つけたとき、彼はナイフで戦う賭け試合に出て暮らしを立てていて、当時、まだ一七歳だったらしい。そんな恐ろしい話は根も葉もない噂だとほんの一〇分前まで思っていた。

いまはそれを考えなおしはじめている。

メッサリナはミスター・ホーソーンの左頰を縦断する白い傷跡に目をやった。細い銀色の筋は、涙のしずくが流れ落ちた跡のようだ。けれど、彼は若い頃から野蛮な暴力に慣れている男性だということをしっかり肝に銘じておかなくては。

メッサリナは身震いして、自分にあてがわれた番犬からふたたび目をそらした。ミスター・ホーソーンのことより、オーガスタス叔父がどういう目的があって彼女をロンドンへ呼びつけるのかを考える必要がある。理由を尋ねても、ミスター・ホーソーンからはねつけられた。そのせいでこの一週間はますます不安が募る一方だった。

決して顔には出さないようにしているけれど。

たとえオーガスタス叔父が彼女をアメリカ大陸の植民地へ追い払うことにしたのだとしても、乗馬用の新しい牝馬(ひんば)をくれるのだとしても、あるいは彼女の生活費の支払いをいっさいやめるのだとしても、冷静に受け止めてみせる。

ウィンダミア公爵は、他人の恐怖心が大好物なのだから。

この数年少しずつ貯(た)めてきたお金がある。充分な金額が貯まったら、ルクレティアを連れてヨーロッパか新世界へのがれよう。

二度と叔父に人生を指図されない場所へ。

「まあ、ようやくロンドンに入ったようですよ」バートレットがささやき、窓の外に見える街の明かりへうなずきかけた。「何夜も馬車の中で過ごしたあと、ちゃんとしたベッドで眠れるのはうれしゅうございますね」

「ええ、ほんとに」メッサリナは声を低めることなく返事をした。

ミスター・ホーソーンからはなんの反応もない。まだ眠っているのか、狸寝入りをして彼女を監視しているのか。

窓の外へ目をやると、馬車はウエストエンドをゆっくり走っている。メッサリナは大きな疲労感を覚えた。早く横になって休みたい。

それから一時間近くたって、馬車はようやくウィンダミア・ハウスのそそり立つ古典的な正面の前で停止した。ここがウィンダミア公爵のロンドンの邸宅だ。

ミスター・ホーソーンはまるで朝が来たみたいにたちどころにぱちりと目を覚まし、姿勢を正した。

彼女へ向けられた険しいまなざしが、ほんの一瞬やわらいだ気がした。彼の表情はまるで何か伝えることがあるかのようだ。

そのとき馬車の扉が開かれ、メッサリナは従僕が差しだした手を取って馬車をおりた。ドレスの裾を払って顔をあげたとき、びくりと身じろぎするのをこらえることができなかった。ウィンダミア公爵ことオーガスタス・グレイコートが階段のいちばん上で待っていた。小太りの小男は、その腐った性根を知らない者には陽気でやさしげな顔に見えるかもしれない。

隣に並んだミスター・ホーソーンに腕を取られたとき、メッサリナは彼の手に視線を落としてはっとした。親指の爪にまだ少しだけ血が残っている。

彼女は身震いした。

「おお、メッサリナ」オーガスタス叔父が口を開いた。「心配しはじめていたところだぞ、おまえ自身の結婚式に遅刻するのではないかとな」

メッサリナは背筋が凍りつくのを感じた。彼女自身の結婚式？

オーガスタス叔父は薄ら笑いを浮かべて続けた。「もっとも、新郎を同伴しているのだから、遅刻することはありえんか」

メッサリナはゆっくりと首をめぐらせた。

そして悪魔めいた黒い輝きを放つミスター・ホーソーンの瞳と目を合わせた。


ギデオン・ホーソーンは、メッサリナ・グレイコートの瞳に常々興味を引かれていた。瞳の色はグレイで——冷ややかに澄みきったグレイだ——虹彩(こうさい)の縁は黒に近い。

その美しい瞳に彼への嫌悪感がみなぎるのをギデオンは見つめた。

彼は目をそらした。メッサリナがこのくわだてを憎悪するのは最初からわかっていたことだ。それでも胸に痛みを感じた——ごくわずかな痛みを。

ギデオンはウィンダミアへ視線を転じた。この男はどういうつもりだ？　メッサリナは強情で賢く、負けん気の強い女性だ。強いられた結婚に彼女が容易に応じるはずがないのは公爵も承知だろう。なのに、いまの言葉は彼女がなおさらいやがるよう仕向けていた。

だが、おそらくそれがウィンダミアの狙いだろう。先の見えている戦いだ——公爵が勝利をおさめ、メッサリナは屈辱を受けることでしか終わらない。

そうならないよう、自分がうまく立ち回らなければ。

ウィンダミアがにやりとした。「おいで、わが姪っ子よ。おまえの婚約者を中へ連れてきておくれ。書斎で歓談といこう」

メッサリナは無表情だった。なんの感情も表れていないその顔の下で、めまぐるしく頭を働かせていることに気がつく者はほとんどいないだろう。

しかし、彼女の表情を何年も観察してきたギデオンには、こちらも攻撃と防御、両方の用意をすべきなのがわかった。

メッサリナの上腕を握る手に力を込めた。彼女がロンドンの暗い通りへ逃げようとすることはまずないだろうが――それほど愚かではない――公爵は彼女を本気で挑発している。ここまで来て彼女を失うわけにはいかない。

ギデオンに腕を握られて、メッサリナははっとわれに返ったようだった。まばたきをしたあと、腕を振りほどこうとし、彼が手を離すのを拒むとにらみつけてきた。

ギデオンは思わず口の端に小さな笑みを浮かべた――無視されるよりにらまれるほうがいい。

ふたりの無言のやりとりをウィンダミアがさえぎった。「これまでわたしが世話をした求婚者は、ことごとくおまえに拒絶されてきた。だが今夜の結婚からはのがれられんぞ。すでに主教を呼びに行かせてある。薄汚れた旅装で結婚に臨むのがいやなら、急いで着替えることだ」

ギデオンはウィンダミアをじろりと見た。

公爵は笑みを輝かせてふたりを見おろした。なんという根性の悪さだ。

ギデオンはメッサリナに顔を寄せてささやきかけた。「中へ入ったほうがいい」

「あなたはそう言うでしょうね」彼女はぴしゃりと言い返しながらも、足を踏みだして階段をあがった。

公爵がいる段まであがると、メッサリナは端的に言い放った。「お断りします」

さすがだ。ギデオンは静かな満足感を噛みしめずにいられなかった、彼女の頑固さは自分にとってあだになるとわかっていても。

彼女にきっぱりと拒絶され、公爵の顔から鼻につく笑みがようやく消える。「いまなんと言ったのだね、かわいい姪よ？　話す前に考えることだな。おまえがひそかに小金を貯めていたのは知っているぞ」

メッサリナは青ざめた。「何をしたの？」

「わたしは何もしていない」ウィンダミアが答える。「しかしホーソーンはおまえが隠し持っていた財布を没収済みだろうな」

「ええ、ミスター・ホーソーンなら」彼女は焼けつくようなまなざしをギデオンへ向けた。「わたしの旅行かばんの中を漁ってさぞ楽しんだことでしょうね」

ギデオンは片方の眉をつりあげてみせた。彼女の冷笑と言葉の両方にいらだたしさを覚えた。「いいや、実に退屈だった」

なぜか彼女の頰が赤く染まる。「レディの持ち物を見るぐらい、あなたには日常茶飯事なのね」

ギデオンが言い返す前に、公爵が割って入った。

「もういい！」いらいらと言う。「メッサリナ、わたしのもとからのがれる望みはないぞ――望みのかけらすらだ。部屋へ行って自分の結婚式の準備をしてくるがいい」公爵は言葉を切ると、いかにもどうでもよさそうにつけ加えた。「それとも、おまえの身代わりにルクレティアを結婚させるか？」

ギデオンは顎の筋肉がぴくりと動くのを感じた。自分が妻に娶（めと）ることに同意した相手はメッサリナであり、メッサリナただひとりだ。ルクレティア・グレイコートを娶るつもりはないし、娶りたいとも思わない。

公爵の切り札に、メッサリナは鋭く息をのみ込んだ。頑固そうに顎をぐっとあげるが、声はわずかに震えている。「あなたの部下とは絶対に結婚しないわ。妹を結婚させるつもりもない」

ギデオンは咳払いして公爵を見据えた。「閣下、外は寒い。先ほどおっしゃったように、暖炉の火がある書斎で話されてはいかがです？」

公爵はギデオンの提案が気に食わないらしく、逡巡（しゅんじゅん）したものの、顔をしかめて邸内へずんずん引き返していった。

メッサリナは動こうとしない。気丈な様子で顔をあげてはいても、大きく見開かれた目は平静さを失っていた。愛する妹に対する脅迫に動揺しているのだ。

ギデオンはそっと語りかけた。「誇りを貫いて石になるまでここにいるつもりかい？」

「わたしのことなど気にもかけていないくせに」彼女が嚙みつく。

「ぼくがどれほど気にかけているか、きみにはわかるまい」彼は本心からそう言った。

メッサリナは信じられないという目でギデオンを見返した。

ギデオンはその澄んだまなざしを受け止めた。いつかこのまなざしが自分にとって命取りになりそうだ。「中へ入ったほうがいい」

メッサリナはふうっと息を吐いた。「わたしに選択肢はないんでしょう」

「ないね」彼はやさしい声で認めた。「けれど、きみのためにできるかぎりのことはする」

彼女は鼻息も荒く玄関へ向かった。

戸口では陽気さを取り戻したウィンダミアが待っていた。

メッサリナは警戒心もあらわに彼を見てから言った。「失礼して、一度部屋へさがらせていただきます、叔父さま」

ギデオンが手を離すと、彼女はさっと腕を引き、大階段を早足でのぼっていった。

彼はため息をこらえた。いまは彼女を手なずけるときではない。それはまたあとでだ。

公爵がうめいた。「裏口から逃げようとするぞ」

ギデオンは公爵を見ようともしなかった。「戸口はすでに見張らせてあります、閣下」

「抜かりはないわけか。ついてこい」

ウィンダミアは背を向け、召使いたちがさっと道を空ける中、赤、白、黒の三色が渦を描く大理石張りの玄関ホールをつかつかと進んでいった。ギデオンは無言でそれに続いた。公爵が近づくと、従僕が大図書室の扉を押し開けた。

「扉を閉めろ」ギデオンと中へ入るや、ウィンダミアは従僕に向かって怒鳴りつけた。「誰も通してはならない」

扉は音もなく閉まった。

公爵は背もたれの高い椅子に沈み込んだ。ギデオンは腰をおろす気はなかった。

不愉快そうな顔つきでウィンダミアに凝視され、ギデオンは自分の唇の端がつりあがるのを感じた。

愉快とさえ思える状況ではないか。

ウィンダミアのもとでの彼の仕事は、違法であるのと同時にときには残虐でもあった。現在生きている人間の中で、この男の所業をギデオンほど知り尽くしている者はおそらく存在せず、それがウィンダミアに対してある程度はこちらの強みになっている。しかし、ひるがえせば、これまでのこちらの行動はすべて公爵に把握されているということでもある。ウィンダミアはギデオンに命じた仕事を逐一記録し、証拠がある場合はすべて保管しているに違いない。しかるべき相手にひとことふたこと密告すれば、ギデオンを絞首台送りにすることができるのだ——自身も道連れになってもかまわなければ。

ふたりの過去は諸刃（もろは）の剣なので、どちらもことさらそれを持ちだして自分の身を危険にさらす気はなかった。

　ウィンダミアはうめくように言った。「メッサリナに逃げられたら、おまえにはもう娶らせんぞ」

　ギデオンは冷笑した。「逃がすつもりはありません」ギデオンの不遜さにいらいらした様子で公爵は言った。「あの娘にはひと財産の価値がある。あれに逃げられたら、おまえは妻だけでなく、持参金も失うのだ」

　返事をする気も起こらなかった。不平不満と脅しに満ちたきりのない暴言は、どれも前に聞いたことのあるものだ。

　不意にウィンダミアが顔をゆがめて笑ったので、ギデオンは警戒した。「まあ、メッサリナが消えてくれれば、それはそれで手間が省けるかもしれん」

「そうはさせない」ギデオンは静かに言った。「メッサリナはぼくにくれる約束です」

　公爵が脅しに顔をしかめたあと、片手を払った。「二週間も部屋に閉じ込めて水とパン粥しか与えなければ、あれも考えをあらためるだろう。食べ物にしろなんにしろ、あれは昔から文句を言わない娘だった。じきに折れる」

「ええ」ギデオンは慎重に同意した。これ以上意見すれば、この男は自分の脅しを実行しかねない。メッサリナを飢えさせたくはない――それ以上に過酷な目に遭わせることも本意ではない。「ところで、主教を呼びにやったという話は嘘ですか、閣下？」

「いいや」公爵は顔をしかめた。「来たらすぐに帰すことになるな。何もしないくせに金を求めてくるぞ。聖職者とは欲深い輩だ」

となると、結婚を先延ばしにしたくないなら、メッサリナに承諾させなければならない。ギデオンは扉へと向かった。

「どこへ行く？」公爵の不機嫌そうな声が背後から呼び止めた。

ギデオンは振り返った。「自分の結婚式に出席するよう、ミス・グレイコートを説得してきます」

ウィンダミアは鼻を鳴らした。「ワッピング波止場で梅毒にかかっていない娼婦を見つけるほうが簡単だ」

ギデオンは片方の眉をつりあげてから、扉へと向きなおった。

背後で公爵が言った。「忘れるな。姪がどう言おうと、おまえはすでにわたしと取引し、約束を交わしている。おまえはわたしの部下だ、命令には従え」

ギデオンは扉の取っ手に手をかけて立ち止まった。指の関節が白くなるまで取っ手を握りしめる。「忘れることなどありませんよ、閣下」

そう言って扉を開けた。

廊下に出て扉を閉め、寄りかかって息を吸い込む。公爵のもとで働くのをやめようと決めたのは一年近く前のことだ。理由はウィンダミアから命じられる仕事にほとほと嫌気が差したからであり、自分の事業に専念したいからでもあった。

しかし、ウィンダミア公爵のもとからはそうそう簡単に離れられるものではない。ギデオンは公爵にとって脅威となる情報を握っている。死体となってテムズ川に浮かぶのは避けたいものだ。

そのため、ギデオンは時機が来るのを待ち、脱出口を慎重に探ってきた。仕事をやめるとついに切りだしたとき、驚いたことにウィンダミアはとうてい断ることのできない送別の品を差しだしてきた。それがメッサリナ・グレイコートだった。

しかし、まずはくだんのレディにうんと言わせなければ――できれば公爵が彼女を飢えさせる前に。

ギデオンは体を起こし、指をぱちんと鳴らした。

細い影が光の中へすっと進みでて、薄汚い格好の少年が姿を現した。鼻は潰れていて、ブルーの大きな瞳は天使のごとく無垢だ。少年は――キーズは年より幼く見えがちだが、実際は若い男だ――背筋を伸ばして会釈した。「なんでしょうか、旦那？」

「彼女はどこだ？」

キーズは目玉を天井へ向けた。「レギーと最後に確認したときは、上階の自室にいましたよ」

ギデオンはうなずいた。いまやメッサリナが逃亡する心配とは別に、公爵が彼女への脅しを実行する心配まである。「屋敷の外を見回り、ピーたち一団が庭園と側面をしっかり見張っているか確かめてくれ。そのあとはレギーと中で見張ること。いいか？」

キーズは了解のしるしに前髪に触れて姿を消した。

ギデオンは、弧を描くさまがとぐろを巻く蛇を思わせる、真紅の大理石の大階段をあがっていった。獲物に飛びかかる準備ができたかのように、腕と脚の筋肉に力がみなぎるのがわかる。辻強盗を撃退した興奮の余韻だろうか。それとも、求めるものがあと少しで手に入りそうだからか。

あるいは彼女のせいか。

彼が公爵のもとで働きだしたとき、メッサリナは手足の長い少女でしかなかった。一四歳は子どもとは言えないが、むろんまだ女でもなかった。初めギデオンは彼女をほかのグレイコートきょうだい――公爵の兄の忘れ形見――のひとりとして観察していた。長男ジュリアンは、信頼の置けなさではウィンダミアといい勝負だった。次男のクインタスは一八のときから大酒飲みで、当時は双子の片割れオーレリアの死をまだ嘆いていた。メッサリナは年に似合わず落ち着いていた。末っ子のルクレティアは陽気ないたずらっ子だ。

ギデオンの目に映るメッサリナは、貴族のひとりでしかなかった。シルクと宝石で着飾って安閑と暮らし、外の世界に飢餓が蔓延（まんえん）しているときに、砂糖をまぶしたゼリーを柔らかな白い指でつまんで食べている、上流階級の淑女のひとり。

しかしすでにあの頃から、ギデオンはメッサリナをひそかに見守っていた。ロンドンの掃き溜（だ）め、セント・ジャイルズ生まれの彼が、公爵の召使いたちにまじって陰から彼女をずっと眺めていたのだ。年は三歳しか離れていないものの、ふたりの世界はかけ離れていた。彼女がひとりの女性へと成長し、衣擦れの音のするドレスをまとい、髪を複雑な形に結いあげるのをギデオンはじっと眺めていた。こぼれたビールに群がる蠅のように集まってくる伊達男たちに、彼女が微笑みかけるのをずっと見ていた。

　彼女は自分みたいな男が近づける相手ではない。それは最初から明白だった。しかし視線を引きはがすことはできなかった。彼女はギデオンの中に渇望を呼び覚ました。ギデオンにとって、メッサリナは決して手の届かない高嶺の花だった――そして公爵はそれに勘づいていたのだ。

　上階にたどり着き、ギデオンは顔をしかめた。ウィンダミアにこうも容易に心を読まれていたとは。胸中の願望と思考は自分ひとりのものであり、他人に心を読まれるのは危険このうえない。とはいえ、公爵に雇われたばかりの一四年前はギデオンも若く――一七だ――すべての感情を隠すことに、いまより不慣れだったのだろう。

　メッサリナの部屋は長い廊下の先にあった。ギデオンは扉から数歩離れた陰に潜む大男、レギーに向かってうなずいた。

「気をつけてください、旦那」レギーがそっと声をかける。

　ギデオンはじろりとにらみつけた。自分の部下から警告をもらう必要はない。

　扉を押し開けるのと同時に、右腕を頭上にあげて防御した。メッサリナが駆け寄り、両手に握った大理石の小像を振りあげる。

　大理石か。ギデオンは思わず感心した。小像をもぎ取り、彼女をつかまえる。「殺すつもりで襲ってきたようだな、ミス・グレイコート」

メッサリナはうなぎのように体をくねらせてのがれようとしたが、ギデオンに両の手首をしっかり握られていた。振りほどくのは無理だと気づくと、今度は足で蹴ろうとしたものの、ドレスの裾が邪魔をした。

ギデオンは前へと進みでて、メッサリナの背中が壁にぶつかるまであとずさりさせた。壁と彼のあいだで身動きの取れなくなった彼女をつかの間観察する。豊かな黒髪はほどけて顔のまわりに落ちかかり、力んでいるせいで頬は紅色に染まっている。グレイの瞳は嵐をはらみ、彼を猛烈に威嚇していた。

しかし澄んだ瞳の底に恐怖心はかけらもなかった。彼ですらメッサリナを怯(おび)えさせることはできないのだ。その事実にギデオンは心のどこかで歓喜した。

頭をさげ、彼女の唇をついばむことができるほど接近しているのを意識しながら、ささやいた。「では、話し合おうか」


メッサリナはミスター・ホーソーンのいまいましい黒い瞳を見据えた。これほど間近で見ると、まつげの長さと濃さがよくわかる。黒炭で縁取ったみたいな瞳は、ほかの男性なら女性っぽく見えたことだろう。

彼は違う。どんなときでも女性っぽくは見えない。男性的な麝香(じゃこう)のにおいすら漂ってきそうだ。これまで彼女にこうも接近してきた男性はほんのわずかしかいなかった。

「放して」遅ればせながらうなって手首を引っ張ったが、無駄だった。

彼女がじたばたするのを見て、ミスター・ホーソーンは片方の眉をあげた。おもしろがっているのね、いやな人！　彼がさらに顔を近づけ、吐息がメッサリナの唇をくすぐった。

「二度とぼくに襲いかからないと約束するかい？」

メッサリナはこくりとぎこちなくうなずいた。

ミスター・ホーソーンが手を離してあとずさる。

メッサリナは深々と息を吸い込んだ。これでは、彼が目の前にいたせいで息ができなかったかのようだ。

実際にそうだった気もする。

「あなたと結婚はしないわ」できるだけ落ち着き払って告げた。「叔父になんと言われようと」

これまでひそかに貯めてきたお金は叔父の差し金でミスター・ホーソーンに取りあげられてしまったかもしれないが、逃亡する手段はほかにもあるはずだ。ルクレティアに対する叔父の脅迫を思うと、動揺のあまり吐き気がした。時間稼ぎさえできれば逃げ道はきっと見つかる。

「本気で言っているのか」ミスター・ホーソーンは――幾分ぶしつけに――メッサリナに背を向けると、暖炉のそばのテーブルへ歩いていった。卓上にはワインの入ったデカンタ、それにパンと冷製肉の軽食が用意されていた。彼はグラスにワインを注ぎ、彼女のもとへ引き返してきた。「公爵が代わりにきみの妹をぼくに差しだすことになっても？」

ミスター・ホーソーンはグラスを差しだした。

メッサリナはそれを無視して息をのんだ。「叔父がそんなことをするはずないわ」

「なぜなら、きみの叔父上はまさに分別の鑑だから？」ミスター・ホーソーンは嘲るように目を丸くしたあと、グラスのワインを飲んだ。「いいや、公爵は大喜びでぼくにルクレティアを差しだすだろう。きみへの腹いせのため、そしてぼくに仕事をさせるために」

彼の言っていることは正しく、それはお互いにわかっていた。メッサリナは顎をあげ、この罠からのがれるすべを探した。「あなたの仕事がルクレティアやわたしになんの関わりがあるの？」

「叔父上はぼくに与えたい仕事があり、ぼくに断られると、実に魅力的な報酬を提示してきた」ミスター・ホーソーンのまなざしはメッサリナの体をゆっくり這いおりた。心をかき乱す唇が弧を描いたあと、その目が彼女の視線をとらえる。「それがきみだ」

叩きのめしてやりたい。胸に込みあげた暴力的な衝動にメッサリナは驚いた。怒りのあまり口から出る言葉がつかえる。「で、ではわたしが断れば、あなたはルクレティアとけ、結婚するの？」

「いいや」ワインに濡れてつややかな輝きを放つ下唇に、メッサリナは目を奪われそうになった。「ぼくが求めているのはきみだけだ」ミスター・ホーソーンが肩をすくめたので、メッサリナは目を見開いた。わたし？「これは言っておく。きみの叔父上は気が変わりやすい。邪魔されれば、きみだけでなく、きみが大事にしている人たち全員を罰するだろう。彼はすでにきみを監禁して飢えさせる気でいる。どこかの年寄りの貴族と結婚するよう説き伏せるために、ルクレティアが同じ目に遭わされてもいいのかい？」

「いいえ」メッサリナはミスター・ホーソーンをにらみ返した。あいにくだが、彼の言うとおりだ。オーガスタス叔父は怪物で、良心があるふりさえしない。「叔父は残忍よ。それは認めるけれど、ひとつ腑に落ちないわ。どうしてあなたがわたしと結婚したがるの？」

彼はしたり顔で微笑んだ。「きみは自分に莫大な持参金がついているのを忘れている」

「いいえ、忘れてはいないわ」彼女はかぶりを振った。「持参金の額はルクレティアも同じよ。なのにどうして妹ではなくわたしなの？」

ミスター・ホーソーンが長いまつげの下からじっと見つめる。「ぼくにきみの妹との結婚を勧めているのかい？」

「もちろん違うわ」彼は話をはぐらかそうとしている。相手の調子に乗せられてはいけない。この口論に勝つには持てる注意力がすべて必要だ。「わたしの質問に答えて」

気づいたときには彼が目の前にいた。ミスター・ホーソーンはメッサリナの唇を奪えそうなほど接近し、黒い瞳は彼女の顔をまっすぐ見つめている。「なぜならきみが欲しいからだ、メッサリナ。きみの財産が欲しい。きみの身分が欲しい。きみの家名がもたらす権力と影響力が欲しい。だがぼくが何より求めているものがわかるだろうか？」彼は首を傾けると、彼女の頬に沿って手を滑らせた。触れてはいない、けれど脅迫めいた指先のぬくもりを感じるほど近い。「きみだ」

　メッサリナは体が震えそうになるのをこらえた。ミスター・ホーソーンの強烈なまなざしに圧倒されていた。こんな目で男性に見つめられたことがいままであっただろうか？　どんな礼節の束縛も、人の法も、彼がその腕にメッサリナを抱くのを阻むことはできないかのような目で。

　メッサリナは彼の目を、この邪悪で不快な男性の目を見据え、ぴしゃりと言った。「わたしはあなたのものにはならないわ」

「ぼくを拒むのか？」ミスター・ホーソーンは後ろへさがると、グラスの残りをあおった。「だが、ぼくはきみを自分のものにできる」ワインのデカンタが置かれているテーブルへ悠然と歩み寄り、彼女に目をやる。「叔父上からきみをもらう約束をしている」

　メッサリナに選択の余地はない。強制的に結婚させられ、乳牛みたいに売られるのだ。すべてを踏みにじられて、どうやって自分自身を――自分の意思を、誇りを、叔父から逃げるという誓いを――保てばいいのだろう？　「わたしは好き勝手に与えることのできる物ではないわ」

　彼はデカンタを手に取ったまま動きを止め、思案するようにメッサリナを眺めた。「ああ、きみは物ではない。それはわかっている、たとえきみの叔父上はわかっていなくとも。とはいえ、ぼくは彼の申し出を受け入れる。断るほどお人好(ひとよ)しではないのでね。だが正直なところ、妻となる相手には結婚に承諾してもらいたい」ワインのおかわりを注いでデカンタをおろす。「そこでだ、取引をしよう。きみとぼくのふたりで。きみの望みはなんだ?」

「自分の人生」本当に求めているのはそれだけだ――それにルクレティアの身の安全も。

「自分の意思で決めることのできる人生よ」

ミスター・ホーソーンは残念がるふりすらせずにかぶりを振った。「それは無理だな。ほかのものをあげてくれ」

それなら、メッサリナの望みは彼をぶつことだ。叫びながら彼めがけて突進すること。彼を殴るか刺すかすること。拳銃があるなら、彼に銃口を向けて引き金を引くこと。ええ、できるものならそうしている。いまこの瞬間はそう確信できる。自分のためにこの男性を殺すことができる。彼を殺し、アメリカの植民地まで逃げのびて自由になりたい。

ただし、それではルクレティアと兄たちが置き去りになってしまう。とはいえ、ジュリアンは自分で自分の面倒を見ることができるし、おそらくクインタスもメッサリナなしでやっていけるだろう。兄たちなら、オーガスタス叔父に立ち向かうことすら可能かもしれない。だけどルクレティアは違う。

ルクレティアは女性だ。そしてルクレティアのように頭の働く女性であっても、イングランドでは男性に太刀打ちすることはできない――相手がウィンダミア公爵のような権力者であればなおのこと。叔父は単にそうできるからという理由でルクレティアとメッサリナの両方を破滅させかねないほど心がねじけている。

メッサリナは深呼吸をひとつすると、部屋を横切って暖炉のそばの椅子に腰をおろした。

暖炉の火は入っていない――彼女が歓迎されていないことを示すオーガスタス叔父流のやり方だろう――もっとも、夏の名残を感じさせる暖かな夜だった。

メッサリナは火のない暖炉を見つめて思案した。自分は何を求めているの？　何なら手に入れられる？

彼女がようやく顔をあげたとき、ミスター・ホーソーンは斜め向かいの椅子に腰かけていた。王のように満足げにくつろぎ、ワイングラスを傾けて待っている。

なんて憎らしい。

「わたしの望みは、叔父とその策略から解放されることよ」彼女は言った。「でも、それはあなたの権限の範疇ではないでしょう？　あなたは叔父の部下、使用人ですもの。どうすれば、あなたがわたしの求めに応えられるというの？」

「想像力を駆使すれば、ぼくがきみの求めに応える方法はいくらでも見つかると思うが」

ミスター・ホーソーンはワインを飲みながらグラスの縁越しに彼女を見つめた。黒い瞳はあからさまに熱を帯びている。

性的な含みを持った言いまわしは、耳にすればそれとわかる。彼が危険な駆け引きを仕掛けているのは一目瞭然だった。しかしメッサリナも、ロンドン一洗練された社交の輪の中で一〇年以上もそつなくやってきたのだ。

こちらが傷を負うことなく、男性たちと危険な駆け引きを楽しむすべは心得ている。あか抜けた一部のレディたちとは違い、愛人を持った経験はないけれど、話を漏れ聞いたことはあるし、既婚女性たちから夜更けのひそひそ話でさまざまなことを教えてもらっている。それに、安全そうな紳士と少しだけ戯れたことだってあった。

大丈夫。悪魔と取引をして、このおぞましい状況からいくばくかの利益をつかみ取ることができるはずだ。

メッサリナは背筋を伸ばした。

自分で自分の運命を切り開く潮時が来たのだ。ルクレティアを連れてイングランドから逃げられるだけのお金がありさえすればいい。問題は、そのお金をミスター・ホーソーンから得られるかどうかだった。

「あなたがわたしの求めに応えられるの？」メッサリナはそっけなく言うと、彼の広い肩から細い腰へと視線をさまよわせ、黒い膝丈ズボン（ブリーチズ）の前の盛りあがりにほんの一瞬目をとめたあと、長い脚からブーツまでゆっくり眺めた。ふたたび彼と目を合わせて、どうかしらとばかりに頬をふくらませてみせる。「悪くはないわね。けれど、わたしが求めるものを与えることがあなたにできて、ミスター・ホーソーン？」

悪魔めいた彼の唇の端が持ちあがる。「尋ねてみればいい」

「ではそうするわ」椅子の背に寄りかかり、彼のくつろいだ姿勢をまねた。最初は小さなことからだ。「ルクレティアをわたしと一緒に住まわせて」

ミスター・ホーソーンは逡巡しなかった。「結構だ。ぼくたちと一緒に住まわせよう」

メッサリナはごくりと息をのみ、彼が強調した言葉を無視するよう努めた。「わたしのお金を返して」

「当然だな」彼はゆっくりと言った。「だが、それは結婚後まで待ってもらおう」

どのみち貯めていたお金だけでは、安全な場所まで逃げるのに足りない。

彼女は顎をあげた。脈が速まる。絶対にミスター・ホーソーンに気取られてはならない。彼女が恐慌をきたしかけていることを。どれほど多くがこの賭けにかかっているのかを。

「あなたと夫婦の契りを結ぶことはできないわ」

「それは傷つくな」ミスター・ホーソーンはふざけたしぐさで胸に手を当てたが、その笑みはこわばっていた。「悪いが、きみを手つかずのままにすることはできない。きみやきみの家族に婚姻の無効化を要求されては困るからね。それに――」からかうように首を傾ける。

「ぼくはきみを抱きたい」

露骨な言葉を聞いて、メッサリナの体に衝撃が走り、彼の一糸まとわぬ姿が思わず頭に浮かんだ。ミスター・ホーソーンの肉体は筋肉質で均整が取れ、危険な雰囲気をまとっているのだろう。それに、彼は女性をあえがせるすべを熟知しているに違いない。メッサリナは胸の先が硬くなるのを感じた。

何を脈絡のないことを考えているの。

メッサリナは落胆したふうを装ってうなだれた。「どこまで行っても折り合わないわね」

「それはどうだろう」ミスター・ホーソーンは彼女を見つめ、椅子の肘掛けに指先をゆっくり打ちつけた。「ぼくは譲歩してもいい――きみのためなら」

きみのためなら。その言葉に胸がどきりとした。ミスター・ホーソーンは彼女に関心があるふりをしているだけだとわかっていても。

目の前のことに集中しなさい。自分は窮地に立たされていて、意思に反して結婚を強いられている。それもよりによって彼と。

このならず者と。

メッサリナはこんな話し合いは退屈だとばかりに眉をあげた。「あら、そう。あなたがどう譲歩してくれるの？」

ミスター・ホーソーンの顔に浮かんだ笑みは、あたかも心からのもののように見えた。

「夫婦の契りを交わすまで少し猶予を与えよう。一週間ではどうかな？」

「三カ月」彼女はすぐさま言い返し、拳を握りしめて指の震えを隠した。信じられない。自分の体を許すまでの期限を男性と交渉しているなんて……。

「一カ月だ」彼はゆっくりと言った。ワインをもうひと口飲みながら、残酷な黒い瞳で彼女を見据える。

その喉が動いてワインを飲みくだす。メッサリナは無理やりに彼の顔へと視線をあげた。

「二カ月」

ミスター・ホーソーンは首を横に振った。「そんなに長くは待てない。一カ月だ」

ああ、神さま。今朝目覚めたときの心配ごとはひとつきりで、頭のおかしな叔父と口論になるのを懸念していただけだった。それがいまは自分の純潔を取引しているなんて。

メッサリナは深々と息をした。避けられないのなら、それだけの価値がある取引にしなくては。「いいでしょう。一カ月で結構よ。ただし、見返りにあなたからいただきたいものがあるわ」

彼は眉をあげて問いかけた。

「持参金の一部をちょうだい」

ミスター・ホーソーンはうなずいた。「四半期ごとにこづかいとしてきみに渡そう」

「いいえ」今度は声が震えたが、それは不安からではない。メッサリナは怒っていた。「あれはわたしのお金よ。父がわたしに遺してくれたお金だわ。ひとたびわたしと結婚したら、あなたの手には莫大な財産が転がり込む。わたしはあなたから雀の涙ほどのおこづかいをもらって満足する気はないの。半額を要求するわ」

彼の片眉がはねあがる。「きみは自分の純潔にずいぶんな価値をつけるな」

「当然ではなくて？」メッサリナは言い返した。「それこそわたしのまわりにいる男性たちが重んじているものですもの。それともうぶな娘にでもなって、この結婚はつまるところ、お金の問題であるのに目をそらすべき？　自分にどれだけの価値があるかわからないふりをしろと？」

「ふむ」ミスター・ホーソーンは唇をすぼめた。見てはだめだ。「では一〇分の一。結婚の一年後に一〇分の一を与えよう」

そこまで待つことはできない。「結婚当日に四分の一よ」

彼はすっと目を細くした。「褒美を手に入れる前に、ぼくがきみに財産を渡すと思うかい？」

メッサリナは鼻を鳴らしそうになるのを我慢した。「あなたへの褒美はわたしの持参金だわ」

「そうだろうか？」ミスター・ホーソーンの視線はメッサリナの唇にとどまったあと、彼女の目へと上昇した。「半年後に一〇分の一」彼女はさげすみの色を浮かべて告げた。「夫婦の契りを交わしたその日に」

「ひと月後に一〇分の一」

「いいだろう」彼は考え深げにメッサリナを見つめてから身を乗りだし、事務的に告げた。「これは本物の結婚となる。きみにはぼくに忠実でいてもらう。愛人を作るのは絶対に認めない」

それは約束する必要もなかった。持参金の一〇分の一をもらったあとは、愛人を作るほどいつまでも彼のもとにとどまるつもりはさらさらないのだから。「わかったわ」

「きみは妻としてぼくと一緒に暮らす。毎晩一緒に夕食をとり、社交界にもともに顔を出す」ミスター・ホーソーンは手をひらひらさせた。「舞踏会とか、社交行事とかだ」

「社交行事？」メッサリナはさえぎった。「わかっているでしょう、あなたは社交界には歓迎されないわ」

ミスター・ホーソーンは小鼻をふくらませた。メッサリナは不意に思いだした。そうだ、彼は今夜人を刺しているのだ。「きみの財産と家名があれば可能となるし、可能にしてみせる」

メッサリナはただ呆然と彼を眺めた。

話は決まりだというようにミスター・ホーソーンはうなずいて続けた。「陰では好きなだけぼくを嘲ってかまわないが、人前では夫を一途に愛する妻を演じてもらう」

なんて思いあがった人なの。「夫を一途に愛するですって？」

ミスター・ホーソーンはふたたび嘆息した。彼女との交渉はよほど骨が折れるらしい。

「では、夫に満足している妻だ。これなら承諾してもらえるかな？」

いいえ。この穢らわしい取引のどれを取っても承諾することはできない。けれども自分とルクレティアの自由を勝ち取るためにはそうするしかない。持参金の一〇分の一があったら、慎ましく暮らしていくには充分だ。姉妹でどこか外国へ逃げられる。

メッサリナはミスター・ホーソーンをまじまじと見つめた。彼は信用ならない。彼が嫌いだ。けれど、ほかに選択肢はない。「これに同意したら――満足しているふりをしたら――合意したとおりにしてくれるのね？」

ミスター・ホーソーンは彼女の視線をとらえた。「ああ。約束しよう」

お金で雇われている悪党の約束。なんてすてきなの。

「あなたはいつか後悔するわ」侮蔑のこもった低いささやきは、彼女の本音だった。「この結婚をわたしに強要したことを」

「そうは思わないな」ミスター・ホーソーンの声は自信に満ちている。「では、ぼくと結婚してくれるね？」

メッサリナは彼の手からワイングラスを受け取り、ひと息で飲み干した。「ええ」

2

ある日、行商人は古い森に行き当たりました。不思議なことに、森の木は一本たりとも切り倒されていません。森は不思議なほど薄暗く、不思議なほど静かでした。そびえるように木が生い茂る森の奥へ奥へと進んでいくと、ついには空が見えなくなり、太陽の光も届かなくなりました……。

『ペットとキツネ』

コテージの扉が乱暴に叩かれる音で、ジュリアン・グレイコートは目を覚まし、たちまち身構えた。

ここへ訪ねてくる者はいないはずだ。

背中の焼けつく痛みを無視して起きあがり、裸身にガウンを羽織った。連れが数時間前に出ていったのは幸いだった。

ジュリアンは室内を見回した。簡素な場所だ——ひとつだけの部屋に暖炉、寝台、椅子が一脚。それだけ。彼がここで何をしているかを示すものは何もない。

よし。

戸口へと向かい、閂（かんぬき）を外して扉を開いた。

ルクレティアがジュリアンを見あげた。拳はあげたままで、彼の胸板をいまにも叩きそうだ。「ああ、よかった！　クインタスが、お兄さまはコテージのどれかにいると言ったの。でも、方向を誤ったらしくて。一時間以上探し回っていたのよ」

「ここで何をしている？」ぶっきらぼうな言い方になったが、ここは誰も知らないはずの場所だった。

クインタスがこのコテージを知っているのは、ある夜ジュリアンのあとをつけてきたからにすぎない。ジュリアンはそのあと一週間近く弟と口をきかなかった。この場所のことは絶対に口外するなと言ってあったはずだ。ところがコテージの玄関先にこうして妹が、目を見開いて頬を紅潮させ――。

ジュリアンは咳払いした。「メッサリナはどこにいる？」

「ミスター・ホーソーンと一緒よ」彼がまだ知らないのを憤るかのような口調だ。「ラブジョイ家でのハウスパーティーから戻る途中、彼に馬車を止められたの。スコットランドに隣接しているラブジョイ邸は知っているでしょう？　あれほど風変わりなパーティーはそうそうお目にかかれるものでは――」

「ホーソーンが何をしたんだ、ルクレティア？」ジュリアンはしびれを切らして問いただした。

ルクレティアは唇をきつく結んだ。「メッサリナに馬車をおりて彼と一緒に行くよう命じたの。お姉さまは、お兄さまを見つけなさいとわたしに言う暇しかなかったわ」

　ジュリアンは眉根を寄せた。「なぜホーソーンはそんなことを？」

「オーガスタス叔父さまが呼んでいると言っていたわ。メッサリナだけで、わたしには用はないと」ルクレティアは手をもみ合わせた。「それが一週間以上前のことよ、もう二週間近くになるわ。お兄さまのいるアダーズ・ホールへ直行するよう御者に命じたのだけれど、馬を休める必要があったし、道路は轍だらけで――」

「待っていろ」ジュリアンは言った。「ここにいるんだ」

　妹の鼻先で扉を閉め、外であがった憤慨の声を無視した。素早く服を身につけ、リネンのシャツが背中の傷をこする痛みに息をのんだ。オーガスタスはいったい何をたくらんでいる？　しかも、こんなに遠くまでルクレティアにひとりで旅させるとはどういう了見だ。

　上着をまとって長い髪を襟から引きだし、リボンで結ぶ。

　それからふたたび扉を開けた。

「クインタスったら、朝から飲んでいたのよ、信じられない」ルクレティアは会話の中断などなかったかのようにぷりぷりして言った。「お酒くさかったんだから」

　汚水溜めの悪臭に襲われたみたいに、まっすぐな小さい鼻にしわを寄せてみせる。

「だろうな」ジュリアンはつぶやいた。「行こう。アダーズへ戻るぞ」

　彼女の馬車はコテージの前に止まっていた。御者台では御者と従僕が居眠りし、第二従僕は馬車に寄りかかって船を漕いでいる。しかし、ジュリアンが現れるなり、全員ぱちりと目を覚まし、馬車の横にいた従僕は急いで手を差しだしてルクレティアを馬車に乗せた。

ジュリアンは御者へ目を向けた。「アダーズ・ホールへ戻る」

「かしこまりました！」御者は声を張りあげ、ジュリアンが乗り込むなり馬車を出した。

ジュリアンはルクレティアの向かいに腰をおろすと、あらためて妹を眺めた。朝の光が、頭の上に結いあげられた髪からほつれた細い毛を照らしだしている。「侍女はどこだ？」

「バートレットはメッサリナについていかせたわ」ルクレティアが返した。「ロンドンまでの長い道のりをミスター・ホーソーンとふたりきりにすることはできないでしょう」

そのために今度はルクレティアが御者と従僕ふたりのみを連れて旅することになったわけだが、ジュリアンはその点は指摘せずにただ眉をつりあげた。

いくつものコテージが窓の外を通り過ぎていった。人が住んでいるものもあれば、無人のものもある。ここはかつては豊かな小作地だった。たくさんの家族がコテージで暮らし、草地には羊や牛が群れていた。だが、それは母が亡くなる前の話だ。

アダーズ・ホールはオックスフォードの西にあり、ウェールズ地方との境にほど近い。本来ならばここは豊穣な土地だ。アダーズ・ホールとその周辺のささやかな地所を母から相続したとき、ジュリアンは有能な地主になる大志を抱いていた。農業と畜産の最新技術を導入し、小作人とその家族を大切にする地主になるのだと。

当時は一七歳の若造でしかなく、父の遺言により両親の財産は叔父のオーガスタス・グレイコート、すなわちウィンダミア公爵の手に託されていたことを知らずにいた。ジュリアンが成人して地所の運営を引き継ぐことができるまでは、公爵が遺産を管理することになっていたのだ。

ところが、二一歳になったジュリアンがオーガスタスから受け取ったのは微々たるものだった。財産などはなからなかったと叔父は言い張った。メッサリナとルクレティアの莫大な持参金を別にすれば——これは母親によって遺され、いまは叔父の管理下にある——何も残っていないのだと。おまえの父親は放蕩者のごとく遺産を使い果たしたのだとジュリアンに告げたとき、叔父の顔には薄ら笑いが浮かんでいた。

馬車は車体を弾ませて道路を進み、アダーズ・ホールの私道に入った。道路沿いのブナの並木は目も当てられないありさまで——剪定に加えて植え替えの必要な場所もある——道自体、深い轍が刻まれ、雑草が伸び放題になっていた。

アダーズ・ホールが見えてくると、ジュリアンは顔をしかめそうになるのをこらえた。時代を帯びた灰色の石造りの屋敷は、かつては簡素ながらも風格をたたえていたが、いまや西翼は閉鎖され、屋根は雨漏りし、多くの窓には板が打ちつけられている。正面の階段は雑草がはびこり、ねずみにかじられた寮母のスカートの裾みたいにぼろぼろだ。

戸口にぽつんとたたずむ人影がふらふらと揺れた。

「まあ」ルクレティアが声をあげた。「クインタスが帰ってきているわ」ジュリアンに向きなおる。「わたしが見つけたときはコテージのひとつにいたのよ。お兄さまたちはどうしてふたりとも小作人のコテージにこそこそ隠れたがるの？　こうして立派な屋敷がちゃんとあるのに」

ジュリアンは近づいてくる荒廃した建物へじろりと目をやった。

ルクレティアは唇を尖（とが）らせた。「屋敷ではあるでしょう」

彼は鼻を鳴らした。

唐突に馬車が止まり、ルクレティアは兄の膝へ放りだされかけた。

ジュリアンは先におり、こちらへやってきてよろめいた弟をすんでのところで抱きとめた。沈み込むように体重をのせかけてくるクインタスをなんとか支える。弟は身長は変わらないものの、体重は一〇キロ以上ジュリアンを上回っていた。

「たしか、ル、ル、ル、クレティアを見かけたんだ」クインタスはろれつが回らず、すえたにおいの息をジュリアンの顔に吹きかけてきた。

本当に汚水溜めのようなにおいじゃないか。アルコールに汗、それに不潔な服のにおいが混じり合っている。これは帰宅の途中で少なくとも一度はぬかるみに転んでいるな。

「ええ、それはたしかよ」馬車からおりてきた妹が返答した。ルクレティアは兄ふたりより頭ひとつ分背が低いものの、その表情は悪いことをした幼児を叱ろうとする乳母の厳格さを連想させた。「メッサリナがお兄さまたちの助けを必要としているの」

クインタスはほうけた顔でまばたきした。いったい何時間飲んでいたのだろう？

ジュリアンはため息をついた。「少し待ってくれ、ルクレティア」

馬車に乗っている従僕へ向かって顎をしゃくり、呼び寄せる。ジュリアンは弟の片方の肩を支え、反対側は従僕に任せて、クインタスを屋敷の中へと引きずっていった。ルクレティアがその後ろからついてくる。暗い玄関ホールを通り抜けて彼らが厨房に現れると、ジュリアンの従者、ヴァンダーバーグはぎょっとした。どうやら料理人のミセス・マクブライドと噂話に花を咲かせている最中だったらしい。

小男のヴァンダーバーグは――一五〇センチあるかどうかだ――金髪と肌の白さが際立つ優雅なダークブルーのベストを着ていた。彼は互いに一〇代の頃からジュリアンの従者を務めており、おそらくそれだけが理由で薄給に甘んじている。

従者は弾かれたように立ちあがると、ジュリアンとふたりきりでいるときとは打って変わって、きまじめな使用人然とした顔つきを装った。「ミスター・グレイコート！　お戻りになっていたとは気づきませんでした。それもなんと乱れたお姿で」

ジュリアンの髪を見るその目からは恐怖の色が少しも隠せていない。

「ああ、そうだな」ジュリアンはそっけなく言った。ヴァンダーバーグの美意識をなだめている暇はない。「バケツに水を持ってきてくれ」

従者はぽかんと口を開けてからそれを閉じ、くるりと回れ右した。厨房の隅にある陶器の貯水槽へと直行し、バケツに水を汲んで持ってくる。

ジュリアンはクインタスを顎で示した。「かけてやれ」

ヴァンダーバーグは片眉をつりあげながらも主人に従い、クインタスの顔にバケツの水を浴びせかけた。

　クインタスはたちまち背筋をしゃんと伸ばすと、口に入った水を吐きだした。「なんだ？　何が――」

「風呂に入れて人前に出せるようにしてやれ」ジュリアンは従僕に命じてからルクレティアに目をやった。「お茶を飲んでいてくれ。三〇分で着替えてくる」

　返事を待たずにつかつかと厨房をあとにし、玄関ホールへと引き返す。ヴァンダーバーグがそのあとを小走りに追った。ジュリアンは木製の階段を二段飛ばしであがりながら、手すりには触れないよう気をつけた――たまに落下するのだ。

「荷造りを頼む」自室へ入り、ヴァンダーバーグに指示を出す。

　従者がぶつぶつ言うのを無視して、上着とシャツを脱いだ。

　背後で何かが床に落ちる音がした。

「何も言うな」ジュリアンはそう命じると、体を洗うために水差しから洗面器に水を注いだ。

「ですが、旦那さま、お背中が」ヴァンダーバーグが言い返す。

　出すぎたやつだ。ジュリアンは従者を無視し、冷たい水に浸した布で体をこすった。清潔なローン地のシャツを頭からかぶり、シルバーグレイの衣服をできるだけ素早く身につける。振り返り、ヴァンダーバーグが旅行かばん数個の荷造りをすでに終えているのを目にして安堵した。

「せめておぐしを整えさせていただいても？」傷ついた声で従者が頼んできた。

ジュリアンはスツールに腰をおろした。波打つ長い髪がくしけずられ、後ろできつく一本に編まれる。三つ編みの先端に黒いリボンが結ばれて、慌ただしい身ごしらえは終了した。

ヴァンダーバーグは一歩さがって主人を眺めた。「大急ぎでやったにしては上出来です」

「そうだな」ジュリアンは返した。「御者に手伝わせて荷物を運んでおいてくれ」

階下へ行くと、ルクレティアは片手にティーカップ、反対の手にはシードケーキを持って、埃をかぶった図書室の書棚を眺めていた。「一〇分後に出発する。馬車に乗るんだ」

妹は嘆息した。「それならケーキをもうひと切れもらってこなくちゃ」

ジュリアンはあえて返答はせずに厨房へ引き返した。

クインタスは酔いが醒めているようには見えないが、少なくとも清潔な身なりになっていた。やってきたジュリアンを血走ったグレイの瞳で見あげる。「どこへ行くんだ?」

「ロンドンだ」ジュリアンはぞんざいに言って弟の片腕を取った。反対の腕を従僕が取る。

「どうして?」クインタスは舌をもつれさせて言った。

「なぜなら」ジュリアンは三人で玄関へよろよろと進みながら苦い顔をして言った。「なんであれ、オーガスタスのくわだてを止めなければならないからだ」

翌朝ギデオンが結婚式を挙げたとき、空は泣いていたが、花嫁の目に涙はなかった。

窓を叩く雨音を伴奏に、主教の一本調子の声が響く。主教がゆうべと今朝と二日続けておでましとは。ギデオンは聖職者を一瞥し、この男と特別結婚許可証を手配するために、公爵はどんな手を使ったのだろうかと想像した。主教がびくびくしながらウィンダミアをうかがっているところを見ると、脅迫だろう。気の毒なことだ。しかし、貴族階級の者たちにかけてやる哀れみは持ち合わせていない。

悩める主教のことは頭から追い払い、公爵を観察した。ウィンダミアの表情はやさしい叔父のそれだが、その目はどす黒い歓喜に満ちている。

公爵はゆうべのうちにふたりを結婚させようとした。ギデオンは三〇分以上もかけて、みなが起きている朝まで待つよう公爵を説得した。もっとも実際には、メッサリナの侍女とウィンダミア・ハウスの執事が結婚式の証人として参列しているだけだ。まあ、ほかにキーズもいるが。あの若者を証人のひとりとして数えられるなら。ギデオンの部下は部屋の片隅に潜んでいた。

ギデオンはようやく花嫁に目を転じた。メッサリナはダークグレイのドレスをまとい、目の下にはそれとほぼ同じ色のくまができている。顔色は悪く、疲れが滲(にじ)み、唇は引き結ばれている。黒髪は少しも似合わないきついシニョンにまとめられていた。

それでもギデオンは腹の底から彼女への欲望がわきあがるのを感じた。

彼の視線に気づいたメッサリナにぎろりとにらまれ、ギデオンは大声で笑いたい衝動に駆られた。しかし、それは賢明ではないだろう――笑えば彼女を怒らせるばかりでなく、こちらの気分を公爵に明かすことになる。

ウィンダミアの鼻先からメッサリナを奪い去るのは危険な綱渡りだ。公爵は支配者であることを好む男だ——ギデオンが彼のもとを去ることに決めた理由のひとつはそれだった。公爵が差しだしたのが別のものだったら——別の誰かだったら——ギデオンはいま頃自由の身になっていただろう。

問題はそこだ。メッサリナは彼の弱点だった。彼女を手に入れ損なうことはできない。

主教がぼそぼそとした声でふたりを夫婦と認めると宣言すると、公爵は静かに笑い声をたてた。「なんとめでたいことか、メッサリナ。実に有益な縁組みではないか」ギデオンの鋭い視線に気づいて咳払いし、主教に向きなおる。「それでは祝いの食事としましょう。軽食を用意させてあります」

公爵はさっさと戸口へ向かい、執事が小走りで先回りして扉を開け、主教があとからついていく。ギデオンは振り返ってメッサリナの肘を取りながら、キーズと目を合わせた。相手は背筋を伸ばしてうなずいた。

ギデオンは笑みを嚙み殺した。雇われて三年、キーズはだらしない服装に反して、与えられた命令は几帳面に遂行する。ギデオンはメッサリナを部屋の外へと案内しつつ、キーズが彼女の侍女を呼び止めるのを——バートレットは明らかに不愉快そうだ——視界の端で確認した。

そのあとは戸口を通り抜けて玄関ホールを横切り、公爵のあとから妻を——自分の妻を——連れて歩き、朝食室へ向かった。象牙の長テーブルの上には、腹を空かせた男一ダースの食欲をゆうに満たすごちそうが満載になっていた。

公爵は上座に座ると、メッサリナのために椅子を引いているギデオンを待ちもせずに、指を鳴らして従僕にワインを注がせた。

ほかのグラスが満たされるあいだにごくごくと飲み干し、おかわりを注がせてからグラスを掲げる。「幸福な新郎新婦に乾杯！」

「ええ、ええ」主教は小声で相づちを打ち、自分のグラスを空けた。

メッサリナはただ唇を引き結んでいる。

ギデオンの花嫁は目の前に並ぶごちそうにもほとんど手をつけようとしなかった。彼女の叔父の食欲はそれをおぎなって余りあり、牛の骨を折って中の骨髄まですする卑しさだ。ギデオンはウィンダミアとメッサリナの両方を注意深く観察し、ようやく公爵が椅子を引くと、素早く立ちあがった。

そして公爵と主教に会釈した。「妻が疲れたようなので、休ませるために部屋へ連れていきます」

予想どおり、公爵はにたりとした。「そうだろうとも、すぐにでもわたしの姪とふたりきりになりたいのだろう、ホーソーン？　下層階級は動物的な要求が強いというからな」メッサリナへ視線を転じる。「おまえはすぐにわかることだろうが」

メッサリナは叔父の言葉が耳に入っているそぶりも見せずに――眼中に入っている様子すらない――差しだされたギデオンの腕に手をのせた。

ギデオンは公爵がメッサリナを呼び止めようとするかと一瞬警戒したが、ウィンダミアは腹がふくれて気がゆるんだらしく、面倒そうにふたりへ向けて手を払っただけだった。

ギデオンは退室すると、悠然と階段をくだり、玄関ホールへとメッサリナを導いた。

彼女が眉をひそめる。「わたしの部屋はこっちではないわ」

「きみの昔の部屋はね」

メッサリナはあたりを見回して問いただした。「わたしをどこへ連れていくの？」

ギデオンは彼女を見つめ、目配せせずにはいられなかった。「きみの新しい部屋へ」

彼女はまだ愁眉を開こうとしないものの、抗議はしなかった。

裏口から出て、手入れの悪い庭園を通り抜け、屋敷の裏手、門脇の厩に入った。

中には彼の馬車が待ち受け、扉の前にキーズが立っている。

ギデオンは顎をしゃくった。「全部積み込んだか？」

キーズは鼻を鳴らした。「全部は無理ですよ、旦那。だけど大事なもんは全部乗せた。まあ、彼女はそう言ってます」

キーズが馬車の扉を開ける。

メッサリナは目を丸くした。「これはいったい――」

「ああ、お嬢さま！」中からバートレットが大きな声をあげた。憤慨しているらしく、顔が真っ赤だ。「どうすればいいのかわからなかったんです。そこにいるならず者がミスター・ホーソーンの命令だと言って、それでわたしは仕方なく――」

こんなことに時間を取られている暇はない。ギデオンはメッサリナの腰のふくらみに手を添えてかがみ込んだ。彼女の耳にささやくと、ベルガモットの香りがふわりと漂った。「乗ってくれ」

メッサリナはきっとにらみつけながらも従い、彼の手を借りて馬車に乗り込んだ。ギデオンは彼女の隣に腰をおろし、キーズにうなずきかけた。

キーズは扉を叩き閉め、次の瞬間に馬車は走りだしていた。

メッサリナがじれったそうに問いかける。「それで、これはどういうこと？」

まだベルガモットの香りがする——いまにも消えそうなかすかな香気。ギデオンは彼女に向きなおり、その喉元へ鼻をうずめたかった。香りを追い、その源を探りだしたい。

そんなことをすれば、悲鳴をあげられるだろうが。

やめておこう。手練手管を駆使して誘惑し、メッサリナがベッドに身を横たえたときには、それが自分の意思だと思わせるようにするのだ。「きみに住まいを与えると約束しただろう、覚えているか？」

メッサリナは顔をこちらへ向け、疑いのまなざしを注いできた。「ええ」

これだけ近いと、澄んだグレイの瞳の模様まで見える。「きみをそこへ連れていく」

彼女は一瞬戸惑いをあらわにして、無防備に目を見開いた。

ギデオンは慎重に息を吸い込んだ。

メッサリナはすぐに黒いまつげを伏せて横を向き、表情を見られないようにした。「叔父はわたしたちがウィンダミア・ハウスで夜を過ごすものと思っていたわ」

「ああ、そうだな」

メッサリナは物思わしげに彼を眺めた。「自分の鼻先からわたしをさらわれたのに気づけば、叔父は激怒するわよ」

ギデオンは肩をすくめた。「きみの叔父上から怒られるのには慣れている」

「だけど、そもそもどうしてこんなことを?」

ギデオンはゆっくりと彼女に向きなおった。「彼の屋敷にいるときのきみの目を見ていられないからだ」

メッサリナの唇が開く。「あなたのことがまったく理解できないわ」

「それならぼくを研究するといい」ギデオンは冷笑を浮かべた。

「そうね」メッサリナがのろのろと言う。

ギデオンはかぶりを振った。「いずれにせよ、これからきみをウィスパーズへ連れていく」困惑の色が浮かぶ彼女のまなざしをとらえる。「われわれの新居、ウィスパーズ・ハウスだ」

「ほかには何かございますか?」その夜バートレットが疲れた声で尋ねた。

メッサリナは侍女と向き合い、目をしばたたいただけだった——それぐらい疲労困憊(こんぱい)していた。バートレットが急いで荷造りすることのできた数少ない旅行かばんと箱を部屋で開けていたら、午後は終わってしまった。ウィスパーズ・ハウスはロンドンの高級住宅街とは言えない区域にある、朽ちかけた巨大な屋敷だと判明した。ホーソーンは彼女たちと荷物、それにこわもての男ふたりを残してふたたび馬車に乗り込み、メッサリナに質問をさせる間もなく何かの用事で出かけていった。

きっと叔父に命じられた用事だろう。

メッサリナは身震いした。本当に、誰とも結婚する気はなかったのに。ましてや暴力を楽しむ男性を夫にするなんて。

息を吸い込んで肩を後ろへ引き、背筋をまっすぐ伸ばした。いまは絶望に屈しているときではない。

計画を練るべきときだ。

メッサリナは侍女に向きなおった。「筆記用具は荷物に入れてくれた?」

「もちろんです」バートレットは即答すると、壁に立てかけてあったメッサリナの旅行かばんのひとつへせかせかと向かった。

室内には家具らしい家具はほとんどない。重たげな赤い天蓋つきの大きなベッドに、椅子が二脚と小さなテーブル、真鍮製の鍵穴がついた宝箱――これには鍵がかかっている。服をしまおうにも衣装だんすや整理だんすがないのは、ホーソーンのいやがらせなのか、それともこの部屋はまだ家具が揃え終わっていないのか、よくわからなかった。

バートレットが平たい木製の箱を持ってきた。メッサリナは暖炉の前のテーブルに腰かけて箱を開けた。中には旅行用の筆記用具として、便箋に羽根ペン、インクがきれいに収納されている。

メッサリナは便箋を一枚取りだし、インクにペンを浸して手を止めた。誰に宛てて手紙をしたためよう？

おそらくルクレティアはすでにジュリアンとクインタスを見つけだしているだろうから、彼らに宛てても意味はない。

メッサリナは唇をすぼめた。友人の大半は、彼女のような淑女だから、ほとんどなんの力も持っていない。

けれどひとりだけ……。

フレイヤ・デ・モレイは少女の頃、メッサリナのいちばんの友人だった。姉のオーレリアが殺害されて、どちらの世界も崩壊するまでは。

フレイヤの兄で現在はエア公爵であるランは、オーレリアを殺した張本人と見なされた。誰からも愛されていた人気者のオーレリア。彼女が殺された夜、ランはオーガスタス叔父の部下たちに暴行され、瀕死（ひんし）の重傷を負った。以来、グレイコート家とデ・モレイ家は憎悪とスキャンダルの網にからめとられたままだ。

両家は長いあいだ疎遠になっていたが、つい先頃メッサリナはフレイヤと和解を果たした。復活した友情は、自分でも抱えていることに気づかなかったメッサリナの傷をふさいでくれた。

フレイヤは離ればなれだったあいだに何をしていたのかも教えてくれた。決して他言しないでと釘(くぎ)を刺してから、〈ワイズ・ウーマン〉のひとりであることを明かしたのだ。大昔から存在するこの秘密結社の会員は女性のみで、彼女たちはほかの女性の助けとなることを唯一の目標としている。

　そしてまさにいま、メッサリナは助けを必要としていた。

　ペンを走らせて状況を手短に説明すると、吸い取り砂を振りかけて便箋を封緘(ふうかん)した。それから小さな笑みを浮かべ、ハーロウ公爵方と宛先を記した。ケスターと呼ばれる公爵はいまではフレイヤの夫だ。

　メッサリナはバートレットを振り返り、手紙と硬貨数枚を手渡した。「朝になったらこれを郵便に出してちょうだい。ミスター・ホーソーンや彼の部下に見つからないよう細心の注意を払ってね。お願いできる？」

　侍女が誇りを傷つけられたような顔をした。「もちろんでございますよ。用事を作って屋敷を抜けだせば、誰にもわかりはしません」

「助かるわ、バートレット」メッサリナはほっとした。「今夜はもうさがっていいわよ。ところで、今夜あなたが眠る場所はあるの？」

「ええ。キーズって人にきいておきました。使用人の部屋にベッドが用意してあるそうです」

　メッサリナは眉間にしわを寄せた。この部屋へ引き取る前に屋敷のごく一部を見たかぎりでは、ウィスパーズ・ハウスはとても人が住める状態ではなかった――家具はひとつもなく、まともな使用人がいるのかさえ定かでない。「何か問題があったら、わたしに知らせるのよ」

バートレットは一五〇センチしかない体をぐっと伸ばした。「こう言ってはなんですが、わたしは自分でちゃんと対処できます」

メッサリナはほんの一瞬キーズに同情し、それから侍女にうなずきかけた。「あなたに任せるわ。おやすみなさい、バートレット」

「おやすみなさいませ」侍女がお辞儀をし、扉からそっと出ていった。

メッサリナは立ちあがり、シュミーズを撫でつけた。髪は毎夜のようにバートレットに梳かしてもらったものの、寝室には化粧台も鏡もない。心細さを覚えながら見回した。夕食は少し前にバートレットとともに小さなテーブルで――侍女は嘆いていたが――とった。テーブルもベッドも廃品かと見まがうほど古い。新しい夫は屋敷を購入したものの、家具まで揃える資金はないのだろうか。あるいは単に揃えるつもりがないのか。

がらんとした部屋を眺めているうちに、まるで自分の人生のようだとふと思った。ここには友だちもルクレティアもいない。それではなんの意味もない。

暗い考えを頭から振り払った。夜も遅くて疲れているせいだ。それに今日という日は……悪夢だった。

メッサリナはベッドへ向かった。明日は屋敷を探索し、どこまで自由に活動できるかを調べて、逃げ道を考えよう。今夜はただ眠りにつきたい。ベッドの上掛けをめくり、シーツが清潔なのを見てほっとした。マットレスにあがろうと膝をのせる。

そこで扉が開いてホーソーンが入ってきた。

たちどころに眠気が吹き飛び、鼓動が速まった。「出ていって」

「わが妻もご機嫌うるわしいようで」ホーソーンは扉を閉めると、黒い眉をつりあげて彼女を眺めた。

「出ていってと言ったのよ」メッサリナはベッドから膝をおろした。どうしよう、シュミーズしか着ていない。上質のローン地は肌がほとんど透けて見える。

「何も怖がることはない」彼が言った。

「わたしは頭の足りない愚か者（クラム）ではないわ」

「女陰（クラム）ね」ホーソーンはゆっくり頭を傾けた。

メッサリナは彼の軽口を無視した。「わたしはこの国で最も高貴な紳士たちに求愛されてきたけれど、すべて拒んでいるわ。なぜだかわかる？　どの紳士も知性や敬意に欠けるくだらない人たちだったからよ。それがいまになって、あなたみたいならず者に自分を差しだすつもりはないわ」

「悪いが、きみは見落としている点がふたつある」ホーソーンは黒い瞳を輝かせて冷ややかに言った。その姿はまさに悪魔そのものだ。きっとシュミーズ越しに彼女の胸の先端も見えているに違いない。「ひとつ、ぼくは紳士ではない――」

「あら、それなら知っているわ」メッサリナは甘い声で茶々を入れた。

「ふたつ、ここはぼくの寝室だ」

彼女は目をしばたたいた。「戯れている気分ではないの。ここへ来た理由を言って出ていって。いいえ、ただ出ていってくれればそれでいいわ」

「ここへ来たのは眠るためだ」ホーソーンはそう言って上着を脱ぐと、きちんと折りたたんで椅子に置いてから両腕を広げた。図々しくも、後ろめたげな表情さえ浮かべて。「ここは本当にぼくの寝室なんだ」

嘘ではないの？　てっきり寝室は別々だと思っていた。

メッサリナは怒りに目を見開いた。「なんですって？」

「ここは、ぼくの、寝室だ」彼は腹立たしい言い方で繰り返しながら、ベストのボタンを外しだした。

「やめてちょうだい！」

ホーソーンがぴたりと動きを止めた。感情のないまなざしで彼女を射貫く。「やめなかったら？」

恐怖が血管に流れ込んだ。この男性が何をしかねないかは知っている。それでもメッサリナは嘲笑を浮かべて言い返した。「あなたの飲み物に催吐薬を入れるわ。ええ、ビールであれなんであれ、絶対に入れてやる」

「それは……」ホーソーンはその脅しを思案した。「なかなか目新しいな。効果的であるのは言うまでもない。だが――」彼女がかつて見た中で最も信用できない笑みを広げてみせる。

「せっかくの巧妙なくわだても手の内を明かしたことでだいなしだ。おいで。ぼくは疲れた。

きみもそうだろう？」

　メッサリナはふんと息を吐いた。「教えてあげるわ、ほとんどの夫婦はそれぞれの寝室を持っているものなのよ」

「いいや」ホーソーンはベストを几帳面にたたんで上着の上に置きながらゆっくりと言った。「ほとんどの人々は、家にひとつしか寝室を持っていない——そして多くの場合は部屋そのものがひとつきりだ」

　彼の反論にメッサリナは言葉に詰まり、部屋がひとつしかない家での暮らしを想像して、自分の身分を恥ずかしく思った。

　けれどもすぐに肩をいからせた。「だけど、わたしはそういう人たちとは違うわ」

　横をさっとすり抜けてベッドに腰かける彼を目で追い、向きなおった。

「たしかに違うな」ホーソーンはぼそりと言った。

　メッサリナはしびれを切らして天を仰いだ。「部屋ならこの屋敷にはいくらでもあるでしょう——」

「あるさ」ホーソーンは彼女をさえぎり、首巻き（クラヴァット）をほどいた。「気がすむまで文句を言えばいい、だがきみは忘れていることがある」

　メッサリナは腰に両手を当てた。「何かしら？」

「ぼくは別々の部屋で寝たくない」ホーソーンはクラヴァットを椅子へ放ったが、狙いを外した。肩をすくめ、長いまつげ越しに彼女を見あげる。黒い瞳がキャンドルの明かりにきらめいた。「きみはぼくを信用するしかない」

信頼を抱かせようとしているのなら、彼は見事に失敗している。

メッサリナの唇から冷笑が漏れた。「わたしをだまそうというのね」

「誓って違う。どれほど――」ホーソーンは形もあらわな彼女の胸を一瞥した。「誘惑があろうと、きみを力ずくでものにすることはしない。それはぼくの計画とは違う。お互いに利益を得られるよう休戦協定を結んだのに、なんの理由があってそれを破る？　いまきみを傷つけるようならぼくは愚か者だ。そしてきみに言われる前に言っておくが、ぼくは愚か者ではない」

あの焼けつくような一瞥のせいで、頬がほてるのを感じる。メッサリナは心を決めかねて唇を噛んだ。彼の言っていることは理屈が通っているし、その考え方になぜか安心した。それでも……。「では、今夜はどうするつもりなの？」

「寝るつもりだ」ホーソーンはシャツのボタンを外して言った。「約束どおり、ひと月たつまで、きみには手を触れない。だが、ベッドはともにする。この結婚に異議を唱えられたくないからね」

メッサリナの視線は、開いた襟元からのぞく彼の喉につかの間とどまった。キャンドルの明かりが日焼けした肌に反射する。彼に触れたい。触れたくてたまらない。

はっと目をあげると、ホーソーンに見つめられていた。彼の唇にはあの意地の悪い笑みが浮かんでいる。メッサリナは体をこわばらせた。

「メッサリナ」ホーソーンのささやき声は猫が喉を鳴らすかのようだ。「ベッドへおいで」部屋から飛びだしたい。けれどもここで恐怖に――もしくは短気に――屈したら、彼との取引が白紙になりかねない。

それに、プライドの問題もある。

「ふん」メッサリナはベッドの反対側へ回ると、彼から目を離さずにゆっくりと寝床の中へ入った。

ホーソーンは笑っているのを隠すかのように顔を伏せて、シャツの三番目のボタンを外した。

目をそらそうとしても、どうしてもできなかった。筋肉の浮きでた喉がさらに数センチあらわになる。

彼はそこで手を止めた。

メッサリナはじれったさに唇を尖らせた。

ホーソーンは体をふたつに折って靴と靴下を脱いだ。細いチェーンにさがった何かがシャツの胸元から滑りでる。

「それは何？」彼女は尋ねた。

キャンドルの光をはじいてきらりと輝くそれを、彼はさっとつかんでシャツの中へと戻した。

「きみが気にするようなものじゃない」ホーソーンは髪を縛っていたリボンをほどいた。豊かな巻き毛が肩に落ちかかる。

ホーソーンは彼女をじっと見つめた。その姿はまるで異教の神だった——人間の生け贄を要求するたぐいの神だ。

メッサリナの中のどこかは——願わくは誰にも気づかれない場所は——彼の肉体にこのうえなく惹かれていた。それを意識して、ごくりと唾をのんだ。

ホーソーンは立ちあがると、もったいぶったそぶりで上掛けをめくった。彼女と視線を絡ませたまま、ベッドの中へ体を滑り込ませる。

メッサリナは顔をそむけた。

マットレスが沈み込んで揺れたあと、動かなくなった。

彼女は体をこわばらせて天井を凝視した。ベッドは広々としているので、互いの体が触れることはない。それでも、ほんの数センチ離れたところにある彼の引き締まった大きな体を妙に意識してしまう。これまで誰かとベッドをともにしたことはなく——少なくとも大人になってからは皆無だ——男性とベッドに入ったことなどあるはずもなかった。

ホーソーンがキャンドルを吹き消した。

おだやかな深い呼吸が聞こえる。メッサリナは彼のにおいがするのにふと気づいた。いやなにおいではない。これが男性のにおいなのだろう。同じベッドにいる男性の。

胸の先が硬く尖り、メッサリナは凍りついた。なぜかホーソーンに勘づかれる気がして怖かった。体が勝手に反応しているだけなのに、誘いをかけていると受け取られたらどうしよう。

そんな警戒心もやがては疲労感に負けた。呼吸が深まり、彼女はうとうとしはじめた。闇の中でささやく男性の声は夢の一部のようだった。「おやすみ、妻よ」

行商人は、自分が道を外れて暗い森の中ですっかり迷ってしまったことにほどなく気がつきました。

「なんてことだ！　愛する妻とかわいい子どもたちの顔を二度と見られないぞ」

そのとき前方に明かりが見えました……。


『ペットとキツネ』

3

翌朝ギデオンはベルガモットの香りと彼にぴったり寄り添う体のぬくもりで目を覚ました。まどろみの中、セント・ジャイルズの名もないどこかの部屋で、薄っぺらい藁布団に弟と身を寄せ合っていた子どもの頃につかの間引き戻される。

ただ、このマットレスは柔らかすぎるし、セント・ジャイルズにはベルガモットのようにいい香りのするものは存在しない。

それに、弟のエディは二〇年近く前に死んでいる。

ギデオンははっと目を覚ました。カーテンのない窓は白々とした朝の光に輝いていた。

ここは自分のベッドだ。メッサリナをつかまえるべくイングランド北部へ出発するほんの前日に購入したベッド。屋敷を手に入れたあと数カ月のあいだ、置いてあったのは必要最低限の家具だけだった――どうせ帰宅するのは食べて寝るためのみだ。しかし、それ相応のベッドもない家へ自分の妻を連れてくることはできなかった。

自分の妻。

ギデオンの唇は思わず満足げな弧を描いた。身分違いでありながら、メッサリナとの結婚を果たしたのだ。いまや彼女は自分のものだ。

体を起こして身を乗りだし、メッサリナを眺めた。彼女は横向きで体を丸め、すやすやと眠っている。頬は紅潮し、唇を少しだけ開いているさまが無防備で愛らしい。彼女を見ていると自分もふたたび横になり、上掛けを引っ張りあげて、隣でうたた寝したくなる。できれば彼女の体に腕を回して。

ギデオンは顔をしかめた。そんなことをすればメッサリナは悲鳴をあげ、寝込みを襲ったと彼を非難することだろう。

彼はかぶりを振った。そもそもベッドでゆっくりしたことなどない。

ギデオンは起きあがった。だらだらするのは貴族のやることだ。セント・ジャイルズの泥溜まりから抜けだすことができたのは、すでに手中にあるものをベッドの中で思い浮かべていたからではない。次に手の届くものから決して目を離さずにいることにより、セント・ジャイルズから爪を立ててよじのぼり、這いでてきたのだ。

そのことをしかと肝に銘じ、古い旅行かばんの鍵を開けてガウンを引っ張りだした。それをまとい、ベッドは振り返らずに部屋をあとにした。

早足で廊下の奥の部屋へ向かう。

扉を開けると、五、六本のキャンドルがともる中、事務机についているキーズが大きなあくびをしていた。

「早いですね、旦那」キーズがもごもごと言う。まぶたは重たげで、髪は片側がぺしゃんこだ。ギデオンのもとで働くようになってからも、キーズは早起きには慣れないままだった。

「おはよう」ギデオンは挨拶してガウンを放った。

鏡台の上には熱い湯を張った洗面器と布が用意されていた。ギデオンは顔を濡らしたあと、そばに並べてある石鹸(せっけん)と恐ろしく鋭い剃刀(かみそり)へ手を伸ばした。

「新たな情報は？」顎に石鹸の泡を塗りながら尋ねる。

キーズはあくびを嚙み殺した。ティーポットを手にしてカップに紅茶を注ぎ、小さな手帳を確認する。「ピーの報告じゃ、公爵が姪と引き替えに旦那に何をやらせようとしているのかはまだ見えてこないそうです。手下にいつもの連中を探らせたそうですが、知ってるやつがいるとしても、しゃべるつもりはないようで」

ギデオンは頭を後ろへそらし、石鹸をつけた喉に剃刀を滑らせた。「公爵は誰にも明かしていないのだろう。間違いなく汚れ仕事だな」

キーズはうめき声をあげた。それが同意のしるしか、熱い紅茶をがぶりと飲んだからかは不明だ。「ピーに聞き込みを続けさせますか？」

「いや、いい。今日公爵と話をするから、もうその必要はない」ギデオンは顔をしかめた。相手の魂胆がわからないのは不安だが、やむをえない。公爵は仕事の内容をメッサリナとの結婚の前に明かすことを拒絶していた。

「公爵は旦那を引き止めたいだけじゃないですか」キーズは遠慮がちに言った。「閣下が癇癪を起こしたときに小便をちびらないのは旦那だけですからね」

「ああ、引き止めようとはするだろう」ギデオンは苦々しく返した。「公爵はなんであれ誰であれ、自分の手からのがれるのを嫌う――自分に完全にはひれ伏していない相手は特にだ。しかし、あの男はこの取引に至極満足している。どうやらよほどぼくにやらせたいことがあるらしい」

その言葉にキーズは不安げな顔になったものの、何も言わずに手帳をめくった。「従業員の報告じゃ、ゆうべバンクロフトの旦那は賭けで大負けしてます。店にさらに二〇〇ポンドの借金。釣り針に引っかけたままにするのか、釣り糸をちょん切るのか、従業員が旦那の指示を仰いでます」

「そのままでいい」ギデオンは即断した。バンクロフト子爵は貴族院ではかなり有力な派閥に属している。いまは具体的な使い道はないとはいえ、国会議員に文字どおり貸しを作っておくのはどんなときでも有用だ。

キーズはうなずき、小さな手帳に書き込んだ。「ミスター・ブラックウェルがなるべく早くお話ししたいそうです」

ウィリアム・ブラックウェルと賭博場で出会ったのはもう何年も前のことだ。ギデオンがそこにいた理由はふたつ。ひとつは公爵に命じられた諜報活動。ふたつ目は自身のささやかな収入のため。つまりは金貸しに成り代わって借金を取り立て、手間賃をちょうだいするためだ。

この二足のわらじはうまいことといっていた。

しかしブラックウェルはギデオンをさらに一歩先へ進ませた。ブラックウェルの助けを借りて、ギデオンはイングランド北部の炭鉱を購入した。石炭は極めてもうかることが判明し、ギデオンは別の炭鉱を手に入れたばかりだ。ブラックウェルは経理と炭鉱の運営を担当し、いわばギデオンのビジネス・パートナーとなっている。

ギデオンは眉根を寄せた。「会計帳簿のことか？」

キーズは肩をすくめた。「旦那に直接話すそうで」

「またか」ギデオンはため息をついた。「炭鉱の件だろう。考えが浮かぶと、骨をくわえた犬みたいに放そうとしない。こっちは新婚で忙しいと言ってやれ」

「では、旦那がおっしゃるとおりに」

「ほかには？」

「残りは公爵絡みですよ。旦那は二週間近く留守でしたから、そのあいだにいろいろ進展がありました」キーズは怪訝そうに目を細めた。「まだ公爵の動きを見張りつづけるんですか？

閣下の姪とめでたく結婚したんだ、そっちはもう終わりだと思っていたんですが」

厳密に言えば、あとひとつ仕事を引き受ければ公爵からは晴れて解放される。一方で、備えあれば憂いなしでもあった。

「念のため、ウィンダミアの行動にはまだ目を光らせておけ」ギデオンは湯で顔を洗って石鹸をすすぎ、布でぬぐった。「コーヒーハウスへ行って朝食にしよう。詳しいことはそこで聞かせてくれ」

「ミス・グレイコートはどうなさるんで？」キーズが尋ねた。

ギデオンは清潔なブリーチズをはきながら片方の眉をあげた。「ミ、ミセス・ホーソーンのことか？」

キーズは顔をしかめた。「ええ、まあ、そうです。ミセス・ホーソーン」

「彼女がなんだ？」

「いや、だって……」キーズは妙な顔つきだ。「目を覚ますまでは家にいるもんじゃないですか？　だって、ほら――」真っ赤になる。「初夜の翌朝ですよ」

ギデオンはシャツの袖に腕を通したところで動きを止め、部下をしげしげと眺めた。「キーズ、おまえがそんなロマンティックな男だとは知らなかったぞ」

キーズが口を開く。

「いいや」ギデオンは素早くかぶりを振って相手を制した。「ミセス・ホーソーンは静かな一日を望むはずだ。レギーには烙印（らくいん）のある掏摸（すり）だと思って彼女を見張るよう伝えておけ」

必要以上にきつい言い方になり、はっとした。

今朝、彼のベッドで眠っていたメッサリナの愛らしい顔を思いだし、やはりとどまるべきだろうかと心のどこかでためらった。いいや。彼女の姿をきっぱり振り払った。自分がいたところで彼女は喜ばない。ゆうべ彼女ははっきりそう示したではないか。

自分にはやるべきことがある。おのれが定めた目標に到達するには険しい道を歩まねばならない。たとえメッサリナといえども、寄り道するには値しない。

心が決まるとギデオンは扉を開けた。すると真ん前に暗い顔のピーが立っていた。その手は幼い少年の腕をつかんでいる。「旦那、お話が」


メッサリナは早く起きすぎたようだった。その証拠にまだバートレットが来ていないし、暖炉の火も入っていない。彼女はベッドの中で伸びをして、つま先をもぞもぞと動かした。

そこで記憶がよみがえった。

できるだけそっと隣をのぞいたが、その必要はなかった。ホーソーンが眠っていた側は空っぽだ。シーツへ手を滑らせてみると冷たい。彼がひと晩そこで眠ったことを示すのは、枕のわずかなへこみだけだった。

メッサリナはふんと息を吐いた。

夫と顔を合わせなくていいのはもちろん喜ばしい。けれど、一緒にいるのは不愉快よと、彼に直接言ってやりたかった。大嫌いな夫がいないことに、なぜか拍子抜けした。

彼女は部屋を見回して途方に暮れた。持参金の一部をもらいしだいここを去る計画だが、それまでの一カ月間は何をして過ごそう。屋敷をもっと住みやすくする？　友人たちに手紙を書く？

どちらもなんだか物足りない。

メッサリナは嘆息した。寝なおせばいいものの、すっかり目が覚めて少しも眠くない。万が一、ギデオンが部屋へ戻ってきたら？　そう考えるなり、ぱっと起きあがり、身を守るためにガウンを探した。

扉が開き、メッサリナはどきりとした。

入ってきたのはバートレットで、手に持ったトレイにはティーポットに砂糖入れ、茶こし、ティーカップ、バターを塗ったパンがのっている。「まあ、もうお目覚めでしたか」

侍女はヒップで扉を閉めると、小さなテーブルにトレイを置いた。

「ありがとう、バートレット」メッサリナは椅子に腰をおろした。

自分で紅茶を注ぎ、口に含んで思わず鼻にしわを寄せる。茎ばかりでひどい味。でも、少なくとも熱い。

「たいしたものはご用意できませんでしたが」バートレットは火格子の前に慎重に膝をついている。

メッサリナはまずい紅茶を口へ運ぶ途中で固まった。「何をしているの？」

「炉床を掃いてるんですよ」バートレットは当然のように言った。

「だって、それはあなたの仕事ではないでしょう」

「今日はわたしの仕事です」バートレットは小さな箒をせっせと動かしている。「この屋敷にはハウスメイドがいないんですよ」

「ひとりも？」メッサリナは困惑して眉根を寄せた。

バートレットは首を横に振った。「厨房に皿洗いの若い子がひとりいるきりです。その子は怖じ気づいて、ここまで来たがらないんですよ」

なんてことなの。ただちにメイドを何人か雇い入れなくては。バートレットは自分の仕事ですでに手いっぱいだ。

「だけど料理人はいるのね？」メッサリナはパンをつまんで振ってみせた。

「ええ、料理人は」バートレットがうなずく。「ですが執事も家政婦も、従僕さえいないんです。このお屋敷には最低限の使用人だっていやしない」

「それはたしかに問題ね」苦いばかりの紅茶をもうひと口飲んでいたメッサリナは、怒鳴り声にびくりとしてカップを取り落としかけた。

「まあ、なんでしょう」バートレットがメッサリナを見る。大声だったが、言葉は聞き取れなかった。

メッサリナはカップをゆっくりと置いた。「いったい――」

今度はさらに大きな声があがり、騒がしい気配が伝わってくる。

メッサリナは立ちあがって扉へ急いだ。廊下に人影はないものの、いまや右手からすすり泣きが聞こえてくる。スカートをつまむと、ほとんど走るようにしてそちらへ向かった。泣き声は子どものもののようだ。

廊下の先の扉が開いていたので、中へ駆け込む。

そして急停止した。

ホーソーンが恐ろしい形相で、泣きじゃくる幼い男の子を見おろしている。男の子はせいぜい八つぐらいだ。

「何をしているの？」メッサリナは問いただした。

ホーソーンが顔をあげて彼女と目を合わせた。そのすさまじい目つきに、メッサリナはあとずさりしかけた。「きみには関係ない」

メッサリナは頰を平手打ちされたかのようにびくりとした。少年に目をやると、真っ赤な顔には涙の筋がつき、細い肩を丸めている。薄茶色の髪は耳のまわりでカールしていた。ズボンはぼろぼろで、履いている靴は大きすぎ、かつては白かったと思われるシャツは薄汚れている。

なんて哀れな姿なの。

激しい怒りが体を駆けめぐった。「関係あるわ、あなたが子どもを脅しているのなら」

「いいや、関係ない」話は終わりだというようにホーソーンは彼女に背を向けた。「サム。これで懲りただろうな」

室内にほかにも人がいることにメッサリナはようやく気づいた。ホーソーンの部下、キーズは油断ない目つきでかたわらに立っていた。退屈しているようにさえ見える少年がもうひとり、壁に寄りかかっている。それに、メッサリナの斜め後ろにはバートレットが来ていた。

「は、はい、旦那」サムが声を絞りだし、背筋を伸ばした。「二度とやりません」

「何をやらないんだ？」問い詰めるホーソーンの表情は依然として険しい。

サムは唾をのみ込んだ。「もう旦那からは盗まない」

「ぼくからだけか？」ホーソーンはうなった。「それでは不充分だ」

メッサリナは彼をにらみつけた。「ホーソーン」

誰も彼女のことなど気にとめようとしない。

「誰からも」サムは甲高い声であわてて言いなおした。「もう誰からも盗みません！」

「誓うか？」ギデオンが念を押す。

「誓います！　えっと、母ちゃんにかけて、誓います」

「おまえの母ちゃんは死んでるだろ」もうひとりの少年がさもつまらなそうに指摘した。

サムはしゃくりあげた。「母ちゃんのお墓にかけてだよ」

メッサリナは胸が締めつけられた。こんな言葉を聞いて、みんなどうして平然としていられるの？

しかし、ホーソーンはなおも幼い少年をにらみつけている。頬に銀色の傷跡が走るその顔は無慈悲で恐ろしげだ。「自分の命にかけて誓え。今度ぼくから何か盗んでみろ、おまえの命は半ペニーの価値もないとわからせてやる」

「命にかけて誓います」サムは蚊の鳴くような声で言った。

メッサリナは衝撃に声を失った。幼い子どもに向かって殺すと脅すなんて、どういう人間なの？

ホーソーンはもうひとりの少年へ目をやった。「こいつを屋敷の外へ連れていけ、ピー」

「あいよ、旦那」ピーは壁から体を起こした。「ほら、行くぞ」

少年はまだめそめそ泣いているサムを乱暴に部屋から連れだした。

メッサリナは怒りを爆発させた。「年端もいかない子どもに対してあんなひどい仕打ちは見たことがないわ」

ホーソーンはぴたりと静止したあと、キーズに向かって顎をあげた。相手はうなずくと、バートレットを急き(せ)たててともに退室し、扉を閉めた。

あとにはふたりだけを残して。

「きみは温室育ちだ」

「それはどういう意味？」メッサリナは問い返した。

ホーソーンはようやく振り返り、彼女と向き合った。黒い瞳はまだ怒りに燃えている。

「きみは貴族だろう」

ずきりと胸を刺した痛みをメッサリナは否定した。「あなたは野良犬だわ」

彼は動きを止め、それから近づいてきた。その瞳は罪よりも暗い漆黒だ。「ぼくを犬呼ばわりして生きながらえた男はほとんどいない」

ホーソーンのまなざしに彼女は凍りついた。オオカミに見つかったひ弱な小動物の心境だ。

メッサリナは震える息を吸い込んだ。彼はなんて気分が変わりやすいのかしら。

なんて危険なの。

こんな人を恐れるものですか。「だったら」声が震えないよう懸命にこらえて言った。「女でよかったと思うべきかしら」

ホーソーンは唇の端を持ちあげたが、すぐに背を向けて卓上の書類をめくりだした。

口さえ開かずに彼女をしりぞけて。

おとなしく引きさがるような弱い女ではないわ。

メッサリナは唇を引き結んだ。「あの子は何を盗んだの？」

「真鍮の燭台だ」

「それだけで殺すと脅して屋敷から放りだしたの？」メッサリナは耳を疑った。

「サムは罪を犯した」ホーソーンは歯を食いしばっている様子だ。

「まだ子どもよ！」

「きみは自分のしゃべっていることがわかっていない」寒気がするほど静かな声だ。「さあ、話はこれで終わりだ」

「いいえ、まだよ」メッサリナは食いさがった。「子どもを脅すような人と暮らすことはできないわ」

「ぼくと暮らすのを拒むのか？」ホーソーンは顔をあげた。不穏な表情だ。「きみはぼくと約束を交わした。本気でぼくと争うつもりなのか？」

メッサリナは息を吸い込んで気持ちを落ち着かせた。一カ月。一カ月我慢しさえすれば、彼のもとから逃げられる。

「いいえ。けれど、あなたの態度は――」

「ぼくの行動を理解できないというだけで、それを批判する権利はきみにはないし、ぼくを批判することもできない」ホーソーンはさらに接近した。体からは野性的な熱を発しながら、黒い瞳を細めて彼女を見据える。「ぼくとの約束を守るのか？」

メッサリナの呼吸が速くなった。憎悪のせいで……それに何か別の感情のせいで、心臓が高鳴る。「あなたに権利は――」

「メッサリナ」ホーソーンは彼女の顎をつまんだ。その手は荒々しく、顔はキスのまねごとみたいに近づいてくる。「守るのか？」

怖くなどない。自分は彼を怖がったりなどしていない。「守るわ」

メッサリナはぐいと顎をあげてホーソーンの手からのがれた。

ふたりはつかの間そのまま立っていた。彼女の呼吸はいまなお乱れ、彼の黒曜石のごとき瞳には埋み火（うずび）が燃えている。

ホーソーンは手を伸ばし、ほつれた髪を彼女の耳にかけた。ゆっくりした動作はやさしげでさえある。「ありがとう」

メッサリナは彼を凝視し、唇を開いた。

ホーソーンは手をおろすと、唐突に会釈した。「外出してくる。夜には戻るから夕食は一緒にとるように」

射貫くような目でもう一度彼女を見てから、部屋を出ていった。

メッサリナは張り詰めていたものが一気にゆるんで肩の力が抜けた。ああ、神さま。今夜どんな顔をしてホーソーンと食事の席に着けばいいの？　何ごともなかったみたいに会話をするの？

そこではっと気がついた。一カ月後に待っていることは会話どころではない。

メッサリナは彼に体を許さなければならないのだ。

三〇分後、ギデオンはウィンダミア・ハウスの正面階段をのぼっていた。

ここまで歩くあいだ、メッサリナの顔が頭から離れなかった。彼女の衝撃と嫌悪の表情が。気にすることではないはずだ。やさしい表情など期待したことはないではないか。必要としたこともない。自分自身が機転のきく抜け目のない人間であればそれでいい。

だがそれでも、彼女のあの表情が心に引っかかっていた。

ギデオンはぶるりと頭を振り、扉を鋭くノックした。ほどなく執事が扉を引き開けた。ジョンソンという名の男で、メッサリナとの結婚式に立ち会った証人のひとりだ。執事にぶしつけに眺められ、ギデオンは晴れやかな冷笑を浮かべずにはいられなかった。執事の考えていることはわかっている——ギデオンは公爵のもとで働いて長いが、これまでは常に使用人用の出入り口を使ってきた。

ジョンソンは厳格な上級召使い然とした態度に戻り、脇へどいた。

ギデオンは帽子を従僕へ預けると、執事に続いて階段をあがり、細い廊下を進んだ。

ジョンソンが扉をノックして開けた。「ミスター・ホーソーンがお見えになりました、閣下」

ウィンダミアは魚の燻製とハムと卵が大盛りになっている皿から顔をあげ、フォークを振った。「おまえは席を外せ」

執事は静かに扉を閉めた。

ウィンダミアは椅子の背にもたれた。「わたしにいっぱい食わせたつもりか。姪をさらっていくとはな」

ギデオンはまつげ一本動かさなかった。「滅相もない、閣下。妻がどうしても新居を見たがったもので」よどみなくつけ加える。「彼女に熱心に催促されて、いとまを告げるのを忘れてしまいました」

公爵はいまわしげにうめくと、ナイフとフォークで魚に襲いかかった。

ギデオンはふと思った。こうして公爵が大食らいをするのを眺めて命令を待つのは、何度目になるのだろう。一〇〇度目か？　それとも二〇〇度目？

いずれにせよ常人の忍耐を超えた回数だ。

「それで？」ようやく公爵が怒鳴った。ギデオンのほうが話を切りださずにいるかのような口ぶりだ。

「約束した取引についてお話をしようかと」

「そんなに持参金が欲しいか？」

欲しいに決まっている。社交界に入るにはその金が必要だ。ギデオンはただうなずいた。

公爵は魚の残りをたいらげている。

ギデオンはいらだたしさが顔に出ないよう注意した。この男を愉快がらせるだけだ。

ウィンダミアはようやく立ちあがると、壁際にある背の高い執務机へ向かった。懐中時計の鎖にさげた鍵を手にし、引き出しの鍵を開けて、一通の書類を取りだす。「持参金は半分に分けて別々の口座に入れてある。おまえが仕事をやり遂げた暁には、ひとつの口座にまとめておまえにくれてやる。それまでは全額わたしの管理下のままだ」

公爵は目の前のテーブルに書類を滑らせて渡した。

ギデオンはそれを受け取った。目を通しもしなかった。予想外ではなかったものの、怒りが込みあげた。

書類から公爵へ視線を移し、ぐっと目を細める。「それまではどうやって暮らせと？　あなたの姪の生活費はどうなるんです？」

公爵は椅子に座りなおして腹の上で手を組んだ。「おまえがそれなりに貯め込んでいるのは知っている。あれにそこそこの暮らしをさせてやることはできるだろう」

それは事実だが、だからといってギデオンの腹の虫がおさまるわけではなかった。公爵は結婚時に持参金の一部を渡すと言っていたのだ。

ひと月後にはメッサリナに金を渡す約束をしている。それまでに公爵の仕事を終えねばならない。

ギデオンは息を吸い込み、気持ちを静めた。「ぼくに任せたい仕事とはなんですか、閣下？」

公爵の顔に不気味な薄ら笑いが広がった。「わが相続人、ジュリアン・グレイコートを始末してこい」

行商人が明かりをたどっていくとやがて森が開け、野生のタイムが絨毯のように広がる中に一軒のコテージが立っていました。壁はスイカズラと野バラで作られていて、屋根はたくさんのスミレとサクラソウでできています。コテージの前では、大きな赤いキツネが陶製のパイプをくゆらせていました……。

『ペットとキツネ』

4

その日の午後遅く、メッサリナは屋敷のだだっぴろい図書室に立ち尽くし、あきれ果てているのが顔に出ないよう気をつけた。

天井近くまで壁を覆い尽くすオーク材の美しい書棚は――空っぽだった。「本が一冊もなくて図書室と言えるの？」

屋敷を案内していたレギーは肩をすくめた。「旦那は本を読まないんで」

「ええ、そうでしょうとも」メッサリナは苦々しく言った。「彼は幼い子どもをいじめるうえに、無教養というわけね」

レギーはぼさぼさの眉毛に分厚い唇をした、見あげるような大男だ。もっとも、警戒心をもよおさせる見かけに反して性格は並外れて陽気だ。しかし、そんな彼がいまは広い額にしわを寄せていた。「そりゃあ、どういうことで？」

バートレットは必要なものを書きつけていた小さな手帳から顔をあげた。「今朝、ミスター・ホーソーンが男の子を厳しく叱りつけていらしたんです。たしかサムって子でしたよ」

レギーの表情が晴れる。「ああ、はいはい。ピーの子分のサムだな。なんで旦那に絞られてたんですか？」

「盗みよ」バートレットが教えた。「窃盗に関しちゃ、相手が誰だろうと旦那はそりゃあ厳しいんで」

「彼ならそうでしょうね」

ホーソーンがどんな人間かはメッサリナも知っている。それなのに彼の冷酷さになぜこうも驚いているのだろう？　彼が野蛮人以外の何かだとでも考えていたの？　ホーソーンの指が彼女の頬をかすめて、髪をそっと耳にかけてくれたのが思い返された。あれがほんの数分前に幼い男の子を震えあがらせていたのと同じ男性だなんて。

背筋を伸ばすサムの姿が脳裏から離れない。懸命に強がってみせる小さな男の子。なんとか力になってやれないだろうか。

だめよ、とメッサリナは自分に言い聞かせた。この屋敷から逃げだす計画からよそ見をしてはいけない。

それでふと思いだし、バートレットへ目を向けた。「手帳を見せてちょうだい」

侍女は手帳を差しだした。

メッサリナは几帳面な文字にただ目を走らせ、承認するふりをしてうなずいた。

「とてもよくまとめてあるわ。あとはここに入れたい本を何冊かつけ加えましょう」鉛筆を取り、リストの最後に書き込む。〝手紙は出せた？〟

にっこりとして手帳をバートレットに返した。

侍女は手帳に目を落としてうなずいた。「これは誠によろしい本でございますね。そうそう、実は今日の午後、奥さまのお気に入りの本、『ハーロウ館の闇』を買い求めに使いを出したところでした」

「まあ、そうだったの？」想像力に富んだ書名にメッサリナは眉をあげた。

「はい」バートレットは力強くうなずいた。

メッサリナは微笑んだ。「では使いが戻るのを楽しみにしましょう。その前に屋敷の見学を終わらせなくてはね」

「では、次はこっちへ」レギーが言った。

大男は廊下を進んで次の部屋へ向かい、誇らしげに扉を開けた。「音楽室です」

メッサリナは中へ入って見回した。小ぶりの部屋はほどよい大きさで、壁は心の落ち着くラベンダー色に塗られているが、部屋の真ん中に椅子がぽつんと一脚あるだけだ。

メッサリナはレギーを振り返ると、慎重に問いかけた。「どうしてここが音楽室と呼ばれているの？」

　レギーはつかの間言葉に詰まり、それから言った。「どうしてって、音楽を演奏する部屋だからでしょう」

「でも……」メッサリナは楽器がひとつもない部屋へ向かって手を振り、ため息をついた。「ミスター・ホーソーンはいつからウィスパーズ・ハウスに住んでいるの？」

　レギーはふたたび眉間に深いしわを寄せ、天井を見あげて考え込んだ。「もう五カ月になりますかね？　ああ、そうですよ。スピンネット卿の借金のかたに取りあげたんですから」上機嫌な笑顔をメッサリナに向ける。「スピンネットのやつは、ここを手放すのを渋りに渋って。旦那に鼻と大事なところを潰すぞと脅されてようやく……」レギーは余計なおしゃべりだと不意に気づいたらしい。「ええと、ですから、その、旦那はここで暮らして五カ月ぐらいですよ、奥さま」

　メッサリナは不快そうに鼻にしわを寄せた。「彼らしいわね。ホーソーンは自分の思いどおりにするために頻繁に暴力に訴えるの？」

　レギーは首を傾け、おだやかに言った。「そういうときもあります。公爵のために働いてるときや、借金の取り立てをしてるときは」

「彼は金貸しをしているの？」メッサリナはできるだけふつうの声音で問いかけた。レギーがホーソーンの忠実な部下であるのは明白だ。

「借金の取り立ては旦那の仕事のひとつですよ」大男は先に立って階段をおりながら言った。

「それだけじゃないですが」

「彼はほかには何をしているの？」メッサリナは好奇心を抑えきれずに尋ねた。

「いまはまっとうな仕事もやってます」レギーは得意げに答えた。「荒っぽいまねをしなきゃならないときは、ほかの連中に任せてますよ」

「そう？」ホーソーンが荒っぽいことからきれいさっぱり足を洗ったとはどうも思えない。「彼の仕事はどんなこと？」

「北のほうでの仕事で」レギーの返事はあいまいだ。「自分は関わっちゃいません」

「では、あなたはわたしの夫のもとで何をしているの？」

レギーは愛想よく彼女を見おろしてにっこりした。「そりゃあ、旦那の言うことならなんでも」

メッサリナはため息をついた。レギーからは率直な答えは聞きだせそうにない。「屋敷の状態を調べていたのにすっかり脱線したわね。部屋はこれですべてかしら？」

大男は顔をくしゃくしゃにしかめて考えた。「残ってるのは最上階の屋根裏と使用人部屋、あとは厨房と貯蔵室ですかね。厨房は特に見るものもありませんが」

見るものがないのが問題かもしれない。メッサリナは侍女にちらりと目をやった。

バートレットは申し訳なさそうな顔をした。「ご自分でご覧になるべきかと」

「まともな食事をとりたいならそうすべきね」メッサリナはつぶやいた。昼食もバターを塗ったパンと残念な紅茶だった。「レギー、厨房へ案内してもらえるかしら？」

三人は階段をおりて廊下を進み、厨房のある屋敷の裏側へ行った。メッサリナは眉根を寄せ、初めて見る扉の前で足を止めた。「この屋敷は迷路ね。この部屋は何？」

ドアノブに手を伸ばそうとした瞬間、男性の声に制止された。

「だめだ」

背後からうなるような声がしたので振り返ると、悪魔みたいなホーソーンの瞳とぶつかった。

彼の姿にメッサリナの鼓動は跳ねあがった。どうやって真後ろまで忍び寄ったの？

「ぼくの部屋だ」夫が言った。「勝手に入ってはならない」

突き放すような口調に傷つき、メッサリナは体をこわばらせた。「あなたがそうお望みなら」

「ああ、それがぼくの望みだ」ホーソーンがレギーに冷ややかなまなざしを向けた。大男は悪事の現場を押さえられたみたいにそわそわと足を踏み替えた。「レギーがきみをここへ連れてくるとは驚きだ――彼はきみの護衛のはずだ、屋敷の案内人ではなく」

レギーは真っ赤になった。「二度とこんなことはしません、旦那」

「そうだ、二度目はない」ホーソーンが返した。「さがっていい」バートレットに向かって顎をしゃくる。「きみもだ」

バートレットは軽く腰をかがめてお辞儀をし、手帳をメッサリナに渡してしりぞいた。

メッサリナは唇を引き結んで手帳を握りしめ、使用人たちがどちらもいなくなり、話を聞かれる恐れがなくなるまで待った。「わたしを永遠に閉じ込めておくつもり？」

ホーソーンは眉をひょいとあげて彼女の腕を取った。「閉じ込める？　いったいなんのことだ？」

「レギーにわたしを見張らせているでしょう？」メッサリナは甘い声で言った。

ホーソーンが彼女を連れて廊下を引き返しながら、かぶりを振った。「レギーはきみを屋敷から逃さないようにするためにここにいるわけではない。きみを危害から守るためだ」

メッサリナは導かれるがままに主階段へ向かった。「どんな危害から？」

「たとえば、きみの叔父上」ホーソーンは階段をあがっていく。

メッサリナは素早く彼に目を向けた。夫は唇に冷笑を浮かべている。

「叔父はすでにわたしを嫁がせたわ」彼女はゆっくりと言った。「これ以上何ができるというの？」

「ぼくにはわからない」ホーソーンの声は険しい。「だから不安だ。きみはもうぼくの妻となった。きみに何かするようなまねはさせない」

メッサリナは驚いて彼を見た。「あなたは叔父のことが好きではないのね」

「叔父上のもとで一〇年以上働いてきた」ホーソーンは首を傾け、皮肉っぽい視線を投げかけた。「ぼくが彼に好意を抱くとでも思ったのか？」

「いいえ、そんなふうに思ったことはないけれど」メッサリナは考えながら言った。「あなたは叔父のもとにとどまりつづけたでしょう」

ホーソーンは上階で立ち止まると、ほとんど哀れむように彼女を眺めた。「富と力を持つ雇用者のもとからは簡単に離れられるものではない」

メッサリナは顎をあげた。「力ならあなたも持っているでしょう?」

ホーソーンは危険な笑みをひらめかせて彼女へ近づいてきた。「もちろん相手を震えあがらせることならできる。しかしそれは、きみの叔父上が議会を陰で操るのと本当に同じだろうか?」

メッサリナは唇をすぼめた。「いいえ。一理あるわね」

彼女の同意が意外だったかのように、ホーソーンは眉をつりあげた。こちらを見つめる黒い瞳が不意に真剣になる。

「決して忘れないでほしい」ホーソーンがそっと告げる。「公爵がどれだけ力を持っていようと、きみの安全は守る。きみのことが……大切だから」

愚かな心臓がどきりとし、彼女は唇をうっすらと開いた。

だがメッサリナはすぐにわれに返った。「大切なのはわたしのお金でしょう」

「いいや、いま言ったとおり、大切なのはきみだ……」ホーソーンは指先で彼女の顎に触れた。まるで困惑しているかのように、眉間にしわが刻まれる。「きみから目をそらすことができない。きみの大胆さ、気高さ、ときおりその瞳に渦を巻く欲望」彼女を吸い込みそうな勢いで小鼻をふくらませる。「きみの笑い方――心からの、屈託ない笑い声。何をしても、ぼくの視線はきみへと戻っていく。いつでもきみへ」

メッサリナは息ができなかった。彼の言葉は心の底からのものに聞こえた。あらゆる考えが頭の中から飛び去った。彼は危険だ。危険で非道。

それなのに惹きつけられる。

「あなたは嘘をついてるのよ」必死で声を絞りだした。

「いいや」

メッサリナは目をつぶった。ホーソーンの唇が、不遜な眉が、いまわしい黒い瞳が見えないように。

しかし低くかすれた彼の声を締めだすことはできなかった。「メッサリナ」

「やめて」彼女はまぶたを持ちあげた。「待つことで同意したはず――」

「夫婦の営みに関してはね」ホーソーンはさえぎった。「そのことを話しているんじゃない」嘆息する。「おいで。夕食にしよう」

メッサリナは一も二もなくうなずいた。彼とのあいだにテーブルをはさむのは素晴らしい考えだ。

ホーソーンは会釈すると、食堂らしきほうへ手を振った。そこには暖炉の前に小さなテーブルがあり、さまざまな料理が並んでいる。

メッサリナは立ちすくんだ。「この料理はどこから来たの？」

「謎に包まれた場所からだ」ホーソーンは彼女のために椅子を引きながらささやいた。「厨房と呼ばれるね」

厨房があることぐらいわかっているわ。

背後にたたずむホーソーンを強く意識しつつ、メッサリナは椅子に腰をおろした。一瞬、うなじに彼の吐息がかかった気がした。

ぞくりと身を震わせる。

しかし彼はすでに左側の上座に腰かけようとしている。

メッサリナは小さな手帳をゆっくりとテーブルにのせた。「料理人はいるのね」

「ああ」ホーソーンはパイのひとつにナイフを入れた。

彼女はふんと鼻で笑った。「ずいぶん平凡な料理人のようね」

「そう思うかい？」彼のまなざしは皮肉をたたえている。「きみのために雇ったんだが」

「まあ」メッサリナは赤面した。「だけど、それはいつのこと？」

「きみをつかまえに北へ向かう前に」ホーソーンは彼女の前に皿を置いた。ふんわりと湯気の立つおいしそうなパイがのっている。「きみを妻として迎える用意として」

メッサリナは身震いした。まだ何も知らずにハウスパーティーに参加していたあいだに、結婚の準備が進められていたかと思うと……落ち着かない。

彼女はごくりと息をのみ、話題を変えた。「ここの料理人は、料理ができるのか疑問に思いはじめていたところだったわ」

「どうして？」ホーソーンはワインを注いだ。

「一日じゅうバターを塗ったパンばかり出されたからよ」

「なんだって？」ホーソーンは驚いた顔で視線をあげた。

自分の不用意なひとことで料理人がくびにされるのだろうか？　そんなつもりではもちろんなかったのに。

メッサリナは慎重になって言いなおした。「バターを塗ったパンのほかにも紅茶をいただいたわ」

「ぼくから料理人に話をしよう」ホーソーンはぶつぶつとつけ加えた。「ここに雇われる前は酒場で働いていた男だ。レディに朝食や昼食を出した経験はないのだろう」

メッサリナは眉根を寄せた。「なぜ経験豊かで腕のいい料理人を雇わないの？　酒場の店員に一から教えるより手間がかからないわ」

ホーソーンはワインのグラスを渡しながら彼女へ目をやった。「たしかに手間はかからないだろう。だが酒場の店員でも、経験を積めば充分に料理ができるようになるはずだ。それに、社交界で腕が認められている料理人を雇うとなれば金がかかる」

「わたしの持参金があっても？」彼女は当てこすりを言った。

ホーソーンはつかの間ためらってから言い返した。「きみの持参金には金のかかる料理人を雇うよりも、もっといい使い道を考えてある」

矛盾しているわね、とメッサリナは思った。彼はロンドンの社交界に入りたがっている。招待を受けるためには、こちらも自分の屋敷に招かなければならないことをわかっているのだろうか？

けれどなぜ？　貴族社会の隅で暗々裏に動きまわっているとはいえ、ホーソーンは貴族の一員ではない。社交の輪に加わったことも皆無だ。彼はかの地の言葉を学ぶことなしに異国へ足を踏み入れようとしている。ほかのことでは有能な——無礼なまでに自分に自信のある——男性に、こんな思いがけない弱点があるとはおかしなものだ。

皿にのったパイにフォークの側面を押し込むホーソーンを、メッサリナは見つめた。彼の手は指が長く、器用で力強い。どんなことでもやり慣れているかのように巧みな手。

彼女をベッドへいざなうときも、あの手は巧みに動くのだろうか。

メッサリナは息を吸い込み、目をそらした。

きっとホーソーンはひとつのものごとに意識を集中させてそれが成し遂げられるのを見届けるのに慣れているのだろう。メッサリナはワインをひと口飲んで微笑を隠した。彼が自分の間違いに気づくとき、ここにいてそれを眺めてやりたいぐらいだ。

ホーソーンはパイをひと口のみ込んで言った。「きみは楽しい一日を過ごしたんだろうね？」

幸せな家庭の一場面を演じろと？　「ええ、少し退屈だったけれど」図書室が空っぽなのを指摘すべきだろうか。だが、まともな料理人を雇う気もない人なら、本などそれこそ無用の長物と一蹴されそうだ。「あなたのほうは？　何をしていたの？」

「きみの叔父上に会ってきた」彼はよどみなく言った。

そのひとことで、メッサリナは幸せな家庭のうわべが剥（は）がれ落ちるのを感じた。

「ああ、叔父から頼まれているという謎めいた仕事の件ね」うまく声から苦々しさを隠すことができた。

ホーソーンはグラス越しに彼女を見つめてワインをすすった。「そうだ」

メッサリナは小首をかしげた。「どんな仕事か教えてもらえないの？」

キャンドルの明かりの中、黒い瞳を悪魔のそれのように光らせてホーソーンはささやいた。

「好奇心は危険なものにもなる」


ギデオンはメッサリナが体をこわばらせて表情を閉ざすのを見つめて、自分を呪った。妻を誘惑しなければならないときに、威嚇して遠ざけてしまうとは。

しかし、公爵に与えられた仕事の内容をメッサリナに知られることを思うだけで寒気がした。実兄を手にかけられたとなれば、彼女は決してギデオンを許しはしないだろう。これは恋愛結婚ではないが――それは言わずもがなだ――メッサリナに一生恨まれるようなことがあってはならない。

そのためには、彼女の兄の殺害計画がすでに進行中であることを決して悟られないよう、細心の注意を払う必要があった。ピーたち一団に、数名の貴族の名前を伝え、彼らの行きつけの場所を調べるよう命じた。真のターゲットを隠すべく、グレイコートの名前はその中にまぎれさせてある。

自分がこれからやることへの不愉快さに唇をゆがめ、ギデオンはパイの端を砕いた。「きみの荷物の残りは、まとめてここへ送るよう手配しておいた」

「まあ、ありがとう」メッサリナの返答はやけに甘ったるい。「それをどこへしまえばいいのかしら？」

ギデオンは眉をつりあげた。今度はなんだ？「寝室だと思うが」

メッサリナはほとほと困ったかのようにため息をついた。「ふつうの屋敷には衣装だんすや整理だんすといった収納家具があるものよ。家具に関して言うと、この屋敷はどの部屋もほとんど空っぽだわ」彼女は室内に視線をめぐらせた。当然ながらここも、あるのはテーブルと椅子のみだ。「それとも、衣服を床に積みあげさせるつもり？」

メッサリナの反応を見るためだけに〝そうするんだな〟と口まで出かかったものの、良識がそれを押しとどめた。「ロンドンに暮らしている者の多くは着たきり雀なのは知っているだろう？」

「それは知っているわ」メッサリナの頰が赤く染まる。「わたしが自分の服を捨てれば、そういう人たちの助けになるとでも？」

「そうではない」ギデオンは歯を食いしばった。「ぼくが言いたいのは――」

「それに」メッサリナは言葉を割り込ませた。「ロンドンの多くの人たちとは違って、あなたはもう貧しくないわ」

ギデオンはワイングラスをおろして彼女を見据えた。「何が言いたい？」

メッサリナは顎をつんとあげた。「ホワイトチャペルであれどこであれ、いまのあなたはもう生まれ育った場所にいるわけでは――」

「セント・ジャイルズだ」彼は苦々しくさえぎった。

「セント・ジャイルズ？　では噂は本当なのね？」彼女はまるでセント・ジャイルズがどこか異国の地ででもあるかのように興味津々で目を見開いた。「ナイフ試合に出ていたというのも本当？」

汗と血にまみれた賭け喧嘩を称してナイフ試合とは、まるでご立派な競技のようではないか。

「そうだ」ギデオンは唇の端をつりあげた。「上半身裸で戦った。女性もたまに観戦に来ていたよ」

「まあ」メッサリナはしかつめらしい顔になった。

なんと愛らしい表情だろう。「それで、きみの言いたいことは？」

「服や靴、食べるものさえない人が大勢いるのは、わたしも知っているわ」メッサリナはゆっくりと言った。「そういう人たちのことを気の毒に思ってもいる。でも、あなたは仕事を持っていて、この――」食堂を身振りで示す。「屋敷を手に入れられるだけのものをわたしの叔父からもらっている。そしていまではわたしと――ありていに言えばわたしの持参金と――結婚を果たした。つまりあなたは裕福だわ」ぐうの音も出ないでしょうとばかりに最後の言葉を口にした。

彼女の持参金は手に入れていないが、当たっている点もひとつあった。

彼は裕福だった。

ギデオンは椅子にもたれると、けだるげに薄目を開いて、彼女のきっちり巻かれた黒髪と胸元からのぞく白い肌を眺め、愛らしいグレイの瞳へ視線を戻した。

メッサリナは物問いたげに小首をかしげた。

「きみの持参金はあるかもしれないが」まあ、いずれは手に入る。「ぼくはきみと結婚した。そしてベッドをともにするのもきみとだ、きみの金とではない」

彼女の頬にふたたび赤みが差した。唇を嚙んだ表情は心持ち恥ずかしげで――ふだんはメッサリナを形容するのに用いない言葉だ――それでいて実に蠱惑的だった。

ひと月の辛抱だ。ギデオンは自分にそう言い聞かせ、ズボンを押しあげるものをひそかにずらした。

メッサリナは哀れな下唇を虐げるのをやめて口を開いた。「でも、使うことはできるでしょう」

ギデオンは彼女の濡れた唇から視線を引きはがし、なんの話をしていたかを思いだそうとした。

そして眉根を寄せる。「何を？」

メッサリナは気を長く持とうとするかのように嘆息した。「ホーソーン、あなたは家具も書物も充分な使用人もいない屋敷での暮らしを楽しめるのかもしれないけれど、わたしは違うの。これから妹も一緒に暮らすというのに、彼女のベッドすらないわ」

ギデオンは背中を起こすと、散漫な注意力を集中させようとした。「いいだろう。ルクレティアの部屋の家具を揃えるといい。それに、きみの衣装の山をしまうのに必要なものはなんでも買ってかまわない」

「空っぽの図書室に並べる本は？」

ギデオンは首を横に振った。「それは金の無駄遣いだ」

「そう言われると思ったわ」メッサリナがぼそりと返す。

ギデオンはゆっくり息を吸ってから吐いた。「メッサリナ」

彼の顔を見たメッサリナの目が見開かれる。

「ぼくに対して当てこすりは言うな」彼はそっと言った。「ぼくはきみたち貴族の一員ではない。おだやかに聞き流すことはしない」

「ごめんなさい」彼女は咳払いした。「予算を教えてもらえれば、明日、馬車で出かけて――」

「だめだ」軽率にも声に喜悦が滲んだ。「明日ひとりで買い物へ行かせることはできない」

メッサリナは納得がいかない顔をした。「もちろんパートレットも一緒に……」

「どうしてもと言うなら、侍女を同伴してもいいが、その必要はない」ギデオンはパイにかじりつき、頬をゆるめないようにして彼女を見つめた。「ぼくが一緒に行く」

メッサリナはまったく抑揚のない声で言い返した。「あなたについてこられるのは迷惑だわ」

ギデオンは首を傾けて一考した。「夫を愛する妻なら〝迷惑〟などという言葉を使うだろうか？」

「単に〝夫に満足している〟で同意したはずよ」彼女が反論した。

ギデオンは自分の唇の片端が持ちあがるのを感じた。「では、夫に満足している妻をぼくは喜んで買い物へ連れていこう」声を低める。「外出中は、ぼくと交わした約束を守るように」

メッサリナはライムをかじったような顔をした。「言われなくても守るわ」

ギデオンはパイをもうひと切れ取った。「外出と言えば、明日の夜上演される劇のチケットを購入した」

これには彼女も興味を引かれたらしい。

メッサリナは身を乗りだした。「なんの劇なの？」

「それは知らない」

その言葉が信じられないかのようにメッサリナの唇が開く。

ギデオンの視線はその唇へと落ちた。濡れていて温かみがあり、彼を受け入れるのを待つかのような唇。

「あなたは自分が何を観るのか確かめもせずに劇のチケットを買ったの？」メッサリナが彼の淫らな物思いを破った。

「ぼくたちが観るんだ」ギデオンは強調した。

彼女はもどかしげに手を払った。「それはわかっているわ」

「劇はなんでもいい。劇場へ行く目的は人から見られることだ。きみたち貴族の活動とはそういうことじゃないのか？」

メッサリナは〝きみたち貴族〟と口だけ動かしてから言った。「そういう人たちも多いでしょうね」唇をすぼめる。「これがあなたの考える社交界へ入る手段なの？」

「単に社交界へ入るだけじゃない、ぼくが求めているのはそれ以上のことだ」ギデオンは社交界という言葉を嘲るように言った。「対等の存在としてぼくを受け入れさせる。公爵や王子とも親しくつき合い、ぼくの事業へ出資する裕福な貴族ももちろん見つける」

「でも……」彼を凝視するメッサリナの目は、芸をする犬でも見るかのようだ。

ギデオンはワインを飲み干し、グラスをどんと置いた。「それが劇場へ行く目的だ」

「結構よ」彼女は少しのあいだ眉根を寄せて座っていた。それから首を振ってやにわに立ちあがる。「疲れた。失礼して寝室へさがらせてもらうわ」

ギデオンは料理がまだ半分残っている自分の皿へ目をやってみせた。「ぼくはまだ食べ終えていない」

メッサリナの魅力的な唇がすぼめられる。「わたしは食べ終えたわ」

ギデオンは彼女を見つめた。「ぼくの食事につき合ってくれ」

メッサリナが顔をしかめる。「なぜわたしが？」

彼はため息をついた。ああ言えばこう言う女性だ。「きみを驚かせるつもりだったが、仕方ない」閉まっている扉へ向かって声を張りあげる。「サム！」

扉が開いてサムが入ってきた。腕には大事そうに子犬を抱えている。

メッサリナはすぐに腰をおろした。

「これはなんなの？」困惑した声で言い、目を丸くして少年と子犬を交互に見た。

ギデオンは立ちあがって彼女の椅子へと歩み寄り、サムを手招きした。

「これは」身をよじる動物を少年の腕から持ちあげ、メッサリナの膝にのせる。「子犬だ。きみのための」

メッサリナは膝の上の子犬を見おろした。ほっそりとした華奢な体つきにつややかな短毛は、間違いでなければイタリアン・グレイハウンドだ。全身がグレイで、鼻の中央と喉と腹だけが白い。成犬の気品漂う雰囲気と優美な体つきとは違って、三角の耳は頭に対して大きすぎ、ボタンみたいに丸い目は見たことないほど哀れっぽい。

子犬はくうんと鳴いた。

メッサリナはこちらの表情をうかがっているホーソーンを見あげて心を鬼にした。懐柔しようという彼の魂胆はお見通しだ。「子犬でわたしの歓心を買おうというの？」

「きみの気に入るかと思っただけだ」彼の官能的すぎる唇が弧を描く。「それに、子犬で歓心を買うには、きみは知的すぎる」

「そのとおりよ」体毛のなめらかな手触り、哀れなくらい細い尻尾、それに悲しげな目を無視し、メッサリナは子犬をサムへ差しだした。

サムががっかりした目で彼女を見る。「欲しくないんですか、奥さま？」

いまや彼女を悲しげに見つめる茶色い瞳はふた組に増えていた。

「欲しくないわ」メッサリナは本心を偽って即答した。

「でも――」

「ミセス・ホーソーンはいらないと言っている」ギデオンがゆったりした口調で言った。

サムはすっかりしょげ返っている。「じゃあ、ぼくらは置いてもらえないんですね、旦那さま？」子犬を抱きしめて尋ねた。

「残念だが」ホーソーンが重々しい声で告げる。「ミセス・ホーソーンは、いったんこうと決めると滅多なことでは考えを変えない」

メッサリナは胸が締めつけられた。犬が嫌いなわけではない……小さな男の子も。

「その……」彼女はごほんと咳払いして続けた。「屋敷に置いてもいいわ――しばらくのあいだ様子を見るだけなら」

サムはまぶしい笑顔をぱっと輝かせた。

メッサリナは胸の中が温かくなり、微笑み返さずにいられなかった。「あなたに子犬の世話を頼めるかしら、サム？　飼うことにするか決めるまでのあいだよ」

「はい！」少年は声を弾ませたあと、大きな目でホーソーンを見あげた。「いいですか、旦那さま？」

「ああ。しっかり面倒を見るならな」ホーソーンは手を振って少年と子犬を退室させた。

メッサリナはすぐさま夫を問いただした。「どこであの子犬を見つけてきたの?」

彼の眉があがる。「結婚式の日に、きみが飼うのによさそうな犬を探してくるようレグに指示しておいた。レディが好みそうな犬をと」

「気がきいていること」メッサリナはふくれっ面をして言った。

「いまのは褒め言葉かな、ミセス・ホーソーン?」彼はにこやかに微笑んだ。

夫の自然な笑みはなんてすてきなのだろう。

それを考えると、彼の笑顔が滅多に本物でないのはいいことかもしれない。

一方で、ホーソーンは首を傾けて彼女をまじまじと見ている。「正直、褒め言葉は信じられない。ぼくをののしるときのきみは正直だ。怒りがきみの顔を輝かせ、頬は赤く染まって瞳はぎらぎらと光る。きみのああいう姿は……刺激的だ」

「そう」メッサリナはわずかに息苦しさを覚えた。「言っておくけれど、あなたを刺激するつもりは微塵もないわ。男性はそういうところは考えなしのようね。女性の意図にかかわらず、勝手に興奮を覚えるのだから」

「考えなし?」ホーソーンは自分の下唇を親指でわずかに押しさげた。メッサリナは目をそらそうとしてもそらすことができなかった。「いいや。ぼくの頭の中はさまざまな考えで──それに空想で──いっぱいだ」

「だったら考えるのも空想するのもやめるべきね」彼女は辛辣に言った。「あなたの頭はお疲れのようだわ」

今度は彼の唇に秘密めいた笑みが浮かんだ。これもやっぱり魅力的だ。「きみへの贈り物を花束やお菓子、宝石なんかにしなくてよかった。きみの知性に対する侮辱になっていたところだ」

「子犬は違うとでも？」メッサリナは切り返した。「無駄な贈り物の一覧にそれも加えるべきよ」

「いいや」ホーソーンはそっと言った。「きみは喜びに満ちた目で子犬を見つめていた」

メッサリナは赤面しているのを感じて唇を嚙んだ。どう言い返せばいいの？「それは……」

彼はテーブル越しに身を乗りだし、低い声で言った。「きみの瞳にあんな喜びをもたらせられるのなら、ぼくはシベリアの果てまででも旅をしよう」

メッサリナはホーソーンを見つめた。血の流れる音が耳の奥に響く。からかわれているのも、彼が誠実な男性ではないのもわかっている。でも、こんな言葉を言われたら……。

どうやって心を守ればいいの？

「メッサリナ」ホーソーンがかすれた声でささやいた。

メッサリナは顔をそらし、気持ちを落ち着けるために息を吐いた。「わたし……今夜はもう部屋へさがるわ」

いきなり立ちあがり、椅子を倒しそうになりながら扉へ向かった。

背後で彼のつぶやきが聞こえた。「臆病者」

メッサリナは反応しないようぐっとこらえた。

なんて狡猾で腹立たしい、いやな男なの！　彼女は階段をあがりはじめた。ホーソーンといると肌がほてり、頭から思考が吹き飛んでしまう。いまや本当に心配だ。彼が持参金にしか興味がないのはわかっているのに、あんなロマンティックなことを言われると、それを忘れてしまう。それに彼が微笑むと……あの魅力的で官能的で不道徳的すぎる唇が弧を描いてえくぼが現れると、小娘みたいに体が震える。

ホーソーンに微笑み返したくてたまらなくなる。自分を解き放って笑い声をあげたくなる。それはだめだ。その先にあるのは完全なる降伏なのだから。フレイヤへ宛てた手紙がじきに届くはずだから、そうしたら――。

階段をのぼりきったところでメッサリナは足を止めた。手帳が！　食堂のテーブルに置いてきてしまった。あれにはこっそり筆談でバートレットに尋ねた言葉が記されている。ホーソーンに見られるわけにいかない。

メッサリナはくるりと踵を返し、急いで階段をくだった。

廊下を小走りで横切り、食堂の閉ざされた扉の前で立ち止まる。彼がすでに手帳を手にしていたらどうしよう？　メッサリナは息を吐きだして扉を押し開けた。顎をぐっとあげ、ホーソーンと彼の抗いがたい魅力に立ち向かう心の準備をする。

しかし室内は空っぽで、小さな手帳はテーブルに置きっぱなしになっていた。メッサリナはほっとため息をついて部屋を横切り、手帳を取りあげた。立ち去ろうとしたとき、ホーソーンの声が聞こえてきた。

彼に見つかる。一瞬そう思ったものの、声は廊下ではなく、暖炉の向こう側にちょうど隠れるように作られている使用人用の出入り口から響いていた。

メッサリナはためらった。早くこの場を離れなくては。頭ではそう思いながらも、忍び足で扉へ近づいていた。扉は完全には閉まっておらず、細く開いている。彼女はその隙間に目を当てた。

ホーソーンはサムと同じ目の高さになるよう片膝をつき、相手の目を見据えている。その前で少年はぴんと背筋を伸ばして立っていた。ふたりのあいだで子犬は床をくんくんとかいでいる。

「――変なものを拾って食べないよう気をつけてやること」ホーソーンは真剣な顔つきで少年に命じた。「昼食と夕食のあいだに、少なくとも二回は庭に出してやること。わかったか？」

「はい、旦那さま」サムは大まじめに請け合った。

「よし」ホーソーンが少年の肩をぐっと握る。「頼んだぞ、いいな」

サムはこくりとうなずき、子犬を抱えあげた。犬はすぐさま少年の顎をぺろぺろなめだした。「しっかりお世話します」

「がんばるんだ」ホーソーンが立ちあがった。「もう行っていいぞ」

メッサリナはあわてて顔を離した。足音を忍ばせて扉へ急ぎ、そっと開いて閉める。ホーソーンが食堂へ引き返したのかどうかは見届けずに階段を急いであがり、足をゆるめずに寝室へ飛び込むと、中から扉を閉めてもたれかかった。

心臓は激しく高鳴っている。ホーソーンには困惑させられてばかりだ。サムを叱りつける姿を目にして、なんという冷血漢かと軽蔑したのは今朝のことだ。てっきり少年を屋敷から追いだしたものと思っていたら、そうではなかった。そして同じ日の夜のホーソーンはサムに対してまるで父親のようだった。どちらが本物なのだろう？　あるいは両方本物だろうか？

乱暴なならず者が相手なら耐えられる。

けれどもホーソーンの少年に対するやさしさは、どんな花束や宝石よりもメッサリナの心をぐらつかせた。

破滅しかねないほどに。

「キツネどの」行商人はうやうやしく声をかけました。相手はふつうのキツネではないとひと目でわかったからです。「わたしはすっかり道に迷ってしまいました。森の外まで案内してもらえませんか？」

キツネはパイプを口から離すと、煙の輪っかを吹きだして言いました。「そりゃあもちろん、案内することはできますよ、迷子の行商人さん。だが、どうしてぼくがあなたを助けなきゃならないんです？」……。

『ペットとキツネ』

5

翌日の午後、メッサリナは馬車の中に腰かけ、こっそり夫を盗み見た。

ホーソーンは彼女の向かいにゆったりと座り、オレンジの皮を剥いていた。彼の器用な長い指に、ついつい目が行く。メッサリナの知るかぎり、夫は昼食を――朝食もだ――とっていない。今朝もホーソーンは彼女が起きあがる前にいなくなった。なんであれ謎の仕事で出かけたのだろう。

もっとも今朝は、ホーソーンがいなくなったのはメッサリナが目を覚ましたあとのことだった。腕の下で何かが動いたせいで、眠りから覚めた。寝ぼけた頭がはっきりすると、夜のあいだにどういうわけかホーソーンに抱きついていたのに気づいてぎょっとした。凍りついて、卑怯者(ひきょうもの)のように寝たふりをしてやり過ごした。

しかも最悪だったのは、ホーソーンにぴたりと体をくっつけてベッドで横になっているのはこのうえなく心地よかったことだ。彼の体は温かく、指に体毛が触れているのを感じた。目をつぶってじっとしたまま考えた。これは腕の毛? それともまさか胸毛? それに彼のにおいは……表現できないけれど、いいにおいだ。安心感を与えてくれて、なんだかくつろいだ気分になる。

その状況をホーソーンに利用されるのをメッサリナはなかば覚悟した。体に触れられるか、寝相の悪さをからかわれるかするだろうと。

彼はそのどちらもしなかった。

代わりにメッサリナの腕の下から——それに膝の下からも！——そっと体を滑らせて寝室を出ていった。まるで彼女を起こしたくないかのように。

まるで彼女を気づかうかのように。

メッサリナは静かにふんと鼻で笑った。ホーソーンは金で雇われたならず者だ——冷たくて心のない皮肉屋。他人のことなど気づかいはしない。

ただし……自分はまだそれを信じているのだろうか。ゆうベサムを諭していたときのホーソーンは冷たい男ではなかった。

心のない男でも。

もしもホーソーンが非情な悪党ではないとしたら、彼についてのメッサリナの認識ははなから間違っていたことになる。そうなると新たな疑問がわいた。自分は彼について、ほかにも思い違いをしているのだろうか？

ホーソーンは彼女の心を読んだかのように視線をあげ、唇の片端を持ちあげた。「オレンジはどうだい？」

彼においしそうなひと房を――果汁たっぷりではちきれそうだ――差しだされたが、メッサリナは首を横に振った。「いいえ、結構よ」

「いらないのかい？」ホーソーンは断られたのをおもしろがっているかのようだ。自分でそのひと房に歯を立てると、オレンジの芳香がぱっと広がった。指に伝わる果汁をなめてから、オレンジを口の中へ放り込む。「おいしいのに」

メッサリナは口の中に唾がわいたものの――それがオレンジのせいか、食欲とは違う欲求のせいかはわからない――ぷいとそっぽを向いた。

ホーソーンがくくっと笑った。その響きに彼女の体はぞくりと震え、夫にちらりと目をやらずにはいられなかった。

その視線をホーソーンの黒い瞳がとらえた。「ぼくの指が触れただけで、オレンジが穢れることはない」

メッサリナは顎をつんとあげた。「そうかしら?」

ホーソーンは今度はこわばった笑みを浮かべた。「庶民が触ると食べ物が穢れるのなら、ロンドンじゅうの貴族は病気になっている。きみたちが飲み食いするものはすべて庶民の労働によって供給されているんだから」

メッサリナは当惑した。そんなつもりで言ったのではなかったのに。ぶしつけな返事で夫を嘲っただけで、彼の社会的身分を揶揄(やゆ)する気はなかった。

いまとなっては言い訳でしかない。メッサリナはホーソーンを侮辱し、それは単純に間違っていた。自分は彼の振る舞いに反感を抱いているのであって、彼が何者であるかについてはなんとも思っていない。

それに、彼が何者であるかはもはやよくわからなかった。

メッサリナは衝動的に手を突きだした。「いただくわ」

ホーソーンは静止した。黒々とした眉をつりあげてゆっくりとひと房差しだし、彼女に手渡しながらてのひらを指でかすめる。

メッサリナは息が乱れないようにするのに苦労した。

果実を口に入れる。ホーソーンの言うとおりだ。舌の上でほどよい酸味と甘さが弾ける。たったひと房にもかかわらず鮮烈な味わいに、メッサリナは思わずうっとりと目をつぶった。

彼が小さな音をたてたので――うなり声、あるいは途中でのみ込まれた悪態だ――ぱちりと目を開ける。

ホーソーンは目をそらしたくなるような表情を浮かべてこちらを見つめていた。それなのにメッサリナは目をそらせなかった。彼の罪深い唇はわずかに開き、黒い瞳はまるで肉食獣のそれだ。

男性の露骨なまなざしを怖いと感じるべきなのに。

メッサリナはオレンジをのみ込んだ。「おいしいわ」

ホーソーンは彼女の視線をとらえたまま、ほとんど自嘲するかのように微笑した。「ああ、そうだろう」

ホーソーンの目つきは、あたかもメッサリナがおいしい果物であるかのようだ……。

唐突に馬車が止まり、メッサリナはようやく彼から視線を引きはがすことができた。車窓の外ではロンドンの街がざわめいている。おそらくボンド・ストリートのすぐ近くだ。

「行こうか」ホーソーンが立ちあがりながら言った。

馬車の扉が開かれると、ホーソーンは先におり立ち、彼女に手を差しのべた。

メッサリナは彼のてのひらに自分の手を重ねて、はたと思い至った。ホーソーンの妻として人前に出るのはこれが初めてだ。結婚の噂はすでに広まっているのだろうか？　愚問だ。ここはロンドンではないか。そんなおいしい噂話は果物の腐臭のように社交界のすみずみにまで漂っていることだろう。

メッサリナは顎をつんとあげ、差しだされた夫の腕を取った。

ホーソーンはレギーとメッサリナが初めて見る男――背は低いが筋肉質だ――へ顔を向け

てうなずいた。「三メートル以内にいるように。店には入らずに外で待て」

レギーが代表でうなずく。「わかりました、旦那」

ホーソーンは彼女に向きなおった。「これから戦いに臨むような顔だな。買い物がそれほど大変なことだとは知らなかった」

「あなたは買い物のなんたるかをご存じないのね」

日の降りそそぐ暑い午後だ。ボンド・ストリートは馬車からほんの数歩のところで、ふたりは行き交う人々の中へ入っていった。最先端の流行に身を包んだ淑女たちが腕を組んでぞろ歩き、その後ろを従僕やメイドが目立たないようについていく。軍人の一団は耳障りな大声をあげて大いばりで闊歩し、白い鬘にピンクやラベンダーの衣服をまとった若い紳士たちは気取ったそぶりで淑女の目を引いている。花売りの少女は新聞紙で束ねたスミレを頭の上の籠にのせて売り声を張りあげていた。お仕着せ姿の従僕が主人の用事で駆けていく。片腕と片目のない水夫は、空き缶を手に黙然と施しを求めていた。

あらゆる通りの角には幼い少年たちがたむろし、通りを渡ろうとする人の前に飛びだしては、ぼろぼろの箒で道を掃いて、小銭を要求した。

少年たちの集団に近づくと、ホーソーンはポケットから小銭を取りだし、一ペニーずつ与えた。子どもたちは通りかかった荷馬車の御者が怒鳴るのを無視してわらわらと通りに散らばり、熱心に道を掃きだすが、前よりきれいになったかは怪しいものだった。

メッサリナは少しだけホーソーンに身を寄せた。「街を掃除する子どもに小銭をあげるなんて、あなたならお金の無駄だと考えると思っていたわ」

彼がわずかに体をこわばらせるのが感じられた。「たかが小銭だ」

「ええ。でも、あなたにもやさしいところがあるのね」

視線をあげると、夫がいらだたしげに顔をしかめるのが見えた。「やさしさとは無関係だ。ぼくもかつてはああいう子どもだった。一日数ペニー稼げれば、自分ひとりだけじゃなく――」

「ミス・グレイコート！」

メッサリナは足を止めた。目の前に現れたハンサムな紳士に危うくぶつかるところだった。コクソン卿は彼女とホーソーンの顔をじろじろと見比べていた。その顔に悪意に満ちた笑みが広がるのを見てメッサリナは気持ちが沈んだ。「これは失礼。いまではミセス・ホーソーンでしたね？」

息をするぐらい自然にギデオンのナイフはてのひらへ滑り落ちていた。

行く手をふさぐ貴族を見据えて目を細くした。ねちっこい笑顔の上にはカールのきつすぎる鬘がのっかり、手には必要もないだろうに長い象牙の杖を携えている。名前は思いだせないが、顔はよく覚えていた――二年前メッサリナに言い寄った小貴族だ。うぬぼれた態度が不愉快な男で、メッサリナに求愛を拒まれたときにはせいせいしたものだ。

レギーとジョニーが背後にいるのを感じ、ギデオンは手で合図を出した。〝さがっていろ〟

そして、道をふさぐ伊達男へ注意を戻した。

「どけ」ギデオンが言うと、どういうわけか男の笑みは広がった。

そのにやけた笑みを消し去ってやる——。

メッサリナにてのひらで胸に触れられ、ギデオンは驚いて動きを止めた。「あなた、お祝いを言ってくださっているのに、邪険になさらないで」彼女はいかにも柔和な笑みを装って、男へ顔を向けた。「うぬぼれ屋卿（コクスコーム）でしたわね？」

「コクソンだ」男は笑みを消して、噛みつくように言い返した。

「あら、失礼。もちろんそうですわね」メッサリナは些細（ささい）な間違いだとばかりに手を払ってみせた。「こちらはわたしの大切な夫、ギデオン・ホーソーンです」

愛情に満ちた笑みを向けられ、ギデオンの胸は波立った。この愚か者！　これは明らかに演技だ。

「ホーソーン」コクソンは思案するふりをして、人さし指で顎をとんとんと叩いた。「たしか、きみは奥方の叔父のもとで働いているのではなかったか？　ぼくの記憶違いなら言ってくれ」

ギデオンは肩を回してナイフにものを言わせる準備を——。

「まあ、大変」メッサリナが心配そうに声をあげた。「そのお年で記憶障害ですの？　早くお医者さまに診ていただかないと。深刻な——ひょっとしたら命に関わる——脳の病の兆候かしら？　まだお若いのにお気の毒に」顔をしかめるコクソンに返事をする間を与えず、メッサリナはギデオンの腕をぐいぐい引っ張った。「そろそろ行かなくては。心のこもった祝福のお言葉に夫婦ともどもお礼を申しあげますわ」

ギデオンは彼女をちらりと見た。

メッサリナは彼に向かって目を剝いた。

ギデオンはため息をつくと、彼女と歩きだしながらナイフをしぶしぶ袖の奥へ引っ込めた。

コクソンから数メートル離れたところでメッサリナがささやいた。「さっき手の中に隠していたのはナイフね？」

「そうだ」

「ボンド・ストリートで人を刺すなんてできないわよ」彼女は腹立たしげに小声で言った。

メッサリナの赤く染まった頰に目をやり、ギデオンは彼女を引き寄せた。「できるとも」

「実際にできるかどうかが問題ではないのよ！」

「ほう？」彼は笑みをこらえて尋ねた。「では、どういう意味かな？」

メッサリナは困ったように大きなため息をついた。「あなたは用心しなくてはいけないということと」

「相当用心しているつもりだが」

「ああ、もう。そういうたぐいの用心とは違うの」

「つまり、きみは何を言おうとしているんだ？」

意外にもメッサリナはしばらく黙り込んで歩きつづけた。

これほど簡単に彼女が口を閉ざすとは思わなかった。

やがてメッサリナはゆっくりと説明した。「あなたはコクソン卿のような人たちに気をつける必要があるし、ナイフを使うことはできないわ。どれほど嘲られようと、嫌味な目で見られようとね。ああいうことはこれからもっと増えるのよ、あなたがなんらかの形で本当に社交界へ入りたいのならなおさらだわ。上流社会は手負いのウサギを襲うオオカミの群れのようにあなたを囲い込んで引き裂くわよ」

「血なまぐさいたとえだ」ギデオンはおだやかに言った。自分に触れることのできる貴族がいると彼女は本気で思っているのか？

メッサリナはうなるような声をたてた。

通りを歩いていた年配の男性がぎょっとしてふたりをよける。

メッサリナはそれにも気づかないらしい。「腹立たしくはないの？　あなたを眺めるコクソン卿の態度が？」

靴の下でのたくる虫を見るようなあの態度のことか。

ギデオンはむっつりと言った。「腹立たしいとも。だがきみとは違い、ぼくはああいう態度に慣れている」

ボンド・ストリートを歩きながら彼女は押し黙った。

しばらくしてギデオンは口を開いた。「ぼくは嫌悪の目を向けられて当然だときみは思っているのだろう」

メッサリナは考え込んでから言った。「あなたがどういう人なのか、よくわからなくなってきたわ」

「わからない？」思案するような彼女の表情をギデオンは見つめた。

「ええ」メッサリナは探るようなまなざしを彼に向けた。「あなたは見るからにならず者だし、実のところ自分でもそれで満足している。一方で、まったく別の男性がときおり顔を出すのよ」

「きみはその男をどう思っているのかい？」わざわざ問いかけたものの、そんな男など存在しないことをギデオンは重々承知していた。自分は見た目どおりの男だ――欲しいものを得るためならなんでもする男。

「それはまだわからないわ。一度か二度ちらりと見ただけだもの」彼女は逡巡してから続けた。「ゆうべわたしが見たのはもうひとりのあなたでしょうね。あなたが子犬の世話をサムに託していたときに」

ギデオンはうめいた。「きみは実用性をやさしさと取り違えている」

「実用性とは、盗みを働いた使用人はくびにすることじゃなくて？」

ギデオンは眉根を寄せて思案した。「サムには家族がいない。ピーの話では、サムは年上の浮浪児たちに命じられて燭台を盗もうとしたんだ。屋敷を追いだされたら、そいつらはサムに見向きもしないだろう。サムは路頭で飢えることになる」

「飢えるですって？」メッサリナは急に立ち止まった。

ギデオンは彼女のほうへ振り向いた。

メッサリナは慄然として目を見開いている。「でも、どこか行く場所があるはずでしょう？」

ギデオンは肩をすくめた。「救貧院のことか。あそこは満杯でしかもろくな場所ではない。通りで物乞いをすることはできるが、食べていけるほどの稼ぎにはならないし、稼げたとしても盗まれる」幼い子どもが路上で金を稼ぐ方法はほかにもあるが、彼女に言えるようなものではない。「サムは一年もせずに野垂れ死にするだろう」

「なんて恐ろしい」メッサリナはささやいた。「解雇された使用人の行く末なんて考えたこともなかったわ」

「考える必要もなかったからだろう」ギデオンは歩くよううながした。

「そうね」メッサリナは物思いに沈んでいる。「でもそれを考えると、サムを屋敷に置くことにしたあなたの判断はなおさら立派だわ」

新たなまなざしがギデオンに向けられた――かつて彼女から向けられたことは一度もないまなざしが。

メッサリナは好意的な目で彼を見ていた。

ギデオンは心が重くなった。自分はやさしい男でも立派な人間でもない。これから彼女の兄を殺害するのだ。

いいや、それは関係ない。公爵の依頼でやる仕事とメッサリナとの結婚生活は別のことだ。

彼女が兄の死の真相を知ることがなければ……ギデオンにはなんの影響も及ばないはずだ。自分にもメッサリナにも絶対に影響を及ぼさせるものか。

メッサリナと結婚するために支払った代価を彼女に知られてはならない。

ギデオンは足を止めて扉を引き開けた。頭上には〈ハリソン&サンズ家具店〉と人目を引く大きな看板が出ている。

「どうぞ」彼女を先に通す。

中は広々とした空間に、華奢な脚の華麗なテーブルから、彫刻の施された巨大ベッドまで、あらゆる種類の家具が並んでいた。

鬘をつけた若い店員がいそいそと近づいてきて会釈した。「何かお手伝いできることはございますか?」

メッサリナは男に愛想よく微笑んだ。「いまは結構よ。先に店内を見せていただくわ」

「ごもっともで。何かご質問がございましたら、すぐにお声をおかけくださいませ」店員はふたたび会釈をすると、戸口へさがった。次に入ってくる客にすぐ声をかける準備だろう。

メッサリナは新鮮な潮風を味わうかのように深く息を吸った。「すてきじゃない?」

夫の返事を待たずに、くだらない家具が陳列されている迷路の奥へ進んでいく。ギデオンはあとに続き、彼女がドレスの裾を揺らして家具から家具へと飛びまわる様子を見つめた。

メッサリナは目の前の贅沢(ぜいたく)な選択肢にうっとりと夢見心地らしい。

ギデオンの唇は引きつった。

メッサリナは足を止めて、真珠貝の象嵌細工で彩られた小テーブルの天板を指でなぞっている。非実用的なうえ、恐ろしく値の張りそうなしろものだ。「なんて美しいの」

ギデオンは歯を食いしばった。

夫の無言の非難に気づいたかのように、メッサリナはまつげ越しに彼を見あげた。「まずいものをのみ込んだみたいな顔つきね」

「こういう贅沢品を見ていると……」ギデオンは身振りで店内を示した。

「財布の紐を締めたくなる?」メッサリナは話をさえぎり、彼が返事をする前に続けた。「倹約したくなる? 倹素になる? それとも節倹家になる?」唇には笑みが漂っていた。

メッサリナの微笑みは、男の心臓を止めることができる。

「きみの語彙力は驚異的だ」ギデオンはそっけなく言った。「ぼくはこういうものを前にすると居心地が悪くなる」背中で手を組み、彼女とともにぶらぶら歩きつづけた。「小君主のように自分の屋敷を飾りたてるつもりはない。機能より見かけ重視のものになぜ金を使うんだ? 板の上だろうと象牙のテーブルの上だろうと、そこに出される食事に変わりはない」

「たしかにそうよ、けれど……」メッサリナはつかの間沈黙し、それからゆっくりと口を開いた。「あなたは貧しい生まれだったわね」

ギデオンはすっと目を細くした。彼の出自を嘲っているのか? 「ああ」

「食べるものに困ることはあった?」メッサリナは眉間にしわを刻んでいる。サムについて交わした先ほどの会話を思いだしているのだろう。

ギデオンはおもしろくもなさそうに短く笑った。「毎日だ。母は日雇い清掃婦や、さまざまな仕事をやっていた」メッサリナに目をやり、母が体を売るため通りに立っていたことは黙っていた。食べるものも金も底をつくと、母は夜の通りへ出ていった。ギデオンは店舗の軒下や玄関先に弟のエディと抱き合ってうずくまり、そんな夜をやり過ごした。セント・ジャイルズのベッドですら、一泊一、二ペニーはかかったのだ。

「あなたの父親は？」メッサリナがそっと尋ねる。

ギデオンはかぶりを振った。「名前も顔も知らない」

「ひとりで寂しかったでしょうね」彼女の声は同情があふれすぎている。

ギデオンはそれが気に食わなかった。妻の同情など必要ない。「弟のエディがいた」

この話題を彼がいやがっているのがわからないのか、気にしていないのか、メッサリナは続けた。「お母さんと弟さんはいまどこに？」

「ふたりとも亡くなった」ギデオンは足を止めてぶっきらぼうに言った。「ぼくを哀れんでいるのか？　その必要はない。もう大人の男だ」

彼の攻撃的な口調にもかかわらず、メッサリナの声はやさしかった。「それでも、お気の毒に思うわ」

ギデオンは彼女の顔をじっと見た。メッサリナが彼を嫌悪しているのは知っている、何しろ結婚を強要されたのだ。しかし、彼女の言葉には真心が感じられた。「昔のことだ。ふたりの顔さえよく覚えていない」

メッサリナは恐怖に打たれたかのように目を見開いた。「なおさらつらいはずよ。わたしも父と母、それに哀れな姉オーレリアを亡くしたけれど、少なくとも細密画があるから、彼らの顔を思いだすことができる。あなたはそういうものは……」

ギデオンは鋭く響く笑い声をあげた。「セント・ジャイルズには細密画家などいない」

メッサリナがうなずく。「あなたがお金を無駄なことに使いたがらない理由もそれで理解できるわ。かつてのあなたは何も持っていなかった」

ギデオンは彼女を凝視した。妻の言葉がどこへ向かおうとしているのかがわからない。

「何が言いたい？」

メッサリナは自分にいらだつかのように頭を振り、歩みを進めようとした。「わたしは……いえ、いいの。わたしが口出しすべきことではないわ」

「メッサリナ」

ギデオンのうなるような声で、彼女は足を止めた。振り向いた姿はいかにも誇り高き貴族らしく、感情が表に出ていない。

ところがそんな無表情が崩れたかと思うと、まるで意思に反するかのように、メッサリナの口から言葉が飛びだした。「あなたはもうセント・ジャイルズに暮らしていた男の子ではないのよ。その男の子はいまもあなたの中にいるのかもしれない、その子の一部は決して消えないのかもしれない。けれど、いまのあなたは裕福な男性だわ。何よりあなたは社交界の一員になりたいのでしょう？　それなら家具や絨毯、カーテン、それに屋敷を彩る細々としたものが重要視されるのは、その美しさや快適さのためだけではなく、屋敷のしつらえによって社会があなたを判断するからであることを理解しなければならないわ」ギデオンの前へと進みでて、彼の胸板に触れようとするかのように手をさまよわせる。「いまのあなたは一文無しの孤児ではない。だから、かつてのあなたみたいに暮らさないで」

妻のいじらしい訴えを信用するべきではない。彼女は家具が欲しいだけで、この議論はその欲求を叶かなえるためのものだ。ギデオンが何を目指しているのか、メッサリナが理解しているわけがない。

だが、しかし。

彼を見つめるメッサリナの顔は感情もあらわで、不思議なほど無防備だった。彼女を信用するべきではない。信用するのは間違っている。

とはいえ、ギデオンは彼女を信用していた。

「いいだろう」彼女が脇におろした手を取り、自分の肘にはさんだ。「それでは家具を買おう」

二時間後、メッサリナはまつげ越しにホーソーンを眺めていた。ふたりは馬車に乗り、疲れたものの、実りの多い買い物から帰宅の途にあった。

向かいでクッションのくたびれた座席に腰かけているホーソーンが、輝く黒い瞳を彼女へ向けた。「満足か？」

「返事がノーなのはご存じよね」メッサリナはぴしゃりと言った。「上流階級の人たちをもてなすつもりなら、あれでは全然足りないと忠告したのに」

彼の顔にはなんの感情もよぎらなかった。「社交界へ入るために、舞踏会や愚にもつかないパーティーを開く必要があるとは思えない。金と時間の無駄だ」

ホーソーンは彼女の意見をしりぞけると、胸の上で腕を組んで視線を窓に転じた。長い脚は車内で窮屈そうだ。

夫の頑固さを気にするべきではない。メッサリナはあとひと月もせずに彼の屋敷と人生からいなくなるのだから。けれども言い返さずにいられなかった。「でも、それが貴族社会のやり方よ。お互いの紹介から始まり、社交の場で儀礼的な会話を何度か交わす。相手を品定めするダンスのようなものね。それが終わるまでは仕事の話を持ちだすことすら厳禁だわ」

ホーソーンは鼻を鳴らした。「貴族は仕事相手としては不向きだな——交渉の場に連れだすのに時間がかかりすぎる」

メッサリナは唇を引き結んだ。これは自分の問題ではない。「あなたほどわからず屋な男性は初めてだわ」

ホーソーンは彼女へ向きなおり、いたずらっぽく眉をつりあげた。「ぼくもきみほど頑固な女性は初めてだ」

メッサリナは無邪気なふりをして目を丸くした。「まあ、そんなにたくさんの女性をご存じなの？」

「数えるほどだ」思い出に耽るかのように彼の唇が弧を描いた。

いまいましい人。

メッサリナは頬がほてるのを感じながらも、たたみかけた。「その女性たちは、あなたをどう思っているか率直に言うことができたかしら？」

「どういう意味だ？」

「あなたに恩義を受けているのなら、正直なことは言えないでしょう。たとえば使用人や店員、それに……」

そこで口ごもった。

「娼婦、か？」ホーソーンは彼女に視線を注ぎつづけている。

メッサリナは目をそらさずに、ぎこちなくうなずいた。「ええ。愛人や街娼。お金をもらって相手をしている女性たちがあなたを悪く言うはずないわ」

「女性に悪く言われたことはない」ホーソーンは目を伏せた。その面立ちはありえないほど官能的だ。

メッサリナは彼を見つめてすっと目を細めた。「わたしをのぞいて、でしょう」

「きみをのぞいて、だ」ホーソーンはふざけるように首をかしげた。「だが、きみはぼくの最も優れた側面をまだ見ていない」

「それは認めるわ」角に差しかかって馬車が傾き、メッサリナは前かがみになった。「もし、もしも、あなたに優れた側面があるのなら。そうだとしたら、なぜわたしにそれを見せないの？　サムへのやさしさを隠したのはなぜ？」

ホーソーンは肩をすくめて彼女から目をそらした。「何も隠してはいない。きみがあんな子どもに関心を寄せるとは意外だな」

メッサリナは息を吸い込んだ。「幼い子どもの幸せに関心のないような人間だと思ったの？」

ホーソーンは唇をゆがめた。「貧乏人の幼い子どもだ」

その侮辱はまるでみぞおちへの一撃のようだった。「わたしは身分で人を差別などしないわ」

「そうだろうか？」彼は嘲りの表情を浮かべている。

「しないと言っているのよ」

「言うのは勝手だ」

馬車はがらがらと音をたててロンドンを走り、メッサリナは静かに怒りをたぎらせた。なぜホーソーンはこうも彼女のことを悪く思うのだろう？　それとも誰に対しても同じ偏見を抱いているのだろうか？

「あなたがわからないわ」口から言葉が飛びだした。「ただの悪党なのか、それとも何かそれ以上のものなのか、わたしにはわからない」

ホーソーンは微笑を浮かべて悠然と言った。「悪党と考えるほうがきみにとっては楽なんだろう？」

「そうね」メッサリナは彼を見つめた。「率直に言って、あなたが悪党ではないとは、まだ確信が持てないわ」

「ふむ。悪党は他人の意見など顧みないことにきみは気づいたか？」ホーソーンは両腕を広げ、自分の胸へと向けた。「悪党は嫌われるためだけに存在するんだ」

「それがあなたの望みなの？」メッサリナはそっと問いかけた。「嫌われることが？」

ホーソーンは一考してから肩をすくめた。「ぼくが何を望もうと関係ない。決めるのは他人だ」

メッサリナは唇を噛んで膝に目を落とした。自分は彼を誤解し、勝手に悪党だと決めつけていたのだろうか。けれども彼女に対するホーソーンの振る舞いはたしかに悪党のそれだった。これは彼女を混乱させる策略でしかないのかもしれない――子犬よりもそれとわかりにくい懐柔手段。自分にはわかりようがない。

メッサリナは彼に目を戻した。「もしも、あなたは悪党ではないとわたしが結論を出したら何が起きるの？」

夫がまばたきした――見逃してしまいそうな小さなしぐさだったが、彼女は見落とさなかった。「何も」

メッサリナは小首をかしげた。つかみどころのないこのゲームで一点取った気がした。

「本当に？」

ホーソーンは返事をせずにただ彼女を見つめていたが、黒い瞳には当惑の色が滲んでいた。

急にうれしくなってメッサリナはにっこりとした。

馬車が止まり、窓の外へ目をやるとウィスパーズ・ハウスへ到着していた。

ホーソーンは彼女が馬車からおりるのに手を貸して屋敷の中へともない、そこでしばらくのあいだ躊躇（ちゅうちょ）した。

やがて心を決めたらしい。「見せたいものがある」

腕を差しだす。メッサリナはいぶかりながらも好奇心には勝てなかった。

ホーソーンの腕にてのひらをのせた。

ふたりは屋敷の裏側へと歩みを進め、開けてはならないと言われた謎の扉の前を通り過ぎ、厨房へ向かった。

ホーソーンにうながされて中へ入ると、スツールに座っていた赤毛の若者がふたりを見て飛びあがった。

「旦那！」若者が驚いた声をあげる。ひょろりとした長身で、長い手足を持て余すかのように動作がぎこちない。

その隣にいる少女はせいぜい一二、三歳だろう。両手をエプロンに巻き込み、ぽかんとふたりを見ている。

「座ってくれ、ヒックス」ホーソーンが言った。

だがメッサリナは暖炉のそばの光景に注意を奪われていた。そこへと歩み寄る彼女に、ホーソーンがついてきた。

藁布団で体を丸めてすやすやと眠るサムの上で、子犬が寝そべり、少年の喉に小さな頭を預けている。

メッサリナはホーソーンを振り返ってささやいた。「こんな手でわたしの歓心を買おうだなんて卑怯だわ」

ホーソーンは片眉をあげた。

「起こそうか？」ホーソーンが尋ねる。

彼女はふんと息を吐き、眠っている少年と子犬に目を戻した。なんて愛くるしいの。

「だめよ、そっとしておいてあげて。それより料理人と話がしたいわ。どこにいるの？」

メッサリナの知らない冗談を楽しむかのように、彼の唇がぴくりと動く。

「実は、これから紹介するところだった」ホーソーンは彼女の手を取り、赤毛の若者のほうへくるりと向きなおらせた。「料理人のヒックスだ」

「奥さま」ヒックスはもじもじといじっていた木製のスプーンを取り落とし、あわててかがみ込んで拾いあげた。

いまやその頬は髪よりも真っ赤だ。

メッサリナは目を丸くした。ヒックスはどう見ても二〇歳かそこらだ。朝食の作り方をまともに知らないのも無理はない――それどころか、作れるのはパイぐらいなのだろう。今朝の彼女なら料理人を叱りつけ、もうこの屋敷で働く必要はないと申し渡していたところだ。

しかし、それはホーソーンとともに午後を過ごす前のこと。ロンドンで職を失った者がどれほど悲惨な末路をたどりかねないかを知る前のこと。

ヒックスの大きなブルーの瞳を見る前のことだ。

メッサリナは息を吸い込んで気を取りなおすと、ホーソーンに向かって言った。「わたしはここで失礼させていただくわ。食事についてヒックスと話をしたいの」

ホーソーンはメッサリナの目を探ったあと、身を乗りだして彼女の耳にささやきかけた。

「今夜は劇場へ出かけるのを忘れないように」

メッサリナが頰にかかる吐息のぬくもりからわれに返るよりも先に、ホーソーンは扉の外へと消えていた。

ヒックスが気まずそうに咳払いした。彼女は夫が立ち去ったあとを見つめ、ぼんやりと自分の頰に触れた。

メッサリナは彼を振り向いた。「朝食の話をすべきね」「なんのご用でしょうか？」

ヒックスは飛びでた喉仏を上下させてごくりと息をのんだ。「はい」

彼女は微笑んだ。「シャードエッグを作ったことはある？」

「えっと……」

「燻製ニシンを料理したことは？」

ヒックスは恐怖の色を浮かべて目を見開いた。

「ココアは？　子羊の腎臓のバター焼きは？　お粥（ポリッジ）は？」

ひとつひとつにヒックスは首を横に振った。

「そう」メッサリナは自分の笑みが薄れるのを感じながらも、きびきびと続けた。「いまあげた料理を覚える時間は充分にあるわ。まずはもっと簡単なものから――」

小さな足音が彼女の話をさえぎった。ちぎれんばかりに尻ごと尾を振って、子犬がとことことやってくる。

「まあ」メッサリナはやさしく言い、しゃがみ込んで子犬を腕に抱えた。小さな体は骨がないかのようで、首をそっとかいてやると指の下で毛がさざ波立った。「あなたはかわいすぎて困るわね」

子犬は彼女の指をぺろぺろなめたあと、かじろうとした。

「かじるのはだめよ」メッサリナは厳しく叱って子犬の鼻をとんと突いた。

子犬は困惑した様子で、体をくねらせはじめた。

下へおろしてやると、子犬はサムが寝ぼけまなこで起きあがる藁布団へ駆け戻った。

サムは彼女の姿に気づいてぱちりと目を開けた。「奥さま」あわてて不安げに立ちあがる。「ごめんなさい。眠りこけるつもりじゃなかったんです」

「いいのよ」メッサリナは少年を安心させようとした。「子犬のしつけははかどっている？」

サムは靴の片方と格闘しはじめた子犬を自信なさげに見おろした。「おしっこはだいたい庭でするようになりました」ひたむきな目で彼女を見つめる。「とっても賢いんです、かじらないようがんばってるし」

子犬は靴から転げ落ちると、今度は自分の尻尾に興味を持った。

「たしかにとても賢そうね」メッサリナはまじめな顔つきで言った。「名前はどうしようかしら」

サムは口を開けてすぐに閉じた。

「そうねえ」メッサリナは指で唇をとんとん叩き、考えあぐねるふりをした。少年はじっと彼女を見ている。「サム、何かいい案はない？」

「デイジー！」その名前が喉に詰まっていたかのように、少年は勢いよく吐きだした。「だってこの犬、庭のデイジーのにおいをかぐのが好きなんです」

メッサリナは目をしばたたき、いまや自分の尻尾をつかまえようとしている子犬を見おろした。子犬がキャンと鳴いて転ぶ。やっぱり雄だ。

メッサリナは微笑した。「じゃあデイジーで決まりよ」

サムは彼女を見あげてうれしそうに微笑んだ。メッサリナの胸に温かいものが広がる。この幼い少年に喜びをもたらすことができた気がした。

そのとき、デイジーが床のにおいをかぎながらうろうろしはじめた。

「あら」これは急を要する事態らしい。

「デイジー、こっちだよ！」サムは庭に出る戸口へ駆けていった。

ありがたいことに子犬はそれを追った。

「すみません、奥さま」サムが扉を開けて詫(わ)びる。「外でデイジーに――」

「ええ、ええ、行ってらっしゃい」メッサリナは手を振って少年を送りだした。

振り返ると、ヒックスは驚きながらも感心した表情を浮かべている。「あの犬は外で用を足すことを覚えないんじゃないかって心配してたんです」

「つまり、サムのしつけはうまくいっているということね」メッサリナは言った。「では、何か簡単なものから始めましょうか。卵をゆでたことはある？」

ヒックスはしゅんとし、メッサリナは大きく息を吸った。子ども部屋で子守のメイドが半熟ゆで卵を作るのを毎日のように見ていてよかった。

メッサリナは仕事に取りかかった。大きな笑みを浮かべて意識をすべてヒックスに向け……ているように見えればいいけれど。心の内ではホーソーンの問題に立ち戻っていた。自分は彼を受け入れつつある。彼の心の動きを気にかけすぎている。彼の存在に、瞳に、いたずらな微笑みに、過敏になっている。そのすべてが意味するものは？

危険だということだ。


ジュリアンは小さな宿に入って三角帽を取った。そり返ったつばから雨水がこぼれ落ち、石の床にすでにできている水たまりにびしゃりと跳ね返る。

彼は息を吐き、宿の奥にある狭い個室へ向かった。

「どうだった？」ジュリアンが入ってくるなりルクレティアが問いかけた。

その隣に座るクインタスの手には大きなジョッキが握られている。

ジュリアンはかぶりを振り、暖炉の前へ椅子を引き寄せた。「道路は川と区別がつかない。あんな道は進めないと御者は言っているし、馬車が通れる道はほかにない」

「でも、また一日待ってなんかいられないわ！」ルクレティアは泣きだしそうになっている。

「残念だが無理だ」ジュリアンはすでにぐしょ濡れのハンカチーフで顔をぬぐった。足止めをいとう気持ちは妹と変わらず、自分ひとりなら馬にまたがりロンドンへ向かっていた。

しかしジュリアンはひとりではない。ルクレティアとクインタスという連れがいる。妹のことをクインタスに任せられればいいのだが……頭をこっくりこっくりさせているクインタスにちらりと目をやる。いったい何杯飲んだのだ？

ジュリアンは嘆息した。一五年前の夜、オーレリアが亡くなったいきさつが判明しさえすれば。公爵はどう関わっている？　本当にランが彼女を殺したのか？　殺人かそれとも事故なのか？　真相が明らかになれば、クインタスも心の平安を得られるかもしれない。

ジュリアンはかぶりを振ってルクレティアへ目を向けた。「夕食を頼んできた。今夜はここに泊まり、明日の朝、水が引いたら出発しよう」悄然（しょうぜん）とした妹のまなざしをとらえる。

「公爵がどんな策略をめぐらせていようと、メッサリナは必ず助けだす。約束する」

行商人は財布を取りだし、わずかばかりの中身をてのひらに空けました。「お金ならあります」

キツネはにやにやしました。「あなたのお金がなんの役に立つと?」

行商人は売り物の包みをほどいて広げました。金槌(かなづち)、ハサミ、釘抜き、ブリキのカップ、パイの焼き型ふたつ、さまざまな大きさのはんだや錫(すず)の小片。

しかし、行商人が口を開く前にキツネは言いました。「そんなもの、ぼくには使い道がない」……。

『ペットとキツネ』

6

その夜、メッサリナは新品の化粧台の小さな鏡を前にして眉間にしわを寄せた。結局、午後はずっとヒックスと洗い場のメイド――少女の名前はグレイスとわかった――とともに過ごした。食事の問題はあっさり解決した。卵のゆで方をヒックスに教え、彼に手ほどきしてくれる経験豊富な料理人を探すよう手配した。

より大きな問題はホーソーンであり、彼に対する自分の感情であった。

そのせいでメッサリナはいま眉根を寄せているのだ。

「髪型がお気に召しませんでしたか？」背後に立つバートレットが問いかけてきた。

メッサリナは鏡の中で侍女と目を合わせ、急いで微笑んだ。「とてもすてきよ。ほかのことを考えていたの」

バートレットはうなずき、宝石のついたふたつの髪飾りを髪に差し込む手をふたたび動かした。

メッサリナの口角はゆっくりとさがった。夫との午後のひとときを、ふつうの夫婦のように楽しみはじめているなんて、どうかしている。ギデオン・ホーソーンが彼女を利用していることを忘れてはならない。彼は秘密を抱えている。厨房のそばの部屋に何があるのかはまだわかっていない。オーガスタス叔父に何を命じられているのかも、ホーソーンは話さずじまいだ。

つくづくホーソーンについては知らないことだらけだ。

もっとも……サムにやさしいことなら知っている。パイしか焼けないヒックスを雇いもした。それに、メッサリナが家具を購入する理由を説明したときは、耳を貸してくれた——彼女の意見に男性のそれと同じ重みがあるかのように。

メッサリナは彼と対等であるかのように。

男性はそういうことを決してしないものだ。もちろん、社交の場で淑女たちがドレスや噂や天気のことをしゃべるのには、微笑んで相づちを打ちもするだろう。ところが女性が政治、哲学、文学といったより意義深い話を口にすると、男性は途端にぽかんとする。そして居心地が悪そうに女性の背後へ視線をそらしたあと、話を聞いても得るものはないと言わんばかりにさっさと立ち去るのだ。

男性は女性の意見を重んじようとしない。

考えてみれば、メッサリナの兄たちでさえ彼女とまじめな議論を交わすことは滅多になかった。

しかしホーソーン――セント・ジャイルズあがりの教養のない男性――は彼女の意見に耳を傾けたばかりか、それを聞き入れてくれた。

そんな彼の心遣いは魅力的だった。

メッサリナは不安に駆られた。ホーソーンからのがれる計画なのを忘れてはいけない。彼と叔父の両方からできるかぎり遠くへ逃げなくては。それが自分の人生を自由に生きる唯一の道だ。

そうではないの？

「できましたよ」バートレットはメッサリナから一歩さがって仕上がりを確かめた。「自画自賛になりますが、たいそう優雅でいらっしゃいます」

メッサリナは顔を右へ左へ向け、鏡で自分の髪型を確認した。髪のほとんどは後頭部でひとつにまとめられているが、顔まわりだけゆるく巻かれて垂らしてある。ダイヤモンド、ガーネット、黄色い宝石に彩られた蝶の形の小さな髪飾りが、巻いた髪に目が行くところに差し込まれていた。

メッサリナは髪飾りのひとつに触れた。「いつもながら素晴らしい出来よ、バートレット。母の形見の髪飾りもこうして見るととてもいいわ」

「ありがとうございます。耳飾りは真珠で？」

「ええ」

バートレットは宝石箱から耳飾りを持ってくると、腰をかがめてメッサリナの耳につけた。

「侍女がもうふたりもいましたら、一時間もかからずにお出かけのご用意ができますのに」

「そうね」メッサリナは顔をしかめた。寝室にこもってもう二時間になる。「あなたはひとりでとてもよくやってくれたわ」

ホーソーンに使用人を増やしてもらわなければ。使用人なしには大きな屋敷は回らない。もう一度、説得を試みることと、心に書き留めた。

もっとも……自分はいずれここを去る。使用人が足りずに彼の屋敷が崩壊しようと何を心配する必要があるだろう？

メッサリナはふと気になった。バートレットは自分やルクレティアについてくるつもりだろうか？　これまで侍女がどこかへ同行するのを渋ったことはないが、もちろんいままでは必ずロンドンへ戻ってきていた。外国へ行くとなれば、バートレットはイングランドを捨てる気があるだろうか？　彼女に家族はいるの？

「バートレット?」

「なんでございましょう?」侍女は巻き毛が動かないようにするのに忙しそうだ。

「出身はどこ?」

侍女は鏡の中で驚いた顔をして視線をあげた。「オックスフォードの近くでございます。母はメイドで父は肉屋をしておりました」

「ご家族はいまもそこでご健在?」

バートレットは微笑んだ。「いまは妹がひとりいるだけです。よく手紙で子どもたちの話をしてくれます——男の子と女の子がおりまして」

「姉妹は本当に大切なものよね」メッサリナはしんみりと言い、ルクレティアと、もう二度と会うことのできないオーレリアを思った。

「ええ、そうでございますね」侍女が同意する。

ルクレティアはジュリアンのもとへたどり着いただろうか。それともまだ彼を探しているの? メッサリナはため息をついて立ちあがった。「それほど遅くはならないと思うわ。深夜を少し過ぎるぐらいじゃないかしら」

「かしこまりました、お待ちしております」バートレットは身支度に使った道具を手早く片づけながら返事をした。

メッサリナは扉の前で立ち止まった。「ありがとう、バートレット」

「いってらっしゃいませ」侍女は膝を折ってお辞儀した。

メッサリナは階段をくだりながら、バートレットを雇って何年にもなるのに、オックスフォードの近くに家族がいるのを知らずにいたことを考えた。どうして思い至らなかったのだろう？　まるでこれまで目隠ししたまま暮らしてきて、急にそれが取れたかのようだ。

ホーソーンがメッサリナの目隠しをほどいたのだ。

そのとき屋敷の玄関ホールで彼女を待つホーソーンの姿が目に入り、その強烈な魅力にメッサリナはあらためて息をのんだ。彼は長い脚を少し開いてたたずんでいた。腕は組まれ、豊かな唇が妻の姿を認めてかすかに弧を描く。

夫は信用できないことをしっかり覚えていなさい。もしも彼を信用したら、自分のみならずルクレティアまですべての希望と夢を失うことを。

メッサリナは気持ちを引き締めて階段をおりきった。彼に反応するものですか。

ホーソーンは午後に着ていたのとまったく同じ服装なのに遅まきながら気がついた。少なくとも見た目は変わらない。黒い上着にベスト、ブリーチズ、装飾品は皆無。ほかの服はないのだろうか？　なぜ劇場へ行くために着替えていないの？

ホーソーンが近づいてくる。猫を思わせる優雅な身のこなしにメッサリナはごくりと唾をのんだ。

彼が手を差しだした。「きれいだ、ミセス・ホーソーン」

その言葉で、メッサリナの愚かな心臓は高鳴った。同類のことを言ってきた紳士は数えきれないほどいたし、彼らはたいてい美辞麗句をさらに連ねたものだけれど、ホーソーンが黒い瞳を意味深長にきらめかせて言うと……。

メッサリナは息をのみ込んでお辞儀をし、彼の手を取った。「ありがとう」

声が震えた？　ああ、そうでありませんように。

戸口へと導かれながら、メッサリナは自分の手が置かれた質素な黒いウール地の上着の袖をちらりと見た。

着替えるように言うべきだろうか？　とはいえ、上流社会の人々が劇場へ出かけるときは、いちばんいい服ではないにしても、人に見られることを意識した服をまとうのをホーソーンも知っているはずだ。

扉を開けて先へ行くよう彼が身振りで示すのを横目で一瞥し、メッサリナはためらった。あらゆる慣習に逆らうほど傲慢なのだろうか？　貴族社会に仲間入りするつもりなら、その一員らしく装う必要があるのに。

ホーソーンが眉をあげた。「何か問題でも？」

彼への助言が喉まで出かかった。しかし、ホーソーンはこれまで彼女なしにやってきたことを思いだした。

ホーソーンは彼女を必要としていない。

メッサリナは首を横に振って扉をくぐった。

石畳を走って揺れる馬車の中で、ギデオンはメッサリナの顔を観察した。屋敷を出たあと彼女は沈黙し、こちらの視線を避けつづけている。

自分は何を期待していた？　今日の午後、休戦らしきものに至ったぐらいで、それまでの埋め合わせになりはしない。メッサリナは自分の意志を持つ誇り高き頑固な女性だ。そう簡単に心を動かされて彼を夫として受け入れることはない。

気を長く持て。

そう自分に言い聞かせはしたが、五分後、馬車からおりる彼女に手を貸しながら、気がつくとその瞳を探っていた。メッサリナが小さく微笑み、ギデオンの胸にぬくもりが押し寄せる。

愚か者め。

ギデオンは御者の隣に座るレギーにうなずきかけた。劇場へ行っているあいだは馬車に残るよう先に指示してあった。用心棒が何人もいては目立ちすぎる。

横でドレスの裾を払うメッサリナの小さな体を、ギデオンは強く意識した。日が沈んでも大気はまだ暖かく、ランタンと松明（たいまつ）が夜を照らしている。劇場の古典様式のファサードにはまぶしい明かりが投げかけられ、階段は人々で混み合っていた。

ギデオンは彼女に腕を差しだした。「準備はいいか？」

メッサリナは彼の前腕に手をかけて見あげ、眉をつりあげた。「ええ。あなたは？」

ギデオンは自分の唇が弧を描くのを感じた。ベルガモットの香りが鼻腔（びこう）をくすぐる。目の前にある劇場の中に自分の獲物がいる。これから始まる狩りを思うと鼓動が速くなった。しかし不安を覚える必要はない。

妻を同伴しているのに失敗など許されるだろうか？「それはこれからわかる」

中は人いきれと、三つの巨大なシャンデリアのキャンドルが放つ熱でむしむししていた。ギデオンは階段へ向かいながら、人々がこちらを振り返るのを感じた。ふたりが通ったあとにささやきが広がる。

ギデオンは視界の隅でメッサリナを観察した。彼女は頭を高く掲げ、唇には微笑を漂わせている。

彼は妻の耳元へ顔を寄せた。「その調子だ」

メッサリナがはっと息をのんだ。「あなたに認めていただけてうれしいわ」口にした言葉はそれだけだった。

「認めているさ。きみの優雅さを、知性を、強さを、ぼくは認めている。きみの頑固さはいただけないが、白状すると嫌いではない」

彼女はふんと鼻であしらった。「席はどこなの？」

「三階のボックス席だ」妻を挑発しようと言い添える。「誰にも見られずにふたりきりになれる場所。チケットを買うときにこの目で確かめておいた」

「舞台を見おろす場所なら劇場じゅうから丸見えよ」メッサリナは笑顔のままぴしゃりと返した。

「約束しよう」ギデオンは物憂げな口調で言った。「誰にも見られない方法を見つけると」

彼女がじろりとにらむ。「向かいのボックス席からは確実に見えるわ」

「そうだね」ギデオンは口角をつりあげた。「だが見えるのは腰から上だけだ」

メッサリナは一瞬きょとんとし、それから頬を鮮やかな紅色に染めた。赤面すると彼女は若く見え、たまらないほど愛らしく、彼の欲望を……。

ギデオンは視線をそらした。自分には計画がある。求めるものを手に入れるための一連の段階が。妻に心を奪われるのはそれに含まれていない。

自分を見失うな。

彼は階段ののぼり口へたどり着いたときも物思いに沈んでいた。すると濃厚なオレンジ色のドレス姿で髪にはラベンダー色の粉を振りかけた高齢の婦人が声を張りあげた。「メッサリナ！　街へ戻ってきていたなんて知らなかったわ」

食い入るようにギデオンを眺める目つきからしてあからさまな嘘だ。

「レディ・ギルバート」メッサリナはゆっくりと返答した。「夫を紹介させてください、ギデオン・ホーソーンです」

「ホーソーン？　ホーソーンねえ」レディ・ギルバートは潤んだブルーの目をこするそうに細めて彼に片手を差しだした。「ホーソーン家の方はどなたも存じあげないわ。ご家族はどのような方々ですの、ミスター・ホーソーン？」

彼の隣でメッサリナが体をこわばらせる。

ギデオンはレディ・ギルバートの手を取ると、膝を折ってその手に口を寄せたが、唇を触れさせはしなかった。「ホーソーン家ははなはだ悪名高き一族で」体を起こして危険な笑みを広げる。「盗賊に娼婦、人殺しなどばかりです」

「んまあ！」レディ・ギルバートは見るからに大喜びで興奮している。

メッサリナは無表情でレディ・ギルバートに会釈をして通り過ぎ、ギデオンとともに階段をのぼりだした。

「彼女はあなたの言ったことを吹聴するわよ」メッサリナがささやいた。「劇が終わる頃にはここにいる全員が噂しているわ」

「好きにさせればいい」

ギデオンは妻にちらりと見られたのを感じた。「自分の過去をみんなに知られていいの？」

「隠そうとしたところでたいして意味はない、だから気にしないことにしている」彼は微笑した。「自分の生まれを誰にも詫びるつもりはない」

連中はギデオンが何者かをはっきりと知ることになる——なぜ彼を恐れるべきなのかも。

メッサリナはしばらく黙り込んだ。それからそっと口を開いて彼を驚かせた。「ええ。たしかにあなたの言うとおりね」

ギデオンは三階にたどり着いたところで足を止め、彼女へ目を向けた。

メッサリナが彼のまなざしを受け止める。澄んだグレイの瞳は挑戦的だ。「わたしが嫌いなのはあなたの生まれではないわ」

「ほう？」ギデオンは彼女に顔を寄せ、ベルガモットの香りを吸い込んだ。「ではボックス席でぼくの欠点を詳しく教えてくれないか」

メッサリナは冷笑した。「朝までかかっても終わらないわ」

ギデオンは鼻を鳴らした。

妻はウィットに富んでいる。

ウィットに富みすぎだ。彼女といるとここへ来た目的を忘れてしまいそうになる。

不安がギデオンの胸をかすめた。メッサリナのせいで自分の目的を、誇りを、自分自身を見失うことはできない。

予約したボックス席に到着し、カーテンを引いて先に彼女を中へとうながした。

座席はほとんど舞台上へ張りだすような形で、役者ばかりか劇場内へ流れ込む客たちまでよく見えた。ギデオンはメッサリナを座らせてから自分も腰をおろし、場内を眺め回した。ピーたち一団からの情報で、ルークウッド伯爵とバーナビー・ビショップ卿、ハードリー子爵が今夜来る予定なのは把握しているが、誰も見当たらない。

ギデオンの視線は舞台へ引き戻された。役者が何人か踊っているものの、注意を払う客は皆無のようだ。

ギデオンは眉根を寄せた。「始まっているんじゃないのか?」

メッサリナが彼へ視線を向ける。「ええ。でも、これは劇が始まる前の余興よ」

「なるほど」ギデオンはそっけなくうなずいた。

ボックス席は半分が空いていて、まだ入ってくる客がいる。客のいるボックス席からこちらへ向けられているオペラグラスはひとつではなかった。

ギデオンは歯を見せて微笑んでみせた。

「観劇はこれが初めて？」隣でメッサリナがそっと問いかけてきた。

ギデオンは彼女へ目を向けた。

メッサリナは彼をじっと見ているが、そこに嘲りの色はいっさいなかった。

「ああ」

妻はギデオンを上から下へと眺めたあと、言葉をのみ込むかのように唇をきゅっと結んだ。

それから口元をゆるめて微笑む。「娯楽は嫌い？」

「娯楽を楽しむ余裕はこれまでなかった」

彼女は小首をかしげた。長い首が描く美しい曲線にギデオンの目は引き寄せられた。今夜のドレスの深くくれた襟ぐりから胸のふくらみがのぞいている。劇場のキャンドルの明かりを浴びて白い肌が輝いていた。「まったく？」

メッサリナは何を探っているのだろう？「まったくだ」

彼女は夫を凝視した。「音楽は？」

ギデオンは唇を引き結んだ。「いいや」

「賭け事は？」

彼は眉をあげた。「賭け事は――正確には、他人が賭け事に興じるのは――ぼくにとっては仕事であり、それだけのことだ」視線を客席へ戻す。「それだけのことだった、と言うべきだな。いまは別の事業に主軸を移している」

「それはどんな――」メッサリナはかぶりを振った。「脇道へそれてはだめね。本はどう？」

ギデオンは体をこわばらせ、彼女を振り向いて目を合わせた。「文字は読めるかときいているのなら、答えはイエスだ」

「本は読むのかと尋ねたのよ」メッサリナはおだやかに言った。

本をすらすら読むことはいまだにできなかった――教育を受けたことがないのにどうしてできるだろう？　しかしギデオンは彼女から目をそらしはしなかった。自分の弱さを白状するのはあまりに屈辱的だ。「いいや」

メッサリナはしばらく黙り込んだ。観客からどっと笑い声があがる。

ギデオンは舞台へ目をやった。役者のひとりが腰を曲げて上着の長い裾をめくりあげ、観客へ尻を突きだして振っている。

ギデオンは目をしばたたいた。これが貴族の娯楽なのか？

「暮らしの中で純粋に……楽しみのためにやっていることは何もないの？」メッサリナが問いかける。

彼は妻に向きなおった。彼女の質問に心底困惑していた。「どうして？　ぼくは食べるためには働かなければならない身分だ。きみもそれは知っているだろう」

「そうね。その点はあなたが十二分にはっきりさせたから。けれどたくさんの人が、最下層にいる人々でさえ、楽しむすべを見つけるものだわ。ぼろを着た男の子たちが通りでナックルボーン（動物の骨を投げるお手玉に似た遊び）をして遊ぶのを見たことがあるし、物乞いがふたりで声を合わせて歌っているのを見かけたこともある。ひと月分の給金を貯めて本を買う洗い場のメイドもいたわ。娯楽は身分とは関係ないのではないかしら」

ギデオンはかぶりを振り、木製の剣による活劇が繰り広げられている舞台へ向きなおった。彼を金と力へと駆り立てるものをメッサリナに説明するのは無理だろう。食べるものにも眠る場所にも困ったことのない彼女には理解しようもない。

彼は息を吸い込んだ。「ぼくにはやることがある。娯楽にかまけるわけにいかない」

メッサリナはしばし黙り込み、それから言った。「とてもつまらない人生に聞こえるわ」

ギデオンは彼女へ顔を向けた。妻は誠実そうなグレイの瞳を大きく見開いている。

「きみは？」彼は咳払いした。「きみはどんな娯楽が好きなんだ？」

「本よ」メッサリナはにこりとし、内緒話をするかのように少し身を寄せてきた。澄んだ虹彩の輝きまでよく見えた。「それも教訓めいた内容ではないもの。好きなのはスキャンダルに満ちた伝記や風変わりな異国の旅行記。無垢なヒロインが登場してはらはらさせられる悲劇はこたえられないわ」

図書室の片隅に陣取って本を読みふける彼女の姿が目に浮かんだ。なぜかその姿に心引かれて、ギデオンは当惑した。それはメッサリナが彼に従う姿でも、彼が目的を果たすのに手を貸す姿でもなく、妻がありのままでいる姿だった。

彼女がただ満足している姿。

その考えを振り払い、ぶっきらぼうに言った。「多少ならウィスパーズ・ハウスの図書室に本を入れても問題はない」

メッサリナの笑みは輝いていた。「ありがとう」

ギデオンはつい尋ねていた。「きみの好きな娯楽は本だけか?」

「もちろん違うわ。音楽を聴くのも好きよ。楽器は弾けないし、わたしの歌はひどいものだと妹が請け合うでしょうけれど。演劇も好きだわ」舞台に向かってうなずく。「それにオペラに、たいていの娯楽は好きよ。乗馬も楽しむし、散歩も好き。買い物が目的ならなおさらだわ。買い物が大好きなの。あなたはもうご存じよね」彼女は苦笑した。「結局のところ、あなたと違って、わたしは食べるために働く必要のない身分だから、自分の時間をどう使おうと自由だわ。あなたから見ればわたしは——わたしの家族、それに貴族は総じて——怠惰な生き物なんでしょうね」

ギデオンは唇をきつく結んだ。貴族が怠惰な生き物なのは事実ではないか。そんなことは大昔からわかっている。

だが、ギデオンは妻を傷つけたくはなかった。

「思うに」彼は慎重に切りだした。「ほとんどの人間は働くために生まれる。幸運な星のもとに生まれ落ちたごく少数の者は、貧困を知ることがない。後者はしばしば幸運を神の理(ことわり)と混同する」

メッサリナは静かに言った。「話がよくわからないわ」

物問いたげに小首をかしげている。

ギデオンは眉間にしわを刻んだ。「きみたち貴族の多くは、自分たちの生まれがいいのは庶民よりも優れているからだと考えている。生まれながらに裕福な者は、知性が高く、人を導く能力に長け、高潔であるものだと。神が彼らをそのように創り、身分の低い者たちを支配するために地上に遣わしたのだとね」唇がゆっくりと弧を描く。「彼らの考えは間違っている。王の頭に冠をのせるのは神ではない。人間だ」

彼の辛辣な批判を聞いているあいだにメッサリナはうっすらと唇を開き、いまや賛嘆とすら言えるまなざしを彼に向けていた。「あなたは哲学者ね」

ギデオンは彼女を信用できずに目を細くした。「嘲っているのか?」

「いいえ」メッサリナは椅子の肘掛けにのっている彼の手に自分の手を重ねた。「いいえ、嘲ってなどいないわ。人は生まれのために他者より優れているのではないと、あなたが言ったのでしょう。それならその逆もまたしかりではないかしら。人は生まれのために他者より劣るのではない。つまりあなた、ギデオン・ホーソーン、わたしの叔父の部下は、教養豊かな著述家と知性においては少しも引けを取らない哲学者かもしれないということよ」

彼女はからかうように微笑みながらも、口調は真剣だった。

そして彼女の言葉はギデオンの心に触れた。

ギデオンは手を裏返してメッサリナの繊細な指に自分の指を絡めると、彼女の手を持ちあげ指の関節に唇をそっと押し当てた。

メッサリナの指が震える。ここがどこか別の場所ならよかったとギデオンは不意に思った。どこかふたりきりになれる場所なら。彼女が読んだ本のことや互いの考えを語り合って夜を過ごせる場所なら。夜の終わりには、彼女のバラ色の唇を味わうチャンスがある場所なら。今夜、自分が任務を果たす代わりに。

しかし、それはないものねだりだ。「きみを妻に持つことができてぼくは幸運だ」

メッサリナは眉をつりあげた。「運はあまり関係ないと思うけれど」

言い返そうとしたとき、背後のカーテンが開き、ボックス席に人影がふたつ入ってきた。現れたのはいかにも人のよさそうな笑みを浮かべたウィンダミア公爵だ。「たぶんここにいると耳にしたものでね。ロビーは噂話で持ちきりだ」その目がギデオンを射貫く。「おいおい、ホーソーン、観劇にふさわしい装いをするよう愛する妻に言われなかったのかね？」

「今夜お目にかかるとは思っていませんでした、閣下」ギデオンはメッサリナと重ねていた手を引き離して拳を握った。無理に笑みを作る。「それも、ぼくのボックス席までおいでになるとは。光栄なのは言うまでもありませんが、こんな遅くに出かけられるとは驚きです。あなたのお年を考えると」

これはウィンダミアの癇に障った。年齢のことに触れられると、自身の後継者を思いださずにはいられないのだ。

音もなくうなるかのように公爵の上唇がめくれあがる。

ギデオンは立ちあがって片膝を折り、公爵夫人の手を取った。ウィンダミアの三番目の妻は小柄なおとなしい女性で、結婚して三年になるが、前妻たちと同様、子宝には恵まれずじまいだ。「公爵夫人におかれましては、ご壮健のご様子で」

彼女は顔を赤らめた。年はせいぜい二二歳くらいだろう。「あの、え、ええ。とっても。ありがとう」

おどおどと夫に目をやった。

公爵はそれを無視した。落ち着きを取り戻して、メッサリナににこやかに微笑みかける。

「おまえと北へ向かってからルクレティアの顔を見ていないが、わたしには連絡もなく気を揉(も)んでいるのだよ。わたしには家長として、おまえと同じく、あの子を立派に嫁がせる責任があるからね」

明白な脅迫にメッサリナは石のごとく固まった。

ギデオンは歯を食いしばり、妻を苦しめるこの男を殴り倒したい衝動を抑え込んだ。ここが劇場でなければ――。

メッサリナがやにわに立ちあがって、公爵夫人の手を取った。「劇は楽しまれていますか、叔母さま？」

公爵夫人の目が見開かれる。「ど、どうかしら」

メッサリナは微笑んだ。「どうぞわたしとおかけになって」

ボックス席の奥へと夫人を導いていく。

ウィンダミアはギデオンに向きなおって声を低めた。「観劇などつまらんことをする時間があるとは驚いたぞ、ホーソーン。おまえには仕事を与えたはずだ。余裕があるのならほかにも仕事をくれてやろうか？」

ギデオンは眉をつりあげた。公爵はどういう了見だ？　人前で、メッサリナの前で、この話を持ちだすとは。

「まだ対象が街へ戻っていません」彼はささやいた。「戻ってきたら、時間をかけて慎重に動きます。ぼくがつかまっては――」皮肉たっぷりに言う。「閣下もお困りになるでしょう」

「まあな」公爵は投げやりに同意すると、ギデオンの背後へ視線をさまよわせた。

ギデオンは背中が汗ばむのを感じた。メッサリナがこちらを見ていないか、振り返って確かめたいのをぐっとこらえる。

公爵は落胆したかのようだ。「時間はどれだけかかってもかまわん、仕事をやり遂げろ」

「必ず」ギデオンは相手の目をまっすぐ見据えた。

「よかろう」ウィンダミアは体を寄せ、すえたにおいの吐息をギデオンの顔に吹きかけた。「さもなければ、おまえを破滅させる。わたしの姪を妻に持とうと持つまいと、社交界が永遠におまえを拒絶するように」

ギデオンは表情を変えずにいたつもりだったが、なんらかの反応が顔に出たらしい。

公爵はにやりとした。「ああ、おまえの願望は知っている。貴族と一緒に事業をやりたいのだろう」ギデオンを眺めながら首を傾ける。「正気ではないな。おまえのような身分の者は、われわれに仕え、われわれの代行すらすることがあるだろうが、彼らが――」いまや埋まっているほかのボックス席を身振りで示す。「おまえと快く食事をともにすることは決してない。秘書にでもなれ。メッサリナが妻なら、それぐらいの地位は手に入るかもしれんぞ。しかし、わたしがひとりふたりに耳打ちすればそれすら叶わん。理解したか？」

ギデオンは相手に顔をぐっと近づけた。「一蓮托生(いちれんたくしょう)ですよ。ぼくもあなたを知っている、そして証拠もある。理解しましたか？」

ウィンダミアは小鼻をふくらませると、怒りを滲ませてささやいた。「よくもそんな口をきけるな。どんな証拠があるというんだ？　わたしは――」

「お話しできて本当によかったわ」公爵が何を言おうとしていたにしろ、メッサリナの声にさえぎられた。女性たちはすでに立ちあがり、こちらへ近づいてくる。

ギデオンは微笑んでみせた。

ウィンダミアが咳払いをする。「おまえがうつつを抜かしているのでなくて安心した、結婚生活の喜びにな」

お粗末な嫌味にギデオンは眉をあげた。

だが言い返す前に、メッサリナが叔父の目をのぞき込んで言った。「喜びがもたらされることのない結婚もありますわね」

ウィンダミアの顔が怒りのためにぴくぴくと引きつった。公爵が息子を欲していることは広く知られている。

公爵夫人は青ざめて、夫のかたわらに身を寄せた。

公爵は妻のことはまるで意に介さず、メッサリナをにらみつづけていた。「おまえが自分の結婚に満足なようで何よりだ。行くぞ、アン」

別れの挨拶をもごもご口にしている公爵夫人を引っ張り、ボックス席から出ていった。

ギデオンは公爵のいなくなったあとを見つめた。自分は仕事を完遂すると請け合った。メッサリナに目をやると、彼女はおずおずと微笑みかけてきた。

彼女の兄を手にかけることが本当にできるだろうか？


メッサリナはホーソーンと腰をおろして彼を観察した。叔父がいきなり顔を見せたのにも動じる様子はなかったのに、いまや彼の眉間にはしわが刻まれている。

彼女はこほんと咳払いした。「結婚の喜び、などと口にすべきではなかったわ。お気の毒なアン。彼女はとても気立てがやさしいの。あなたもご存じでしょう」

その言葉にホーソーンは表情をゆるめた。「公爵夫人のことが好きなのか？」

メッサリナは後ろめたさを覚えて肩をすくめた。「あいにく共通点はほとんどないわ。会えばファッションの話をするけれど、会うこと自体が滅多になくて。わたしは叔父を避けているから、その結果、アンと顔を合わせることもあまりないわ」ため息をついた。「ふたりの結婚式はよく覚えているの。アンはそれは若くて、幸福そうだった。その年の社交シーズンでいちばんの結婚と騒がれたものよ。それがいまのアンはかつての彼女の亡霊みたいだわ」

かぶりを振ったところで、ホーソーンがもう彼女の話を聞いていないのに気がついた。夫は人を探しているかのようにときおりボックス席へ視線を走らせている。叔父に命じられた仕事をしているのだろうか？　誰かを探しだし、それから……。

それからホーソーンがどんなことをするのかは想像したくない――どんなことが彼に可能なのかは。

今夜は上流社会のほとんど――避暑のために街を離れなかった面々――が劇場に集まっていた。レディ・ギルバートのほかにも、イヴリン夫妻にノーボーン子爵、年配のヘンリー姉妹の顔が見える。ホランド一家はルークウッド伯爵に付き添われて着席したところだ。

メッサリナは思わず問いかけた。「誰を探しているの？」

「ぼくが関心を持っている貴族が数名、今夜ここに来るという情報だ」夫はうわの空で答えた。

背後でボックス席のカーテンがふたたび開かれ、整った顔立ちの若い男性が入ってきた。

「ホーソーン！　きみが劇場にいるとは思わなかったな」

「誰もが驚愕（きょうがく）している」ギデオンは棘（とげ）のある声で応じた。「メッサリナ、ぼくのビジネス・パートナーを紹介しよう、ウィリアム・ブラックウェル。ブラックウェル、妻のメッサリナ・ホーソーンだ」

ビジネス・パートナー？　ホーソーンにビジネス・パートナーがいるとは初耳だ。メッサリナは驚きを隠して手を差しだした。「初めてお目にかかります」

「お会いできて光栄です、奥さま」ミスター・ブラックウェルは彼女の手を取り、優雅な身のこなしでお辞儀をした。

簡素ながらも仕立てのいい上着は、頭の後ろでこぎれいに結ばれている髪より幾分明るい栗色だ。瞳は青、灰色、緑と光の加減で色が変わって見える。

ミスター・ブラックウェルはホーソーンにちらりと目をやった。「彼が結婚したと聞いたときは驚いてひっくり返りましたよ。一生独身を貫くものと思っていましたからね」

「きみが何か言える立場ではないだろう」ギデオンがやり返す。「無数の女性の心を惑わしているのだからな」

「奥さまの前でそれはないだろう」ミスター・ブラックウェルは傷ついたふりをして言った。

「彼女に気に入られるのが難しくなってしまったぞ」

「女性に気に入られるのは得意じゃないのか」ホーソーンが立ちあがった。「ぼくが用事を片づけるあいだに、その特技を磨くがいい」

それだけ言うとホーソーンは会釈をし、ボックス席から出ていった。

メッサリナは夫がいなくなったあとを見つめた。心が傷ついていた。ホーソーンは彼女の意見も求めずに初対面の男性とふたりきりにしてどこかへ消えてしまった。

とはいえ、何を期待していたのだろう？　これは愛情ではなく利益により結ばれた結婚だとホーソーンは明言している。今日の午後、仲よく話をすることができたというだけで、彼が前言を撤回したことにはならない。

それでいいのだ。オーガスタス叔父はルクレティアにまで魔手を伸ばそうとしている。充分なお金が手に入りしだい逃げなければならない理由がますます増えた。その誓いを何ものにも邪魔させてはいけない。

「ぼくがここにいるのがご迷惑ではないといいのですが」その声がメッサリナの意識をミスター・ブラックウェルへと引き戻した。「今夜はホーソーンが来ていると耳にして、自分の目で確かめずにはいられなかった。おいやでしたら、ぼくは失礼しましょう」

「そんなことは少しもありませんわ」メッサリナは心から言った。「おかけになりませんか？」

彼が笑みを浮かべると、両頬に魅力的なえくぼができた。「ありがとうございます」

メッサリナはうなずいた。ミスター・ブラックウェルにききたいことが山ほどあるが、どう尋ねればいいのだろう。「ぼんやりしていてごめんなさい。夫とはどんないきさつでお知り合いになったのかと考えていましたの」

「あいにく、お恥ずかしい話なんです」彼はばつが悪そうに言った。「一〇年ほど前、ぼくがとある悪名高い賭博場にいたときに、そこの客から公爵の代理で借金を取り立てるためにホーソーンが現れた。当時の彼は二〇歳そこそこだったでしょうが、不敵な笑みを浮かべて、まるで悪魔そのもののようにずかずかと店に入ってきた。その場にいた全員が彼に注目しましたよ」

メッサリナは思わず身震いした。その光景は想像にかたくない。「夫はどうしたんですか？」

「とある公爵の息子に借金の返済を要求しました」ミスター・ブラックウェルはやれやれとばかりにかぶりを振った。「ああいう場所はその手の騒ぎを歓迎しないから、店を守るために用心棒を抱えている。ホーソーンは髪の毛一本乱さずに用心棒三人を片づけた。彼が泣きわめく相手から金を回収したときには、ほかの客は全員テーブルから逃げていましたよ」

向かい側のボックス席にホランド家の人たちとルークウッド伯爵の姿が見えた。人でいっぱいのようだが、それを押しのけて伯爵へ近づく者がいる。あれはまさか……。

話の途中でミスター・ブラックウェルが黙ったことに彼女ははっと気がついた。返事を待たれているのだ。メッサリナは彼の話を思い返そうとしながらこほんと咳払いした。「あなたもお逃げになったの？」

「いいえ」ミスター・ブラックウェルは苦笑いした。「ぼくは客ではなかったんです」

「では、なんのためにそこへ？」メッサリナは心ここにあらずで尋ねた。

やっぱりあれはホーソーンだ。しかもルークウッド伯爵に話しかけようとしているらしい。

紹介役をはさむことなしに。

その様子を、メッサリナは恐怖に打たれて見つめた。

ミスター・ブラックウェルは説明を続けている。「実はぼくも借金の回収に行っていたのですが、ホーソーンとは違い、不首尾に終わりました。実は、彼がやすやすと金を回収するのを目の当たりにして、そのあと通りで彼に声をかけ、かなり大胆な話を持ちかけました」

言葉を切ると、彼女の反応を見ようと目を向けた。

メッサリナは向かいのボックス席から視線を引きはがした。胸が苦しい。ボックス席にいるほかの男性はみんなシルクに身を包んでいるのに、ホーソーンは平服だ。ルークウッド伯爵は夫に視線を向けようとさえしない。

彼女はミスター・ブラックウェルに向かって笑みを作ってみせた。「どんなお話でしたの？」

彼がにっこりとする。「ぼくの代わりに集金してくれれば、その金とホーソーンの持ち金の一部を投資に回し、そこから得たもうけを彼に分配すると申しでました」

メッサリナは驚いて眉をあげた。「それで夫は応じたの？」

ミスター・ブラックウェルに向けた視線がルークウッド伯爵のボックス席へ戻りそうになるのをこらえた。

「口説き落とさなければなりませんでしたが」ミスター・ブラックウェルは顔をしかめた。「そのために、ホーソーンとかなりの時間を一緒に過ごしましたよ」

つかの間黙り込んだ彼を眺めて、メッサリナはいぶかった。

ミスター・ブラックウェルの顔に苦渋の色が浮かぶ。「お気づきかどうかわかりませんが、ホーソーンは荒っぽい男です。それにかなり……その」心配そうに彼女をちらりと見る。「危険な男だ。こんなことを言って、ご気分を害されていないといいのですが」

「ご心配には及びません」メッサリナは小声で言った。たしかに、ホーソーンは危険だ。その点について否定の余地はない。

ミスター・ブラックウェルは言葉をのみ込むかのように唇を結んだあと、出し抜けに口を開いた。「どうか用心してください。ホーソーンは気性が荒い。どんな暴力だろうと平然と行使しかねない……」

言葉を途切れさせ、かぶりを振る。

メッサリナは体をこわばらせた。「自分の夫のことで、人様に警告される必要はありません」

彼は萎縮した。「失礼しました、奥さま」

メッサリナは冷ややかにうなずいた。

「いずれにせよ」気まずい沈黙のあと、ミスター・ブラックウェルはふたたび続けた。「ホーソーンのもとへ通いつづけるには勇気をかき集める必要がありましたが、やっとのことで彼を降参させて、ぼくの代わりに集金へ行ってもらえるようになりました。最後はぼくを追い払うために引き受けてくれたのでしょう」

「それはどうかしら。きっとあなたの説得が功を奏したんだわ」

思いきってルークウッド伯爵のボックス席へ目をやると、ホーソーンの姿はどこにもなかった。メッサリナの心は沈んだ。彼は紳士の投資家をつかまえることになぜああもこだわっているの？　投資をする人ならほかにもいるはずでしょう？

「幸い、最初からもうけを得ることができました」ミスター・ブラックウェルは話を続けている。「投資の利益が出るまでに時間がかかっていたら、ホーソーンは投げだしていたでしょう」不意に言葉を切り、すまなさそうに彼女を見る。「仕事の話なんて退屈でしたね、ミセス・ホーソーン」

メッサリナは目をしばたたいた。ホーソーンの行動にすっかり気を取られていた。彼は自分のボックス席へ戻ってくるだろうか。

笑みをつくろい、明るく問いかける。「それでは、いまも夫のお金を投資されているの?」

「われわれの、われわれのお金です、ともにやっているんですからね。でも、ええ、それがぼくの主な仕事だ」ミスター・ブラックウェルが返答する。「運用資金の管理に加えて、いまでは炭鉱運営も手がけて――」

ホーソーンがパンチのカップらしきものを手にボックス席へ戻ってきた。その唇は血の気がなく、表情は硬い。「ぼくの妻と噂話か、ブラックウェル?」

ミスター・ブラックウェルはぎょっとしてホーソーンの顔つきを凝視した。

「弁解の余地はないな」あわてて立ちあがる。「退屈な話におつき合いくださり、ありがとうございました、ミセス・ホーソーン。どうぞおふたりで劇をお楽しみください」

「おやすみ」ホーソーンはゆっくりと言い、空いた椅子に腰をおろした。

ミスター・ブラックウェルはためらった。「明日は会えるかい?」

ホーソーンは顔をしかめた。「時間があれば」

「待っているよ」ミスター・ブラックウェルは皮肉めかして言った。「それでは失礼します、ミセス・ホーソーン」

メッサリナは別れの挨拶を口にした。

ミスター・ブラックウェルはボックス席から出ていった。メッサリナはホーソーンへ顔を戻してじっと眺めた。彼はパンチのカップを手に持ったまま、向かいのボックス席をにらみつけている。彼女は息を吸い込んだ。「それはわたしに持ってきてくれたの？」

ホーソーンは振り向いたものの、その目は何も見ていなかった。短い間のあと、われに返ったらしい。「ああ、そうだ」

カップを彼女の手に押しやる。

メッサリナはひと口すすった。水っぽい。

「途中から話の内容がわからなくなってしまったわ」舞台へ目をやり、軽い口調で言った。

彼も舞台へ向きなおった。舞台上では太った男が痩せこけた男を追いかけ、バラの花を振りあげて長椅子のまわりをぐるぐる走っている。

「わかる必要もなさそうだ」ホーソーンはそううなりながらもつい身を乗りだし、舞台に見入った。

胸に込みあげるこの感情は……愛情だろうか？　まさか、そんなはずはない。彼は乱暴者で、叔父の部下だ。友人のミスター・ブラックウェルが、彼はどんな暴力でも行使すると言っていた。

メッサリナは息を吸い込み、心の中でその考えを振り払った。

「さっきルークウッド伯爵のボックス席にいたでしょう？」

さりげなく言ってから、すぐに自分の言葉を後悔した。

「だからなんだ？」ホーソーンは瞳に異様な憎しみをたぎらせ、両手をぐっと握りしめた。

結婚以来初めてメッサリナは夫といることに……恐怖を覚えた。

ミスター・ブラックウェルの警告にもっと注意を払うべきかもしれない。

「あるのはこれだけです」行商人は弱り果てて言いました。「あなたへ差しあげられるものがほかに何かあるでしょうか？」

「ふうむ」キツネは空を見あげて考えました。「そうだな、欲しいものがあるとすれば妻だ。おまえには娘がいると聞いたぞ」

「はい」行商人はぶるぶる震えて答えました。「名前はペットです」

キツネはずる賢い笑みを浮かべました……。

『ペットとキツネ』

7

メッサリナが表情を閉ざすのを目の当たりにしながらも、ギデオンは自分の声から憎しみをぬぐい去ることができなかった。

ルークウッドなど呪われろ。あの男といた気取り屋の貴族どももだ。ギデオンが伯爵のボックス席にいたあいだ、ルークウッドはこちらを見ようともしなかった。無視されればされるほどギデオンの怒りは募り、いまや妻に向かってうならずにはいられなかった。

だがメッサリナは簡単に怖じ気づくような女性ではなかった。「なぜルークウッド伯爵のボックス席へ行ったの？」

ギデオンは舞台を見据えて歯を食いしばった。先ほどまでなぜか気になって仕方なかった舞台もおもしろみを失っていた。メッサリナに打ち明ける理由はない。彼の事業のことなど妻には理解できないし、関心すらないだろう。

しかし、彼女が尋ねてきたのだ。

「今夜は伯爵に会うためだけに劇場まで来たんだ。ブラックウェルとぼくはイングランド北部の東海岸に炭鉱を所有しているが、炭鉱を買い増したいと考えている」ギデオンは息を吸い込んだ。伯爵の態度を思い返して小鼻がふくらむ。「ルークウッドのボックス席へ行ったのは、投資話を持ちかけるためだ。彼は裕福なことで知られているし、いい投資先を探してもいる。どちらにとっても得となる話なのに、彼はぼくを無視した」鼻で笑う。「ぼくなんか、伯爵がダイヤモンドの留め具(バックル)付きの靴で踏んでいる土くれでしかないかのように」

「そう」

ギデオンは驚いて妻を見た。

メッサリナは思案するように横を向いていた。何か言おうとするかのごとく口を開け、それからまた閉じた。

彼は肩の力を抜こうと首を左右に振った。何かに拳を叩きつけたい……いや、どうせならルークウッドの顔からあのいまいましい笑みをナイフで切り取ってやりたい。

ギデオンはおもしろみをなくした舞台をじっと見据えた。

二分もせずにメッサリナの沈黙に耐えられなくなった。「なんだ？」

彼女はびくりとして眉をあげた。「えっ？」

ギデオンは深く息を吸い、なんとか落ち着いた声を出した。「さっきの〝そう〟はなんだったんだ？」

「ああ、そのこと」メッサリナはためらった。「あなたはわたしの返事が気に入らないと思うわ」

彼はすっと目を細くした。「かまわない」

「そう。では話すわよ」メッサリナは向きなおった。「ルークウッド伯爵と――あるいは誰であれ上流階級の紳士と――話をしたいと本気で願うのなら、紹介してくれる人を通す必要があるの。それにそもそも、あなた自身も上流社会の一員らしく見えなければならないわ」

ギデオンはいらいらと眉根を寄せた。「ぼくには金があり、ぼくの事業は彼にも金をもうけさせるんだ。なぜそんな遠回りをする必要がある？」

「それが慣習だからよ」彼女は気持ちを静めるかのように深々と息を吸った。「あなたはくだらないと思っているでしょうし、腹立たしくさえあるのかもしれないけれど、彼は伯爵なのよ。勝手に近づいていってお金を出すよう求めることはできないわ。少なくとも本当に彼と事業で手を組みたいのならね」

ギデオンは顔をしかめた。メッサリナの言い分が正しいことはわかっている。自分は公爵に仕え、貴族社会の周辺をうろついているかもしれないが、所詮は使用人だ。ところがいま彼が求めているのは、実際に貴族と交わること、同等の相手として認められることだ。たしかにこのふたつはまるで違う。

くそっ。妻に助けを請わねばならないのか。

ギデオンはため息をつくと、肉体的な苦痛に近いものを味わいながらしぶしぶ尋ねた。

「〝一員らしく見えなければならない〟とはどういうことだ？」

メッサリナがうれしそうに顔を輝かせたので、ギデオンはたじろいだ。グレイの瞳はやさしげで、ふっくらとして濡れた唇は笑みを作って開いている。

彼女は美しい。

胸の中で何かが疼いた――それは心ではない。心など申し訳程度にしか持っておらず、それさえ何年も使わずじまいでしなびてしまっている。それでも何かを感じ、その感覚はギデオンの胸を恐怖にも似た何かで満たした。メッサリナを好きになることはできない。彼女は目的を達成するための手段、よりよい未来への足がかりだ。

妻を好きになれば、その兄を殺すことができなくなる。自分の夢を実現できなくなる。

それに、メッサリナのような貴族が自分みたいに卑しい生まれの者に心を捧げることは永遠にない。

ギデオンは動揺のあまり妻の言葉を聞きのがしかけた。

「生まれながらの貴族のように装う必要があるわ」メッサリナは劇場内の観客を身振りで示

した。「資産家のように、ほかの紳士が自分の資産を託すことのできる紳士のように」

ギデオンは鼻を鳴らした。「紳士どもの大半は金のもうけ方などまるでわかっていない。連中は金もうけを軽蔑しているんだ」

「ええ、たしかにそうね」メッサリナはゆっくりと認めた。「でも、それがおかしなことであろうと関係ないの。紳士は相手も紳士であれば気軽に言葉を交わす。くだらない偏見よね、とはいえそれが現実だわ」

彼は冷笑した。「貴族がやるのはくだらないことばかりだ――しかもどういうわけかそれらに固執する」

「あなたは、貴族の――わたしたちの――慣習はばかばかしいと思っているのでしょう」彼女は頬を染めて言い添えた。「ええ、実際にばかばかしいものだわ」

ギデオンは妻を慰めたいという愚かな衝動に駆られた。「権力を持つ者は他者を排除して権力を保とうとする。それは人間の性にすぎない」

「でも、この場合は誤った考えでしかないわ」メッサリナは眉間にしわを寄せた。「ルークウッド伯爵の秘書か代理人に接触し、仲介役を通して交渉することはできるけれど――」

「だめだ」その提案をギデオンは一蹴した。ルークウッドのもとで働く者たちを通せば、自身を使用人の身分に据えることになる。自分はルークウッドと対等だ。相手がどんな貴族だろうと対等なのだ、それを彼らに必ず証明してみせる。「交渉はルークウッド本人とするか、誰ともしないかだ」

「それなら……」メッサリナは向かいに並ぶボックス席を示した。

　ギデオンは彼女が示すほうへ顔を向け、劇場内の紳士たちを観察した。ピンクを着ている者がちらほらいる——いちばん流行(はやり)の色だ——それに紫に緑に黄色、さまざまな色合いの赤、ひとりは目もくらむほどの純白のシルク。ほぼ全員が白い髪粉を振りかけた鬘をかぶっている。ダイヤモンド——あるいはそれを模した人造宝石——が指にボタンにカフスに、そしてもちろん——彼からは見えないが——靴のバックルにも光っている。どのベストも色鮮やかな刺繍(ししゅう)で隙間なく彩られていた。

　ギデオンは顔をしかめた。「あんな軽薄な服など着られるか。金をドブに捨てるようなものだ」

　メッサリナは肩をすくめ、舞台へ目を戻した。

　ギデオンも舞台へ顔を向けたが、役者の演技はさっぱり視界に入ってこなかった。メッサリナは彼と話をしていた。そこには不和も嫌悪感もない。そして妻は彼の問題に関心を持ってくれた。

「黄色は着ないぞ」ギデオンはいまいましい舞台を凝視したまま断言した。「ピンクもだ。それに鬘もかぶらない」

「鬘はあなたによく似合うと思うわよ」

　ギデオンはぞっとして彼女を振り向いた。

　メッサリナの口元には小さな笑みが漂っている。

軽口を叩いたのか？

メッサリナは仕方ないとばかりに目をくるりと回してみせた。「結構よ。でも服は絶対に何着か新調しなくては」

「服ね」彼は椅子の肘掛けをとんとんと指で叩いた。「きみのお薦めは何色だ？」

妻はギデオンを眺めて思案した。「赤かサファイア色かしら」

彼は顔をしかめた。

メッサリナが嘆息する。「グレイは？」

「いいだろう」顔をしかめたまま舞台をしばらくにらみつけた。滑稽なほどぶかぶかのドレスを着た役者が踊っている。ギデオンはいぶかしげに目を細めた。男だ、見間違いでなければ。ギデオンは咳払いした。「馴染みの仕立屋のところまできみにもついていってもらおう」

メッサリナが首を横に振ったので、瞬時に彼の気持ちは沈み込んだ。「新しい仕立屋に変えなくてはだめよ。いまの流行を把握している人に」

ギデオンはいらいらと息を吐いた。「その素晴らしい仕立屋をどうやって見つけるんだ？」

「ご自分の妻に尋ねてみたら？」

彼女のやさしげなグレイの瞳と目が合うと、考えることができなくなり、ギデオンは目をしばたたいた。誰かに助けを求めたことは一度もない、しかし差しのべられた手をここで払いのけるのは愚か者だ。「手伝ってくれるか？」

「ええ」メッサリナは舞台へ顔を戻したが、微笑んでいるのがわかった。「もちろんよ。あなたの服のデザインと生地を選ぶお手伝いをさせて」

「では、頼もう」ギデオンは機械的に応じたものの、実のところ驚嘆していた。メッサリナの口ぶりは、純粋に夫の力になりたいだけで、他意はないかのようだった。これは共同事業で、彼とともに目的を成し遂げたいだけのようだ。

ギデオンは彼女を見つめた。自分にはまったく未知の世界で生まれ育った上流社会の美しい淑女。メッサリナは単に彼の妻、彼の成功への足がかりというだけではない。彼の協力者にもなりうるのだとギデオンは初めて気がついた。

「ありがとう」

彼女は驚いた様子だ。「何に対して?」

ギデオンは空咳をして手をひらひらさせた。「いまの話だ。力になってくれるんだろう」

「当たり前よ」メッサリナは茶化すような笑みを向けてきたが、本当は楽しんでいるような兆しがうかがえた。「わたしはあなたの妻なんですもの」


わたしったら何をしてしまったの? 数時間後、メッサリナはホーソーンとともに劇場をあとにしながら不安に駆られた。彼の力になることに同意するなんて。たしかにささやかなことではある。仕立屋を見つけて彼のために新しい服を選ぶだけだ。けれど、それは彼に対して気持ちが軟化していることの表れだ。

おそらくは弱さの表れでもある。

すべてが順調に進めば、ホーソーンが約束した持参金の一割を受け取ったら、メッサリナはすぐにいなくなる。それこそが彼女の目的だ。最初からそういう計画だったし、それを実行するつもりだ。いまホーソーンと――友情を築きはじめることはできない。

メッサリナは彼を捨てるのだ。自分の夢を追うことに罪悪感を覚えはしない。覚えるものですか。

腕を差しだすホーソーンを彼女は見あげた。悪魔のように魅力的な彼の口元に皮肉っぽい笑みが浮かんでいる。

ああ、やっぱり罪の意識にさいなまれる。

だめよ！　メッサリナは心の中で自分を揺さぶり、街の屋根並みの上にちょうど顔を出した真っ白な満月を見あげた。

「なんて美しい夜かしら」気持ちをまぎらそうとささやいた。

「ああ」ホーソーンは劇場の混み合った正面の外れへと彼女を導いた。

通りは細く、混雑していて馬車は通れない。暖かい夜でよかったとメッサリナは思った。レギーが馬車を止めている場所までは少し歩かなければならないのだから。

彼女はホーソーンをちらりと見た。劇場前は松明とランタンの明かりに赤々と照らされていたが、歩みを進めるにつれてあたりは薄暗くなっていた。とはいえ、路地沿いの店先ではランタンがいくつか輝いている。月光のもと、夫の横顔は恐ろしいほど厳しく見えた。

けれどもメッサリナはもう怖いとは感じなかった。

ホーソーンが咳払いした。「劇は楽しんでもらえただろうか？」

「たっぷり楽しんだわ」メッサリナは答えた。

彼がこちらを見るのを感じた。「下品な笑いじゃなかったか？」

「そうね、ちょっと下品だったけれど」メッサリナは肩をすくめた。「小難しい風刺の代わりに、お腹(なか)の底から笑うことだってときには必要よ。滑稽な劇をあなたも楽しんでいたようだし」上演中、夫が頬をゆるめるのを一度ならず目にした。

その光景に彼女は喉が詰まった。

「たしかに楽しんだな」ホーソーンの声は自嘲するかのようだ。「所詮ぼくは平凡な庶民だ」

「それは関係ないと思うわ」メッサリナは言い返した。「わたしの見たところ、身分にかかわらずたいていの男性は、お尻、間男、放屁(ほうひ)の出てくる喜劇で大笑いするもの」

彼が鼻を鳴らした。

メッサリナは笑みを隠さなければならなかった。

「また一緒に行こうか？」隣でホーソーンがぼそりと尋ねた。彼の声がこれほどなめらかで深みがあることになぜ気づかなかったのだろう？

「いいわね」彼女は心から言った。

ホーソーンはうなずいたものの、何かに気を取られているようだった。

ふたりの足音が路地にこだました。

メッサリナはあたりを見回し、いまや通りに人がいないことに初めて気がついた。まわりは閉店した店が立ち並ぶ寂しい一角だ。

馬車はまだどこにも見当たらない。

「どうしたの？」彼女はささやいた。

手の下で夫の前腕の筋肉がこわばったのだけが、危険が迫っている兆候だった。

ホーソーンはいきなりメッサリナをつかんで店先へ押しやった。「ぼくの後ろにいるんだ！」

痛みをともなう衝撃に彼女は息をのんだ。

顔をあげると、夫が背を向けて三人の男たち――武器を持ち、悪人面で、ぞっとするような巨漢揃い――と対面するさまが視界に飛び込んできた。

路上強盗。

ただし、男たちは財布を出せとは要求してこなかった。

いきなり攻撃してきたのだ。

三人がホーソーンめがけていっせいに襲いかかったので、メッサリナは悲鳴をあげた。

ホーソーンは足を広げて腰をかがめたかと思うと、蛇を思わせる素早い動きで右側の男に飛びかかった。

男は悲鳴とともに地面に倒れ、石畳に血しぶきが舞った。

何が起きたの？

残るふたりは警戒してあとずさった。ひとりは釘を打ち込んだ棍棒（こんぼう）を手に握り、もうひとりは長いナイフだか短剣だかを持っている。

「泥棒！　泥棒よ！」メッサリナは声をかぎりに叫んだ。武器も武器となるものも持っていない。ひとり倒れても、ホーソーンひとりに対して敵はまだふたりいる。恐怖のあまり彼女の心臓は早鐘を打った。「助けて！」

月光がホーソーンの右手にあるものにきらりと反射する。彼は指先を添えるかのように薄い刃をそっと持ち、自分の前でゆらゆらさせた。

ふたりの強盗は左右に分かれてホーソーンの両脇へ回った。

相手の注意を分散させ、どちらか一方がホーソーンの背後に回るつもりだ。

負傷した男がよろよろと立ちあがった。顔半分は頬から下が血まみれで、仲間ふたりをおぼつかない目で見やった。

「何をぐずぐずしている？」ホーソーンの挑発に、メッサリナはぞくりと鳥肌が立った。彼の声は柔らかで、暗く、深みがあり、かすかな笑いを含んでいた。

襲われている最中に笑うなんて、どういう神経の持ち主なの？

「妻は声が大きくてね」ホーソーンは続けた。「さっさと逃げるか、かかってくるかすることだな。じきに人が来るぞ」

それを合図に、ナイフを持った男が雄叫(おたけ)びをあげて突進してきた。

ホーソーンは流れるような動きでそれをかわし、目にもとまらぬ速さで片手を突きだした。

男はよろめき、脇腹を手で押さえた。

ホーソーンは男を抱きかかえ、相手に刃を突き刺した。何度も何度も、数えきれないほど。動きがあまりにも速くて、拳がぼやけて見える。

顔はずっと歯を剝いて笑っていた。

メッサリナは気がつくとてのひらで口を覆っていた。

男はホーソーンの腕から滑り落ち、地面に突っ伏して動かなくなった。

ホーソーンはのんびりとさえ見えるそぶりで、彼女に背を向けてふたたび軽く腰を落とした。

「なんて野郎だ」まだ無傷の男が息をのんだ。

路地の奥で誰かが声を張りあげた。

強盗ふたりが声のほうをさっと振り向いた。

そしてすぐに駆けだし、暗がりへと消えた。

ホーソーンはつかの間静止していた。ほかに危険がないのを確かめるかのように。

それからメッサリナに向きなおる。「怪我はないか?」

「わたしのそばには来なかったから」メッサリナは夫をじっと見た。すでにナイフはしまわれていたが、その手は赤く濡れている。「血が」

ホーソーンは彼女の視線をたどって顔をしかめ、ハンカチーフで手をぬぐった。「ぼくのではない」

彼女は地面に倒れている男に目をやった。ぴくりとも動かない。まさかホーソーンは――。

どたどたと足音が近づいてきたので、ホーソーンはメッサリナの腕をつかんで男の体から引き離した。

走ってきたレギーがふたりの前で足を止める。彼女の知らない男をふたり、背後に引き連れていた。「無事ですか、旦那？」

「ああ」ホーソーンは威圧的な声で言った。「おまえと御者が馬車を遠くに止めたせいで、危うく妻が殺されるところだった」

レギーは青ざめた。「す、すみません、旦那。誓って二度とこんなことはしません」

「当たり前だ」ホーソーンが怒鳴る。「早く妻を安全なところへ連れていけ」

レギーはうなずいた。「御者がこっちへ馬車を回してるところです」

「わかった」ホーソーンはぐいと頭を動かし、地面に伏した男を示した。「片づけておけ」

「かしこまりました、旦那、ただちに」

ホーソーンはあたりを見回しながらメッサリナを急がせた。新手の攻撃を警戒しているのだ。

なぜ忘れていたのだろう。

ホーソーンが喧嘩慣れしているのを。叔父のもとでこれよりずっと恐ろしいことに手を染めていたのを。

ホーソーンは危険だ。

息が苦しい。本当なら怯えて当然だ。いまの出来事に恐怖するのが。それなのに頭にあるのはホーソーンが守ってくれたことだけだ。

人を殺したばかりの夫がいまそばにいると安心できるということだけだ。

がたがたと音がして、前方の角に馬車が現れた。御者が馬を停止させるのを待たずに、ホーソーンは馬車の扉を開けてメッサリナを乱暴に中へ押し込んだ。

そのあとみずからも飛び乗り、屋根を叩く。

やがて彼はメッサリナの隣にいて、彼女の肩に腕を回していた。

彼女は夫を見あげた。ホーソーンの目はぎらつき、体には緊張感がみなぎっている。

メッサリナは目をそらすことができなかった。

ホーソーンに強烈なまなざしを注がれ、彼女の中で何かが溶けていく。

「さっきの返事をもらっていない。怪我はないか?」

「ええ、わたしはなんともないわ」上目遣いににらみつける。「三人を相手取ったのはあなたで、わたしではないわ」

不意にホーソーンが破顔した。「きみは勇敢だ」

車窓から差し込む明かりが彼の頭でさえぎられたかと思うと、夫の顔が接近して唇を重ねられた。

たまに起きる妙な現象だ——喧嘩後に無性に女を抱きたくなる。生きている喜びを確かめるかのように性欲が高ぶる。ギデオンがそういうものを体験するのは数年ぶりのことだ。おそらくメッサリナが危険にさらされたからだろう。

あるいは単にメッサリナのせいかもしれない――彼女の勇気、知性、ぬくもりの。

彼女を引き寄せ、豊かな胸を自分の胸板に押しつけた。深くくれた胸元にひと晩じゅう狂おしい思いをさせられた。このドレスを引き破って脱がせたい。ドレスの下の繊細な肌に舌を這わせ、唇を押し当てたい。ギデオンはそれ以上のものを求めていた。妻の唇や腕に触れる以上のことを。彼女の腹部や太腿に手を這わせ、股のあいだの甘いにおいをかぎたい。

メッサリナの中に身をうずめて、二度と離れたくない。

ギデオンは重ねた唇の角度を変え、彼女の唇のあいだのぬくもりを、濡れた深みを探った。

メッサリナが欲しい。

すべてが欲しい。

しかし腕の中で彼女が硬直して体を引いているのを感じた。いまやめなければ、ここまで築きあげたものは失われるだろう。

ギデオンは唇を離した。皮膚を引きはがされるかのように感じながら。車輪が路上の何かにぶつかり、ふたりの体が揺さぶられるあいだも、メッサリナの吐息は彼の唇に触れていた。ギデオンを包み込むベルガモットの香りはセイレーンの誘惑のようで、ふたたび彼女の唇を奪いそうになる。

くそっ。幼い頃はまともな靴や毎日の食事なしでも冬を耐え忍んだ。メッサリナと家まで馬車に乗っていることぐらい耐えられるはずだ。

「怖がらせてしまったかな」声がかすれているのが自分でもわかった。

「いいえ。一度のキスぐらいでわたしを怖がらせることはできないわ。たとえ相手があなたでも」声が喉につかえたあとで、彼女はささやいた。「あなたが殺されるかと思ったわ」

ギデオンは自分をなだめるために目をつぶった。「連中はただの強盗だ、ぼくの手に余る相手ではない」もっとも、あいつらは金目のものを奪うことより、殺すことに狙いを定めているかのようだった。強盗というより——腕は悪いが——金で雇われた殺し屋という印象を受けた。

「相手は三人だったのよ」メッサリナの声が暗い考えから彼を引き戻した。

ギデオンの口の端がつりあがる。路上強盗ごときにやられると思われたのは心外ながら、妻に心配されるのは悪い気がしない。「大丈夫だ、もっと腕の立つ大男を相手にしたこともある」

「そうは言っても」

ギデオンは彼女へ首をめぐらせて表情を読もうとしたが、馬車の中は暗かった。見えるのは窓からときおり差し込む通りのランタンの明かりに輝く白い肌だけだ。頰と長い首、愛らしい胸の曲線だけ。

ああ。あと一カ月、どうやって耐えしのげと？　しかし、メッサリナがみずからの意思で体を委ねてくることを願うのなら耐えなければ。

彼はそう願っていた。

ギデオンは息を吸い込み、静かに言った。「一五のときには、ナイフは体の一部になっていた。躊躇も容赦もなく攻撃することを身につけていた。恐怖や思考を打ち捨て、敵に勝ってただ生きることを。それ以後一度も負けたことはない」

メッサリナの指が頬の傷跡をなぞるのを感じた。「よかった」彼女がそっと言う。「容赦なく戦うことをあなたが学んでいてよかった。おかげで今夜あなたの命は救われたのだから」「きみの命も」繊細な曲線を描く耳のそばでギデオンはささやいた。魅力的だ。なんと魅力的なのだろう。彼は体を引き離した。「何よりきみの命を救うことができた」

馬車がロンドンの街を走るあいだ、ギデオンは目を閉じて冷たい窓枠に頭をもたせかけていた。メッサリナに警戒させないよう、おのれの卑しい衝動を抑え込もうとしていると、妻が小さな手を彼の手の中へ滑り込ませた。その手を振りほどくことはできなかった。

ギデオンは屋敷へ着くまで彼女の手をずっと握っていた。

馬車が止まったとき、彼は頭をもたげた。

キーズが扉を開けて目を合わせ、通りは安全だというしるしに小さくうなずいた。

ギデオンはメッサリナがおりるのに手を貸し、キーズが保証したのにもかかわらずあたりに目を光らせた。彼女を屋敷内へと急がせ、扉を閉じてようやくほっと肩の力を抜いた。あの殺し屋たち――あれが殺し屋だったとしたら――の狙いはおそらく自分だが、メッサリナがともにいた事実を無視することはできない。

ウィンダミア公爵がメッサリナに危害を加えようとしたのか？　まるで意味をなさないが、

公爵の言動に常に道理にかなう理由があるとはかぎらない。この可能性をギデオンは憎悪した。もしも公爵が――ほかの誰であれ――メッサリナを傷つけることができると考えているなら、彼のナイフの腕前を身をもって知ることになるだろう。

馬車を厩へ片づける役目はレギーに任せ、キーズはふたりに続いて中へ入ってきた。

主人の視線をとらえて眉をあげる。

ギデオンはかぶりを振った。「明日だ。仕事の話は明日にする」

キーズはメッサリナにちらりと目をやると、主人の意図を理解したらしく、会釈をして陰へと消えた。

「おいで」ギデオンは暗い声にならないよう気をつけて、メッサリナに言った。「ベッドへ入る時間だろう。寝る前に軽食をとりたいなら別だが」

メッサリナはかぶりを振り、あくびを噛み殺した。「急にどっと疲れが出たわ。どうしてかしら」

「通りで襲われたせいだ」ギデオンは彼女の腰に手を添えると、階段をあがりながら説明した。「危険に遭遇するとまずは全神経が集中し、そのあと疲労感に見舞われる。ぼくも経験がある」

「あんな目に遭ったことが？」メッサリナはもっと知りたそうに彼を見あげた。「ナイフ試合以外でも？」

ギデオンはメッサリナを一瞥した。彼女はどこまで本気で自分のことを知りたがっているのだろう？　過去の行為によって彼の魂が穢れているのは承知のはずでは？　ギデオンは落ち着かない気分になった。彼女の兄を手にかければ、自分の魂は穢れるどころではすまない。破滅する。

返事をする口調が荒々しくなった。「なぜそんなことを尋ねる？」

メッサリナは踊り場で足を止めた。「知りたいからよ」顎をつんとあげる。「どうなの？」

「ああ、ときには」そこでやめるつもりでいたのに、ギデオンの中の何かが先を続けさせた。メッサリナがすでに知っている真実を明らかにし、彼の最低な部分を知らしめた。「多くはきみの叔父上のために働いているときだ。ぼくの仕事は恐怖を売ることだった」

メッサリナが唇をなめた。その口元に、彼の視線が引き寄せられる。「どういう意味？」

ギデオンは彼女のほうへ身を乗りだし、その頭上の壁に手をついた。「叔父上が誰かを脅したいとき、誰かに思い知らせたいときは、ぼくを送り込むという意味だ。相手の心に恐怖を植えつけるのがぼくの役目だ」

メッサリナはごくりと息をのんだものの、まなざしは彼の目を見つめたままだった。「あなたは叔父の代理として、人に暴力を振るったのね」

ギデオンはゆっくりとうなずいた。「何年もそうしてきた」

「あなたは――」彼女は気持ちをしっかり保つかのように息を吸い込んだ。「人を殺したことがあるの？」

互いの呼吸の音が耳に大きく響き、不意にギデオンは自分が歩んできた道を後悔した。

だがあとの祭りだ。「いいや。人を殺したのは今夜が初めてだ」

「今夜が？」メッサリナは目を見開いた。意外な答えだったらしい。

「ああ。ぼくは殺し屋ではない」これまでは。彼女の兄を殺せば、そうなる。

もしメッサリナに知られたら、二度と彼女に近づけないだろう。

しかしギデオンはメッサリナを必要としていた――彼女の持参金を、貴族社会でうまく立ち回るための助言を。これらをあきらめることはできない。

メッサリナをあきらめることはできない。

ギデオンは息を吸い込んで背中を起こすと、彼女に腕を差しだした。「行こう」

メッサリナはうなずいたが、眉間にはまだしわが刻まれていた。信頼を完全に失ったのだろうか？　いまや彼女に嫌悪されているのだろうか？

暗鬱たる気分で妻を寝室まで連れていった。中では侍女が彼らを待っていた――正確にはメッサリナを。ギデオンはためらった。いや、これでいいのだ。彼女のそばへ行く前に気持ちを静める必要がある。

だから妻に会釈した。「ぼくはもう少ししてから就寝する」

メッサリナは侍女を見てから彼へと視線を移した。すまなそうな目をしていたように見えたのは気のせいだろうか。「すぐに寝支度ができるわ」

ギデオンはもう一度うなずき、寝室の扉を閉めた。

邪魔な使用人に囲まれて、貴族はいったいどうやって暮らしているのだろう？　ギデオンは廊下の突き当たりまで歩きながら考えた。そこの窓から街屋敷(タウンハウス)の裏手にある小さな庭園が見おろせる。庭園は長いことほったらかしで、数本だけ残っている伸びすぎた樹木が月光を浴びて長い影を落としていた。何かが動き、一本の木の下からピーが出てきた。ほぼ真っ暗闇でも、小柄な痩軀(そうく)で彼とわかる。ピーは窓を見あげてうなずいた。

ピーの警戒ぶりに満足し、ギデオンはうなずき返した。

さらに数分ほど夜を眺めていると、背後の廊下で扉が開き、侍女の足音が遠ざかるのが聞こえた。

ギデオンはもうしばらく待ったあと、廊下を引き返して寝室へ戻った。メッサリナはすでにベッドの中で、上掛けを顎まで引きあげて目をつぶっている。

彼は扉を閉めてたたずんだ。ああ神よ、妻の隣へあがって上掛けを引きはがし、あのシュミーズをびりびりに破りたい。

しかしギデオンはそうする代わりにキャンドルを消すと、暖炉の前にある椅子へ向かった。

「ベッドに入らないの？」メッサリナがささやきかけた。

彼女にはわからないのか？　彼がどれほど苦労して自分を抑え込んでいるかが？

「まだだ」

メッサリナがベッドの中で動く音がした。ギデオンは暖炉の真っ赤な残り火から目をそらさずに待った。

だが彼女の呼吸がおだやかになり、深いに寝息に変わったあとも、ベッドへは行かず、考えをめぐらせていた。この一週間で強盗に襲われたのは今夜で二度目だ。

どちらの場合も襲撃者は金銭には目もくれず命を奪いに来た。

つまり連中の目的は、ギデオンあるいはメッサリナの殺害だ。彼は一三のときから自分で自分の身を守ってきた。恐れるものは何もない。

しかし、もしも狙われているのがメッサリナなら……。

ギデオンは歯を食いしばった。違う。メッサリナではない。

そんな事態はあってはならない。

8

「では礼としてペットをいただこう」キツネが言いました。

行商人はそれだけは勘弁してくれと涙を流して懇願しましたが、キツネは聞く耳を持ちません。

結局、行商人はキツネの嫁として娘を差しだすことに無理やり同意させられました。キツネが譲歩したのはひとつだけ、生まれて間もない娘が一八になるまでは待つことです。

それからキツネはようやく森の出口まで行商人を案内しました……。


『ペットとキツネ』


「本当にいい子ね」翌朝早く、メッサリナはやさしい声でささやきかけた。

腕の中にいる子犬からの返事はない。

デイジーは体を丸めてすやすやと眠っていた。

メッサリナはバートレットに髪型を仕上げてもらいながら、子犬の三角形の耳を撫でた。

子山羊（キッド）革の手袋よりも柔らかい。

扉のほうから物音がし、目をあげるとサムがもじもじとこちらを眺めていた。「ちょうどいいところに来たわね」メッサリナは少年に声をかけた。「デイジーが目を覚ましたら、庭で用を足したがると思うの。お願いできる？」

「はい、奥さま」

サムがそばへやってきた。

メッサリナはサムの腕へ子犬をそっと渡したが、気を使う必要はなかった。デイジーはぐっすり眠ったままで、温かな体はだらりとしている。

彼女は微笑んだ。「庭へ出せば起きるでしょう。でも、もしデイジーが眠ったままだったら、起きるまであなたも外にいていいわ」

サムはぱっと笑顔になった。「はい、奥さま！　ありがとうございます、奥さま！」

メッサリナは手を払って少年をさがらせた。

「甘やかしすぎですよ」バートレットは不満げだ。

メッサリナは驚いて侍女へ目をやった。「そう思う？」

バートレットは鏡の中で目を合わせた。「あの子がいずれ大人になったときに、奥さまみたいにかわいがってくれる心やさしい主人はまず見つかるものじゃありませんからね」

使用人が差し出た口をきくことを淑女の多くは許さないだろう。けれどバートレットは本当に心配して家庭的な顔にしわを寄せていた。

それに、なんといってもバートレットはバートレットだ。

メッサリナは眉根を寄せた。「それなら、どうすればいいの？　サムに対してつんけんする？　それとも彼を無視する？」

バートレットは肩をすくめた。「結局はそのほうがまだ慈悲深いのかもしれません」

これから世間で冷たくあしらわれるのに慣れさせるために、いまからサムに冷たくしろと？　その考えにメッサリナは憤然とした。なぜ貧しい生まれというだけで、サムのような子どもたちは卑しまれて当然なのだと教え込まれなければならないのだろう？

サムも教育を受けられるべきだ。ちゃんとした服を着て、掏摸の仲間になる以外の生き方を見つけられるべきなのだ。

彼女の力で何か……。

メッサリナの黙想はバートレットにさえぎられた。「これでよろしいでしょうか？」

「ええ、もちろんよ」

メッサリナは鏡に映る自分の姿を眺めた。幼い少年たちの未来についての彼女の意見に、ホーソーンならなんと言うだろう？

メッサリナは咳払いして扉のそばにいたバートレットを立ち止まらせた。

「ご用でございますか？」

「ミスター・ホーソーンはどこへ行ったのかしらね」なるべく何気ないふうを装って尋ねた。

結局ホーソーンはゆうべはベッドには来ず、メッサリナが起きたときもいつものごとくその姿はなかった。

バートレットがいかにも訳知り顔でこちらを眺めている。

メッサリナはあわてて言葉を継いだ。「いいのよ。わたしったら、今朝はどうかしているわ」

侍女はやさしく言った。「旦那さまでしたら、厨房のほうへ行けばいらっしゃいますよ」

「厨房に？」

バートレットは視線を泳がせた。「厨房のほうでございます。それ以上はわたしからは申しあげられません。ご用は以上でしょうか？」

メッサリナがうなずくと、侍女はリネン類を抱えて慌ただしく出ていった。

メッサリナはそのあとを見つめた。いったいホーソーンは厨房で――厨房のほうで何をしているのだろう？

興味をそそられ、屋敷のいちばん下の階へとおりていった。厨房へ向かっていると、前方の部屋からキーズが出てくるのが見えた。彼はメッサリナには気づかずに、廊下の奥へ去っていった。

メッサリナは足を止めた。いまキーズが出てきたのはホーソーンの部屋だ。

彼女は入ってはならないと言われた部屋。

メッサリナは近づいていって扉を調べ、唇を嚙んだ。廊下の左右を見渡してから、扉に耳を押し当てる。こんな子どもじみたことをしているのをもしも誰かに見られたら、なんと言い訳しよう。

中からはなんの物音もしない。

メッサリナは扉をにらみつけた。鍵がかかっているに違いない。

試してみると、ドアノブはくるりと回った。思わず押し開けて中へ足を踏み入れた。

部屋の中央には、見たこともないほど大きな浴槽が鎮座していた。銅製の浴槽がキャンドルの明かりに輝き、縁には白いタオルがかけてある。床は白い大理石のタイル敷きで、かわいい小さな炉棚の下では炎が陽気に躍っていた。

そんな部屋の様子が一度に目に飛び込んできたあと、彼女の視線は浴槽の中の男性に釘づけになった。

ホーソーンは無言でいた。怒りをはらんだ黒い目がキャンドルの明かりに光る。

彼ににらまれてメッサリナはあとずさった。頬がかっと熱くなるのを感じる。彼は浴槽の縁に両腕を預けてこちらを向いていた。髪は湿って波を打ち、肩のなめらかな筋肉の上に広がっている。首からさがるチェーンが胸板を覆う体毛の中で光を弾いた。チェーンの先には小さなペンダントらしきものがさがっている。

ホーソーンは傲慢な雰囲気を漂わせ、この場を完全に掌握しているかに見えたが、服を身につけていないのは明らかだ。

何ひとつ身につけていない。

メッサリナは馬車での口づけを頭から追い払おうとしたものの、とうてい無理だった。視線はホーソーンの下唇へとさがり、彼女は自分の下唇を嚙んだ。ゆうべ、この男性は自分の口の中へ舌を滑り込ませてきた。

「ここで何をしている？」ホーソーンの声が轟き、メッサリナは飛びあがった。

「ご、ごめんなさい」夫の秘密がまさか浴室だとは思いもしなかった。「すぐに失礼するわ――」

「いや、いいんだ」ホーソーンの鋭い声が背を向ける彼女を呼び止めた。

メッサリナは振り返った。

「悪かった」ホーソーンは息を吸ってからゆっくりと吐いた。「きみが入ってきたのに驚いたんだ」

「それは」メッサリナは咳払いした。「当然よ。勝手に入ってきたんですもの」

「ああ、そうだな」彼は顔をぬぐい、口元に皮肉っぽい笑みを浮かべた。「好奇心か？」

頬がほてるのを感じた。「そうみたい。〝開けてはならない扉〟なんてあったら……」

「前妻たちの死体が隠されているとでも思ったのか？」

「いいえ、まさか」彼女は少しばかり大きすぎる声で否定した。

ホーソーンが笑い声をあげた。

メッサリナは目を見開いた。夫が愉快そうに笑うのをこれまで見た覚えがない。ホーソーンはにやりとするし、皮肉な笑みを浮かべるし、冷笑し、嘲笑する。けれど愉快そうに笑ったことはなかった。

黒曜石を思わせる目は細められ、白い歯がのぞき、頬にはえくぼができている。彼の笑顔は美しい。メッサリナは息をのんだ。欲望が震えとなって体の中心を駆けおりる。「よければ……」言葉が喉につかえ、こほんと咳払いして言いなおした。「よければ髪を洗いましょうか？」

ホーソーンは官能的な唇に笑みを漂わせたまま首を傾けた。「従者ごっこか？」

彼はからかっているの？　メッサリナは顎をあげた。「ええ。従者の代わりをしてもいいわ、あなたが望むなら」

「もちろん望むとも」ホーソーンがそっと言った。

かすれた声を耳にして、メッサリナの手が震えた。自分は何を考えているのだろう？　けれど……ここにいたい。あの輝く肌に手を触れてみたい。

ためらいを押しのけ、浴槽へと歩み寄った。脇にあるスツールの上に、タオルに石鹸、ブリキのカップが用意されている。コーヒーらしきものの入った背の高いマグカップも置かれていたが無視した。見回して椅子を見つけ、引き寄せた。

ホーソーンの背後へ回って腰かけ、カップを取って向きなおる。そのときあるものを目にして、メッサリナはカップを取り落としかけた。

彼の体はナイフの切り傷に覆われていた。

胸板、腹部、両腕の至るところに細くて白い線が刻まれていたが、さらに太い傷跡もあった。ミミズ腫れのように盛りあがり、ピンク色の皮膚がのぞいている。刺された跡？　そうに違いない。左胸の上部、鎖骨のすぐ下に大きな傷があり、その隣でチェーンが光っている。

その先にぶらさがっているものもいまやはっきり見えた。一ペニーのたった四分の一の価値しかないファージング硬貨——どうしてそんなものを？

だが、それをいぶかっている暇はない、まだ傷跡を数えている途中なのだから。右の脇腹にさらにふたつ。へその真上にもうひとつ。これは致命傷になっていてもおかしくなかっただろう。これほどたくさんの傷を負いながら、どうやって生き延びてきたのだろう？　メッサリナは下腹部から水中へと消える濡れた体毛を目でたどった。太腿のあいだにペニスがある。想像していたよりもずっと大きく、活気を欠いた状態でもなかった。

はっと目をあげると、彼の視線とぶつかった。

ホーソーンは頭を横に傾けていた。半分閉じたまぶたの下から、ぎらぎらした黒い瞳が、自分の体を眺め回す彼女を見つめていた。

メッサリナは顔に火がついたかのようだった。

「きみは実に好奇心が強いようだ」彼がささやいた。

彼女はつかの間何も考えられなかった。敏感な胸の先端がシュミーズに当たっているのが感じられる。さらには自分の中で何かがきゅっと収縮した。

「そうみたいね」水面からかろうじてのぞいている傷跡に目を注いだ。ホーソーンの命を奪いかねなかった傷だ。「何が……？」

メッサリナは目をあげ、今度は涙越しに夫を見つめた。

彼は表情を閉ざした。「セント・ジャイルズにはまともな仕事と言えるものがない」静かに話しだす。「家族のいない子どもにには。飢え死にしかかっていたときに、ナイフによる賭け試合のことを知った。そのときいちばんのナイフ使いになってやると決めた」

彼女は頭を振った。「自分で決めたわけ？」

ホーソーンが腕をあげて髪を後ろへ払ったとき、二の腕の下側にも傷があるのが見えた。

「そうだ。セント・ジャイルズにとどまるつもりはなかった。出ていくには金がいる。初めてナイフ試合に出た日から計画を立てはじめた。一六になり、ささやかながらも金が貯まっていたところでこれだ」へその上の傷跡を示す。「何週間もベッドで寝たきりになった」彼は顔をしかめた。「ベッド代に食費、治療費と、その数週間でそれまでの蓄えはすべて消えた」

メッサリナは鋭く息を吸った。「打ちひしがれたでしょうね」

ホーソーンが肩をすくめると、その動きに合わせてなめらかな皮膚を光が滑った。「回復すると、ふたたび試合に戻った。もう二年もやればセント・ジャイルズを出られるだけの金が作れる計算だった——その前に負傷するか死ぬかしなければ。だがそこできみの叔父上がぼくを見つけ、もっとましな申し出をしてきた」

彼女は眉根を寄せた。「叔父のために働くのがどうしてましなの？」

「公爵のために働けばセント・ジャイルズからすぐに出られるだけの金を稼ぐことができたからだ。セント・ジャイルズをのがれることができるなら、悪魔のためだろうと働いた」

メッサリナはごくりと唾をのんだ。彼の冷酷な決意に嫌悪感を抱くべきなのに、そうでないことが恐ろしかった。

「きみに理解できるだろうか？」黙りこくる彼女に、ホーソーンはざらついた声で問いかけた。「ぼくの人生は自分の生まれからのがれるための計画に費やされてきた。生まれた場所から這いあがるためならなんだってやってきた。それはいまも変わらない」

メッサリナは世界にひとりぼっちになったところを想像してみた。食べるために戦わなければならないところを。「理解できるわ」

ホーソーンの顔つきは険しいままだ。「きみはぼくの妻にはもったいない」

一週間前なら即座に同意していただろう。

しかしいまは？　確信が持てなかった。「後ろにもたれてちょうだい」

彼は言われたとおりにして目をつぶった。

メッサリナはしばし夫を見つめた。この複雑で不屈の男性を。全裸の男性を。男性の一糸まとわぬ姿をこれまで見たことがなかった――少なくとも、生身の男性は。もちろん、男性の彫像なら見たことはあるが、女性の彫像に体毛や性器がないのと同じで、あまり正確ではないのだろうと思ったものだ。

やはりそれは当たっていた。ホーソーンの胸板や腕の下には体毛があり、濡れて渦を巻いている。胸には暗い色の乳首もついている。

それに、ペニスはギリシアのどの彫刻よりも明らかに大きく、血管が浮きでていて、先端は少しめくれている。全体は赤く、怒張していた。

メッサリナは唾をのみ込むと、ためらいがちにホーソーンの肩に手をのせた。彼の体が発する熱にもかかわらず、なめらかな肌とその下の筋肉の感触に、ぞくりと身を震わせる。指先の下で傷跡が盛りあがっているのがわかった。「どれももう痛くはないのね？」

ホーソーンは目を開けようともせずにかぶりを振った。「ほとんどは浅い傷だ」

メッサリナはわずかに眉根を寄せ、鎖骨の横ででこぼこしている傷に指を滑らせた。「こんな傷でも？」

「昔は痛かった。だが、何年も前のことだ」こうして見ると、ぞんざいな縫合だ。

二の腕に黒ずんだ箇所があり、メッサリナはよく見るためにのぞき込んだ。打撲傷だ。

「ここは？」

「ゆうべ劇場帰りに強盗とやり合ったときのものだ」

メッサリナは彼を見た。黒々としたまつげの一本一本が見えるほど顔が近い。「あなたは傷を負うことなど考慮に入れずに、自分の体を武器のように酷使している。袖に隠し持っているナイフのほうがまだ大事にされているんじゃないかしら」

ホーソーンの唇がぴくりと動く。「そうかもな。だが、この体の使い道はほかにもある。見たいかい？」

メッサリナは口の中がからからになった。

「わたしは……」彼は夫婦の契りとは別のことをほのめかしているの？　男女がベッドの中ですることは、ひとつきりではないと耳にしたことがある。

なんなら、と頭の中で声がささやいた。一カ月の期間が終了する前に、ホーソーンに体を許すことだってできる。持参金が欲しいのでしょう？　硬い手に体をまさぐらせ、あの大きなペニスに貫かれるのにこれ以上の理由が必要？

それに、ことが終われば出ていくことができる。

そう考えると体が冷たくなった。肌を重ねたあとで夫を捨てることができるだろうか？

でも、そうしなければ。叔父の近くにいてはルクレティアの身にまで危険が及ぶ。

メッサリナは息を吸い込んで気持ちを落ち着けると、カップを湯船に差し入れた。「あなたが贅沢を好むとは思わなかったわ」

「好みはしない」

「だったらこのお風呂は？」彼の顔にかからないよう気をつけて、カップの湯を髪に注ぎかけた。

ホーソーンはほっとため息をついてメッサリナの手に頭を預けた。自分からそうしたことに彼は気づいているのだろうか？「セント・ジャイルズに住んでいた頃、ぼくは悪臭を放っていた」

「えっ？」メッサリナは夫を見おろした。

ホーソーンの美しい唇がなんらかの苦い思い出にゆがんでいる。「貧しい者は悪臭がする。服にはシラミが這い回り、手のしわは汚れで黒ずむ。髪は脂っぽくなる。水や石鹸や火を焚くすべがある者からは、嫌悪の目を向けられる。初めてぼくを見たときの叔父上の目つきがそれだ。靴で踏んだ糞（ふん）を見るような目だった」

「それは……」メッサリナは湯を汲んだカップを彼の頭の上で止めた。「お気の毒に」

なんて場違いな言葉なの。

髪に湯をゆっくり注ぎかけたあと、石鹸を取って両手で泡立てた。

「貧乏人のだらしなさを貴族が嘆くのを聞いたことがある」ホーソーンが静かに言うと、顎の筋肉がこわばった。「貧乏人は泥の中で転げ回るのが楽しいのだとね。不潔ななりを好む人間がいるとはぼくには思えない」

「そうね」

「風呂に」ホーソーンは声を静めるかのように深呼吸した。「セント・ジャイルズで風呂に入るには、共同の井戸から水を汲んでこなければならない。そして、これから屠殺（とさつ）される羊みたいにみんなぎゅうぎゅう詰めになって暮らしている建物を何階分もあがるんだ。共用の部屋までやっとたどり着くと、小さなバケツ一杯の冷水を、飲むのでも料理に使うのでもなく、体を洗う贅沢のために使うことになる」

自分が使った言葉が繰り返されるのを耳にして、メッサリナは思わず顔をしかめた。彼の思い出を考えると、〝贅沢〟という言葉を使ったのは軽率だったと思える。おそらく愚かですらあった。風呂の湯を温かいまま運ぶのは、使用人たちにとって重労働なのは知っていたけれど、貧しいと体を洗うことさえできないとは考えたこともなかった。

メッサリナはささやいた。「セント・ジャイルズに暮らしていたときはさぞお風呂に入りたかったでしょうね」

「年じゅうだ」うなじの生え際が洗えるよう彼は頭を少し持ちあげた。

ホーソーンのうなじは温かかった。こんな無防備な場所に触れるのは親密な行為に感じる。

「大変な暮らしだったのね」夫の頭をすすぐと、濡れた髪が皮膚に張りついてきらめき、女性を誘惑するという美丈夫の海の精セルキーを連想させた。「なぜあなたが自分だけの浴室を欲しがるのかわかったわ」

ホーソーンは目を開け、底知れない黒い瞳で彼女を見つめた。「きみに？」

メッサリナはうなずいた。

「きみの同情心は極めて危険だな」夫が思案するようにつぶやいた。「きみはぼくを破滅させかねない」

彼女は眉をあげた。「わたしが？」

「ああ」ホーソーンが当惑するかのように官能的な唇をゆがめた。「きみにはぼくを惹きつける何かがある。ぼくに分別を、知性を、自制心そのものを失わせる何かが」息を吸い込む。「きみはぼくの血液に流れ込んだ奇妙な毒のようだ。命取りのはずなのに、逆にぼくを生かしつづける。きみなしで生きていけるのかどうか、まるで自信が持てない」

メッサリナは驚いて口を開けた。彼は自分の言っていることがわかっているの？

考えるよりも先に、彼女は腰をかがめてホーソーンと唇を重ねていた。

温かくてうっとりするほど柔らかい唇だ。まるで浸かっている湯が肌に沁み込み、筋肉がすべて弛緩したかのように。

ホーソーンはメッサリナに主導権を握らせた。

彼女は頭を傾けた。急に息が苦しくなる。ひとり、ふたりと口づけを交わしたことはあるが、自分から唇を重ねたことはない。好きにしていいのだと思うと頭がくらくらした。

ホーソーンの下唇の魅惑的な曲線を、舌先でゆっくりとなぞって確かめる。すると彼の唇が何かを待つかのように開いた。

それが何かはすぐにはわからなかったが、メッサリナは短い間のあとホーソーンの口へ舌を差し入れた。彼が飲んでいたコーヒーの香ばしい味がする。そして彼の舌と危険なダンスが始まった。

彼女は小さくあえぎ、ふたりのあいだのわずかな空間で息を吸い込むと、おずおずと体を引いた。

ホーソーンの目は重たげなまぶたの下で淫靡な輝きを放ち、しゃべりだすその声は甘くかすれていた。「続ければ、ひと月待つ約束を破りかねない。きみが決めてくれ」

メッサリナは心惹かれた――どうしようもなく。

しかし心の中の何かがまだためらっていた。自分は本当にホーソーンを知っているのだろうか？　彼を信頼できる？

体を許すのは、相手を信頼できるようになってからでなくてはいけない気がした。

それとも、単に自分の臆病心への言い訳だろうか。

「失礼するわ」メッサリナは言った。自分の声がひどくかすれているのにぎくりとする。

「さすがは分別がある」ホーソーンがやさしくからかった。

彼女は早くも自分の決断を後悔していたが、椅子から立ちあがって扉へと歩いた。膝が少しだけがくがくする。

扉を閉めながら最後に彼をちらりと見ずにいられなかった。

ホーソーンは浴槽の縁に頭をもたせかけて目をつぶっていた。右手を水中に沈めて動かしている。

ギデオンがブラックウェルの家の扉を叩いたときには、すでに午後になっていた。彼のビジネス・パートナーはロンドンの閑静な住宅街に慎ましい住まいを構えている。

少ししてから小柄なメイドが扉を開けた。

彼女はギデオンを見あげてお辞儀をした。「お入りになりますか、ミスター・ホーソーン？ミスター・ブラックウェルは書斎でございます」

返事を待たずに背を向け、先に立って案内する。

ギデオンは彼女に続いて玄関ホールのテーブルと鏡の前を通り過ぎ、書斎の入り口へ向かった。

「ミスター・ホーソーンがお見えです」メイドは扉を開けながら告げた。

ブラックウェルは書類で覆われた事務机から顔をあげた。すぐさまペンをおろして小さな読書用眼鏡を外す。「ホーソーン！　来てくれないかと思いはじめていたところだ」

ギデオンは眉をあげると、三角帽を扉脇の小さなテーブルへ放った。「ゆうべ劇場で会ったばかりだろう」

「それはそうだが、あそこでは仕事の話はできなかった――たとえきみにその気があったとしてもだ。麗しの奥方が一緒ではね」ブラックウェルは首を傾けた。「いったいどうやって公爵の姪と結婚したんだい？」

ギデオンは執務机の前の椅子に腰をおろした。「その話をしに来たのではない」

ブラックウェルはあきれたふうに両手をあげた。「ああ、そうだろうとも。きみという男は謎でありつづければいいさ、きみの哀れなパートナーにとってさえね」

ギデオンは鼻を鳴らした。「なぜそんな噂話にかかずらう必要がある？　きみは中年女と変わらないな」

紅茶とケーキのトレイを持ってふたたび現れた小柄なメイドのほうに、ブラックウェルは向きなおった。「モリー、きみの主人がこけにされたのを聞いたかい？」

しかしモリーは首を横に振っただけで、ごちゃごちゃした執務机にトレイを置いて退室した。

ブラックウェルはティーポットを持ちあげて注いだ。「まあ、これで少なくとも、きみはあのばかでかい屋敷でともに暮らす妻ができたわけだ」

「妻だけじゃない」ギデオンはティーカップを取り、自分でミルクを入れた。ブラックウェルとは礼儀作法にこだわる間柄ではない。「メッサリナの妹が街へ来たら、同居することになっている」

「ほう？」ブラックウェルは小さなケーキをほおばり、椅子にもたれかかって、ごくりとのみ込んだ。「まだ小さいのか？」

「小さいどころか」ギデオンは答えた。おかしなことに、いまや噂話に興じている。「ルクレティアは……」思いだそうとして目を細めた。「二二か？　いや、二三だ」

「それならじきに結婚して出ていくだろう。よほどぱっとしない娘でないかぎりは」

「彼女は姉に負けず劣らずの器量よしだ」ギデオンは客観的に言った。メッサリナと比べ、ルクレティアにはほとんど注意を払ってこなかった。「持参金の額でも姉に負けていない。ルクレティアが未婚なのは求婚者に事欠くからではないな」

ブラックウェルは興味をそそられたように身を乗りだした。「だったらどんな理由が？」

ギデオンは肩をすくめた。「グレイコート家の女性たちは頑固で好みがうるさい。ルクレティアはまだこれと思う相手にめぐり会っていないだけだろう」

「おやおや。ではミセス・ホーソーンは視力に問題があるんだな」ブラックウェルは気の毒そうに言った。

ギデオンは怪訝な顔で相手を見た。「どうしてだ？」

ブラックウェルがにやりとする。「どうしてって、男ならロンドンにはごまんといるのに、彼女は**きみ**を選んだんだからな、友よ」

ギデオンはパートナーとともに笑いながらも、実際にはその逆だとわかっていた。メッサリナは自分を選んではいない。もしも選択肢があれば、ギデオンを拒んでいただろう。ブラックウェルのような紳士はレディに結婚を強いることに罪悪感を覚えるものだろうか？　ああ、彼ならばそうに違いない。

しかしギデオンは、メッサリナに結婚を強制したことを後悔する気にはなれなかった。彼女は日に日に、刻々と打ち解けてきている。いずれこの結婚に心から満足し、幸せだとすら感じるならば、最初からそうでなくてもいいではないか。そんなことは些細な瑕疵でしかない。

メッサリナの兄の暗殺については？　ジュリアン・グレイコートのロンドンにおける行きつけの場所を短い一覧にしたものを、今朝ピーから渡されたところだ。あの男がロンドンに現れたら、ことを成し遂げる準備はできている。ジュリアンの肋骨の隙間にナイフを滑り込ませれば、すべてが終わる。

その光景を想像して、ギデオンは身じろぎし、ティーカップをおろした。「話し合いたいこととはなんだ？」

「むむ」ブラックウェルはケーキをぱくりと口に入れたところで、待ってくれと手を振ってのみ込んだ。「会計報告だ」書類を持ちあげる。共同事業の会計帳簿を探しているらしい。

「ああ、あった、あった」

ブラックウェルは革表紙の巨大な帳簿を引っ張りだすと、覆いかぶさるようにして目的の箇所までページを繰った。それから帳簿をギデオンのほうへ向け、長い縦の欄のひとつをとんとんと叩いて数字を示す。「ここを見てくれ」

ギデオンは帳簿を押し戻した。「知っているだろう、数字はよくわからない」腹立たしさで頬が熱くなるのを感じた。その事実をすでに承知しているブラックウェルにさえ、認めるのはいやなものだ。

「そうか」ブラックウェルは快く帳簿を引き寄せた。「じゃあ、説明しよう。ナイチンゲール鉱山は大いに、大いに堅調だ。ラスト・マンズ・ホープ鉱山よりもいいぐらいだ。炭鉱に投資した額の二倍近い収益があがっている」盗み聞きする者が家の中にいるかのように顔を寄せる。「噂があるんだ。噂でしかないが、信じるだけの裏付けもある。老マーシャルが手持ちの炭鉱三つをすべて売りに出すらしい。出資者を集めよう、ギデオン！」

「だからこそ株を買おうという裕福な相手を探しているんだ」ギデオンは嘆息した。「それには当初考えたよりはるかに手間暇かかることがわかってきた」

ブラックウェルは同情してうなずいた。「さらにもうけるためであろうと、金持ちは自分の金を手放すのをいやがるからな」

ギデオンはかぶりを振った。「やはりきみがニューカッスルへ行き、炭鉱を運営すべきだと思うが。抱えている鉱山がこれからさらに増えるならなおさらだ。はるか遠方にいる会ったこともない責任者たちに任せておいては安心できない。横領や帳簿の改竄（かいざん）を止めるものはないだろう？」

「マザーズもバークリーも信頼できる男たちだ。ぼくがみずから選んだ責任者たちだし、ぼくも少なくとも月に一度は北まで足を運んで監督している。それに事業の収支はロンドンで管理している。それは誰がやるんだい？」ブラックウェルは眉をあげた。「きみの部下のキーズに帳簿を引き継がせるのはまだ無理だと、きみが言ったんだろう」

「いまはだ、だがいずれはやれる」ギデオンは言った。「キーズには経理に詳しい者をつけてやった。いまは猛勉強中だ」

「ほう？」ブラックウェルは微笑して椅子にもたれかかった。「路上暮らしだった少年に個人教授とは、かなりの出費だろう。きみらしくないな」

ギデオンはパートナーを鋭くにらんだ。「これは投資だ。キーズに経理を任せられるようになれば、われわれの事業にとって価値ある人材となり、きみはほかの仕事をやることができる」

「なるほど」ブラックウェルは降参だというように両手をあげた。「若者を擁護するとは、実に心やさしい」

ギデオンは低くうなった。心のやさしさは心の弱さだ。「事業の話はそれだけか？」

ブラックウェルは驚いたふうだ。「ああ、そうだが。もう帰るのかい？」

「やるべき用事がある」ギデオンは立ちあがり、三角帽を持ちあげた。「お茶をごちそうになった」

ブラックウェルも腰をあげた。「いつでもどうぞ」そこでためらう。「仕事のことは抜きにして、もっと会おうじゃないか。きみのことは友だちだと思っている」

片手を差しだす。

ギデオンはその手を見おろした。ブラックウェルは昔からギデオンよりも気さくで社交的だった。とはいえ……。「ああ」

ブラックウェルと握手を交わし、そのあと書斎の扉へ向きなおったところで、ふと思いだした。「ゆうべ劇場から帰る途中で何も問題はなかったか？」

ブラックウェルの眉がはねあがる。「ああ。どうしてだい？」

「メッサリナとぼくは襲われたんだ」ギデオンは厳しい口調で言った。

「なんだって？　本当か？　コヴェント・ガーデンに出没する強盗どもはますます手に負えなくなっているという話だ。何か取られたのか？」

ギデオンはパートナーをじっと見た。「もちろん何も取られてはいない。金目の物を要求もされなかった」

「どういうことだ？」

「強盗どもは――連中が強盗だとしたらだが――ぼくの財布もミセス・ホーソーンの宝石も要求しなかった」

「きみは強盗ではないと考えているんだな」ブラックウェルは眉間にしわを刻み、ふたたび椅子に沈み込んだ。

ギデオンはうなずいた。「仕事で誰かの怒りを買うようなことはなかったか？」

「心当たりはないな」ブラックウェルは手を振ってみせた。「それに、われわれの事業の拠点は北にある。きみ個人の仕事のほうは考えてみたのかい？　何しろ、きみはあまたの博打打ちの尻の毛まで抜いてきてる。ツキが落ちたのはきみのせいだと逆恨みするやつも少なくはないんじゃないか」

　ギデオンはうなった。「そうかもな」

「とにかく」ブラックウェルが続ける。「きみのことだから今後はさらに用心に用心を重ねるんだろう。そうだ、ミセス・ホーソーンには必ず護衛をつけるんだぞ。あんな素晴らしいレディが恐ろしい目に遭うのは見たくない」

「すでにつけてある」ギデオンはいらだたしげに言った。自分にはメッサリナの面倒を見ることができないかのような物言いをされると頭に来る。

「そうか、それなら安心だ」ブラックウェルはおだやかに応じた。「玄関まで送ろうか」

「結構だ」ギデオンはそっけなく返して立ち去った。

　外に出ると、ロンドンの街路は往来する人々でにぎわっていた。無蓋馬車に乗った上品な身なりの紳士が、道をふさぐ荷馬車に向かって怒鳴っている。通行人たちはどちらも気にとめることなく、両方の車両を迂回していた。

　ぼろをまとった少年の一団の横を犬が吠えながら走っていき、ギデオンは子犬とメッサリナのことを思った。彼女の護衛を増やさなければ。

　妻はいやがるだろう。単に彼女の自由を奪う方策だと思われそうだ。

暗い気分で顔をあげると、考えごとをしているうちにいつの間にか自邸にたどり着いていた。新しい服を着てこざっぱりとしたレギーに迎え入れられる。

「ミセス・ホーソーンはどこにいる？」ギデオンは帽子を手渡しながら尋ねた。

「厨房です、旦那」レギーが答える。「三〇分ぐらい前にそこへ行かれましたよ」

ギデオンはうなずいた。「今後、彼女の外出時には見張りを倍に増やせ」

レギーは怪訝な顔をした。「ゆうべの強盗のせいですか？　旦那が肝を冷やすほどのことですかね」

「肝を冷やしてなどいない」ギデオンは言い返した。「だが、ゆうべのようなことが繰り返されてはならない。それから、レギー」

「なんですか、旦那？」

「妻の見張りに当たらせている者たちには、当人に気づかれないようにと釘を刺しておけ。彼女はいやがるだろうからな」

「了解です、旦那」

ギデオンはうむとうなずき、厨房へ向かった。メッサリナがヒックスを解雇することに決めたのではないといいが。あの若者はほかにどこへも行く当てがないのだ。

厨房に近づくと、メッサリナの女性的な明るい笑い声が聞こえてきた。その音だけで下半身が瞬時にこわばる。ギデオンは目をつぶり、廊下の壁に寄りかかった。ほんの数メートル先には、今朝メッサリナがひんやりとする手を彼の肩に滑らせた浴室がある。

そのすぐあと、彼女を思いながら欲情をみずからの手で処理した浴室が。

ギデオンは深く息を吸い込み、自分を律した。それから広い厨房へ無言で入っていくと、石の床の真ん中にメッサリナがかがみ込んでいるのが見えた。ヒックスと洗い場のメイドがかたわらにいて、妻の向かいにはサムがいる。一同の中心では、メッサリナの手から紐を奪おうと子犬がひっくり返っていた。

メッサリナが目をあげ、いたずらしているところを見つかった子どものように、あわてて両手を後ろへ回した。「ホーソーン！　こんなに早く帰ってくるとは思わなかったわ」

「ほう」ギデオンは笑みをこらえてつかつかと近づいた。どうやら妻はすっかり子犬に情が移っているものの、それを彼に知られたくないらしい。「ヒックスと食事のメニューを話し合っていたのか？」

「その……」メッサリナは後ろめたそうに料理人に目をやった。その瞬間、子犬が彼女の膝によじのぼろうとして滑り、床に落下してキャンと鳴いた。

サムがあっと声をあげる。

ヒックスとメイドは心配そうな顔だ。

そしてメッサリナはすかさず子犬を拾いあげた。

ギデオンは眉をつりあげてじっと待った。

「ああ、もうっ！」メッサリナはあたかもギデオンに高笑いされたかのようににらみつけた。

「デイジーを飼うことにしたわ」

サムが〝やった〟と歓声をあげる。

ヒックスとメイドは頬をゆるめた。

ギデオンはつぶやいた。「デ、イ、ジ、ー？」

「デイジーは犬の名前にぴったりよ」一時間後、メッサリナはボンド・ストリートにほど近い通りをホーソーンとともに歩きながら言った。それまでふたりは犬の命名に関してずっと言い争い、メッサリナは愉快な気分になっていた。

「デイジーは猫の名前としてはいい。雌の猫なら」ホーソーンがやり返す。「雄の犬には恥ずかしい名前だ。たとえ愛玩犬だろうとだ」

メッサリナは笑みをこらえた。「名前を変える気はないわ」

ホーソーンは重々しいため息をついた。まるでデイジーという名前のせいで彼の面目まで潰れるかのようだ。だが、彼はそこで話題を変えた。「ぼくがいつも使っている仕立屋の何がいけない？」

メッサリナはうんざりして天を仰ぎそうになるのをどうにか我慢した。上流階級にふさわしい仕立屋へ行く必要性をホーソーンに納得させるのは、ゆうべ劇場で思ったほど容易ではないことを予期しておくべきだった。

メッサリナはちらりとホーソーンに目をやった。夫はいらだたしげに顔をしかめている。そんな顔をしたらひどく醜くなりそうなものなのに。それか少なくとも魅力が半減しそうなものだ。

しかし彼の場合ときたら。

メッサリナは急いで目をそらした。そうすればあの眉間のしわと、日差しのもとでうっすらと見える頬の傷、片方の口角がさがった悪魔のごとく魅力的な唇を記憶から消し去ることができるかのように。たいていの女性は彼の要求を何ひとつ拒むことができないのではないだろうか。

けれど、自分はたいていの女性のうちに入らない。

「あなたの以前の仕立屋はたしかに腕はいいけれど、それだけではだめなの」

「ほお」ホーソーンの返事は以上だった。

彼女は唇を引き結んだ。ホーソーンは自分の肘にメッサリナの手をはさんで歩いているが、それをのぞけば彼女に触れないようにしているみたいだ。そんな態度にメッサリナは……。

もちろん失望はしていない。夫に触られたいわけではない。違うに決まっている。

とはいえ……。

もう一度、彼を盗み見た。

憎らしいことに、ホーソーンの唇はばかばかしいほど魅力的なままだ。湯船の中で輝いていた肌を――何度も何度も――思いださずにいられない。彼と交わした口づけも。あれほど圧倒されたのは初めてだった。彼の舌に、味わいに、情熱に、体が勝手に屈服していた。

あのあと部屋を出るときに目にした、浴槽の中でホーソーンが手を動かす光景。あの光景が脳裏から離れない。頭をそらした様子、キャンドルの明かりに浮かびあがるたくましい喉の輪郭、腕の動き……。

ホーソーンは下腹部に触れていたの？　ああして自分を慰めていたの？

彼女を想像していたのだろうか？

メッサリナは頬がかっと熱くなるのを感じた。

夫のことを考えるのをやめなければ。彼に触れた短いひとときを、それがもたらしたあまたの可能性をどうにかして忘れなければ。自分はホーソーンのもとを去るのだ。けれども、持参金の一部を手に入れる前に、彼と肌を合わせることになるのだと、頭の中で小さな声がささやいた。

石鹸の泡と湯のベールを剝がしたら、あの長い脚と広い肩はどんなふうに見えるのだろう？

ああ、頭がくらくらする。

「ここよ！」メッサリナは必要もないのに陽気な声を張りあげた。

ホーソーンはいぶかしげな一瞥をくれてから、彼女のために扉を開けた。

メッサリナは彼の目つきを無視して、〈アンダーウッド〉とだけ記されているごく地味な看板をくぐった。店内は一見質素な印象を与える――低いテーブルの前には椅子が二脚しかなく、奥にカウンターがあるだけだ。壁には宝石色の生地が飾られていた。この店の顧客となっている王室の一員はひとりだけではないと噂されている。

「いらっしゃいませ」カウンターの奥に立っている若い男性が声をかけてきた。光沢のないグレイの上着は細身の体にぴったり合っている。「何かお探しでしょうか?」

男の視線はメッサリナ——まとっているのは最新流行の昼間用ドレスで、クリーム色の布地の全面に黄色、青、赤の鳥の刺繡が施されている——とホーソーン——こちらはもちろんいつもの黒い服——のあいだをさりげなく行き来した。優秀な店員らしく、何か言うことも厚かましい態度を取ることもなかった。もしかして、愛人の服を見立てに来たと思われたのだろうか。メッサリナはそう考えておかしくなった。実際にそういうことをするレディもいると耳にしたことがある。

「服を作りたい」ホーソーンは単刀直入に切りだした。

「何着かお願いできるかしら」メッサリナはあわてて言葉をはさんだ。「わたしの夫、ミスター・ホーソーンは何かもっと……」彼女と店員はふたり一緒にホーソーンの服装を上から下へと眺めた。店員が心得顔でうなずいたので、彼女はほっとして微笑んだ。「それ相応の服を必要としているの」

「承知いたしました、奥さま」店員が応じた。「それではミスター・アンダーウッドを呼んでまいりましょう」

ミスター・アンダーウッドは小柄な男性で、身長は一五〇センチに満たないだろう。ひと目で客の希望を把握したらしく、色とりどりの生地を持ってこさせて並べだした。

ホーソーンはそれらのどれひとつとして気に入らなかった。

メッサリナはいらだちを抑えて夫に提案した。「わたしを信頼して、生地と色を選ばせてもらえないかしら？」

ホーソーンは不審そうに目を細め、つかの間断るかに見えた。「きみがそうしたいなら」

「ぜひそうさせて」彼女は力を込めて言い、ミスター・アンダーウッドにうなずきかけた。

仕立屋はホーソーンに会釈したあと、店員に向かってこくりとうなずいた。

若者は奥の部屋を身振りで示した。「どうぞこちらへ。採寸いたしましょう」

ホーソーンはどこか絶望感の滲む目をメッサリナに向けてから、奥の部屋へ消えた。客が逃げるのを阻むかのように、店員がすぐ後ろをついていく。

「それでは奥さま、お茶などいかがでございましょう」ミスター・アンダーウッドが尋ねた。

「ええ、いただくわ」メッサリナがほっとして椅子に腰をおろすと、仕立屋はベルを鳴らして紅茶を頼んだ。「ご覧になったように」ミスター・アンダーウッドに伝える。「夫は飾りや色さえない、とても簡素な服装に慣れているの。紳士らしく見えて、なおかつ流行を取り入れている服を何着か新調したいのだけれど、あまり華やかなものだと夫はうんと言わないわ」

「なるほど、そうでございますか」ミスター・アンダーウッドは内密の話をするように応じた。「僭越ながら、わたくしがいくつか見つくろってまいりましょうか？」

「お願いしていいかしら？」新たに現れた店員から温かな紅茶のカップを手渡され、メッサリナは満足のため息を漏らした。横にある低いテーブルにティーポットをのせたトレイが置かれ、小さなケーキの小皿もあるのに目をとめずにいられなかった。

ミスター・アンダーウッドは棚に並んだシルク、ベルベット、ブロケードをぶつぶつつぶやきながら吟味したあと、手を叩いた。すぐさまやってきた若い店員ふたりに、メッサリナには聞き取れない低い声で指示を出す。

店員たちはいなくなったかと思うと、布地を高々と腕に積み重ねて戻ってきた。

ミスター・アンダーウッドはわずかに紫がかったダークグレイのベルベットを選びだして彼女に見せた。「こちらでしたらさりげない中にも上品さが感じられます。ちょうど艶を抑えたシルバー、黒、紫、金の糸で刺繍を施した美しいベストがございますので、それと合わせてはいかがかと。そちらはすぐにミスター・ホーソーンのサイズにお直しできます」

ホーソーンからは紫はだめだとすでに言われていたが、刺繍をまったく抜きにすることはできない。「まさしく求めていたものだわ」メッサリナは嬉々(きき)として断言した。

それからの一時間でさらに三着選んだ――ほとんど黒に見える暗いブルー、鮮やかなエメラルドグリーン、深みのある真紅のシルクにルビー色と紫色の糸が織り込まれたもの。最後の生地はホーソーンから指示されている許容範囲の限界を超えている気もするが、どうしても抗えなかった。輝く真紅はさぞ彼に似合うだろう。

ただし、とメッサリナは不意に気がついた。それをまとったホーソーンを彼女が目にすることはないのだ。服を仕立てるには数週間かかる。受け取る頃には、おそらく自分はもういない。

メッサリナは空になったティーカップを見つめた。なんだか残念な気がする。ひと月の期限をもう少しだけ延ばして……。

ホーソーンが疲れた顔をして奥の部屋から出てきた。「もう終わっただろうな？」

「ええ、もちろん」立ちあがったメッサリナは、ミスター・アンダーウッドへのお礼もそこそこに店から連れだされた。

外へ出ると、ホーソーンは深々と息を吸った。「ありがたい、すがすがしい空気だ」

メッサリナは通りの真ん中に落ちている馬糞に目をやった。「すがすがしいと言えるのかしら」

ホーソーンはあのどきりとする素早い笑みを彼女に向けた。「ロンドンで生まれ育った者には、馬糞のにおいもわが家の香りだ」

「そういうもの？」メッサリナは差しだされた腕を取った。「わたしは田舎の空気のほうが好きだわ」

「それはきみがロンドンっ子じゃないからだ」ホーソーンはそう言ってボンド・ストリートから脇道へと曲がった。

「わたしだってロンドンっ子よ！」

彼がちらりと見る。黒い瞳はいたずらっぽく楽しげだ。「きみはどこで生まれた？」

「グレイコートよ」

「あそこはほぼスコットランドだ」ホーソーンは腹立たしいぐらい悦に入っている。

「そうだけれど、幼い頃、冬は毎年ロンドンで過ごしていたのよ。だから……」メッサリナは言葉を途切れさせた。夫はもうこちらを見ておらず、前方を凝視している。「どうかしたの？」

「絞首刑だ」ホーソーンの声はささやきに近かった。

いまや彼女にも人だかりが近づいてくるのが見えてきた。野次やわめき声がしだいに大きくなる。ひしめき合う群衆の隙間から、橇の上に立つ――うずくまっていると言ったほうがよさそうだ――男が見えた。死刑判決をくだされて、タイバーンの刑場へ馬で牽かれていくのだろう。恐ろしい絞首刑も大衆にとってはお祭り騒ぎの見世物だ。

メッサリナはいぶかしみつつホーソーンを見やった。「ぞっとする光景ね」

返事はなく、彼は真っ青な顔をして絞首台へと向かう行列を凝視している。

「ホーソーン？」メッサリナはそっと声をかけた。

夫は眼前の光景から力ずくで自分を引きはがすかのごとく、いきなり彼女に向きなおった。

「行こう。馬車まではこっちから行ける」

喧騒から逃げるようにして大股で足早に歩く。メッサリナは小走りでついていき、気づかわしげに彼の顔をうかがった。馬車は刑場へ向かう行列の向こう側に止まっていた。これではどう進んでも人波を避けることはできないだろう。

ホーソーンは細い路地へとメッサリナを引っ張り、さらに狭い裏道へ入っていった。彼女の手の下で、夫の筋肉は緊張し、顔は険しくこわばっている。わいわいと騒ぐ声がさらに大きくなった。

不意に交差路に出て、行列とぶつかった。

ホーソーンは撃たれたみたいにあとずさり、メッサリナを自分の背後へと押しやった。

彼の広い肩は大きく上下し、うなじには汗が玉になって浮いている。

メッサリナは夫の背中越しにのぞいてみた。

みすぼらしい服装の少年がふたり、狂ったように笑い転げながら二匹のテリアとともに駆けていく。

メッサリナは心配そうにホーソーンを見あげた。「人だかりも減ってきているわ。もう少し待てば通りを渡れるわよ」

彼が唾をのみ込み、喉仏が動くのが見えた。顔は険しく引きつり、頬の銀色の傷跡がくっきりと目立つ。両手は握りしめられて、いまにも感情を爆発させそうだ。

ホーソーンを知らない人なら、その表情を別の何かと取り違えただろう。暴力的な何かと。彼を冷ややかで無情、恐ろしいと思っただろう、実際は違うのに。

一週間前なら、彼女もそう思っていた。

メッサリナは彼の腕に手を置いた。「どうしたの?」

「なんでもない」ホーソーンはもう一度唾をのんだ。目は見開かれたままだ。「なんでもない。絞首刑が嫌いなだけだ」

感情のある人なら誰でもそうなのでは? けれど彼の反応は単なる嫌悪感以上のものだ。

それははっきりとわかる。

「行こう」ホーソーンが彼女の手を引っ張り、行列が通り過ぎた通りの向こうへ導いていったが、メッサリナは物思いに沈んでいて、ほとんど気づかなかった。

いったい何が彼をああも戦慄させたのだろう?

9

歳月は流れ、ベットは笑いをたたえたグリーンの瞳と日差しのように明るい笑みを持つきれいな若い娘に育ちました。

彼女の一八歳の誕生日に、簡素な夕食のあとで家族で集まり、母親から小さなケーキをプレゼントされました。ベットがケーキにナイフを入れたとき、扉をノックする者がいました……。

『ベットとキツネ』

ウィスパーズ・ハウスに向かって馬車に揺られながら、ギデオンは間抜けにでもなった気がした。両手はまだわずかに震え、気持ちが……動揺している。深い嫌悪感に腹の底をかき回されて吐き気がした。

いつもこうだ。絞首刑のお祭り騒ぎを目にすると条件反射で胸が悪くなり、逃げたいのと同時に攻撃したくなる。

見物人の顔からおぞましい笑みを剥ぎ取ってやりたくなる。

ギデオンは息を吸い込んで気持ちを落ち着かせ、妻に素早く目をやった。

メッサリナは顔をそむけていた。おそらく窓の外を眺めているのだろう。だがその手は彼の手を握りしめたままだ。彼女のなめらかな白い手に対し、ギデオンの手は皮膚が硬く、浅黒い。ふたりが合うはずはない。互いの肌すらこうも違う。

彼は顔をしかめた。子どもみたいに慰める必要があると妻に思われたのだろうか？　ごく短いあいだ動揺したせいで？

絞首刑の見物人はみな呪われろ。

メッサリナが口を開いたものの、顔をそむけたままだった。「わたしが育ったグレイコートに馬番がいたの。彼はフランスとの植民地戦争で戦ったことがあった。とても大きな男性で、馬にやさしかったわ。けれど、銃声を聞くと理性がすべて吹き飛んだみたいになったものよ。厩の裏へ駆けていき、ただがたがた震えて立っていた。そんな状態が一時間かそれ以上続くの」

「ぼくは理性を失ってなどいない」ギデオンは嚙みついた。「愚か者とは違う」

「そうね、違うわ」メッサリナは静かに言った。「あの馬番だってそうではなかった。彼は――」

ふたたび吐き気が込みあげ、酸が喉の奥を焼く。「やめろ。この話はしたくない」

メッサリナはすぐさま口を閉じた。

馬車の中で、ふたりはしばらく無言でいた。ギデオンはまだ彼女に手を握られている。

手を引き抜くことはできなかった。

妻は二度と話しかけてこないだろう。怒鳴りつけられて、傷ついたに違いない。

「夜会を開きましょう」メッサリナが唐突に言った。「それか舞踏会を」

ギデオンは目をしばたたいた。頭の中は真っ白だ。「なんだって？」

「そうよ、舞踏会がいいわ」馬車が停止し、メッサリナは彼に向きなおった。あふれだす熱意に顔が輝いている。「ずっと考えていたの。あなたは社交界に入りたいのでしょう。あなたの事業に参加させたい紳士たちと対等なところを見せたいのなら――耳を貸すに値する相手であることを証明したいなら――その人たちを正式な舞踏会に招待すればいいのよ。今年の社交シーズンで最も話題にのぼる舞踏会にね」

彼女がすっかり浮き立ってその気になっているところに水を差すのは気が引けた。「ウィスパーズ・ハウスで？　使用人は片手で数えられるほどしかいないし、ろくな家具もないのにか？」ギデオンは首を横に振った。「舞踏会など、どうやって開くのかもぼくにはわからない」

「わたしが知っているわ」メッサリナはそう断言してはっと目を見開いた。まるで自分の言葉に驚いたかのようだ。「わたしが知っているわ」ゆっくりと繰り返す。「計画の仕方も、開き方も。叔父と兄のために舞踏会を開いたことがあるの。それに家具ならいくつか注文済みでしょう。追加で購入すればいいわ。家具と使用人を増やすの」

「準備に必要な期間はどれぐらいだ？」彼はすでに計算に取りかかっていた。「それに費用はいくらになる？」

メッサリナは費用に関する質問は聞き流した。

「数週間」唇を噛んでためらう。それから顔をあげ、美しいグレイの瞳に決意を滲ませて彼と目を合わせた。「ひと月以上かかるわ、正式な舞踏会を開くのなら。そしてこれは正式な舞踏会でなければならない。けれど九月の終わりまで社交シーズンは始まらないから、時間はある」彼女はごくりと息をのんだ。顔が青ざめたのはなぜだろうか。それからゆっくりと言った。「舞踏会を開きたいのなら。時間をかけたいのなら」

ギデオンは妻の表情を探った。何がメッサリナをためらわせているのだ？「きみはどうなんだ？」手をあげて彼女の頬のそばに持っていったが、触れはしなかった。「きみは時間をかけたいのか？」

「わたしは……」ギデオンが親指で頬骨をなぞると、メッサリナの声は消え入った。「ええ」息を切らして言う。「ええ、かけたいわ」

ギデオンは荒々しく大きな笑みを広げた。体内で原始的な何かが頭をもたげる。「きみがそばにいてくれたら、なんでもできそうだ」

メッサリナはこれまで見たことのない表情で彼を見あげていた。柔和でやさしく、赤い唇は開いている。

その唇が日差しを受け、舌でなめたかのように光った。ギデオンは彼女を求めて――。

馬車の扉がいきなり引き開けられた。

ギデオンがナイフを握ると、鮮やかなブルーのつむじ風が車内へ転がり込み、メッサリナに抱きついた。

「ごめんなさい！」ルクレティア・グレイコートが叫んだ。メッサリナの喉に顔を押しつけているせいで、声がくぐもっている。「間に合わなかったのね。わたしのせいで間に合わなかったんだわ」

ギデオンが馬車の外へ視線を転じると、そこには見慣れたグレイの瞳が二対あった。

クインタス・グレイコートは顔をしかめて目をそらしたが、兄のほうはこちらをにらんだままだ。

「ホーソーン」ジュリアン・グレイコートはゆっくりと言った。「きみは妹に何をした？」


メッサリナはルクレティアの体に腕を回してきつく抱きしめた。びっくり——仰天——していたが、ようやく妹が来てくれて心底ほっとしてもいた。二週間以上前にホーソーンの馬車に乗せられてから、ルクレティアの顔を見ていなかった。あれから……。

あれから何もかも変わった。

「グレイコート」ギデオンが言った。嘲るような低い声にはっとして、メッサリナは夫に目をやった。ギデオンは信用などするに値しない男のようなそぶりでにやりとし、ジュリアンに言い放った。「われわれの結婚を祝福しに来てくれたのかな？」

「きさま」クインタスがうめき、ギデオンに詰め寄ろうとするのをジュリアンに制止された。

ジュリアンがすっと目を細めた。頭に来ているかすかな兆候だ。ふだんジュリアンは冷めているように見えるかもしれないが、怒ると蛇のごとく素早く致命的な攻撃を繰りだす。だからこそギデオンに連れ去られたとき、メッサリナはジュリアンを探すようルクレティアに頼んだのだ。

メッサリナは急いで割り込んだ。「屋敷へ入って話してはどうかしら。ここでは人目があるわ」

「そうしよう」ギデオンは馬車から身を乗りだすと、屋敷前の階段脇に立つレギーに向かって顎をしゃくった。

大柄な男はうなずき、屋敷の中へ消えた。

つかの間ジュリアンはギデオンに逆らうかに見えた。兄ふたりは馬車の扉の前に立ち、メッサリナたちがおりるのを阻んでいる。しかしジュリアンが無言で後ろへさがると、クインタスもぶつぶつ言いながらそれにならった。

ギデオンはふたりを無視して馬車から飛びおりた。振り返り、ルクレティアに手を差しだす。

だがルクレティアは彼をにらみつけ、自分でぴょんとおりた。

ギデオンはメッサリナと目を合わせ、彼女には手を貸してもいいのかどうか問いかけるように眉をあげた。

メッサリナは息を吸い込み、ジュリアンとクインタスに見られているのを意識しつつ、ホーソーンの手に自分の手をのせた。

　ギデオンとメッサリナのあとに続き、兄ふたりとルクレティアがウィスパーズ・ハウスへ足を踏み入れた。メッサリナは板ばさみになっていた。ほんの数日前なら、ジュリアンがギデオンとのあいだに割って入ってくれるのを歓迎しただろう。

　けれどいまは――？

　いまは自分が何を望んでいるのかわからない。

　ルクレティアが馬車に飛び込んできたとき、メッサリナはギデオンに口づけする寸前だった。いまも頬が赤くなりそうで、夫を見ることができない。それでも全身が彼を意識していた。隣を歩く細身の体を。手の下で動く前腕の筋肉を。

　ギデオンの体温を。

　一同は二階へあがり、居間へ入った――そこが居間と呼べるのなら。室内にあるのは淡いブルーの長椅子と肘掛けに金箔が施された椅子が二脚、小さなテーブルだけで、どれもメッサリナが買ってきた既製品だ。

　ないよりはましというもの。

　メッサリナはルクレティアを長椅子へと導きながらも、視界の端では長兄ががらんとした居間を見て回るのを追っていた。退屈そうに見えるが、ギデオンを品定めしているに違いない。

　攻撃のときをうかがって。

ギデオンはというと、斜めを向いてメッサリナの真ん前に立ち、あからさまに防御の姿勢を取っていた。手が上着のポケットのそばにある。あそこにナイフが入っているのだろうか。ついそう考える自分に彼女は苦笑した。夫はいったい何本ナイフを隠し持っているの？

男性たちが発する張り詰めた空気が室内に充満し、息苦しいほどだ。メッサリナは彼らに叫びたかった。一本の骨をめぐっていまにも嚙みつき合いになりそうな犬みたいな振る舞いはよして、と。それに、彼女にはたかだか骨一本よりもずっと大きな価値があるはずだ。

「ジュリアンを連れてくるのに時間がかかってしまってごめんなさい」ルクレティアがささやいた。「ミスター・ホーソーンが自分の馬車へお姉さまを移らせたあと、わたしはお姉さまの姿が見えなくなるなり、アダーズ・ホールへ急ぐよう御者に命じたのよ」

メッサリナはうなずき、妹の手を強く握った。

クインタスは関心がないかのように炉棚に片手をのせて寄りかかっている。しかし反対の手はきつく握りしめられていることにメッサリナは気がついた。

「アダーズ・ホールまでは延々と時間がかかって」そう話すルクレティアの口元に笑みはなく、唇はきつく引き結ばれている。いたずら好きで陽気ないつものルクレティアとは別人のように、グレイの瞳には涙が盛りあがり悲しげだ。「やっとのことでたどり着いたら、見つかったのはお酒に酔ったクインタスだけだったわ」

ルクレティアににらまれてクインタスは顔をそむけた。肩まである髪が揺れて目元を隠す。奔放に波打つ髪に今日は櫛ぐらい入れたのだろうか？　暗緑色のシルクの服は見事な仕立てで、クインタスの広い肩をぴったり包み込んでいるが、裾の汚れがここからでも見えた。

ルクレティアはクインタスに向かってかぶりを振り、メッサリナへ顔を戻した。「クインタスはほとんど正体をなくしていて、意味の通る言葉を聞きだすのに一時間もかかったわ。ようやくジュリアンを見つけたあとは、ただちに三人で出発したんだけれど、雨で道がぬかって通れなくて……」息を吸い込む。「ジュリアンとクインタスのことは当てにせず、最初からわたしひとりでロンドンへ向かうべきだったわ。そうすればなんらかの手段でお姉さまを助けることが――」

メッサリナはさえぎった。「あなたにできることはなかったわ。わたしたちがウィンダミア・ハウスへ到着したときには、オーガスタス叔父さまはすでに主教を屋敷へ呼んでいたの。特別結婚許可証も用意してあった」唇をきゅっと結ぶ。結婚式当日なら、諸手をあげて助けを歓迎していた。いまは……。メッサリナは夫のこわばった背中をそっと見やった。「あの結婚を止めることのできた人はいなかったんじゃないかしら」

「おまえはどうなんだ？　やめさせようとしたのか？」ジュリアンが柔らかな声で問いかけてきた。たまに思うが、耳に心地よいのに、それでいて脅すようなあの声音は、練習して身につけたものだろうか。

よくもそんな質問を。

メッサリナは長兄をにらみつけた。ジュリアンは銀色のシルクのブロケード生地に覆われた腕を、クインタスの反対側から炉棚にのせている。クインタスとは打って変わって、身なりに隙がない。黒髪はきっちり後ろへ撫でつけられ、うなじで一本のきつい三つ編みにされている。左耳にはグレイコート家特有のグレイの瞳と同じ色の真珠がひと粒、いつものごとくさがっている。ジュリアンは美男子と言えるだろう、しかし冷たい。家族に対してさえ氷のごとく冷たいのだ。

とりわけ家族に対しては、なのかもしれない。

「どうしてそんな質問をするの、お兄さま？」メッサリナは微笑んだ。「気にかけている様子はないのに」

クインタスが炉棚から体を起こすよりも先に、ジュリアンは柔らかな声で返した。「時間を稼ぐことはできなかったのか？　一日や二日でも？　おまえはウィンダミア・ハウスへ到着すると、文句も言わずに翌日には結婚したように見える。そしていまは、貧相な地区にある空っぽに近いこの家を幸せなわが家へ変身させようといそしんでいるじゃないか」

メッサリナの前でうなったギデオンは、手を上着のポケットにかけていた。

クインタスは上目遣いでギデオンをにらみつけ、両手を開いては閉じる動作を繰り返した。「そいつは叔父に金で雇われているごろつきだぞ、メッシー。そいつの手で何人も血まみれにされている。人を殺したって噂だってある」

メッサリナは顔がかっと熱くなるのを感じ、長椅子から立ちあがった。「ウィンダミア・ハウスまで連れてこられたあと、わたしに選択肢があったと本気で思っているの？」

それからギデオンをそっと見やった。結婚当初の気持ちはすでに知られているとはいえ、今朝の口づけ、それに馬車の中で交わしそびれたキスのあとでは、兄たちの前でこんな話をするのは夫への裏切りに思える。

「失望したよ」ジュリアンは高貴な生まれを感じさせる明瞭な発音でゆっくりと言った。「妹がこうもあっさり服従するとはね――」

「言葉に気をつけろ」ギデオンが嚙みついた。

「ばかね」同時にメッサリナはジュリアンに向かって言い放っていた。「お兄さまなんて、尊大で自分のことしか考えていないばかだわ。わたしに失望したですって？　この一〇年間わたしやルクレティアのために、クインタスのためにだって、何かしてくれたことがある？求愛者はいないのかとルクレティアに尋ねようと思ったことがある？　浴びるように飲みつづけるクインタスからワインのボトルを取りあげたことがある？　暮らしはどうかとわたしに尋ねてくれたことがある？　いいえ」ギデオンをよけてジュリアンの前に進みでる。「お兄さまがやってきたことといったら、オーガスタス叔父さまの動向に執着することばかりだったわ」

ジュリアンはただ彼女を見つめ返した。「そうすべき理由はあったようだが」

しかしメッサリナはまだ言い足りなかった。何年も何年もグレイコートの男性たちに指図されて暮らし、意思に反して結婚を強制され、いまはそれを非難されている。もう何もかもたくさんだ。「お兄さまはルクレティアを助けられなかった、クインタスを助けられなかった、わたしを助けられなかった。その前にも、お兄さまはオーレリアを助けることができなかった」

背後でルクレティアが息をのんだ。

ジュリアンはまばたきをしただけだった。トカゲのようにゆっくりと。兄には心がないのだろうか？　それとも幼くして叔父と暮らした歳月が、かつては持ち合わせていた感情を凍結させたのだろうか？

長兄とは対照的にクインタスは血の気を失い、つかつかと進みでてメッサリナの腕をつかんだ。「彼女の名前を口にするな」

「クインタス」ジュリアンが静かな声で警告する。

そのときギデオンがクインタスをメッサリナから押しのけた。「妻から手を離せ」

クインタスはギデオンに殴りかかった。

クインタス・グレイコートが肉付きのいい拳を振りかぶったので、ギデオンは身構えた。クインタスは自分よりも横幅も上背もあるが、所詮は貴族だ。

生まれついての戦士ではない。

ギデオンはすっと身をかわし、クインタスの一撃を頬ではなく肩で受け止めた。そのまま相手の真横へ回り込み、みぞおちを鋭く肘でどんと突く。

クインタスはうっと声をあげて反射的に体をふたつに折ったが、ひるむことなくすぐさま体を起こすと、歯を剝きだしてギデオンの足を踏みつけ、脇腹へ拳を叩き込んだ。

ギデオンはののしりの声をあげた。胸の中で怒りが爆発する。袖をひと振りしてナイフをてのひらに落とし、敏捷な動作で突きだした。クインタスの前腕から床に血がしたたり落ちる。

視界の隅で、ジュリアン・グレイコートがこちらへ進みでるのをとらえた。

ジュリアンが喧嘩に加われば、いまここですべての決着をつけられる。腹をひと突き。刃先を上へとねじりあげる。ジュリアンが先に襲ってきたと言い訳も立つ。

ものの数秒でジュリアンは片づき、持参金の全額がただちにギデオンのものとなる。

その瞬間、メッサリナの悲鳴がギデオンの脳を貫き、物思いから引き戻した。妻の目の前でその兄を殺すことはできない。

彼女を傷つけることはできない。

ジュリアンがギデオンの左腕をつかんだ。

ギデオンはすかさず右手でナイフの切っ先をクインタスの腹に突きつけた。

兄弟の両方が凍りつく。

ギデオンはクインタスに向かってにやりとし、三人にしか聞こえない低い声でささやいた。

「金糸で刺繍されたベストも、すり切れた羊毛と同様、ぼくのナイフを防ぐことはできない。その腹からはセント・ジャイルズの貧乏人と同じようにはらわたがこぼれ落ちるだろう」

クインタスは薄いグレイの目に怒りの炎を燃やしてうなった。

「休戦だ、ホーソーン」ジュリアン・グレイコートが小声で言った。「自宅の居間で兄の血が流れるのを妹が楽しむとは思えない」

それはわかっている。だからこそギデオンは兄弟のどちらにもこれ以上怪我を負わせるつもりはなかった。

それをジュリアンやクインタスに伝える必要はないが。

「なぜこいつがメッサリナの気持ちを気にすると思うんだ？」クインタスがぶつぶつと言う。

「なぜ思わない？」ギデオンは片眉をあげた。

クインタスがふたたび険悪な顔つきで目を細める。

ギデオンはからかうように微笑むと、ナイフを相手のベストにぐっと押し込み、華麗な刺繡の糸を切った。「ぼくに襲いかかるのをやめると誓うなら休戦に応じよう」

初めクインタスは拒絶するかに見えた。

ジュリアンが弟の肩に手をのせてささやく。「クイン」

クインタスはうなり声とともに身をひるがえしてギデオンから離れた。

ギデオンはしばし待ってからナイフをてのひらへ戻し、袖の中へ滑らせて前腕に巻いている鞘(さや)へしまった。視線を男ふたりに据えたまま、声を大きくする。「メッサリナ、妹さんをお連れしてほかの部屋で飲み物でも楽しんできてくれ」

「あなたとお兄さまたちがもう争わないと約束するまではお断りよ」メッサリナは怒りに満ちた声で言い返した。

頑固者め。ギデオンは嘆息した。「わかった。クインタスにもジュリアン・グレイコートにも手を触れないと約束しよう」もちろん、手を触れずともふたりを始末することはできる……。

こちらを見るジュリアンの目つきは、ギデオンが口には出さなかったことを察しているかのようだ。「約束しよう、ぼくも手は出さない」

全員の視線がクインタスに集まる。

彼は顔をしかめた。「わかったよ。ああ、約束する。メッサリナ、おまえの夫を殺しはしないさ」

メッサリナはつんと顔をあげたが、次兄の皮肉っぽい口ぶりに傷ついたことは表情から明らかだった。

ギデオンはクインタスに謝らせたいという激しい衝動を覚えた。

「わかりました」メッサリナが言った。「食堂へ行っています」

そしてルクレティアを連れて退室した。

ふたりが去ったあとに短い沈黙が落ちた。

ギデオンは深呼吸し、長椅子にかけるよう身振りでうながした。「どうぞ」

クインタスはそっぽを向いたものの、ジュリアンは腰をおろし、ろくに家具もない室内を見回した。「きみの住まいには暮らしに必要な最小限のものもないようだが」

ギデオンは肩をすくめた。「メッサリナは住まいを整え、家具を買い入れるのを楽しんでいる」

ジュリアンは鼻を鳴らした。「戯れ言はいい、ホーソーン。きみの狙いはなんだ?」

ギデオンは相手を眺めた。貴族であるジュリアンは、生まれたときから贅沢と権力を約束されていたものの、一族の財布の紐を握る叔父によりそれを阻まれた。同じ立場に置かれたら、おおかたの貴族はウィンダミア公爵にこびへつらい、取り入ろうとするだろう。

ジュリアンは違う。

ギデオンが公爵に雇われたばかりの頃、ジュリアンは叔父とともに暮らしていた。ウィンダミア・ハウスでの彼は音もなく目を光らせている影だった。二一歳になると、屋敷を出る許可を得たか、逃げだす踏んぎりがついたかしたらしい。いずれにせよ、それ以後、叔父に対して堅苦しくも礼儀正しい態度を保ちつつ、相手を蛇蝎のごとく忌み嫌っているのを隠そうとはしなかった。勇敢さ、あるいは無謀さのなせる業だ。

状況が違っていれば、ギデオンはジュリアンに好感を抱いていたかもしれない。

可能性でしかないが。

「ぼくの狙いは明白だろう」ギデオンは丸腰であるのを示すかのように両腕を広げてみせた――それが事実でないのは明白で、袖にはいまもナイフが潜んでいる。「金と権力だ」

ギデオンの視線は、油断ない様子で長椅子にじっと腰かけているジュリアンと、室内をうろつくクインタスとのあいだを行ったり来たりした。後者は赤い顔をし、腫れぼったい目の下にはくまができている。ウィンダミアはジュリアンを亡き者にしてクインタスに爵位を継承させようとしているのか? 怒りと酒に溺れるクインタスのほうが後継者として御しやすいと考えているのだろうか？

　しかしなんのために？

「率直だな」クインタスがうなった。

　ギデオンは弟のほうへ眉をあげた。「嘘をついたほうがよかったか？」

　クインタスはばか笑いした。「ああそうだ、ぼくの妹の話をしてるんだからな」

　これは興味深い。あれでクインタスは実のところメッサリナを心配しているのか？

　ギデオンはジュリアンへ視線をめぐらせた。兄のほうはどう見ても自分の家族に対して本物の愛情はかけらも持ち合わせていないようだ。裏で叔父とどんな駆け引きを繰り広げているにしろ、昔から彼の関心はそれに勝利することにしかないようだった。

　ジュリアンは魚と同じで冷血だ。

「ここは〝愛ゆえに彼女と結婚した〟と言うべきところだというわけか」ギデオンはジュリアンがそっと鼻を鳴らしてクインタスをたしなめるのを無視した。「しかし、そうではないのはそちらも承知だ、しらじらしい建前を並べればこちらは余計にさげすまれる」

「これ以上きみをさげすむことはできないと思うが」ジュリアンは薄い唇に冷淡な笑みをたたえて言った。

　ギデオンも笑みで応じた――歯を見せて。「それはひどいなあ、義兄さん、いまのは傷ついた」

　小鼻をふくらませてギデオンに食ってかかろうとしたクインタスを、ジュリアンが片手をあげて制した。それからギデオンを冷ややかに見据える。「この婚姻は無効として訴える」

ギデオンは顔色が変わらないよう細心の注意を払いつつ舌打ちした。「どうやって？　ぼくたちは主教とウィンダミア公爵の祝福を受けて結ばれている」おだやかにかぶりを振る。「結婚してもう二週間以上になる。あいにく、きみたちが干渉できる段階はとうに過ぎているよ」

すでに夫婦の契りは結ばれたと受け取れる発言を耳にして、クインタスの顔は青ざめた。メッサリナを案じているのが明らかな様子に、ギデオンははからずも胸を打たれた。

一方、ジュリアンは黙り込み、蛇を連想させる目を油断なくすっと細めた。ギデオンは警戒心に総毛立った。嘘に気づかれたか？　もしもメッサリナに確認されたら、ギデオンの計画は紙の家に火をつけるようにすべてが灰になる。

結婚が成立していないと判明すれば、ジュリアンは無効化を訴えることができ、そのあとはどうなる？　ギデオンはすべてを失う。持参金を。貴族と対等であることを証明するチャンスを。

そしてメッサリナを。やさしくて頑固で知性過剰なメッサリナを。

そんなことがあってはならない。

今夜メッサリナと契りを結ばなければ。

父親が注意する前に、ベットは走っていって扉を開けました。そこには羽根飾り付きの立派な帽子をかぶり、象牙の杖に寄りかかったキツネが立っていました。「こんばんは」キツネは挨拶をして、くいっと帽子をあげ、ずる賢そうな笑みを浮かべました。「ぼくの花嫁になるのはきみだね……」

『ベットとキツネ』

10

「今日は料理人がミートパイ以外のものを作ってくれているといいけれど」メッサリナはルクレティアを食堂へ案内しながらぼやいた。居間は男性陣が使っているため、屋敷の中で腰かけられる場所はそこしかない。寝室をのぞけばではあるが。

姉の言葉に、ルクレティアはあわてていた。「ここの料理人はミートパイしか作れないの？」

「ええと……ええ」

「だって……だって甘いものはどうなるの？」ルクレティアは生死がかかっているかのよう

な動揺ぶりだ。「ケーキは？　パイは？　ゼリーに……それにタルトは？」

ああ、大変。ルクレティアは昔から甘いものに目がなかった。

「残念だけどデザートはなしよ。けれど料理人も学んでいる最中だわ」メッサリナは急いで先を続けた。「昨日はシャードエッグを作ったのよ、料理人が自分ひとりで。あとは料理を教えてくれる人が必要なだけ。それに、もっと使用人を雇わなくてはね」

〝朝食にスコーンがないなんて〟とぶつぶつ言っていたルクレティアは、姉の言葉に目を丸くした。「使用人がいないの？」

「いないわ」

「ひとりも？」

「洗い場のメイドがひとり？」弁解がましくつい語尾をあげてしまい、メッサリナは咳払いした。「もちろん、ほかにもギデオンの部下たちがいるわ」

ルクレティアが鋭く目を細めたので、メッサリナは子どもの頃、勘のいい妹によく仕返しされたのを思いだした。「なぜあの男のことをいきなり名前で呼ぶの？　ミスター・ホーソーンを嫌悪しているものと思っていたわ。お姉さまを救いだすためにここまでお兄さまたちを連れてきたのよ」

「それには感謝しているわ」メッサリナは心から言った。「あなたはわたしが頼んだとおりのことをしてくれた。でも、すでに式を挙げてしまったの」思案してから言い添える。「この結婚からわたしを救いだすのは無理でしょうね」

「きっと何か手立てがあるはずよ」ルクレティアは言い張った。「ふたりで逃げるんだって、ずっと前から計画してきたじゃない」

「しいっ」メッサリナは急いで扉のほうを確認した。男性たちに聞かれてはまずい。期待に満ちた妹の顔へ目を戻し、ため息をつく。「計画はしているけれど、もう少し待って。じきにわたしの持参金の一部が手に入るから、そうしたらイングランドを脱出できるわ」

胸がずきりと痛んだ。ギデオンの力になると今日の午後、約束したばかりなのに。

ルクレティアはいぶかしげな顔だ。「なぜホーソーンは持参金をくれるの？」

取引の詳細については妹に話すわけにいかない。「とにかくわたしに任せて。あなたの部屋を準備していたところだったのは話したかしら？」

無事にルクレティアの気をそらすことができ、妹は息をのんだ。「部屋ですって？　わたしのお部屋？　それはいったいどういう意味？」

「あなたのために部屋の用意ができているのよ——その、ほぼ用意できているわ。とにかくベッドはあるの。あなたの部屋はギデオンに出した条件のひとつだったから」いい知らせを伝えられることと、ルクレティアのベッドがすでに整っていることの両方がうれしくて、メッサリナは微笑んだ。「彼と結婚するときに、あなたも一緒に暮らすことを条件にして、承諾させたわ。もう二度とオーガスタス叔父さまの屋敷で暮らさなくていいのよ」

しかし、ルクレティアはうれしがるどころか、さらに顔を曇らせている。

メッサリナは妹の手を取った。「喜ぶと思ったのに」

「うれしいわ」ルクレティアは姉の手を握り返した。「もちろんうれしいわよ。どんな場所でもオーガスタス叔父さまと暮らすよりましだもの。だけど、住むところを手に入れるために、お姉さまがあんな男と結婚しなければならなかったなんて……」

「ギデオンは最初に思っていたほどひどい人ではないのよ」今朝、浴室で交わした情熱的な口づけを思いだして頬が熱くなり、メッサリナは後ろめたさを感じた。夫が微笑みかけたときに胸に込みあげたのは嫌悪感ではない。

切望感だ。

息をのんでそんな考えを払いのけ、ルクレティアの表情豊かな顔へ目を戻した。

妹は妙な目つきでこちらを見ていた。顔を近づけて、不審そうにメッサリナの目をのぞき込む。「ホーソーンに薬を盛られたのね」

メッサリナはあきれた。「ルクレティアったら」

「そうよ。お姉さまは自分でも気づかないうちに薬をのまされているのよ」妹はまったくの真顔だ。「聞いたことがあるわ。人の心をぐらつかせて混乱させ、他人の言いなりになりやすくする薬があるんですって」

メッサリナはあんぐりと口を開けそうになった。「そんなことをどこで聞いてきたの？」

ルクレティアは視線を泳がせた。「あちこちでよ」

「優雅な午後のお茶会でかしら」

「当てこすりを言うことないでしょ！」

メッサリナはかぶりを振った。「とにかく、わたしは夫に毒を盛られてなんかいないわ」

ルクレティアの顔から疑いの色は消えていない。「でも、つい二週間前に連れ去られたときは、ホーソーンを怖がっていたでしょう。わたしにはわかっているのよ。それがこんな短期間で彼に対する見方がなぜ一変したの？」

「わたしにもわからないわ。わからないけれど、事実、そうなの」説明できる言葉を探す。「少なくとも、ギデオンのことはもう怖くないわ。わたしが思っていたよりもずっと複雑な人なのよ。この屋敷に来てからの夫はやさしいとさえ言えるわ」

ルクレティアは疑わしげに目を細くした。「やさしい、ねえ」

「ギデオンはあなたがここに住むことを承知してくれたのよ」メッサリナは夫を――おそらく自分自身も――かばった。「屋敷の家具を買い揃えることを認めてくれたし、誰でも屋敷に招いていいと言ってくれているわ」

ルクレティアは急に、ははーん、という顔になり、ひときわ柔らかい声を出した。「そういうことなの。ホーソーンは……その……寝室での巧みな手管によってお姉さまの心をつかんだのね」

〝寝室での巧みな手管〟？　メッサリナは目を剝いた。「なんですって？」

「だって、ホーソーンの見てくれはたしかに魅力的だもの」妹は肩をすくめ、思いだしながら言った。「ほら、あの両手にあの肩、それにあの口でしょ。ご夫人方が話しているのを耳にしたことがあるわ、紳士は口を使って――」

「ルクレティア！」ギデオンがあの舌とあの唇を使って自分を誘惑するところを想像して顔がかっと熱くなったので、メッサリナは深呼吸した。「そういうことに関しては、先延ばしにすることで夫も同意しているわ」

ルクレティアは目をぱちくりさせた。「つまりそれって……」

「つまり、寝室とベッドはともにしているけれど、わたしたちはまだ――」

食堂の扉が開いて男性陣が入ってきた。満足げな顔の者はひとりもいない。

ルクレティアに顔を寄せて話をしていたメッサリナは、悪いことをしていたみたいに姿勢を正した。

ギデオンが愉快そうに片眉をあげる。

ジュリアンはいつものごとく退屈そうに見えるだけだ。クインタスのほうは扉の側柱に寄りかかった。この一五分のあいだに顔色が青ざめている。

口を切ったのはジュリアンだ。「時間も遅い。クインとぼくは今夜の宿を探しに行く。おいで、ルクレティア、ウィンダミア・ハウスまで送ろう」

「いいえ」メッサリナはとっさに言った。

兄ふたりが彼女を見る。

ルクレティアは顎をあげた。「わたしはメッサリナと残るわ」

クインタスが戸口でうめき、痛むかのようにこめかみをさすった。「おまえまでか」

メッサリナはむっとした。「どういう意味かしら？」

クインタスはギデオンのほうへ手をひらひらさせた。「あれ、と同じ屋根の下で寝たがるとはね」

メッサリナは言い返そうと口を開いたが、ルクレティアに先を越された。「わたしは自分の姉と残るの、理由は姉を愛しているからよ」

クインタスは顔をまだらに赤く染めてぷいと横を向いた。

ジュリアンがため息をつく。「叔父上と一緒にいたくない気持ちは理解できるが、この屋敷は人が住めるしろものでないことは言っておく」

「彼女のために寝室を用意してある」ギデオンが言い返した。「ご心配痛み入るよ」

ジュリアンはギデオンを無視した。「ルクレティア?」

「わたしはここに残ります」ルクレティアはきっぱりと言った。

メッサリナはほっと息を吐いて妹の手を取った。

ジュリアンはじっとして動かなかった。認めないつもりだろうか? 妹を連れていかせるわけにはいかない。叔父のもとにいてはルクレティアの身も危ないことをジュリアンとクインタスに伝えなければ——妹のいないところで。

メッサリナはまつげの下からルクレティアの顔を盗み見た。あの明るい表情をぬぐい去りたくない。

ジュリアンはうなずいた。「いいだろう。では、おまえたちとはここで別れよう」

くるりと背を向けて退室する。

　クインタスは腹立たしげにギデオンをにらんだ。「ぼくたちは街にいる。妹たちを傷つけるようなまねをしたら、必ずぼくたちの耳に入る。そのときは報いを受けさせてやるからな」

「怖くて足ががたがた震えるね」その言葉に反して、ギデオンの唇には嘲笑が浮かんでいる。「もっとも、メッサリナのこともルクレティアのことも傷つける気などない。ふたりはぼくの庇護下にある」

　クインタスは鼻で笑った。だが、メッサリナとルクレティアが座っているところまでやってきてひとりずつ立ちあがらせ、胸にきつく抱きしめた。

　メッサリナは目をつぶった。アルコールのすえたにおいを漂わせながらも、クインタスの広い肩は昔と変わらず安心感を与えてくれる。

「明日の午前中には使いをやって、ぼくたちの宿泊先を教える」クインタスはささやいてから後ろへさがり、ふたりを見据えた。「ここにいて少しでも――ほんの少しでも――不安なことがあったら、すぐに会いに来るんだ。それができなければ手紙を寄越すこと。わかったな？」

　メッサリナはうなずいた。そんな助けが必要ないのははっきりしていたが、ここはクインタスが安心できるよう同意しておこう。

「わかったわ」ルクレティアは神妙に答えた。

「覚えておくんだぞ」クインタスは最後にもう一度ふたりの顔をじっと見てから、大股でジユリアンのあとを追った。

「さて」メッサリナはそう言ったものの、つけ加えることが何もなかった。

「食べるものなんてないわよね」ルクレティアが沈んだ声で問いかけてきた。

「食事なら用意ができている」ギデオンが答えた。

「本当に？」メッサリナは驚いて言った。

「ヒックスの練習の成果を見せてもらおう」彼はにやりと笑ってから扉へ向かい、声を張りあげた。「レギー！」

すぐに大男が顔を見せる。「なんですか、旦那？」

「ピーに食事を運ぶよう伝えろ」

「承知しました」

五分後、ピーとレギーはリンゴを盛ったボウルに、チーズ、パンとバター、少しだけ焦げたローストチキンを運んできた。

メッサリナは両手を打ち合わせた。「すごいわ、ちゃんと上達してる」

ルクレティアは姉から黒ずんだ鳥へと目をやった。「上達してこれ？」

ギデオンは、信じられないという顔のルクレティアを無視し、ワインを注いで手渡すピーに告げた。「よくやったと料理人に伝えるように」

ピーは大きく破顔したあと、あわてて真顔に戻した。

メッサリナは小首をかしげた。おかしなものだ。ギデオンの部下たちは彼を崇拝しているも同然なことに、これまで気づかなかった。

「少なくともリンゴはおいしそうだわ」ルクレティアのつぶやきがメッサリナの注意を引き戻した。妹は隣に座り、ギデオンはふたりの向かいに腰かけた。

ピーとレギーがさがると、ギデオンはチキンを切り分けだした。

「ありがとう」ルクレティアは彼から皿を受け取った。「あなたはいまも叔父さまのもとで汚れ仕事をしてるんでしょう?」

メッサリナはワインを喉に詰まらせかけた。

ギデオンは平然としてチキンにナイフを入れている。「ああ」

やがてメッサリナに皿を渡した。

「それじゃあ、気まずいでしょうね」ルクレティアは気づかうふうを装って言った。

「以前と変わらないよ」ギデオンは応じた。

「わたしったら、忘れていたわ」ルクレティアが甘ったるい声を出す。「あなたは若い頃から叔父の部下だったのよね。セント・ジャイルズにいるところを拾われたんでしょう? 野良犬を拾ってくるみたいに」

「ルクレティア!」メッサリナはテーブルの下で妹の脚を蹴ろうとしたが、うまくよけられた。

「まさに野良犬を拾うように、だ」ギデオンはことさらやさしい声音で説明した。「路地裏で自分の倍もある男相手にナイフで戦っているところが公爵の目にとまり」ワインを飲み、慎重な手つきでグラスをテーブルに置く。「その試合でぼくが勝った。その場でぼくを雇うことにしたのはもちろんそれが理由だろう――叔父上は野蛮人を求めていた。道徳観念も良心の呵責もなく、貴族はできないことを――やろうとしないことを――実行できる者を」

メッサリナは彼を見つめた。ギデオンは自分のことをそんなふうに思っているのだろうか？　社会から逸脱した者だと？

ルクレティアが銀食器をがちゃんとぶつける。「叔父はけだものよ。彼こそ野蛮人だわ」

こういう妹だからこそ愛しているのだと、メッサリナは思いだした。

しかしギデオンは考え込んでいる。「ぼくたちはどちらも野蛮人なのだろう」

ルクレティアは彼を見つめてゆっくりワインを飲み、ぐっと目を細くした。「そうでないことを祈るわ、あなたのために」

ギデオンはまつげ越しにメッサリナをうかがいながらワインを口にした。妹が発した遠回しの脅迫に困った顔をしながらも、怒っている様子はない。そんなものだろう。

このふたりはふつうの姉妹より強い絆で結ばれている。

初めてウィンダミア・ハウスを訪れたときから、この姉妹を観察してきた。ふたりはぴったり横にくっつき、ほとんど折り重なるようにして座っていたものだ。ルクレティアが姉の肩に頭をのせていることもよくあった。

そして公爵が部屋へ入ってくると、どちらも互いから離れて背筋を正し、傍目からは感情を読み取れなくなるまで表情を消すのも見てきた。

姉妹は互いの盾であり、ウィンダミアに対する守りであった。

メッサリナの心を得るには、まずルクレティアに気に入られなければ。

ギデオンはルクレティアへ顔を向けた。「今夜ここへ泊まるのに必要なものはすべて揃っているかい？」

ルクレティアはうなずき、パンにバターを塗った。「そう思うわ。もし足りないものがあったらメッサリナに借りればいいもの」眉間にしわを刻んで姉を見あげる。「お姉さまはウィンダミア・ハウスにあった自分の荷物をすべて運ばせたの？」

「ええ」メッサリナが応じる。「あなたの服やそのほかのものも明日運ばせましょう」

「わたしが行って、すべてちゃんと荷造りされているか確かめるべきじゃない？」

「だめよ」メッサリナは不必要に大きな声で止めた。「その、あなたはここにいるほうがいいわ」

「ぼくが行こう」ギデオンは申しでた。

姉妹とも驚いて彼を見た。

ギデオンは両腕を広げた。「ぼくでは信用できないかな？」

「できないわ」ルクレティアは即答した。

メッサリナは決めかねている様子だ。「でも……」

ギデオンが傷つく筋合いはなかった。メッサリナの信頼を得るようなことは何もしていないのだから。それどころか、これから彼女を裏切るつもりでいる。

彼女の兄を殺害して。

ジュリアン・グレイコート殺害の知らせに、メッサリナはどう反応するだろうかと、ギデオンはふと考えた。涙を流すだろうか？

夫に殺されたのではと疑うだろうか？

重苦しい考えをルクレティアがさえぎった。「いったいなぜわたしに手を貸そうとするの？」

ギデオンは眉をあげた。「きみはいまや義理の妹だ」

ルクレティアはリンゴを手に取った。一瞬、それをギデオンの頭に投げつけるかに見えた。

「それはわたしが望んだことではないわ――姉が望んだことでも」

「では、ぼくが善人だからではどうかな？」

ルクレティアはレディらしからぬ態度で鼻を鳴らし、リンゴを剥きはじめた。「いいえ。あなたは善人じゃない。手伝いを申しでたのには何か魂胆があるのよ。わたしにはわかるんだから」

ギデオンは歯を食いしばって微笑んだ。「義妹と愉快な夕食を毎晩楽しみたいだけだ」

メッサリナが息を詰まらせたような音をたてた。

彼女を見ると、かろうじて笑いをこらえているらしいが、その目は笑い転げていた。不思議だ。瞳の色は兄たちや妹のそれと同じなのに、なぜだかまるで違って見える。その深遠さに、美しさに、ギデオンはつかの間見とれた。メッサリナの瞳は感情豊かで、顔色ひとつ変えていないときでも、その目にはしばしば心の内が現れている。彼女の瞳は永遠にでも観察していられる。

ギデオンが眺めているあいだにも、メッサリナの頰はみるみる濃い紅色に染まっていった。

「単にこの会話を終わらせたいだけではないの？」

返答する声はかすれていた。「たぶん、きみのためだ」

あの瞳が見開かれ、バラ色の唇が開いて無邪気に誘いかける。

ギデオンはうめきそうになるのをこらえるのがやっとだった。

「ところで！」ルクレティアが大声を出したので、メッサリナはびくりとした。「デザートは期待するだけ無駄なのよね？　丸々一週間もジュリアンとクインと顔を突き合わせていて、タルトもシラバブも見かけることすらなかったわ。ゆうべ泊まった宿のひどさときたら、話しても信じないでしょうね。夕食に出てきたのは、申し訳程度にすじ肉が入ったキャベツのスープ、ワインなんて絶対に酸化してお酢になっていたわ。それにあのベッド！」ルクレティアは身震いした。「今年に入ってシーツを替えたことがあったのかしら。わたしはベッドには入らずに、暖炉の前の椅子で夜を過ごしたのよ」

一気にまくしたてたあと、切り分けたリンゴに八つ当たりするかのごとくかじりついた。

「かわいそうに、大変だったわね」メッサリナは心から同情している様子だ。「明日の夕食には必ずデザートを用意させるわ」

ルクレティアはふんと鼻であしらった。「用意できるかしらね」

明るくからかうような声だったが、ギデオンへ向けられた目には相変わらず不審の色がはっきり浮かんでいた。

ギデオンはため息を漏らした。ルクレティアを味方につけるのは一度の食事では無理らしい。この年若い小姑が、子猫を切り刻むのを楽しむ男を見るような目でにらみつけてくるのをやめさせるには、多くの食事が必要になりそうだ。

そのときメッサリナが彼を見た。グレイの瞳は楽しげに輝き、笑いをこらえて唇は愛らしくすぼまっている。

彼女には世界中の苦難を背負うだけの価値がある。


「それですべてよ、ありがとう、バートレット」その夜遅くメッサリナは化粧台に向かって腰かけ、眠っているデイジーを撫でながら言った。侍女は部屋の中でせかせかと働き、ギデオンは暖炉の前に座っている。手にはワインのグラスが握られ、どこか張り詰めた面持ちだ。彼女が思った以上に、兄たちとの口論が気にかかっているのだろうか。

「サムを呼んで子犬を連れていかせましょうか？」バートレットが整理だんすの前で腰を伸ばして問いかけた。

メッサリナははっとして侍女を振り向いた。

バートレットは意味ありげな視線を返してきた。

メッサリナは咳払いし、努めて落ち着いたふうを装った。「そうね。サムを呼んでちょうだい」

まつげ越しにギデオンをうかがうと、彼もこちらを見ていた。揺らめく火明かりに照らされて、今夜はとりわけ悪魔めいて見える。

だからといって、少しも魅力的だとは思わないけれど。

バートレットが寝室から顔を出して呼びかけた。「サム！」

幼い少年はすぐそばにいたらしく、次の瞬間には部屋に入ってきた。「ご用でしょうか？」

メッサリナは少年を見おろして微笑んだ。「デイジーはもうベッドに入りたいみたい。お庭に出してあげてから、厨房の暖炉のそばに置いてある籠に寝かせてちょうだい」

「はいっ、奥さま！」サムは真剣そのものだ。自分の仕事をまじめにやっているのがよくわかる。彼は子犬を慎重に受け取って部屋をあとにした。

バートレットが扉の前に立っている。「ミス・ルクレティアのお世話に行ってよろしいですか？」

「ええ、お願いするわ」

バートレットはうなずき、静かに扉を閉めた。

もちろんこれでメッサリナは寝室にギデオンとふたりきりになった。

深く息を吸い込む。夫はふた晩続けてこの部屋では寝ていない。たぶん今夜も出ていくだろう。

メッサリナは部屋着のリボンをいじりながらちらりと彼を見た。

ギデオンはベストを脱いでいた。上着とクラヴァットはすでに椅子の上に置かれている。今夜は出ていかないかもしれない。

ベストが椅子へ放られるのをメッサリナは眺めた。

いまやギデオンが身につけているのはシャツとブリーチズのみだ。シャツの白さとは対照的に、開いた胸元からのぞく肌は浅黒い。彼女が見守る中、ギデオンはテーブルのデカンタからふたたびワインを注ぎ、頭をのけぞらせて飲んだ。

彼の喉が動くのを目にして、メッサリナの中の何かが熱を帯びる。

目をそらした先に化粧台の鏡があり、自分自身と目が合った。頰は紅潮し、唇は濡れ、目は少しだけ狂おしげだ。

メッサリナは息を吸い込んだ。「ありがとう」

「何がだ?」背後からギデオンが尋ねた。グラスをふたつ持って近づいてくる彼と鏡の中で目を合わせる。

彼女は物悲しげな笑みを浮かべた。「兄たちに我慢してくれて。夕食の席ではルクレティアのおしゃべりにも」

ギデオンの視線がそれる。「彼らは家族だ。家族の行動や考えを縛りつけることはできない。それに彼らは正しい」

メッサリナは座ったままギデオンに向きなおった。すぐ後ろにいた彼の脚に膝がぶつかる。

「本気でそう思うの？」

「ああ」彼の唇の動きに目が吸い寄せられた。口角の片方がつりあがり、淫らなほどに官能的な笑みを描きだす。「きみの兄上たちはきみを守ろうとしていただけだし、妹さんがぼくを警戒するのは無理もない」

ギデオンはもう片方のグラスを差しだした。

メッサリナはぼんやりと受け取って口へ運んだ。果実を思わせる味わいが全身にぬくもりを広げる。

「ジュリアンとクインタスをここへ連れてくるよう、わたしがルクレティアに頼んでいたことには怒っていないの？」

ギデオンは鼻を鳴らした。「きみが援軍を呼んでいなかったら驚きだ」

フレイヤへ手紙を出したことに後ろめたさに近いものを感じ、メッサリナは唇を噛んだ。まだ返事が来ないので、あの手紙は途中で行方不明になったのかもしれないと思っていた。あるいは自分の気が早いだけで、返事が届くのにはもう少し時間がかかるのだろうか。

「メッサリナ」ギデオンの低い声が彼女の物思いを破った。

メッサリナは目をあげた。夫は化粧台に腰で寄りかかり、眉間にかすかなしわを寄せてこちらをじっと見ている。

ほとんど彼女の両脚のあいだに立つようにして。

メッサリナはささやいた。「何かしら？」

「ぼくは……」ギデオンの表情は真剣だ。「きみに怒ってなどいない。きみのことはずっと好敵手だと思ってきた」顔をしかめる。「いまのはいいたとえじゃないが、言いたいことはわかるだろう。きみの知性には感心している。きみの頑固さにもだ」

「それはどうも」メッサリナはうやうやしく礼を述べた。心からの言葉とはいえ、彼の不器用な賛辞がおかしくてならない。

ギデオンはかぶりを振った。「ぼくを茶化しているな」

「少しだけね」景気付けにワインをもうひと口飲む。「わたしたち、もう敵ではないでしょう？」

ギデオンがどきりとするような半笑いを浮かべた。「では休戦協定を結ぼうか？」

胸の先端が硬くなって尖り、布地に当たった。彼には見えているのかしら？「休戦の条件は？」

「きみが提示してくれ」ギデオンの声が深みを増す。

メッサリナは息を吸い込んだ。いつの間にこの部屋には空気がなくなってしまったのだろう？「では、わたしの兄たちを殺さないこと。それから、わたしの妹のことはなんとか我慢してちょうだい」

一瞬、夫の笑みが消えたように見えた。たぶん目の錯覚だ。まばたきしたあとは、いつもの危険なほど魅力的な表情だったのだから。

「きみは難しい条件を突きつけてくるな」ギデオンはかすれた声でささやいた。「だが、のんでもいいだろう」

「もうひとつつけ加えてもいい？」メッサリナは黒い瞳の奥を探って尋ねた。

「それは内容による」ギデオンがそっと言って体を寄せた。

メッサリナが唇を噛むと、彼の視線は彼女の口元へさがった。「少なくとも月に二度、わたしを劇場へ連れていって」

彼女の経験では、ほかの男性なら、男と女の駆け引きの最中にこんなおもしろみのないことを言われたら、鼻白んだことだろう。しかし、なぜかギデオンの鋭い瞳はやわらいだ。

「もちろんだ。きみが喜ぶのなら」

また夫と劇場へ行きたいと望む本当の理由は、彼が喜ぶのではと思ったからだ。

メッサリナは心の中で微笑んだ。

「だが」ギデオンは彼女の膝を押し広げてそのあいだにひざまずいた。「こちらにも条件がある」

硬い胸板が柔らかな胸をかすめるほど、彼が近づく。

メッサリナは唾をのんだ。

「あなたの条件？」目をそらさないようにしたが、心臓の鼓動が速くなった。

ギデオンがうなずいた。「ひとつだけだ」

メッサリナは知らず知らずのうちに身を乗りだしていたので、唇に彼の吐息がかかった。

「それは何？」

「キスだ」

彼女がうなずくのをほとんど待たずに、ギデオンの唇が荒々しく覆いかぶさってきた。夫が低くうめく声が静まり返った部屋に大きく響く。彼はメッサリナの顔を両手で包むと、彼女の口へ舌を滑り込ませた。

ワインの味がした。メッサリナはギデオンをなだめるかのように舌を吸った。体が震える。どうしてこんな気持ちにさせられるのだろう？　もはや自分自身の体を制御できないような気持ちに。

もっと欲しいという気持ちに。

メッサリナは唇を離して小さくあえぎ、額を彼の額に押し当てた。

「シャツを」自分でも驚くほど声がかすれた。「シャツを脱いで」

ギデオンが静止し、行きすぎだったかとメッサリナはつかの間案じた。寝室で夫の肌を――素肌を――見たがるのは、なんらかの礼儀違反に当たるのだろうか？

体を引くと、ギデオンに勝ち誇ったような顔で見つめられた。

彼がシャツのボタンを外しだしたので、メッサリナは視線をさげてその光景を見つめた。呼吸が速くなる。すぐそばにある肉体が動くたび、指の関節が彼女の胸をかすめた。

太腿のあいだはしっとり濡れていた。

シャツの胸元がはだけて、カールした黒い胸毛が現れた。ギデオンは最後のボタンを外すと、シャツを引っ張りあげて脱いだ。

首にかけたチェーンの先でファージング硬貨が前へ揺れる。

メッサリナは思わずそれを手で受け止めた。硬貨は肌のぬくもりで温まっている。女神ブリタニアの刻印はすっかりすり減り、頭部がほとんど消えていた。上端に注意深く穴が開けられ、そこにチェーンを通してあった。

彼女は顔をあげた。「なぜこれを身につけているの？」

ギデオンがブリーチズのボタンを外しはじめた。「理由はない」

理由はあるはずだ、そうでしょう？　あるのなら、言おうとしないのはなぜ？

物思いに耽っていると、ギデオンにチェーンを引っ張られ、硬貨がメッサリナの手を離れた。彼はブリーチズに続き、ストッキングと靴まで脱いでいる。

メッサリナは固唾をのんだ。

いまやギデオンは白いリネンの下着のみを身につけた姿で、堂々と、尊大にすら見える態度で立っていた。薄い布地の中でペニスと睾丸が重たげにさがっている。

彼女がなすすべもなく見ていると、小さな布地にしみができた。メッサリナはその箇所から視線を引きはがして彼を見あげた。

ギデオンは挑むように彼女を見つめている。

いま終わらせることもできる。ふたりのあいだで始まりつつあることを中断し、さっさとベッドに入ることも。

あるいは勇気を出して本当の結婚へ――本当の結びつきへ――ギデオンとともに飛び込ん

でいくことも。

心の一部は叫んでいた。〝まだ早いわ！　早すぎる！〟と。だがメッサリナは無視した。自分はこれを求めている。

そしてゆっくり立ちあがった。

彼女を見つめるギデオンの目が光る。

メッサリナは深呼吸をして胸元のリボンをほどいた。自分の体以上のものをさらそうとしているように感じる。

部屋着がはらりと床に落ちた。

肌の透けるシュミーズ一枚になり、体を震わせたあと、唇をなめてベッドに向きなおった。

「来ないの？」

ベッドへたどり着いたところで手首をつかまれ、ぐいと振り向かされた。彼の唇がメッサリナの唇を求める。もはやこらえきれないかのように。我慢の限界だったかのように。

ギデオンは頭を傾けると、彼女の唇を割って舌を差し入れた。

メッサリナをむさぼりながらも、広げた指はやさしく彼女の頬を包んでいる。

ほてりが脚のあいだへ駆けおりて疼きだす。メッサリナは小さくあえいで両手をあげ、彼の頭をつかんだ。もっと欲しい。彼が与えることができるかどうかはわからない何かが。

すべてを手放す自由が。

メッサリナは顔を横へ向け、彼女の喉を唇でたどるギデオンの髪に指を差し入れようとした。息が切れる。恐れと期待、それに切迫感で目がくらみそうだ。

ギデオンの髪を結んでいるリボンが邪魔だ。それを引っ張ると、彼の頬に黒髪が落ちかかった。メッサリナはその光景に微笑み、波打つ髪を手に取った。特権を与えられた気分だ。ギデオンが守りをゆるめる相手はほとんどいない。

いきなり抱きあげられたかと思うと、彼女はベッドに横たえられていた。夫もベッドにあがってくる。

メッサリナは息をあえがせて彼を見あげた。

こうして見るとなんと猛々(たけだけ)しいのだろう。髪は奔放に乱れ、胸毛はもはや隠れていない。それにこの目。独占欲が剝きだしの目は彼女だけを見ている。メッサリナは背筋に震えが走るのを感じた。

秘めやかな場所の疼きが激しくなり、心臓の鼓動と一緒に脈打ちだす。

ギデオンはベッドに肘をついて彼女に覆いかぶさった。シュミーズの襟ぐりを絞っているリボンを手に取り、するりとほどく。

メッサリナは大きな獣につかまった猫のようにじっとしていた。

彼が襟ぐりを広げ、シュミーズをゆっくりと引きおろしていくと、やがて布地が胸の先端に引っかかった。

ギデオンはただ彼女を見つめている。そのあと――何かしてとメッサリナが訴えかけたとき――彼は綿ローンの布地越しに彼女の乳輪を人さし指でなぞった。

メッサリナは鋭く息をのんだ。なんて奇妙なの。ほんの少し触られただけ、針でつつかれた程度のことなのに、これほど快感がもたらされるなんて。

耐えがたいほどの快感が。

全身が燃えたつかのようだ。

まだ人さし指が触れているだけだ。だったら、全身を重ねたときは何が起きるのだろう。想像すると呼吸が荒くなり、メッサリナは背筋をそらした。

ギデオンは彼女の胸元にてのひらをのせて動かないよう押さえたあと、頭をさげてシュミーズ越しに胸の先端をなめた。

メッサリナは思わず目をつぶった。

ああ、なんて素晴らしい感覚なの。

ギデオンはいきなり胸の頂を口に含んで吸いたて、彼女の体へ次々に快感の波を送り込んだ。それはあまりに甘美で耐えがたく、メッサリナは悲鳴をあげそうになった。

ギデオンが頭をあげたので目を開くと、彼が反対の胸へ移るのが見えた。ギデオンは布地が濡れるまできつく吸いあげたあと、頭をもたげた。その目は心から満足げに彼女の胸を見おろしている。

湿った布地がひんやりと冷たい。メッサリナは身をよじりたくなった。

ギデオンは彼女の顔を見ていたずらっぽく笑みをひらめかせたあと、もどかしげにシュミーズを引きおろした。

剝きだしになった胸を熱い口に含まれて、メッサリナは小さな悲鳴をあげた。

片方ずつ胸を愛撫(あいぶ)され、尖った胸の先端を通して体の中心から歓喜が引きあげられていく。

メッサリナはあえいで切望した。

ギデオンが体を起こすとともに鮮烈な喜びも失われ、メッサリナは彼をつかまずにいられなかった。

ギデオンはうめき声をあげ、シュミーズをめくりあげて脱がせた。

メッサリナは生まれて初めて男性の目に裸身をさらして、凍りついた。体を隠したい衝動を抑え込む一方で、爆発しそうに感じる。

だがギデオンはこちらを見つめていた。その目に宿る飢えが、欲望が、彼女を落ち着かせた。

彼はまだ下着をつけている。

「それを脱いで」低くかすれた声で命じた。

ギデオンはベッドからおりると、下着のボタンを外して床に落とした。赤黒く怒張したものがちらりと見えたあと、彼はすぐにベッドへ戻ってメッサリナの上へと這いあがり、太腿をやさしく押し開いた。胸の谷間にファージング硬貨がのっかり、ネックレスが渦を巻く。

硬いものが太腿に押し当てられた。

すぐにことに及ぶものと思っていたら、ギデオンは口づけをしてきた。

ゆっくりと。

唇が彼女の口を押し開け、舌が物憂げに侵入してくる。

メッサリナは背中をそらしてあえいだ。自分の太腿にギデオンの硬い太腿が重なるのを、脚のあいだの敏感な部分を彼の体毛がそっとこするのを感じた。メッサリナはギデオンの舌に舌を絡めてすすった。彼をすすった。

両手でギデオンの肩を撫で、背筋の長いくぼみ、引き締まったヒップの感触を確かめた。両膝を立て、マットレスにつま先を押し込んで、彼のために両脚を開く。

ギデオンが欲しかった。

やがてギデオンは体を少し持ちあげると、ふたりのあいだに片手を差し入れた。彼の指の背がメッサリナの腹部をこすってさらに下へ向かい、濡れたひだをかすめる。

ギデオンは自分を彼女にあてがった。

メッサリナは息を吸い込み、目をあげて彼と目を合わせた。

ギデオンはやさしそうには見えない。

彼女の目を見おろしたまま、腰を動かしはじめた。

侵入されるのを感じてメッサリナは息をのんだ。最も女性的な箇所に、大きくて異質な男性が入り込んでくる。

「大丈夫か?」ギデオンが息を切らし、苦しげな声でささやいた。

メッサリナはうなずいた。

「本当に?」

痛みが走り、思わず顎をあげた。「ええ」

ギデオンは腰を引きはじめた。こすれ合う感覚のせいで、メッサリナは頭の中で火花が飛び散るように感じた。彼をつかんで戻るよう懇願しかけたとき、ふたたび突きあげられた。

力強く。

貫くように。

彼女を満たして。

思わずうっとりと半分目を閉じていた。なぜ誰も教えてくれなかったの？　夫婦の交わりがどれほどの喜びをもたらすかを。動物的で荒々しい一方、甘美であることを。

メッサリナは彼の喉に沿って指を広げた。「もう一度」

ギデオンは口元に笑みを浮かべて、そのとおりにした。力強い肉体がぶつかってきて、さらに深く結びつく。

「こんなふうに？」彼がささやいた。

「ええ」メッサリナは体をよじって快感に浸った。

未婚女性にはこの行為が禁じられているのも無理はない。年若い女性たちがこれを知ったら、結婚するまで待とうとはしないだろう。慣習も道徳観念も放り捨てて、気に入った相手とすぐにベッドに入るに違いない。

そして社会はまるごとひっくり返ってしまうのだ。

メッサリナはギデオンの背中にてのひらを滑らせ、腰のくぼみから律動するヒップまで撫でおろした。けれども、自分にはこれが許されている。彼と性の喜びを分かち合うことが許されている。

いまやギデオンは激しく腰を打ちつけて、突きあげるたびにその口からうめき声を漏らした。まるで文明社会に暮らす者の体面を捨てたかのように。

メッサリナが見つめていると、ギデオンのヒップの筋肉をつかんでいると、彼の全身がこわばるのが感じられた。

発作を起こしたかのように。

死にかけているかのように。

ギデオンが頭をのけぞらせ、浮きあがった喉の筋肉が汗に光る。キャンドルの明かりを浴びて、なんと美しくも猛々しい光景だろう。

彼が動きを止め、身震いするのを、メッサリナは陶然と見つめていた。

ギデオンがくずおれ、不意にずしりと重い体がのしかかってきた。彼はのろのろと寝返りを打ってメッサリナの上からどいた。

失望感が胸を突いた。メッサリナの体はまだ張り詰めている。これで終わりなの？　なぜかもっと先があるものと思っていた。体の中で高まっていったものには出口があるのだと。

しかしそうではなく、夫婦の営みはあっさり終わってしまった。これなら夫が寝入ったあと、自分で――。

ギデオンはふたたび体を起こし、彼女の秘部を手で覆った。

「何を──」

指がひだのあいだに割り込む。ギデオンは満足げにまぶたが半分閉じた目で彼女を見つめ、小さなふくらみに触れた。

メッサリナはあっと声を漏らした。

「いいかい?」ギデオンがささやく。

「ええ」メッサリナは夫の腕をつかんだ。彼を止めるためではなく、そこにとどめておくために。

ギデオンはゆっくりと笑みを浮かべ、顔を寄せてキスをしながらも、その手は容赦なく動きつづけた。自分の秘所がまさぐられる湿った音が、メッサリナの興奮をいっそうかきたてた。恥じ入るべきなのだろうか? たぶんそうだろう。けれど、いまはどうでもいい。意識にあるのは彼の指の動きだけだ。

メッサリナはすすり泣いた。

あと少しで達しそう。

あとほんの少し。

そのときギデオンが彼女の口に舌を突き入れてきた。メッサリナは彼の手首を太腿ではさみ、泣き声を漏らして震えながら砕け散った。

行商人は涙を流し、ベットの母親は、何年も前に父親が交わした約束をベットが守ることはないとわめきました。

けれどもベットはキツネに目をやり、ゆっくりと首を横に振りました。

「お父さんは約束を交わし、キツネさんはお父さんを森から救いだしてくれたんですもの」ベットは獣に手を差しだしました。「わたしはあなたと結婚します」……。

『ベットとキツネ』

11

翌朝、ギデオンは肩をかすめるメッサリナの柔らかな唇の感触で目を覚ました。目を開けると、美しいグレイの瞳に見つめられていた。

メッサリナは目尻にしわを寄せて微笑んだ。「おはよう」

ギデオンは咳払いしたものの、ナイフをこすり合わせたような声が出た。「おはよう」

何かが間違っている気がした。何かに対して後ろめたさを感じるべきだという気がする。

だが、そこで彼女が顔を寄せてきた。

「ひと月待たなかったわね」メッサリナは頬を染めた。

「きみはそれでよかったのか？」ギデオンは彼女の気分を推しはかりながらゆっくり尋ねた。

「ええ」メッサリナの唇の端があがる。「それに、これでお金もすぐに手にできるでしょう」

小さな策士め。

メッサリナは彼に口づけした。美しい胸が彼の胸板に押しつけられて潰れ、ギデオンは不安を、後ろめたさを追い払おうとした。

これはいつまでも続きはしない。

いまこの瞬間、メッサリナはギデオンのものだ——あらゆる意味で完全に。何者も彼女を奪い去ることはできない。この結婚は本物になった。

しかしジュリアン・グレイコートはいまやロンドンにいる。公爵はまず間違いなくそれを知っており、約束の履行を求めてくるに違いない。

ギデオンは数日中にジュリアンを片づけなければならなかった。

彼女の兄を手にかけたことをメッサリナに気づかれたら——妻は必ず気づくといまでは確信している——この暮らしはすべて泡と消える。彼女は恐怖と憎悪の目をギデオンに向けるだろう。

そして彼を捨てて出ていくだろう。

メッサリナといられる時間は残り少ない。すぐに——あっという間に——終わりを迎える。

ならば、大切にしなくては。

ギデオンは仰向けになると、彼女を自分の上に引っ張りあげ、くすくす笑う唇をキスでふさいだ。

これだ、これこそずっと求めてきたものだ。

メッサリナのあらわな背中を撫でおろし、独占欲を剝きだしにして丸いヒップを片手でつかむ。目覚めたばかりの彼女は柔らかで温かく、体にのしかかる四肢はしなやかだった。自分の下半身が硬くなって脈打ち、彼女の腹部を押しているのが感じられる。ギデオンはメッサリナのヒップを持ちあげると、なめらかな入り口を高まるものの先端へ掲げた。

彼の口の中へと切なげな声を漏らすメッサリナの両脚を広げ、腰にまたがらせた。ゆうべのあとで彼女は痛みを覚えるかもしれない。妻を傷つけたくはない。代わりにギデオンは湿ったくぼみを自分の先端でかすめて、彼女の体を慣れさせた。

メッサリナは身をよじり、ギデオンは互いの動きを抑えきれなくなりかけた。突きあげ、貫きたい動物的な衝動に駆られたものの、それを抑えつける。

もっとやさしく。

もっとゆっくりと。

急ぐ必要はない。ともあれ今朝は。メッサリナはギデオンの妻で、ここは彼のベッドだ。

ギデオンは頭を傾けて妻の口の奥を探り、彼女が発する静かな甘い声を追いかけた。いまや彼女が濡れそぼっているのが、その箇所の柔らかさが感じられ、緩慢な前戯を続けるには持てる忍耐力を振りしぼらなければならなかった。

メッサリナがあえぐのが聞こえる。彼女の頭がのけぞり、髪がギデオンの顔と喉をかすめた。

彼女が息をのむと口が開き、唇はキスで濡れて光っていた。

ギデオンはメッサリナのヒップをつかんで腰をそらし、彼女の腿の合わせ目に下腹部をこすりつけた。血潮がたぎりはじめる。

新しいドレスの縁飾りを選んでいるかのように、メッサリナは眉根を寄せた。ギデオンは息が残っていれば、その連想に笑い声をあげていただろう。

しかし彼女が唇を嚙むと、ギデオンも同じことをしたくなった。

そこでメッサリナの下唇をやさしくなめたあと、今度は嚙みついていたぶった。

メッサリナが切迫した声をあげて身をこわばらせ、ギデオンの汗に濡れた肩を握りしめた。彼女の体がわななき、高みへと一気にのぼりつめるのがわかった。

ギデオンは妻の甘く柔らかな口に舌を突き入れ、ぐったりと力の抜けた彼女を思う存分味わった。

メッサリナは自分のものだ。

自分のものだ。

自分のものだ。

その思いが、メッサリナの甘さと柔らかさと無防備に開いた唇が、ギデオンを絶頂へと導いた。

彼女は自分のものだ。

いまだけは。


その日の午前中遅く、ジュリアン・グレイコートはウィンダミア・ハウスの玄関先に立ち、執事を見おろした。執事の名はジョンソン、ジュリアンたちきょうだいがこの屋敷で暮らすようになる前から公爵に仕えていた。

大きな腹が突きだした貫禄(かんろく)のある中年男で、純白の見事な鬘を頭にいただいている。叔父のオーガスタスが飼っている偵察役兼情報収集者の中でもひときわ熱心な男だ。

ジョンソンはジュリアンの行く手をふさごうとした。「閣下がお会いになるかどうか確認してまいりましょう」

「その必要はない」ジュリアンは相手の胸をてのひらで突いた。

執事は短い叫び声をあげて後ろへよろめいた。

ジュリアンはつかつかと中へ入った。

体格のいい従僕ふたりが近づいてくる。

ジュリアンは片眉をあげて悠然と言った。「ぼくに手を出すつもりか？」

従僕たちが足を止める。

ジュリアンはそれ以上は彼らにかかずらわずに、公爵の書斎へと階段をあがっていった。

扉を開けると、公爵はこちらを見あげ、それから執務机の上の時計に目をやった。「遅かったな。数日前には来るものと思っていたぞ」

「そうですか?」ジュリアンは執務机の前の椅子に腰かけた。椅子を勧められるのを待っても意味はない。オーガスタスは、裁きを待つ罪人のごとく人を立たせておいては楽しむのだ。

「ああいう悪趣味なことをされたのもそれが理由ですか?」

「かわいいメッサリナの結婚をわたしが取りまとめたことを言っているのかね?」公爵の顔にゆっくりと笑みが広がり、左頬にえくぼが浮かぶ。

ジュリアンは叔父を見つづけるよう自分に強いた。えくぼは——それどころか叔父の見た目の何もかもが——自分の父親を思い起こさせた。ふたりはよく似た兄弟で、双子と間違える者もいたほどだった。

この世で最も憎い男の顔に父親の面影を見るのは苦痛だった。

ジュリアンは退屈そうにすら聞こえるおだやかな声を意識して返答した。「そう、妹の結婚のことです」自分の爪を調べる。「妹のためには、ご自分のためにも、もっと有利な縁談があったでしょうに。メッサリナをご自分の番犬にくれてやることで、叔父上にはどんな利益があるのか気になったんですよ」

最後の部分を言いながら視線をあげ、叔父の顔つきに変化はないか観察した。

むろん、あるべくもなかった。

「ブラボー、わが甥っ子よ」公爵は言った。「わたしの教えからよく学んだものだ」

ジュリアンは慎重に息を吸ったあと言い返した。「あなたから学んだものは何ひとつありません」

オーガスタスは肩をすくめた。「敵の動機を探ることを学んだのはおまえの父親からではないはずだ」上唇がわずかに弧を描く。「兄のクローディアスは生涯ものごとの表面しか見なかった。誓ってもいい、兄はわたしに愛されていると思ったまま絶命したことだろう」

ジュリアンは首を傾けて静かな口調で言った。「自分の弟が怪物だと気づくこともなく」

これにはオーガスタスも気色ばみ、顔を真っ赤にして身を乗りだした。「おまえの父親は目の上のこぶだった。このわたしを哀れむかのような目で見るあの軟弱な顔がいまだにまぶたから消えん」荒い息をして椅子にふんぞり返る。「しかし、勝ったのはわたしだ、違うかね？　おまえの父親は無様に地に伏して死んだが、わたしはこうして生きている」

オーガスタスは異様なまでに勝ち誇ってジュリアンを見た。

ジュリアンは父の死にざまを思い起こすことを拒絶した。卒中の発作に見舞われて父が膝をついたのを、顔の半分が麻痺（まひ）して垂れさがり、言葉どおり地面に伏して事切れたのを思い起こさないようにした。

代わりに、ジュリアンはあくびをした。「父は亡くなったかもしれませんが、自分の血筋はしっかり残しましたよ。いずれは――」悠然と立ちあがる。「その血筋がウィンダミア公爵領を引き継ぐことになりそうだ」

当てこすりを言われたのに、なぜかオーガスタスは笑みを浮かべた。いつもはジュリアンが叔父の後継者であることに触れようものなら癇癪を起こすのに、かえって落ち着いた様子だ。「たしかにな」

公爵は思いついたかのようにつけ加えた。「ああ、ただし、父親に似て病で病気でぽっくりということもあるやもしれんぞ」

ジュリアンはいぶかしんで目を細めた。「父が亡くなったのは三八歳のときです。ぼくはまだ三二歳で、あなたより先に死ぬことはまずありませんよ」

「どうだろうな」年齢は関係ないとばかりに、オーガスタスは肩をすくめた。

寒気が走った。ジュリアンの命が危険にさらされているという明確な脅迫だ。

「叔父上と話ができてよかった」ジュリアンは何ごともなかったかのように言った。「だが、所用があるので失礼しなければ」

「甥とのおしゃべりはいつでも楽しいものだ」公爵は物憂げに返した。「ところで、公爵夫人がメッサリナの結婚を祝って舞踏会を開くのだが、出席してくれるだろうね？　一週間後だ」

「もちろんですよ」ジュリアンはゆったりと構えて言った。メッサリナをどうするつもりか、叔父の腹を探れるかもしれない。

公爵が不満げな声をあげた。「その準備があるから、ルクレティアをこの屋敷へ戻してアンを手伝わせたいのだがね。あれはどこにいる？」

「メッサリナとともにウィスパーズ・ハウスにいます。ここへは戻りません」

オーガスタスは身を乗りだした。顔が徐々に赤くなる。しかし口から出てきた言葉は落ち着き払っていた。「ルクレティアに関心を寄せている紳士が何人かいてね、彼らに引き合わせたい。舞踏会には必ず出席させてくれ。さもなければわたしが直接、彼女に話をすることになるな」

ジュリアンは公爵を見据えた。叔父は舌なめずりをせんばかりに彼が反応するのを待っている。

ジュリアンは会釈した。「ごきげんよう、叔父上」

踵を返して部屋をあとにし、くつろいだ足取りを保つよう意識して階段をおり、玄関扉を通った。

外へ出ると馬番をしていた幼い少年に硬貨を一枚投げてやり、鞍にまたがって馬を進めた。

メッサリナを自分の部下と結婚させた叔父の魂胆はいまだに不明だが、ひとつだけはっきりしていることがある。

ルクレティアが同じ運命をたどらないようにしなければならない。


「紫?」その日の午後、ルクレティアはそう言って鼻にしわを寄せた。

「紫よ」メッサリナは断言した。肘掛け椅子の上に広げられた布地見本をほれぼれと眺めてから、期待に満ちた顔で脇に立っている店員にうなずきかける。「この椅子を四脚、どれも紫の生地を張ってちょうだい。次は」家具店の広い店内を見回す。「あなたの化粧台ね」ルクレティアに向かって言った。

「来客用の寝室は?」ルクレティアがあとをついてきながら尋ねた。

「もちろんそこにもよ」メッサリナは唇をすぼめた。「となると、少なくとも四つは必要ね」

「信じられない。家具を揃えるためとはいえ、ミスター・ホーソーンはお姉さまに好きなだけお金を使わせるのね」

「当然でしょう?」初めてこの店を訪れたときにギデオンとさんざん口論したことは棚にあげて、メッサリナは言った。赤い大理石の天板に金箔張りの華やかな脚がついたサイドテーブルの前で足を止める。図書室に置くのにいいかもしれない。「だって、もとはわたしのお金ですもの」

「でも、実際はそうじゃないわ」ルクレティアが反論した。「法律上はすべて彼のお金よ」

「話したでしょう、持参金の一部はいずれわたしのものになるのよ」メッサリナは妹を振り返った。「そのときまで使ってはいけないということ?」

「もちろん違うわ」ルクレティアはサイドテーブルを見て顔をしかめた。「ただわたしは、ミスター・ホーソーンの動機を疑っているの」

「疑り深いのは相変わらずね。でも今回とりわけ心配してくれるその気持ちは理解しているわ」メッサリナはため息をつき、サイドテーブルの前を素通りした。やっぱり派手すぎる。

「わたしに言えるのは、ギデオンとわたしは、この結婚を最大限に利用すると決めたということ。彼は野心家で、たしかに過去はひどいものよ。けれどすごく頭が切れて、話をするのはとても刺激的だわ」

「刺激的ね」ルクレティアはぼそりと言った。

メッサリナは頬が紅潮するのを感じた。「ええ、刺激的よ」ルクレティアが立ち止まった。メッサリナは数歩進んでから、妹がついてこないことに気がついて振り返った。

ルクレティアはあんぐりと口を開けている。「彼と寝たのね！」

ふたりのあとからついてきていた店員はくるりと回れ右し、急ぎの用を思いだしたかのように店の反対側へそそくさと消えた。

メッサリナは妹をにらみつけた。「わたしの私生活を店じゅうに知らしめるつもり？」

ルクレティアが隣に駆け寄ってきた。「そうなのね？」

少なくとも小声にはなった。「わたしは――」

「ゆうべでしょう」ルクレティアはおかまいなしに続け、唇を突きだして、姉がもはや生娘ではないしるしを探すかのようにじろじろ眺めた。「だって、まだだ、って昨日言ったばかりですもの。ねえ、どんなふうだった？」

「ルクレティア」顔が熱く、脈を打っているかのようだ。

妹は真顔で真剣に考察している。これだからルクレティアを知っている人はもう誰も彼女と言葉当て遊びをやりたがらないのだ。「楽しんだに違いないわ。だってミスター・ホーソーンのことを刺激的と言ったもの。それに考えてみたら、今朝の朝食の席では締まりのない顔でにやにやして――」

「そんな顔はしていないわよ！」

「そうよ、よほどよかったんだわ」

「ああ、神さま」メッサリナはため息をついた。

ルクレティアはすっと目を細くした。「血は出た？」

「えっ？」メッサリナは何か妹の気をそらせるものはないかと見回した。

店の入り口に金髪の若い女性が立っている。なぜかその顔には見覚えがあった。メッサリナは女性を注視した。まさかあれは——。

「だって」ルクレティアはしつこく話を続けて、姉の注意を引き戻した。「誰にきいても血のことばかり話すんですもの。あれが本当なら、結婚初夜にはみんな失血死してしまうわ」

メッサリナはただあっけに取られて妹を見つめた。店の入り口へ視線を戻したときには女性は消えていた。

メッサリナはぶるりと頭を振り、よく見もせずにそばにある化粧台を指さした。「これなんてあなたの部屋にどうかしら？」

ふたりは化粧台をじっと眺めた。黄色い大理石の天板、渦巻き模様の脚は全面に金箔が施され、キューピッドがそれを支えている。全裸の金色の赤ん坊だが、顔は……こわもての中年男だ。

ルクレティアは不気味な化粧台を凝視して首をかしげた。「本気で言ってる？」

「いいえ。これはないわね」

「あのね……」ルクレティアは言いよどんだ。

メッサリナは顔を向けた。妹が自分の頭にあることを口にするのをためらうなんて珍しい。「どうしたの?」

ルクレティアはくしゃっと顔をしかめたかと思うと、一気に吐きだした。「わたしはお姉さまに幸せになってほしいだけなの。単に満足するだけじゃなく、心から幸せに。お姉さまはミスター・ホーソーンを毛嫌いしていたじゃない——わたしたちのどちらもそう、いつも物陰から様子をうかがっている彼が大嫌いだった。なのに、これほど短いあいだに気持ちが変わるなんて、お姉さまが理解できないわ」

「ひとつには、以前はギデオンのことをよく知らなかったというのもあるわ」メッサリナは淡々と言った。

「じゃあ、いまは違うの?」ルクレティアのグレイの瞳——姉の瞳と同じ色合い——がメッサリナの表情を探った。

「知り尽くしている、とは言えないわね」メッサリナは認めた。「ギデオンと結婚してまだ三週間にもならないんですもの。でも、そのあいだに彼は話をしてくれたし、わたしの話も聞いてくれた。もしかして……もしかして、これから彼のいやなところを知ることがあるかもしれないけれど、いまは希望を持っているわ」半笑いを浮かべた。「どれほど素晴らしい結婚においても、結局肝心なのは希望を持てるかどうかじゃないかしら」

「でも」ルクレティアは深刻な表情だ。「わたしたちはあの屋敷を出ていくのよ。そのあとのことは考えた?」

メッサリナはまばたきした。それについて考えるのはなるべく避けていた。指先でキャビネットの象嵌細工をなぞる。「それは――」

「赤ちゃんができている可能性だってあるのよ」

メッサリナは硬直した。当然それは知っている。夫婦が関係を結べばお腹に子どもができる可能性があることはもちろん考えてみた。

ただし、本気で――真剣に――考えてみたわけではなかった。ゆうべ考えることができたのは、ギデオンが与えてくれる喜びだけだった。

メッサリナは息を吸い込んで妹を見た。「もしも子どもができていたら……そのときはどうにかやっていきましょう。寡婦のふりをして小さな町に移り住む女性はわたしが最初ではないはずよ」

「覚悟ができているならいいわ」ルクレティアはそう言いながらも、まだ心配そうな顔つきだ。

メッサリナは店内へ視線をめぐらせた。「気に入った化粧台はあって？」

「あれはどうかしら」ルクレティアは美しい紫檀の化粧台を指さした。天板はさまざまな色合いの木片を組み合わせてバラの花籠を模した木象嵌だ。

「まあ、すてき。あなたの部屋にはこれで決まりね」

ルクレティアは物言いたげだったが、ありがたいことにそれ以上は追及しなかった。あとはふたりで細々としたものを選び、火格子をめぐっては楽しい言い合いを繰り広げて買い物を終えた。

ルクレティアは馬車の座席にどさりと腰をおろしてぼやいた。「お姉さまの屋敷の料理人ときたら、ケーキもタルトも作れないなんて、とんだ悲劇よ。ぽいっと口へ放り込める小さなレモンカードタルトが恋しい」

「お行儀の悪いところをみんなに見せたいのでなければ、そういう食べ方はやめなさい」

ルクレティアは手をひらひらさせた。「家族しかいないときに行儀を気にする必要なんてある？」

「あるに決まってるでしょう」メッサリナはぴしゃりと言った。馬車が走りだし、ふたりの体ががくんと揺れる。「料理人については、そうね、あなたにも知っておいてほしいことがあるの」

メッサリナはヒックスの境遇を説明した。

「まあ、そうだったの」姉の話が終わるとルクレティアは言った。「わたし、ひどいことを言ったわね」馬車の天井を見あげて沈思する。「料理人がどうやって仕事を身につけるかなんて考えたこともなかった」彼女はメッサリナに向きなおった。「お姉さまは？」

「いまは考えるわ。だけど、わたしもあなたとおんなじよ。食事を楽しむだけで、それを作った人のことなんて考えていなかった。わたしたちが暮らしたり、訪問したりした屋敷の料理人は、ただそこにいる存在でしかなかったわ」

「でも、大きな屋敷に抱えられることなしに料理を覚えるのは、並大抵のことでないのは想像がつくわね」

たしかに難しいだろう。ロンドンの大きな宿で調理場に立っているなら別だが、若者が料理を学べる場所はほとんどない。ヒックスは酒場で働いていたものの、ごくごく簡単な料理しか作っていなかったに違いない。

それから屋敷に着くまで、メッサリナはそのことに思いをめぐらせた。

三〇分後ウィスパーズ・ハウスへ到着したときには、ルクレティアはかなりくたびれた様子だった。

後続の馬車から四人の大男がおりるのにメッサリナは目をとめた。全員ボンド・ストリートからすぐ後ろをついてきていたのだ。

ギデオンは彼女の護衛を倍に増やしていた。

ルクレティアも彼らに気づいて、どういうことかしきりに尋ねてきた。ギデオンは自分の従者をひけらかすのが好きなのだと言い訳したが、ルクレティアは納得したようには見えなかった。

「こんなに疲れるなんて変よね」ルクレティアは屋敷の玄関前の階段をのろのろのぼりながらぼやいた。「あれがいい、それがいいってお店で指さしただけなのに。ロンドンの街を三周したみたいにへとへとだわ」

「お買い物は疲れるものなのよ」メッサリナは返した。ふと見ると玄関の奥にレギーがいる。大男は足を踏み替えた。「ご婦人がふたり、居間でお待ちです」

メッサリナははっと目を見開き、ルクレティアの手を取って握った。「料理人にお茶と軽食を用意するよう伝えてちょうだい」

「かしこまりました、奥さま」レギーが応じる。「ですが、レディに出すような軽食をヒックスが知ってますかねえ」

「たしかに怪しいわね」メッサリナはつぶやいた。「何を出せばいいかわからないようなら、バターを塗ったパンとジャムでいいと言っておいてちょうだい」

レギーはうなずき、厨房のほうへしりぞいた。

メッサリナは階段へ向かいながら気持ちを静めようとした。

並んで階段をあがるルクレティアがひそひそと問いかける。「いったいなんなの？　訪問者が何者か知っているの？」

しかしメッサリナは返答できなかった。強烈な期待が喉をふさいでいる。

開け放たれている扉からいそいそと居間へ入った。中には燃えるような赤毛の女性が立っていて、その隣の長椅子には別の女性が座っている。

「フレイヤ！」メッサリナは赤毛の淑女の腕に飛び込んだ。

ハーロウ公爵夫人ことフレイヤ・レンショウは彼女を抱きしめたあとで、あとずさりした。

「さあ、すべて説明してちょうだい」

「わたしの手紙を受け取ったのでしょう？」メッサリナは尋ねた。

「手紙？」フレイヤはゆっくりと繰り返した。「いいえ。ケスターとわたしはこの一週間ロンドンまでの旅の途にあったんですもの」

「それでは行き違いになったのね」メッサリナはため息をついた。

「ロンドンのお屋敷って、どこもこんなふうにがらんとしているもの？」ハスキーな声が背後から問いかけた。

メッサリナはびくりとした。そう言えばルクレティアのほかにも女性が長椅子に腰かけていた。

その女性が振り返った。

ルクレティアは立ったまま、その女性とフレイヤを見ている。

一方、もうひとりの女性は頭をのけぞらせて、水浴びする乙女の天井画をじっと眺めていた。その乙女はぽっちゃりして頬はバラ色、赤に金のまじった雲を思わせる髪は雑に結いあげられている。

「男性画家ってお尻が好きよね」びっくりするほど声がしわがれている。「しかもあのお尻、ピンクすぎじゃない？」

その女性は顔を戻すと、メッサリナたちに目を向けた。「あら、何かお話の最中だった？」

フレイヤがやれやれという顔をした。「妹のエルスペスよ、覚えているかしら？」

「エルスペス？」ルクレティアの顔つきが一変する。「あのエルスペス？　うちの子ども部屋へ遊びに来るたびにイチゴジャムを盗んでいった？」

「あれ、おいしかったわね」エルスペスはうっとりと遠い目をした。

ルクレティアは目に怒りの炎を燃やしている。

「またお会いできてうれしいわ」メッサリナは微笑み、若い女性の前へ進みでて抱擁した。それから体を引いてまじまじと顔を見た。「だけど、フレイヤに言われなければあなただとわからなかった。たしかあの頃はまだ五つだったわね」

「六つよ」エルスペスは淡いブルーの瞳をメッサリナに据えた。「わたしはあなたを覚えているわ。一度本を読んでくれたでしょう？」

「わたしが？」

エルスペスは大きくうなずいた。「詩をね。エリザベス朝の詩。言葉はひとつもわからなかったけれど、あなたの声の響きが好きだったわ。すべてが変わってしまう前の夏のことよ」

遠い昔のことだが――一五年前になる――あの日付は全員が覚えている。オーレリア・グレイコートが命を奪われ、ラン・デ・モレイが片手を失うことになる日。

つかの間全員が沈黙した。

最初に口を開いたのはルクレティアだった。「わたしの上着も盗んだわよね」

エルスペスをにらみつけている。

「盗んでいないわ」エルスペスはいやに早く答えた。「あれはあなたがわたしにくれたのよ」

ルクレティアは両手を腰に当てた。「あげていないわ。図書室にあったローマ皇帝の変な胸像の横に置いていたのよ。戻ってきたらなくなっていたわ」

「うーん」エルスペスは記憶をたぐっているらしい。「違うわよ。子ども部屋でお茶をいただいているときにあなたがくれたのを覚えているもの」

ルクレティアは立ち込める雷雲のごとく不穏な顔つきになった。

幸いにも、そこでピーがティーセットを持って入ってきた。

「まあ、パンとジャムね」エルスペスが声をあげた。「イチゴジャムかしら？」

それからルクレティアに向かってにっこりする。

メッサリナは目をしばたたき、天井画の乙女たちを見あげた。エルスペスは笑うと古典絵画の美女によく似ている。

ルクレティアはエルスペスの隣に座った――どう見てもジャムを守るためだ。

メッサリナは大きなため息をつき、フレイヤに椅子を勧めて、自分ももうひとつの椅子に腰かけた。

それから紅茶を注ぐ。「あなたが来てくれてよかった」

フレイヤはカップを受け取った。「いままでのことを話して」

メッサリナは、ギデオンに連れられてロンドンに到着するや結婚を強制されたことを話して聞かせた。

話が終わると、フレイヤが口を開いた。「わたしがここにいなかったのが悔やまれるわ」

首を振ってエルスペスに目を向ける。「でも、ケスターとわたしは〈ワイズ・ウーマン〉の本拠地がある場所までエルスペスを迎えに行っていたの。妹は〈ワイズ・ウーマン〉の次のビブリオサカー――歴史と書物の守り手のことよ――になる修行中だったわ」

ルクレティアはフレイヤとメッサリナの顔を交互に見た。「〈ワイズ・ウーマン〉？」

メッサリナは妹に話していなかったことに気がつき、ばつの悪さを覚えた。

しかしエルスペスが説明してくれた。「わたしたちは大昔から存在する女性だけの秘密結社の一員よ。わたしたちの活動はローマ人がやってくる前にブリテン諸島を導いた女性祭司にまでさかのぼると信じられている」瞳が輝く。「〈ワイズ・ウーマン〉の歴史は、それは素晴らしいものだわ。たとえば――」

フレイヤが咳払いした。「いま説明すべきなのは結社の現代の歴史じゃないかしら」

「それは違うわ」エルスペスはやんわりと否定した。

「大昔の女性祭司？」ルクレティアがたまらず声をあげる。「それって何かの冗談？」

「冗談なものですか」エルスペスは熱を込めて言った。「北に――」

今度はフレイヤはごほんと大きな咳払いをした。

「わたしたちの本拠地があって」エルスペスは少しもかまわず続けた。「そこにおよそ二〇〇人が暮らしている――暮らしていたわ。子どもや男性も含め――」

「待って」ルクレティアは熱心に質問した。「女性祭司ばかりの秘密結社でどうして子どもがいるの？」

エルスペスはいささか上から目線でルクレティアを眺めた。「女性祭司とは、その宗教を導いているのが男性ではないという意味よ。わたしたちの結社は性愛を禁じていないの。なんにせよ、いまでは女性祭司という呼び方もしていない。わたしたちは〈ワイズ・ウーマン〉よ。もっとも」講釈を続ける。「あなたはわたしたちの結社の興味深い側面に目をつけたわね。具体的に言うと、男性との性交という点よ。これについては実にさまざまな意見がありーー」

フレイヤがまたも咳払いした。「本題に戻りましょうか」

「ええ」メッサリナは顔を曇らせた。自分は本当にギデオンのもとから去りたいのだろうか？「実は、力になってもらえないかと……」

「〈ワイズ・ウーマン〉があなたたちの力になれないかということ？」フレイヤは暗い表情でエルスペスと視線を交わした。「いいえ、なれないわ、残念だけれど」

「閉鎖後はね」エルスペスが悲しげに言う。

「閉鎖？」メッサリナは尋ねた。

フレイヤは口をすぼめた。「〈ワイズ・ウーマン〉の指導者たちは社会との交わりを断つことを決定したの」メッサリナの目を見つめる。「今後〈ワイズ・ウーマン〉は外の社会の影響をいっさい受けないよう門を閉ざして暮らすことになるわ。それに従えない女性たちは出ていった」

「そして広い、広い世界へ散らばった」エルスペスは、ルクレティアが自分のパンにジャムを山盛りにするのを横目で見ながらつぶやいた。「おとぎ話のようにね」

ふたりには悪いと思いながらも、メッサリナは内心ほっとしていた。これでギデオンからお金を渡されるまでは待つ必要ができた。

メッサリナはフレイヤへ目を向けた。「カトリーナは？　彼女は残ることにしたの？」

カトリーナはデ・モレイ三姉妹の真ん中だ。

フレイヤはいらだたしげに眉根を寄せた。「ケスターとわたしが行ったときには、カトリーナはすでに本拠地の施設を出たあとだったわ。どこにいるかわからないのよ。エア城にまで立ち寄ったのに、ラクランには見かけていないと言われたわ」

ラクランはデ・モレイ家の次男で、兄に代わって地所の管理をしていると聞いたことがある。

「カトリーナは独立独歩だもの」エルスペスは落ち着き払って言った。「行方を追っても意味はないわ」

居間の扉が開いた。サムがそろそろとトレイを持って入ってくる。デイジーがトレイを見あげてくっついてきた。「奥さま、ヒックスがおかわりを持っていくようにって」

ルクレティアが息をのんだ。「屋敷に子犬がいるならいるって、どうして教えてくれなかったの？」

彼女がチュッチュッと唇を鳴らすと、デイジーは大喜びで飛んできた。ルクレティアにすくいあげられ、彼女の顔をなめようとする。「元気いっぱいね。名前は何？」

サムははにかんで答えた。「デイジーです」

「かわいい名前」フレイヤは少年に微笑んだ。「あなたの子犬？」

「いいえ、違います」サムはテーブルにトレイを置いた。

わたしが飼っているの」メッサリナは言葉をはさんだ。「でもサムはデイジーの世話係で、わたしの代わりに面倒を見てくれているわ」

「子犬の世話を？」エルスペスはパン切れを子犬にやった。「しっかりした子ね」

「ええ、そうでしょう」メッサリナはしみじみと言った。

たしかにサムはしっかりした子だ。教育を受ければきっと立派な大人になるだろう。

サムが何かを期待するみたいにこちらを見ているのにふと気がつき、メッサリナは頰をゆるめた。「デイジーはわたしたちが見ているから、厨房へ行ってあなたもお茶とバターを塗ったパンをもらっていらっしゃい」

「はい、奥さま」サムは踵を返して大急ぎで出ていった。

「どこで見つけたの？」扉が閉まるとフレイヤが問いかけた。「サムのこと？　それとも子犬のこと？」

メッサリナは片眉をあげた。

フレイヤは首を振った。「デイジーのことに決まっているでしょう」

子犬はエルスペスが持っているパンを取ろうとルクレティアの腕によじのぼっている。

「ギデオンからの贈り物よ」

三対の目がメッサリナに注がれた。

「彼からあなたへ？」フレイヤはそれが意味するところを考えている様子だ。

「わたしは子犬のためならなんでもするでしょうね」エルスペスはそう言って子犬を下へお

ろした。

ルクレティアはいかにも感服したような口ぶりで言った。「たいした策士だわ」

子犬はとことこやってきて、メッサリナのスカートをくんくんとやりだした。

彼女に抱きあげられて膝にのせられると、濡れた鼻で挨拶する。

「そんなに驚くことではないでしょう」その声はメッサリナ自身の耳にもむきになっているように聞こえた。

フレイヤはまだこちらをじっと見ている。「結婚したあとに何が起きたかも聞かせてもらうべきかしら？」

「そう、それよ。それを聞かないと話にならないわ」ルクレティアが賛同した。

裏切り者。

エルスペスは紅茶のカップを置いてポケットに手を入れた。小さな手帳と鉛筆を取りだし、真剣そのもののまなざしでフレイヤを見る。「メモを取ってもかまわないわよね？」

ああ、神さま。


その夜ウィスパーズ・ハウスに戻る頃にはギデオンは疲れ果てていた。

体と、もっと深いところにある何か――魂だろうか――の両方がまいっている。今朝、依頼された仕事に取りかかる段になって気づいたことだが、これまであらかじめ計画して人を殺したことはなかった。ジュリアンのことは好きではない――鼻持ちならないやつだとすら思っている。ジュリアンを殺すのをためらうかと一カ月前に尋ねられていたら、一笑に付していただろう。

殺すという実際の行為にではなく、ジュリアンの行動を調べてその殺害方法を〝考える〟ことに、ギデオンはうんざりしていた。

ジュリアン・グレイコートを尾行して――尾行しようとして――一日が終わった。混み合ったコーヒーハウスでコーヒーを飲むジュリアンを見つけたのは午後になってからだ。彼はひとりだった。弟さえ連れておらず、それが……妙だった。

その後ジュリアンはひいきの仕立屋から決闘クラブをめぐって、最後は弟と滞在している宿へ戻っていった。

決闘クラブから通りをはさんだ向かいでジュリアンが出てくるのを待ちながら、ギデオンは何をやっているのだと自問した。ジュリアンの立ち寄り先は、すでにピーから一覧を渡されている。ジュリアンを殺すのなら、どうして特定の場所で待ち伏せしない？　なんならロンドンの雑踏にまぎれて一発撃てばいいだろう？　大きな音がするというなら、忍び寄ってひと突きすることもできる。

背後から。

貴族なら、背後から刺すのを卑劣なやり方と見なすだろう。上流階級の考えることは一から一〇〇まで気に食わないが、これに関してはギデオンも同意せざるをえなかった。相手の――ジュリアンの――背後から近づき、身を守る機会すら与えずに殺すことが自分にできるのだろうか？

ギデオンは弱くなったのだろうか。簡単なことではないか——さっとひと突きすれば喉から手が出るほど求めていたものがすべてこの手に転がり落ちてくる。

すべてが、ただしメッサリナをのぞいて。彼女のことは失うだろう。

夕食のために食堂へ入っていったとき、ギデオンは肩をいからせ、指を握りしめていた。しかし妹相手におしゃべりに花を咲かせている妻の姿を目にするなり、何かが起きた。

心が軽くなっている。

なんという奇妙な感覚だ。自分以外の誰かによって気持ちがこうも変わるとは、何かこう落ち着かない。これまで必要なのは常に自分のみだった。

ギデオンは入り口で立ち止まって気を取りなおした。ふと見ると、メッサリナとルクレティアの向かいにもうひとり座っている。

「ホーソーン！」ウィル・ブラックウェルが振り返って声をかけた。「心配しはじめていたところだ、奥さまと愛らしい義妹(いもうと)さんを捨ててどこかへ行ったのかとね」柄にもなく気恥ずかしそうにルクレティアをちらりと見る。

ルクレティアの頬がぽっと染まった。

ギデオンは眉をつりあげた。ブラックウェルは義妹に関心があるのか？　ふつうに考えれば、彼女に求愛したところでブラックウェルに望みはない。もっとも、ギデオンもふつうならメッサリナとの結婚は叶わなかった。

「おかえりなさい」妻が笑顔で迎えてくれた。

その表情に彼の心拍は跳ねあがった。

全員に視線を注がれ、ギデオンは会釈した。「ただいま。遅くなって申し訳ない。来客があるとは思わなくてね」

女性陣の向かいに腰かける。

「いやいや、謝らなければいけないのはぼくのほうだ」ブラックウェルはいやに殊勝な口ぶりだ。「きみを訪ねてきたんだが、夕食までごちそうになることになってしまって」

「わたしたちがお引き止めしたのよ」メッサリナが口をはさむ。「あなたは夫のビジネス・パートナーで友人でもあるんですもの。心から歓迎します」

「そう言っていただけるとうれしいですよ」ブラックウェルが返す。

焦げたローストビーフの大皿をレギーが運んでくると、ルクレティアは首を傾けてぼそりと言った。「ここの料理を食べたあとでも、うれしいと思えるかしら」

ピーがワインのボトルと灰色の……食べ物らしきもののボウルを持ってあとに続いた。

「旦那、自分は夕食を酒場でとってきます」テーブルにローストビーフをどすんと置いてレギーが宣言した。

驚いたことに、メッサリナがこれに反論した。「ねえ、そんなことを言わないで、レギー。屋敷で食べればいいでしょう？　ヒックスだってがんばっているのよ」

「そりゃあ、重々わかってます、奥さま」レギーは即座に認めた。「ですが……」真っ黒な牛肉に目をやって口元をゆがめる。「わかりました」

「ありがとう」メッサリナに笑顔を向けられ、大男は目をぱちくりさせた。

レギーとピーは部屋を出ていった。

ブラックウェルがメッサリナに向きなおる。「料理人を気づかわれるとは、奥さまはおやさしい」

妻への褒め言葉を先に口にされて、ギデオンはむっとした。「妻はいずれ部下たちを全員手なずけて、おとなしい羊に変えてしまいそうだ」

メッサリナのグラスを取り、ワインを注いでやる。

「まあ、大変」ルクレティアがすかさず声をあげた。「そんなことになったら、あなたの悪事の手伝いを誰がするの？」

ブラックウェルがむせた。

ギデオンはルクレティアに片眉をあげてみせたが、相手に悪びれる様子はまるでなかった。

メッサリナが大きな咳払いをした。「劇場へはよく行かれるの、ミスター・ブラックウェル？」ルクレティアへ顔を向ける。「そこでお会いしたのよ」

妻の口ぶりはやけに親しげだ。いいや、そんなことはない。ギデオンはワイングラスをにらみつけて嫉妬心を否定した。

「いいえ、残念ながら」ブラックウェルが言った。「いつもは仕事にかかりきりで。でも読書は好きですね、時間のあるときはよく本を読んでいます」

「まあ、そうなの？」ルクレティアは少しだけ背筋を伸ばした。「わたし、『デヴィッド・シンプルの冒険——忠実なる友を求めて』をいま読んでいるところなの」

「ああ。あれはぼくも大好きです。作者の道徳に関する考えはどう思われますか？」ブラックウェルが問い返す。

ルクレティアはためらってからゆっくりと答えた。「とても立派だけれど、少し気取りすぎじゃないかしら」

「いや、そうなんですよ」ブラックウェルが同意する。「たとえばデヴィッド・シンプルはロンドンと街の人々に辟易しますが、ぼくはどちらもとても魅力的に感じましたからね」

メッサリナは興味をそそられたらしい。「読み終わったら、ぜひ貸してちょうだい」妹に頼んでから、遠慮がちにギデオンへ目を向けた。

「ぼくは読んでいない」むっつりと答えた。

「ギデオンは全般的に本が嫌いなんですよ」ブラックウェルが快活に言う。「とにかく忙しい男ですから」

ギデオンはパートナーをにらみつけた。この男のせいで自分が間抜けに見える。

メッサリナが急いで問いかけてきた。「今日はいい一日だったの、ギデオン？　朝から一度も見かけなかったわ」

今朝は快感の余韻に浸る彼女を残して家を出た。

ギデオンは咳払いした。「ああ」彼女の兄を殺害する方法を考えて過ごした一日がいい一日と言えるならば。彼は自分の皿を見おろした。薄切りの牛肉が急に生々しく見える。なんとか気軽な話題にしようとした。「きみのほうはどうだった？」

「ボンド・ストリートでお買い物をしたわ」メッサリナは躊躇してから肩をそびやかした。「そのあと帰宅すると、ハーロウ公爵夫人とその妹のレディ・エルスペスが居間で待っていたの」

「みんなでお茶をいただいて、楽しくおしゃべりしたんだから」ルクレティアが反抗的に言う。

ギデオンは眉をつりあげた。このふたりは客とのお茶会に彼がいい顔をしないと思っているのだろうか？　メッサリナに友だちづき合いを禁じたことは一度もないのに。

「ぼくの母は、一日買い物を楽しむと気分が若返るといつも言ってますよ」ブラックウェルはルクレティアのほうを向いた。「あなたは何を買ったんですか、ミス・グレイコート？」

「今日はキッド革の手袋だけなんです」ルクレティアが答える。「お母さまはロンドンにお住まいなんですか、ミスター・ブラックウェル？」

「あいにく答えはノーです。ロンドンの南にある小さな街に暮らしています。でも可能なときはいつも会いに行くようにしていますよ」

「劇場に、読書に、母親宅の訪問。それでよく仕事をする時間があるものだな」ギデオンは冷ややかに言った。

メッサリナにきっとにらみつけられる。

しかしブラックウェルは声をたてて笑った。「いや、本当に。仕事と言えば、そろそろおいとましなければ」

「そんな。まだよろしいでしょう？」ルクレティアが残念そうな声をあげる。

メッサリナも同時に言った。「まだお食事が終わっていないわ」

ブラックウェルは立ちあがって会釈をした。「申し訳ありません、今夜はこれから用事があるんです。お許しいただけるでしょうか？」

女性たちは快く許しを与えた。

ギデオンは半笑いを浮かべてブラックウェルを送りだした。用事とはどんなものやら。最初に出会ったとき、ブラックウェルは賭博にのめり込んでいた――そしてツキからは見放されていた。

ギデオンは妻に顔を向けた。「きみは何を買ったんだ？」

メッサリナは明るい表情になり、今日の出来事を話しだした。それに耳を傾けながらも、ギデオンの意識は彼女の顔にばかり向けられていた。

幸せそうな顔に。

胸がずきりとした。メッサリナにはいつもこんなふうに幸せでいてほしい。悲しみも失望も味わうことなく。

ギデオンはふたたび皿に目を落とした。彼女に悲しみをもたらすのは〝自分だ〟。あの楽しげなグレイの瞳に涙をもたらす怪物は〝自分だ〟。

そんなことをしたあとで、自分はどうやって生きていくのだろう?

「居間へ場所を移してお茶にしましょうか?」メッサリナの声が彼の物思いをさえぎった。

ギデオンは鼻を鳴らした。「きみが望むのなら。もっとも、お茶を飲むためになぜわざわざ居間へ移動するのかをレギーに納得させなければならないが」

「そうだったわね」メッサリナはため息をついた。

ルクレティアはぽかんとしている。「どういうこと?」

「きみの姉上はわが家の質の向上に励んでいるんだ」ギデオンは立ちあがると、メッサリナが椅子から腰をあげるのに手を貸した。

「誰かがやらなければね」メッサリナは彼の腕に手をのせた。「それで思いだしたわ。二、三日中に新たに雇い入れる使用人の面接をするつもりよ。必要な数だけ雇ってもよろしいでしょう?」

「よろしいかどうかは疑問だが、それでかまわない」ギデオンはルクレティアを従えて、妻とともに食堂をあとにした。

「では、いいのね」メッサリナは食堂のすぐ外に立っていたレギーに向きなおった。「お茶は居間でいただくわ」

レギーが広い額にしわを寄せた。「はあ」

「ありがとう、レギー」彼女が言った。

大男はうなずき、厨房へと急いだ。

ギデオンはメッサリナとルクレティアを居間へと導いた。

メッサリナは長椅子に腰を沈めた。「考えてみたら、なぜ夕食後にお茶にするのかしら」

「それはケーキをいただく口実よ」ルクレティアは姉と向かい合わせの椅子に座った。

ギデオンは触れそうで触れない距離を取り、メッサリナの隣に腰かけた。

居間の扉が開かれ、入ってきたレギーは、ティーセットののった巨大なトレイを運ぶピーのために扉を押さえた。

「まあ、すてき、すてき」ルクレティアがぱちぱちと手を叩く。「それってお菓子よね？」

トレイにはプラムの砂糖漬けと小さなケーキがのっている。

「ええ、お菓子だわ」メッサリナはピーが慎重にトレイをテーブルに置くのを眺めてゆっくりと言った。「だけどヒックスにお菓子が作れるなんて聞いていないわ」不審そうにギデオンを見る。「あなたは何かご存じ？」

ギデオンは何食わぬ顔で肩をすくめた。狙いどおり、メッサリナとルクレティアを驚かせることができた。「午前中にピーに買いに行かせておいた。きみたちが好きだろうと思って」

目配せされると、ピーはにっと笑い返してから立ち去った。

メッサリナは疑うように目を細めた。「妹をお菓子で釣る気？」

ギデオンは彼女の耳に口を寄せてささやいた。「そうだよ」

「これなら喜んで釣られるわ」ルクレティアは小さな白い花がのっているピンクのケーキをさっそくほおばり、嬉々として言った。

メッサリナは笑い声をあげて紅茶を注ぎはじめた。

ギデオンはカップを受け取った。「帰宅したときに見かけたが、きみ宛に郵便物が届いているな」

ルクレティアがうめき声をあげる。

メッサリナは顔をしかめてルクレティアの分の紅茶を注いだ。「一週間後に叔母のアンがウィンダミア・ハウスで開く舞踏会の招待状よ。日にちがあまりないけれど、わたしとルクレティアが着るものはなんとかなるでしょう。あなたの仕立屋にも、注文したうちの一着を急ぐよう頼んでおいたわ」

「それは助かる」そっけない口ぶりで言った。「だが、きみたちはあまりうれしくなさそうだ」

「それは、相手がオーガスタス叔父ですもの」ルクレティアは姉と目を見交わしながら次のケーキへ手を伸ばした。

公爵が彼女にも結婚相手を押しつけようとしているのを知っているのだろうか？

「それならなぜ行くんだ？」ギデオンは尋ねた。

「アン叔母がわたしたちの結婚を祝って開く舞踏会だから」メッサリナが答えた。

ギデオンはティーカップを持ちあげたものの、口はつけなかった。カップ越しに眺めて、メッサリナの胸の内を探る。

メッサリナは小さな笑みを返した。「おそらくオーガスタス叔父の発案でしょうけれど。

叔母も気の毒に、言われたとおりにしているだけなんだわ。彼女は叔父をとても恐れているの」

暗い顔で自分のティーカップを見おろす。

妻のこんな顔は見たくない。

「きみの叔母上は極めて裕福な女性で、イングランドで屈指の権力者を夫に持っている」ギデオンは慰めるように言った。

「いくらお金があっても死んでしまったら無意味だわ」ルクレティアはあっさりと言い、さらにお菓子を四つ選んだ。

ギデオンは義妹を眺めて眉をあげた。こうも品よくお菓子をぱくぱく食べる女性は初めて見る。

「ルクレティア！」メッサリナは居間の入り口へさっと目をやった。

公爵の前妻はふたりとも急逝しており、さまざまな噂がささやかれていた。ひとりは馬上から放りだされ、ひとりは階段から転落した。

「お姉さまだって噂をご存じでしょう」

「知ってはいるけれど、わたしたちまで噂していることを叔父さまに知られたらどうするの？」メッサリナが言った。

ルクレティアはつんと顎をあげた。「わたしは叔父さまなんて恐れてないわ」

メッサリナは唇を引き結んだ。「あなたは恐れるべきなのよ」

「ふたりとも恐れることはない」ギデオンは割って入った。

姉妹は彼がそこにいるのを忘れていたかのようにこちらを見た。

ギデオンはうなずいた。「いまのきみたちはぼくと暮らしている。屋敷にはレギーのような男たちがいるし、外も見張らせている」

「お屋敷の形をした檻（おり）の中で安心しろと言われてもね」ルクレティアは甘ったるい声で言った。「ボンド・ストリートからわたしたちのあとをつけていた男性たちは、ずいぶん目立っていたわよ」

「それでいいんだ」ギデオンは応じた。「抑止力はぼくが知っている最大の防御だ。誰にも傷つけさせはしない」メッサリナの澄んだグレイの瞳をのぞき込んでそっと言う。「きみたちのどちらも」

メッサリナに微笑み返され、ギデオンはつかの間、彼女以外何も見えなくなった。

ルクレティアが咳払いする。ギデオンの言葉に彼女の表情もどこかやわらいでいた。

「ありがとう」ルクレティアはつんとして言った。

ギデオンはうなずいた。礼など言われずともルクレティアを守るつもりでいた。

メッサリナの大事な妹なのだから。

ルクレティアは姉に顔を向けた。「使用人の面接をすると話していたわね」

メッサリナはすぐさま妹に向きなおり、ふたりはたちどころに議論に没頭していた……侍女と家政婦、優先すべきはどっち？

ギデオンは紅茶を飲み、愉快な気分で姉妹を眺めた。

しかし頭の中では、ウィンダミアが前妻たちの死を画策した可能性を思案していた。公爵に雇われたときはまだ若かったため、二番目の妻の死に関する噂はさして気にもとめなかった。とはいえ……。

いまのギデオンは、公爵が人を使って自分の甥を片づけようとする男であることを知っている。まばたきもせずにそれができるのなら、妻だろうと殺そうとすると考えるのはたいした飛躍ではないのでは？

ギデオンはティーカップをおろして眉間にしわを刻んだ。ジュリアンに殺意を抱くほどの憎悪は、ウィンダミアの残りの家族にまで及ぶだろうか？　なんといっても、公爵はメッサリナにもルクレティアにもやさしさや愛情をかけらも示したことがない。

目を向けると、メッサリナは妹と小声であれこれ言い合っている。黒髪はつややかで、そらした長い首がキャンドルの明かりに輝いている。しかし彼の目を引いたのは、すぼめられたあと、仕方なさそうに小さな笑みを形作るピンク色の唇だった。

ギデオンは残りわずかになったお菓子に視線を落とした。いつまで妻の笑みを楽しむことができるのだろうか？

12

その夜のうちにキツネはベットと結婚し、彼女を連れ去りました。四頭のノロジカが牽く籐編みの小さな荷馬車が待っていて、キツネが鞭を振るうと、飛ぶように田舎道を走っていきました。夜が明けたとき、荷馬車は空き地に到着し、そこにはスイカズラと野バラで作られたコテージが立っていました……。

『ベットとキツネ』

数時間後、妹がてのひらで隠しきれないほどの大あくびをするのを、メッサリナは眺めていた。

「いやだ、ごめんなさい」ルクレティアは長椅子のクッションにもたれかかった。

ギデオンはとうに書斎へ引きあげていた。

メッサリナはミルク入りの甘い紅茶を飲み干すと、贅を凝らした美しいカップを見おろした。ピンク色で縁取られ、カップごとに種類の異なる鳥が外側に描かれていて、ひと目ぼれしたティーセットだ。

カップに目を注いだまま尋ねた。「わたしたちがどれだけ——ものにお金をかけているか、あなたは考えたことがある？」

ルクレティアは自分のカップを見おろした。そちらはゴシキヒワの絵柄だ。「いいえ。どうして？　なぜそんなことをきくの？」

「それは……」メッサリナは美しいティーセットを見つめて思案した。「たとえば、もしもギデオンに雇われることがなかったら、サムは路上にいたわ。住む場所も食べるものもなしに」ティーセットに向かってうなずく。「わたしがこれに支払ったお金でサムは何年も快適に暮らすことができる。それって、なんだか不公平に思えて」

「だけど、ギデオンに雇ってもらったわけでしょう」ルクレティアは指摘した。「それに充分に健康そうに見えたわよ」

「ええ、でもサムのような男の子たちはほかにもいるわ。女の子たちだって。わたしに……わたしに何かできないかしら」

「たとえば？」ルクレティアが尋ねる。

メッサリナは眉根を寄せた。「それはよくわからないけれど……」

だが頭の中で漠然とながらも考えが浮かぶのが感じられた。貧しい少年たちがまっとうな人生を歩みだすのに必要なもの。

生きる目的。

ルクレティアがふたたびあくびをする。

メッサリナは彼女へ目をやった。「あなたはもうベッドへ行きなさい」

「眠くないわよ」ルクレティアは言い張った。

メッサリナはいとおしげに微笑んだ。「まるで五歳児ね」

「ふん」ルクレティアはカップをいじっている。「メッサリナ……」

「なあに？」

ルクレティアはティーカップを見つめた。「わたしがウィンダミア・ハウスの舞踏会に出席するのは賢明なことだと思う？」顔をあげると、いつになく深刻そうな表情をしている。

「もしも……もしもオーガスタス叔父さまに、そのままあの屋敷に残るよう命じられたら？」

恐怖がぞくりと背筋を這いおりた。

たしかにオーガスタス叔父は一度はそうさせるつもりでいた。しかし、舞踏会に出なければ、叔父は激昂するだろう。

その怒りの矛先を近くにいる者へ向けるかもしれない。

紅茶の後味が急に苦く感じられ、メッサリナはカップを置いた。「舞踏会へはギデオンも一緒に行くのを忘れないで。夫があなたを守ってくれるわ」

「それでも……」ルクレティアは唇を噛んだ。「頭痛がするとか言い訳して、出席を取りやめるべきじゃないかしら？」

メッサリナは首を横に振った。「そんなことをすれば、かえって目をつけられるだけよ。おとなしい子羊みたいに言うことを聞くふりをするほうが賢明だわ」

ルクレティアは鼻にしわを寄せた。「ぞっとする」

「たしかにね」メッサリナも顔をしかめてみせた。「ジュリアンとクインタスも来るんじゃないかしら。招待されているはずよ――正しくは〝来るように命じられている〟でしょうけれど。そうしたら、あなたは三人に守られることになるわ」

「だけど」ルクレティアは勢い込んだ。「オーガスタス叔父さまがわたしにも夫をあてがおうとたくらんでいたら？　お姉さまのときはなんの警告もなくいきなりだったわ。わたしの相手として、ろくでもない男を見つけている可能性だって充分にありうるでしょう？」

メッサリナは息が止まりそうになった。まさしくそのとおりだと妹に教えるべきだろうか？　とはいえ、それでなんになるだろう。ルクレティアはすでに神経をぴりぴりさせている。

余計なことを知れば、いっそう心配させるだけでは？

「アン叔母さまの舞踏会でそんなことはしないはずよ」ゆっくりと言った。「まわりに人が多すぎるわ。それだと口をはさまれる恐れがあるでしょう。けれど、あなたの言うとおりね。あなたをオーガスタス叔父さまの手の届かないところへ連れていかなければ」

そのためには約束どおり持参金の一割をもらう必要がある。

ルクレティアはため息をついた。「ジュリアンとクインタスからは音沙汰すらないわ。お姉さまには連絡があった？」

「いやだ、忘れていたわ」メッサリナはあわててドレスのポケットに手を入れた。「ことづてをもらっていたのをあなたに言うつもりだったのに。この宿にいるそうよ」

グレイコートの印章で封をされた手紙を出した。

ルクレティアはそれを受け取って開くと、ジュリアンの優雅な筆跡で綴られた短い文面に目を通し、姉に返した。「正直、ふたりが今日ここへ現れなかったのは意外だったわ。ゆうべの様子から考えて、てっきりもう一度のり込んできて、わたしたちを力ずくで連れ去ろうとすると思っていたのに」

メッサリナは唇をすぼめて天井に描かれた乙女を見あげた。「ジュリアンは興味をなくしたのかしら」

「クインタスはたぶん酔っ払っているんでしょうしね」

「ふたりとも昔はこうじゃなかったのよ」メッサリナは静かに言った。「オーレリアがいた頃は」

「わたし、ジュリアンが笑っていたような記憶があるの」

「昔はよく笑っていたわ」メッサリナの胸にずきりと痛みが走った。「三人とも――ジュールズも、ランも、ケスターも」

幼かったメッサリナの目に、彼らは若き神々のごとく見えたものだ。あれでまだ一七歳だったなんて。

彼らもまだ子どもでしかなかったのだ。

ランの妹フレイヤは、オーレリアが亡くなってランが片手を失ったあとは、メッサリナとケスターの両方を恨んでいたが、いまではどちらとも仲直りし、ケスターと恋に落ちて結ばれた。

「オーレリアがいた頃のことはほとんど覚えていないわ」ルクレティアは寂しげに言った。

「あなたはまだ八つだったもの。当時のことを説明するのは難しいわ」メッサリナは思案してから話しだした。「オーレリアは光り輝いていたの。まるで太陽みたいに。いたずら好きでよく笑い、とてもやさしくて、内側から光を振りまいているようだった。オーレリアが亡くなったとき、わたしたち家族が失ったものは彼女の存在だけではなかったのでしょうね」

ルクレティアはため息をついた。

「オーレリアが生きていた頃、ジュリアンたち三人組は無二の親友同士だったわ」メッサリナは続けた。「野原を駆け回って、実の兄弟よりも強い絆で結ばれていた。あの三人がばらばらになるなんて当時は考えもしなかったわ」悲しげに微笑する。「ジュリアンがあんなに冷ややかな人になるともね」

「わたしもその頃のことをもっと覚えていればよかったのに」ルクレティアはしんみりと言った。「お父さまとお母さま、それにオーレリアのことや、以前はどんなだったかを」

メッサリナは何も言わず、肩を妹の肩にそっとぶつけた。父はメッサリナが一一歳、ルクレティアが七歳のときに亡くなった。翌年にはオーレリアが謎だらけの状況で命を落とし、あとを追うようにすぐに母も他界した。グレイコートで生まれ育ったメッサリナとルクレティアにとって、大きな——大きすぎる——衝撃だったのは、姉に続いて母親を失っただけでなく、わが家までも失ったことだ。

母は亡くなる直前、自分の死後は姉妹を引き取るよう親戚に頼んでいた。その親戚というのが高齢の独身紳士で、いきなり押しつけられたふたりの少女にはなんの関心もなかったのだ。姉妹は住む場所、食事、衣服を与えられて不自由な思いをすることはなかったものの、そこはわが家ではなかった。

その親戚も没すると、姉妹はオーガスタス叔父のもとで暮らすことを余儀なくされた。亡くなった親戚は無関心だった一方、公爵は悪意に満ち、こちらのほうがはるかにたちが悪かった。暴力を振るうことはなかったが、些細なことに目をつけては——裾がほつれている、笑い声が大きすぎる、ポリッジを食べ残した——毎晩のように姉妹を叱りつけるのを楽しむのだ。叔父が与える罰は意地が悪く、手厳しかった。

やがてふたりはなるべく叔父を避けるようになり、目にとまってしまったときには、どれほど相手の機嫌が悪かろうとなんの反応も見せないようにした。

だからこそ妹と暮らせる自分の住まいを持つことはメッサリナの長年の夢だった——ごく最近までは。ギデオンのせいで、彼女の決意はいつの間にか揺らいでいた。罪悪感が胸をかすめた。ルクレティアを守ることを考えなければ。

姉妹で逃げる計画をあきらめるわけにはいかない——叔父が無理やり妹を嫁がせようとしているのだから。

あきらめることは許されない。

ルクレティアはまたもあくびをしてティーカップをおろした。「やっぱりベッドに入らなきゃいけないみたい」しぶしぶと言う。「わたしね、幼かった頃、フクロウになりたかったのよ」

メッサリナは驚いて目をしばたたいた。「まあ、どうして?」

「楽しいことってどれも暗い夜のうちに起きるものでしょう」ルクレティアは眠たそうに答えた。

メッサリナは笑い声をあげた。「あいにくだけど、フクロウにだって睡眠は必要よ」

ルクレティアとともに立ちあがり、仲よくふたりで階段をあがって妹の部屋の前でおやすみの挨拶を交わした。

メッサリナは自分の寝室へ向かった。ギデオンは夕食後に仕事があると言っていたけれど、やり終えて彼女を待っているかもしれない。

ゆうべ抱かれた記憶がよみがえり、足が速まった。

だが寝室にたどり着いてみると、夫の姿はなかった。代わりに、バートレットが着替えを手伝おうと待っていた。

メッサリナは落胆を隠した。

その夜はベッドに入る支度を手早く終わらせた——ひとりになりたかった。数分後にはバートレットをさがらせて、なんとはなしに暖炉の前へ向かった。少しも眠くない。ルクレティアと買い物へ行ったときに本を買っておけばよかった。

ベッドを振り返り、枕の上に折りたたまれた紙片がのっていることに、そのとき初めて気づいた。

頬がゆるみそうになるのを唇を噛んでこらえ、手紙を開いた。


〝浴室にいる〟


書かれているのはそれだけだった。けれども自分が招かれていることは見ればわかる。

浴室の扉が開いたとき、ギデオンは浴槽の縁から頭をもたげはしなかった。誰かはわかっているし、疑念の余地なく認識してもいた。いまメッサリナを誘惑するのは不道徳だと。罪深く、間違った行為だと。

だが自分を止めることはできなかった。

メッサリナを渇望する気持ちはもう抑えきれない。

これまで日々の歩みは、おのれが最終的に目指すもの、権力と富へ至るよう、常に周到に計画されていた。ところがメッサリナと結婚してからは、不安になるほど自分の筋書きと計画から脱線を繰り返している。

妻と過ごす時間が長すぎる。彼女を失う日のことを案じる時間が長すぎる。

簡単なはずの決断にここまで思い惑ったことはなかった。ジュリアンを殺して金を受け取る、それだけではないか。

しかしメッサリナの存在が、彼女のやさしさが、心の温かさが、ギデオンを悩ませていた。敵がどんな大男でも、ナイフ試合でひるんだことは一度もなかった。恐れなど知らずにセント・ジャイルズで暮らし、働いた。相手が公爵だろうとまっすぐ目を合わせて取引をした。それがいまやどうだ？

いまは心の底から恐れている——妻を失うことを。

目を開くと、扉の前にメッサリナが立っていた。白い部屋着をまとい、おろした黒髪が肩にかかって美しく波打っている。彼女が欲しい。

メッサリナは扉を閉めて寄りかかった。「持参金の一割をまだもらっていないわ」

「ああ。約束どおり、きみに渡そう」ギデオンは言った。

「いつ？」

銀行口座から金をおろすにはどれだけかかるだろうか？　貯蓄の残高がほぼ底をつくが、それ以外には彼女の兄を殺すしかすべがない。いまはまだ殺害を実行に移す気分にはなれなかった。「四日後になる」

メッサリナは一瞬ためらい、それから顎をあげた。「それでいいわ」

「無粋な話はやめにしよう」ギデオンは片手を差しだした。

メッサリナが浴槽へ近づいてくる。「ひとりじゃ寂しいかと思って」

大胆な言葉とは裏腹に、彼のてのひらに重ねられた手は震えていた。

「ああ、寂しかった」ギデオンは彼女を引き寄せた。

「本当に？」メッサリナがかすれた声で言い、彼に寄りかかってくる。

彼女の髪に手を滑らせると、その肌に濡れた軌跡が描かれた。まるでギデオンの所有権を示すかのように。その考えに、高まるものが妻を求めて脈打った。

「脱いでくれ」かすれた声で言い、部屋着の胸元を絞っているリボンを引っ張る。

メッサリナは部屋着を床に落とし、ネグリジェを頭から脱いで、生まれたままの姿で彼の前に立った。

美しい。この裸身はいまは自分のものだ。

ギデオンはじっと視線を注いだ。愛らしい胸のふくらみから、へそのくぼみ、なめらかなヒップの曲線まで。両脚のあいだの黒い茂みや、そこからのぞく薄紅色の合わせ目まで。

彼女の顔へ目を戻すと、真っ赤に染まっていた。

「おいで」ギデオンはささやいた。

メッサリナは疑わしげに湯船を眺めた。「お湯が縁まで入っているから、わたしが入ればこぼれてしまうわ」

ギデオンは彼女を引っ張った。「かまわないさ」

メッサリナはギデオンの肩に手をつくと、片足ずつ浴槽に入って、彼をまたいだ。立ったまま、そこからどうしようかと戸惑っている。

「こうするんだ。ぼくのほうを向いて座ってごらん」

彼女が膝を曲げて腰をおろしたとき、あふれた水が音をたててタイルにこぼれた。窮屈だが、気にはならない。いまメッサリナが自分の膝の上にいて、ギデオンはその胸を両手ですくうのに忙しいのだから。柔らかなヒップが下腹部にちょうどのっていて、彼は苦しいほど誘惑されていた。

メッサリナは彼の首からさがるファージング硬貨を手に取った。「外すことはないの？」

ギデオンは死んだ弟のことを頭から払いのけた。「肌身から離すことはない」

「よほど大切なものなのね」メッサリナのグレイの瞳が彼の目を探った。

ギデオンは答えを拒んでかぶりを振り、彼女の瞳がわずかに悲しげになるのを見つめた。

メッサリナが身を乗りだして唇を差しだしたので、彼はそれを受け取った。彼女の口は甘く、熱い。胸の頂を親指で弾かれると、彼女は舌をきつく吸い、両手で肩をつかんできた。爪が肌に食い込んだが、ギデオンは気にしなかった。

いまこのときはメッサリナ以外の何も気にならない。

ギデオンは顔をあげて息を吸い込んだ。心臓の鼓動を静めてペースを落としたいが、どうやら理性はかけらも残っていないらしい。右手を湯に沈め、柔らかで繊細な彼女の茂みを指で梳（す）いた。

「ギデオン、ああ、ギデオン」

ピンクのバラにも似たメッサリナの唇がささやく名前ほど、官能的な響きは耳にしたことがなかった。

メッサリナの脚のあいだの谷間を指でたどり、割れ目に潜む小さな真珠の粒を探り当てる。それをつまんで転がし、のけぞる体を腕に抱きかかえた。彼女が両脚を広げようとしたが、浴槽が狭すぎて無理だった。

中指を沈めると、熱くなめらかな深みがギデオンをきつく締めつけた。

ああ、指ではなく、別の部分をそこにうずめたい。

だが自分は慎重な男だ。完璧な瞬間まで待つことのできる男だ。片手で真珠の粒をつまみながら、反対の手を――ゆっくり、やさしく――彼女の中へ差し入れた。

メッサリナの狂おしげな声が静まり返った浴室に響く。ギデオンは扉に鍵をかけていないことに気がついた。キーズかレギー、あるいはほかの部下のひとりが、もっと湯が必要かどうか確かめに来てもおかしくはない。

いますぐやめて妻を浴槽から出し、服を着させなければ。

だが、できなかった。男の証(あかし)はふたりのあいだでこわばり、欲望を高ぶらせている。

ギデオンは彼女の顎にキスをした。「きみがのぼりつめるところを見たい」

彼女が狂おしげに唇を噛む。ギデオンは円を描くように小さな粒をそっとなぞった。

「ああ、お願い」メッサリナが懇願した。

欲望に貫かれながらも、ギデオンは自分を律した。まだだ。まだ我慢しろ。

メッサリナは彼の肩をぎゅっとつかんで、目をしっかりとつぶり、唇を開いて頭をのけぞらせた。

奔放に。

セイレーンのごとく蠱惑的に。

「高みへのぼりつめるんだ」ギデオンはささやきかけた。

下半身を彼女にすり寄せたい。

しかし、これは自分のための行為ではない。

メッサリナがヒップを動かしたので、湯が波を打って大理石の床にこぼれた。

彼女はそのまま体を硬直させていた。ギデオンに愛撫されて、切なげな声を漏らす。

やがてぐったりと彼にしなだれかかった。満たされた体からは力が抜けていて、嚙みしめていた唇は赤く腫れている。

ギデオンは妻の体を持ちあげた。気が急いて、体がうまく動かない。メッサリナと結び合う前に達してしまいそうだ。彼女が自分の上で官能に身をよじるまでに長くかかりすぎたようだ。

だがメッサリナは頭を起こしたかと思うと、彼の目を見つめて、自分から腰を持ちあげた。

ギデオンは片手で高まりをつかみ、熱く濡れた、柔らかな場所を探り当てた。

そして突きあげた。

メッサリナが声をあげる。ギデオンは彼女の中へ入り、ひだを押し開いて沈み込んだ。それでも、深みには届かない。先端で貫いただけだ。

ああ、くそっ。

もっとだ。これではもどかしさにどうにかなってしまう。メッサリナを自分のものにしたい。彼女の中に身をうずめて、ひとつになりたい。メッサリナは慎重に腰を動かし、先端を包み込んでは引きだした。緩慢な動きでそれを繰り返す。

ギデオンは正気を失いそうだった。

身動きしないようにこらえると、全身の筋肉が震えた。

「ギデオン、ああ、ギデオン」メッサリナが彼をいたぶりながらつぶやく。もっと……。

メッサリナは首を横に振った。

「深くだ」我慢できずに要求した。「もっと深くまで腰を沈めてくれ」

これではなぶり殺しだ。

彼女は熱く濡れた口を開けてギデオンの唇に重ね、彼の上に腰を据えた。乳房の先が胸板をこする。ギデオンはもうこれ以上耐えられる自信がなかった。

するとメッサリナはゆっくりと、いきり立ったものを少しずつ受け入れていった。

彼女の熱の中へ、引き締まった体の中へと。

ギデオンは頭をのけぞらせてうめいた。猛り狂うものが脈動する。奥深くまで引き込まれるのと同時に、苦痛をともなう快感に襲われながら達した。

メッサリナを自分のものにした。

だが恍惚としながらもわかっていた。彼女のほうがギデオンを自分のものにしたのだ。

三日後、メッサリナはギデオンの広いてのひらに手をのせて馬車からおり立った。夫がルクレティアに向きなおって手を貸すあいだに、スカートを払う。それから顔をあげた。ウィンダミア・ハウスは松明とランタンの明かりに照らしだされ、正面階段前には上流社会の面々が続々と馬車で到着していた。

メッサリナは客の顔ぶれを眺めた。もうひと月もすればさらに大勢が街に戻ってくる。ウィスパーズ・ハウスで開く舞踏会はもっと大規模なものにしなくては。

自分がギデオンのもとに残るつもりでいることに、彼女はふと気がついた。

口元に戸惑いの笑みが浮かぶ。

「わたしの格好、どうかしら？」ルクレティアの声で、メッサリナはわれに返った。

妹を振り返る。ルクレティアは輝くアイスブルーのドレスをまとい、肘丈の袖からはレースがあふれだしている。胴着には黄色と赤の花々が刺繍され、縁飾りは銀色のレースだ。つややかな黒髪は結いあげられ、真珠で彩られている。

完璧だ、目に怯えの色さえなければ。

「すてきよ」メッサリナは心から言った。「会場にいる殿方はみんなあなたの足元にひれ伏し、女性たちはねたましさに真っ青になるでしょうね」

「よかった。まさにそれが狙いよ」ルクレティアは落ち着かなげに髪に触れた。

ギデオンはふたりに腕を差しだした。「準備ができたなら行こうか」

夫の笑みを見て、メッサリナの息は止まり、頬が赤くなるのを感じた。この数日はギデオンとたっぷり愛を交わし、彼に慣れる一方で気恥ずかしさが増していた。理屈の通らないことだが、事実なのだから仕方ない。ゆうべはひと晩じゅう、ベッドの中でギデオンの腕に抱かれていた。素肌が触れ合うぬくもりと心地よさを感じて、これでいいのだと思えた。この結婚は名ばかりのものではないかのように思えた。

ひょっとすると、そうなのかもしれない。

とはいえ、このままとどまれば……。メッサリナは夫の腕を取りながらも、視線をルクレティアに向けた。

ギデオンのもとにとどまってこの結婚を本当のものにすれば、ルクレティアの身に危険が及ぶ。ジュリアンが妹をどこか遠くへ連れていくことができないかぎりは。

兄がそうしてくれれば、メッサリナは自分には許されないと思っていた暮らしを楽しむことができる。

だがルクレティアと離ればなれになるかと思うと胸が締めつけられた。ギデオンとその部下がいれば、妹を守り抜けるのではないだろうか。みんな一緒にロンドンで満ち足りた幸せな生活を送れるかもしれない。そうなれば持参金の一割を逃亡資金に当てずにすみ、代わりに……。

一生懸命なサムの顔が思い浮かんだ。サムのような幼い少年たちの顔が。

未来に新たな可能性を見いだし、メッサリナは胸が躍るのを感じた。新生児の肌みたいに、大切で頼りない可能性が。

けれど、いまはオーガスタス叔父の舞踏会をうまく切り抜けなくては。メッサリナは肩をいからせ、笑顔になっているのを確かめた。ギデオンは――ミスター・アンダーウッドとその弟子たちにより法外な追加料金で大至急仕上げられた――新調したての服をまとい、どんな紳士と比べても見劣りしなかった。

今夜、ギデオンを社交界に紹介しよう。

メッサリナは震える息を吸い込んだ。

ギデオンに目配せされると、希望に似たものが胸に息づくのを感じた。〝彼〟のために、がんばろう。

メッサリナは屋敷の正面階段をあがりながら、思わずにはいられなかった。前回叔父の屋敷へ来たときと比べて、今夜はなんて幸せなのだろう。あれは遠い昔に思えるけれど、もちろんそんなことはない。

ギデオンが姉妹を中へ案内した。玄関ホールは思いのほかひとけがなく、手袋とショールを受け取る従僕がひとりいるだけだった。これが社交シーズンのまっただ中なら、壁から壁まで人であふれ返っていただろう。

メッサリナはギデオンの腕を取り、弧を描く大階段をあがって上階の舞踏室へ向かった。

そこでオーガスタス叔父と哀れなアンに迎えられた。

公爵は頰を上気させてご機嫌だ――これがよい兆しだったためしはない。「愛する姪たちよ！　ふたりとも来てくれて、こんなにうれしいことはない」

メッサリナは妹のほうを見そうになるのをこらえた。

叔父は近づいてくると、まずはルクレティアに、それからメッサリナにキスをした。メッサリナはぴくりとも動かなかった――腕に蜘蛛が這いあがってきたような気分だった。オーガスタス叔父はギデオンに向きなおり、笑みをゆがめた。「それにホーソーン」上から下までギデオンを眺める。「服を新調したのか？　これならよもやセント・ジャイルズの娼婦が産んだ子どもとは誰も思わんだろう」

メッサリナは横にいるギデオンが身をこわばらせるのを感じた。彼の母親は本当に娼婦だったの？　事実だとしても、それを本人の面前で言うなんて……。

夫の腕に置いた手に力を込め、まつげの下から彼の様子をうかがった。

ギデオンの顔つきは平然そのものだった。まるでオーガスタス叔父から社交辞令を言われただけのように。

メッサリナは不安が背筋を這いおりるのを感じた。ギデオンが冷たくも、酷薄でもないのは知っているけれど、彼は感情を隠すのが上手だ。メッサリナのことを、富を手にするための手段以上のものと見なしてくれているのだろうか？

夫にとってもこの結婚は本物になりつつあるのだろうか？

メッサリナは唇を引き結んだ。

ほかの客たちが後ろに集まりはじめ、おかげで挨拶を切りあげることができた。似合わない紫色に身を包んだアンに短い言葉をかけ、メッサリナたちはすぐに公爵夫妻の前を通り過ぎた。

室内を見回したメッサリナは、みんながあからさまに顔をそむけるのに気がついた。この舞踏会が試練になるのはわかっていたが、自分は――ギデオンも――覚悟ができているつもりでいた。

メッサリナは彼を見あげて微笑んだ。「ぶらぶら歩いてみましょうか？」

見おろしてくるギデオンの目にはまだ冷ややかさが残っていたので、彼女はぞくりとした。

「きみが望むなら」

数歩進むなり、ルクレティアが息を潜めて声をあげた。「あそこ、ジュリアンがいるわ」

顔を向けると、壁際に銀色の服をまとった長兄の姿があった。いまにも眠りに落ちそうな様子で首をそらしている。その横では、うら若きレディとその母親らしき女性が彼を会話に引き込もうとしていた。ジュリアンは女性たちを無視し、無表情な視線を舞踏室の反対側へ投げかけた。

彼らの叔父へと。

ルクレティアがギデオンの横から身を乗りだしてささやいた。「もう街を出たものと思っていたわ。クインタスはいる？」

「いないようね」メッサリナはため息をついた。おそらくほかの紳士たちと一緒にカードテーブルのある部屋にいるのだろう。あそこでは舞踏室の水っぽいパンチより強い酒が振る舞われる。「ジュリアンに挨拶をしてきましょう」

ルクレティアは姉の腕に手を置いて小さく微笑んだ。「わたしが先に行くわ。ジュリアンの機嫌が見た目よりましなら、お姉さまを呼びに戻ってくる」

「ありがとう」ジュリアンと進んで言葉を交わしたい気分ではなかった――クインタスとギデオンが口論し、長兄が心ない言葉を投げかけたあとでは。

ジュリアンのほうへ歩いていくルクレティアを見つめ、メッサリナは顔を曇らせた。兄たちがアダーズ・ホールへ帰ってくれていたほうが話は簡単だっただろう。

そんなふうに思う自分は薄情な妹だが、本音を言うと、ギデオンとのあいだに起きつつあることを邪魔されたくなかった。これから贈り物を――あるいは新しい本を――開けようとしているみたいに感じる。新しい世界が目の前で開きかけているみたいに。

恋に落ちかけているみたいに。

メッサリナはちらりとギデオンへ目をやった。もしかして彼も同じように感じているのだろうか？

頬がだらしなくゆるむのを隠して澄ました顔をつくろい、ギデオンと歩みを進めた。二歩も進まずに見知った顔を見つけた。

「あそこにルークウッド伯爵がいるわ」メッサリナはささやいた。

「ああ」ギデオンが伯爵を見る目つきはオオカミがウサギを見るそれだ。

「今度はわたしがあなたをきちんと彼に紹介するわ」メッサリナは伯爵のほうへ向かった。ルークウッドは数人の紳士淑女に囲まれている。ひとりが振り返ったとき、メッサリナは顔をほころばせた。「まあ、アラベラ・ホランドよ。ホランド姉妹とお母さまとは、わたしがルクレティアと出席したハウスパーティーで同席したことがあるわ」夫に少しだけ身を寄せ、クローヴの香りを吸い込んだ。「そう言えばあのとき、ルークウッド伯爵とアラベラは結婚するという噂があったわね」

「メッサリナ！」レディ・ホランドが声をあげて両手を差しだした。「結婚したと聞いたわよ」

メッサリナは笑みを返して相手の両手を取った。「わたしの夫、ミスター・ギデオン・ホーソーンをご紹介させてください。ギデオン、こちらはレディ・ホランドとお嬢さまのレジーナ、それにアラベラよ」

名前を呼ばれた娘ふたりがお辞儀をする。どちらも母親譲りの小麦色の髪に真っ青な瞳というよく似た容姿だが、性格は正反対だ。長女のアラベラは内気で目立たないのに対し、次女のレジーナは陽気で快活だ。

「では本当に結婚したのね」レジーナが言う。「でも、なぜこっそり式を挙げたの？」

レディ・ホランドは悪気のない娘の詮索を急いでさえぎった。「おふたりにも事情があるんだから、わたしたちがあれこれ言うことではないわ」

レジーナは不服そうな顔つきだ。

メッサリナの唇がぴくぴくと動いた。

「フレイヤがハーロウ公爵と駆け落ちしたのはご存じ？」レジーナは興奮して新たな話題を持ちだした。「あのふたりには何かあると思っていたわ。だってハウスパーティーではずっとくっついていたでしょう」

メッサリナはぽかんと口を開けた。

「レジーナ！」アラベラが小声でたしなめる。

「無責任な噂話をするものではありません」レディ・ホランドは怖い顔をして次女をにらんだあと、語気をやわらげた。「少なくとも人前ではね」

「駆け落ちして即席で結婚式を挙げる人の気持ちが、わたしには理解できないわ」レジーナは母親の叱責もどこ吹く風で口にしたあと、あっ、と目を見開いてメッサリナを見た。「そういうつもりじゃ――」

「いいのよ。わたしはこぢんまりとした式にしたかったの」メッサリナは言った。

レジーナはほっとした様子だ。「わたしとミスター・トレントワースが結婚するときは、好きなだけ人を招いて盛大に式を挙げていいと母は言ってくれているの。どうぞミスター・ホーソーンとふたりでいらしてね。もっとも、もちろんアラベラが先に結婚してからの話になるけれど」

「喜んでご招待にあずかるわ」メッサリナは心から言うと、アラベラに明るく微笑みかけた。「ご婚約されたのね。お祝いを言わせて」

「ありがとう」アラベラは頬を染め、自分の婚約者へちらりと目を向けた。

ルークウッド伯爵はほかの紳士と話し込んでいたが、彼女の視線を感じたかのように顔をめぐらせてにこりとした。話し相手に顔を戻してふたことみこと口にしたあと、アラベラの横へやってきた。

婚約者に腕を差しだしてから、冷笑をたたえたまなざしをメッサリナへ向ける。「ミス・グレイコート。田舎に滞在していたときののんびりした気分は払拭されましたか?」

「ええ、もうすっかり」メッサリナはお辞儀をし、いたずらっぽく微笑んだ。「でも、わたしの名前をお間違えになっています。いまはミセス・ホーソーンですの」

「そうでしたか」笑みを返す伯爵はまぶしいほど魅力的だ。容姿端麗であることは本人も認めるところだ。「それは喜ばしい」

「ありがとうございます。わたしの夫、ミスター・ギデオン・ホーソーンをご紹介させてください。ギデオン、こちらはルークウッド伯爵、リアンダー・アシュリーよ」

「ホーソーン」ルークウッド伯爵がその名を繰り返す。微笑んではいるが、まなざしが険しくなった。「以前に劇場にいらっしゃいましたね。ウィンダミア公爵に仕えているのではなかったかな?」

ギデオンは冷静な表情で会釈をした。「はい、閣下」

メッサリナはふたりの男性を交互に見た。「では面識がおありなのですね?」

ルークウッド伯爵が彼女へ目を向ける。「いや……お名前を耳にしたことがあるだけだ」

「それは光栄の至りです」ギデオンのこばかにしたような口ぶりを耳にして、メッサリナはそのつま先を踏みつけてやりたくなった。出資を仰ごうというときに、相手の反感を買ってどうするの？

彼女は急いで言った。「おめでたいお知らせがあるそうですね？」

伯爵はただちに笑みを取り戻してアラベラを見つめた。「ええ。わたしは実に幸運です。ミス・ホランドが求婚を受け入れてくれたのですから」

微笑ましい言葉だが、事実とは言いきれない。アラベラの家系は充分に立派で、結婚持参金も申し分ないとはいえ、ふつうなら彼女が伯爵の目にとまることはなかっただろう。この舞踏室でアラベラにあからさまな羨望のまなざしを向けている未婚の淑女はひとりだけではない。

当のアラベラは気づいていないらしく、伯爵のやさしい言葉に顔を赤らめてうっとりと彼を見あげた。「リアンダーのおかげで、わたしはロンドン一幸せな女性になったわ」アラベラは心からそう思っているらしい。

伯爵はつかの間、婚約者と見つめ合った。

その顔にさりげない笑みが戻る。「きみの幸せはわたしのすべてだ」

レディ・ホランドが咳払いしてギデオンに目をやった。「あなたはまだ公爵のもとで働いていらっしゃるの？」

好奇心に満ちた視線をメッサリナに向ける。無理もない。彼女に莫大な持参金がついてくることは周知の事実で、そんな相手と結婚したとなれば、本人が望まないかぎり、二度と働く必要はないと思われているはずだ。

「ええ、まだお仕えしています」ギデオンはさらりと認めた。「とはいえ、自分でも事業を手がけています。イングランド北部に炭鉱を所有しているんです」

「あら、そうでしたの」レディ・ホランドは礼儀上、商売の話には関心を示さなかった。

ルークウッド伯爵も先ほどまで会話していた紳士に目を向けていたので、メッサリナは引きあげどきだと判断した。

ギデオンの脇腹を肘でそっとこづく。

夫が視線を向けてきたとき、メッサリナは庭へ出る扉に頭を傾けてみせた。

彼の目がすっと細くなり、自分の指示を無視されるのではないかとメッサリナは一瞬ひやりとした。

しかしギデオンはすぐに会釈した。「ここで失礼させていただきます」黒檀のような目をいたずらっぽくきらめかせてメッサリナを見る。「妻と庭園を散策してまいりますので」

メッサリナはホランド母娘とルークウッド伯爵にこくりと頭をさげ、ギデオンとともに歩み去った。

数歩進んでから、夫が耳元に唇を寄せてきた。カールさせた後れ毛を唇でくすぐられ、メッサリナの背中はぞくぞくした。「なぜあっさりしりぞいたんだ？」

「あれはほんの手始めよ」ささやきながらも視線はまっすぐ前に据え、まわりの客を探った。「舞踏会の最中に、紹介されたばかりで仕事の話を持ちだしても、ルークウッド伯爵に無視されるのがおちよ。こちらの話に耳を傾けさせるには、まずは相手の懐に入らないと」

静かに鼻を鳴らした夫に、メッサリナはちらりと目をやった。

ギデオンの肉感的な唇が笑みを描く。「きみがそれほどしたたかだとは知らなかった」

「もう一〇年近く社交界を泳ぎ回っているのよ」メッサリナはそっけなく言った。「怪物がうようよ潜む深海をね」

ギデオンが息を殺して笑った。彼を笑わせたのだから、勝利したと思っていいだろう。彼女は胸の中でそっと微笑んだ。

ふたりは舞踏室の奥にたどり着いた。開け放たれている両開きの扉から、心地よい夜気が入ってくる。

「どこへ行くの？」

「庭に出よう」

ギデオンは屋敷の裏手にぐるりとめぐらされたバルコニーへメッサリナを連れだした。生け垣と砂利道が定規で測ったみたいな幾何学模様を描く格式張った庭園は、樹木まですべてこぢんまりと刈り込まれている。木々のあいだにつりさげられた紙製のランタンがおとぎ話に出てくる国のようなおもむきを添えていた。

ここを目にした回数は数えきれず、いつもは寒々しくて好きになれなかったが、ギデオンがそばにいるとまるで違って見えた。

「きれいね」

「ああ」ギデオンが深みのある声で応じた。

ふたりで庭園をそぞろ歩いた。砂利が靴の下で音をたてる。交差路に差しかかると、ギデオンは足を止めて彼女に向きなおった。

メッサリナは彼を見あげた。夜闇の中、ギデオンの黒い瞳は燃えているかのようで、彼女は手を伸ばして夫の頬の傷をそっとなぞった。

ギデオンが頭をさげて彼女にキスをした。

メッサリナは体を震わせ、夫の胸の中へ足を踏みだした。彼の唇は熱く、後頭部を包み込むてのひらは大きくて力強い。

唇の合わせ目を舌でなめられて、メッサリナの胸は高鳴った。ギデオンが欲しい。彼と――。

「ホーソーン！」

ギデオンは口づけを中断するや、彼女を背後へ押しやり、クインタスと対峙した。

メッサリナはギデオンの腕を握って顔をのぞかせた。次兄は怒りのせいで顔面蒼白になっている。その後ろにいるルクレティアの目は真っ赤で、頬は濡れている。ジュリアンは無言で傍観していた。

メッサリナは口を開いたが、先に声を発したのはギデオンだった。「なんの騒ぎだ？」

クインタスは上唇をめくりあげて歩を進め、ギデオンの顎を殴りつけた。

ギデオンは後ろによろめいてメッサリナにぶつかった。そのてのひらにナイフが滑り込むのがわかった。

「やめて!」メッサリナはギデオンの右手を両手でつかみ、クインタスに言い放った。「酔っているのね!」

クインタスはギデオンから目をそらそうとしない。「そうさ。だが、おまえの夫を叩きのめすのは酒のせいじゃない」

メッサリナはジュリアンへ目を向けた。「お願い、止めてちょうだい」

「遠慮する」ジュリアンは無慈悲なグレイの瞳を彼女に転じた。「知っていたか? ぼくたちがロンドンに到着した夜、おまえの夫は結婚を無効化することは不可能だと言った。夫婦の契りはすでに交わされているからとね」

「えっ?」メッサリナは困惑してジュリアンを見つめ、その言葉を理解しようとした。兄たちが到着した夜……?

不意に心臓の鼓動が乱れ、足元が崩れ落ちる感覚に見舞われた。底なしの黒い穴をどこまでも下へ下へと落ちていくかのようだ。

兄たちがロンドンに到着した夜とは、ギデオンと初めて結ばれた夜のことだ。これには……これにはきっと何か理由があるはずだ。単純明快な理由が。あとで笑い話になるような理由が。

しかし、頭では夫のための言い訳を必死になって探しながらも、メッサリナにはわかっていた。

彼女と結婚したのはお金のためだと、ギデオンは明言しているではないか。肉体的に惹かれていたとしても、愛しているという言葉を口に出したことは一度もない。

なぜもっと早く気づかなかったのだろう？

ルクレティアがしゃくりあげる大きな声が夜のしじまに響いた。

メッサリナはのろのろとギデオンに向きなおった。「兄の言ったことは事実なの？」

声が震えなかったことを、涙があふれなかったことを、誇らしく思う日がいつか来るのかもしれない。

けれど、本当は単にもう涙も出てこないだけだ。

ギデオンはメッサリナを見つめるだけで、頭の中で考えをめぐらせているのが見て取れた。妻に何を言うべきか。どうけむに巻けばいいのか。どうごまかせば、彼女をふたたび腕に抱き、ふたたび思いどおりにできるのか。

ついさっきまで喜びに高鳴っていた胸は、いまや石と化していた。

ギデオンには愛情などなかった。メッサリナを大切にする気すらなかった。すべては罠で、彼女自身の愚かな感情がそれを仕掛け、みずから陥ったのだ。

メッサリナは毅然として顔をあげ、ギデオンを見つめた。彼にキスをされた唇がまだじんじんしている。「事実なの？」

「ああ」ギデオンはうめくように言った。「だが聞いてくれ――」

「いいえ、聞くつもりはないわ」メッサリナはくるりと背を向け、おとぎ話の明かりに照らされた庭園をあとにした。

13

「ここがきみのうちだよ」キツネは小さなコテージのゆがんだ扉を開きました。中にはアザミの冠毛と苔で作られたベッドがひとつ、その横に木の皮でできたテーブルと椅子がふたつありました。「きちんと片づけて掃除をしておくれ。家のまわりに生えているものはなんでも食べていいけれど、決して森に入ってはならないよ」……。

『ペットとキツネ』

ジュリアンは、メッサリナが足早に立ち去り、そのあとをホーソーンが追うのを眺めた。ルクレティアが無言でふたりに続く。

「彼女があいつを捨てたら、街は数カ月その噂で持ちきりになるな」クインタスがぼそりと言った。

ジュリアンは弟へ目を向けた。どうやらそこまで酔ってはいないらしい。「ああ、そうだな」

ジュリアンもメッサリナが向かったほうへ足を踏みだした。長妹も今夜は彼と口をきこうとしないだろうが——打ちのめされていたのは見ればわかった——すぐにでも話し合う必要がある。メッサリナもルクレティアもホーソーンの屋敷を出ることになるのだから。

そうなるよう自分とクインタスで手を回す。

ホーソーンには、いずれ不慮の事故に遭ってもらうことになるだろう。

だからといってジュリアンがメッサリナから感謝の言葉をもらうことはない。礼を言われることなしに、一〇年以上家族を守りつづけていた。

ジュリアンがクインタスを横に従えて庭園の扉にたどり着いたときには、メッサリナは舞踏室で人々がさっとふた手に分かれる中を足早に突き進んでいた。

オーガスタス叔父はそれを眺め、ルクレティアからメッサリナ、そしてホーソーンへと視線を動かした。

その顔に笑みが広がる。

ジュリアンは驚きのあまり立ち止まりかけた。叔父は何をたくらんでいるのだろう？　自分がめあわせた男に対して、姪が公衆の面前で怒りをあらわにしたのだから、腹を立てるのが当然ではないか。ところが叔父は喜悦しているかのようだ。

単にメッサリナとルクレティアの涙を楽しんでいるのだろうか？

メッサリナが通り過ぎたあと、人々は頭を寄せ合って、扇越しにひそひそとささやきを交わした。洒落た身なりの男は、突進してくるホーソーンの前からどくのが遅れて押しのけられ、雌鶏みたいに甲高い声をあげた。

ジュリアンは妹たちが通り過ぎたあとを悠然と歩いていった。彼を呼び止めようとする者がいても無視した。他人の不幸は蜜の味とばかりに目を輝かせてしゃべりかけてくる者たちも。

すべてを無視した。そんな連中はどうでもよかった。

大事なのは家族だけだ。

ジュリアンとすれ違ったとき、オーガスタス叔父は目配せし、グラスを掲げて嘲った。

ギデオンは馬車の窓から外を見つめていたが、その目には何も映っていなかった。今夜の滑りだしはこのうえなく順調だったのだ。舞踏会。ルークウッドに紹介されたこと。ギデオンを見あげて微笑むメッサリナ。

心からの信頼に満ちていた美しい瞳。

ギデオンの目に何かが入り、つかの間、視界が滲んだ。

いや、大丈夫だ。まだ取り返しはつく。自分にはしたたかさと巧妙さがあり、頭脳戦で負けたことはいまだにない。つまるところはそれがすべてだ。言葉の戦い。正しい言葉を見つけだしさえすれば、妻を取り返せる。

メッサリナの笑みも。やさしさも。すべてはあるべき姿に戻る。

ギデオンはまつげ越しに彼女を眺めた。メッサリナは妹とともに向かいに腰かけていた。顔はまっすぐあげていて、泣いていない目は彼の隣の誰もいない席に据えられている。

妻はギデオンを見ようともしなかった。

馴染みのない何かが、これまで感じたことのない、ひょっとするとこれが恐怖というものかもしれない感情が、胸をざわめかせた。

ジュリアンが呪わしい。クインタスが、ルクレティアが呪わしい。ことあるごとに首を突っ込んでくるグレイコートのやつらが呪わしい。上流階級の威厳を保つのに余念のない貴族全員が、ギデオンとメッサリナのあいだに割り込んでくるすべての大人、子どもが呪わしい。

妻は自分のものだ。彼女の美しさ、彼女の富、身分、夫の野望を手助けしたいという意志は。

メッサリナのやさしさは。

一度はメッサリナを手にしたことにより、ギデオンの中で突如として恐怖が芽生えていた。永久に彼女を失ったのかもしれないというだけでなく、彼女なしではもう生きていけないのではないかという恐怖が。

馬車が揺れて止まり、ギデオンが顔をあげると、驚いたことにすでにウィスパーズ・ハウスに到着していた。

メッサリナが腰をあげたので、彼は急いで先におりると、降車するルクレティアに手を差しのべた。

ルクレティアはそれをぴしゃりと払いのけ、戦いに臨む女戦士(アマゾン)のごとく馬車から飛びおり、真っ赤に腫れた目でこちらをにらみつけた。

その姿にギデオンは思わず感嘆した。

しかし彼の注意をすべて引きつけているのは、ルクレティアの背後にいる女性だった。手を貸そうとするのをメッサリナに拒まれたものの、無視されるのには飽き飽きしていた。

手首をしっかりつかまれると、メッサリナは反射的に手を引いたものの、すぐにおとなしくギデオンの手を借り、無言で馬車からおり立った。

まったくの受け身で。

妻がされるがままでいたので、ギデオンはてのひらを焼かれたかのようにさっと手を離した。メッサリナは誰の言いなりにもなったことはない。ましてや彼の言いなりには。

ギデオンは胸騒ぎを覚えながらも、かすれた声で彼女の耳にささやいた。「話がある、いいね」弱さを見せることはできなかった。

ベルガモットの香りが濃密に漂っているのが感じられた。

メッサリナは首をめぐらせると、庭園でのあの呪われた瞬間以来初めて彼を見た。

グレイの瞳はうつろで、感情はすべて覆い隠されている。

ギデオンは何かに拳を打ちつけたかった。

「いいわ」メッサリナは表情をやわらげてルクレティアを振り向いた。「先に休んで。おやすみなさい」

ルクレティアが反発しようとする。「でも――」

メッサリナは妹の腕に手を置いた。「わたしはひとりで大丈夫。これはわたしの問題なの。

心配しないで」

あたかもギデオンがそこにいないかのような口ぶりだ。彼は妻を肩に担ぎあげたい衝動に駆られた。彼女の注意を自分へ向けさせたい。

ルクレティアは唇を噛み、目にふたたび涙を浮かべた。「本当に大丈夫？」

メッサリナは毅然として顎をあげたが、顔には苦渋の色がはっきり浮かんでいた。「ええ」

ギデオンは腹立たしかった。まるで自分が妻の心を引き裂いたかのようではないか。まるで彼女に癒しがたい傷を与えたかのようではないか。

ルクレティアが最後にもう一度ぎろりとにらみつけて屋敷の中へすたすたと歩み去るのを待ってから、ギデオンはメッサリナの手首を取り、室内へとうながした。彼女が逃げてしまいそうで、手を離すことができなかった。彼女に話をしよう。持てる説得力をすべて駆使して。

やりなおすことはできるはずだ。

しかし、がらんとした図書室に妻を引き入れて扉を閉めたとき、ギデオンの胸には確信も安堵もなかった。

メッサリナは彼からのがれると、部屋を横切って空っぽの本棚を無表情で見つめた。「言いたいことを言って終わりにしてもらえるかしら。ベッドに入りたいの」

ギデオンは息を吸い込み、慎重に切りだした。「悪かった。きみを傷つける気はなかったんだ」

「信じられないわ」メッサリナは彼を見ることさえつらいかのように、本棚相手にしゃべっている。「兄たちに結婚を無効にする手続きをさせないためだけに誘惑しておいて、それでもわたしが傷つかないと思っていたというの？」

「それは……」声が小さくなって消えた。ありえないことだが、次に言うことが頭に浮かばない。これほど鼓動が轟いたことはナイフ試合の最中でもなかった。死と向き合おうとも、微塵も不安を感じたことはない。

だがいまは……。

心底恐れおののいていた。

「どうなの？」

メッサリナの声は退屈そうだった。

そのせいで駆り立てられた怒りを、ギデオンはほとんど感謝しながらあらわにした。「きみと関係を持ったのがいつだろうと、なんの違いがある？」つかつかと近づいていく。「これだけ間近なら、彼女も顔を合わせずにはいられないだろう。「ぼくたちは、これが本物の結婚となるよう取引を交わした。ふたりがいつ関係を持ったかでそれが変わることはない」

「そうかしら？」メッサリナはそっと言った。「ごまかさないで、ギデオン。わたしはお互いの結びつきが深まったからこそ、関係を持ったつもりでいたの。わたしはあなたのことを……」

言葉を切ってかぶりを振る。

「ぼくのことを、なんだ？」最後まで言ってくれ。彼女が最後まで言ったら――ギデオンへの愛を認めたら――そうすればきっともとどおりになる。

メッサリナが顎をぐっとあげた。グレイの瞳がこれほどつらそうなのを――あるいは怒っているのを――見るのは初めてだ。「愛していると思ったわ。わたしたちは愛し合いはじめているのかもしれないと思った。あなたはわたしを気にかけてくれているのかもしれないと」

ギデオンは彼女を見つめ、胸には安堵感が広がった。「きみはぼくに対して、なんらかの感情を持っていると認めるんだな？」

「そうよ、あなたに愛情を抱いていた」メッサリナは顔をそむけた。「あなたとは違って。あなたの胸には富と特権を求める気持ちしかないんでしょう」

ギデオンは焦りに駆られた。指のあいだから彼女がすり抜けていくようだ。「ぼくの生まれは知っているだろう。ぼくの望みも知っているはずだ。なのにどうしていまさらぼくの欲望に驚いたかのように振る舞うんだ？」

「ええ、おかしいわよね？」メッサリナはひとりごとのようにつぶやいた。「あなたは自分には心も魂もないとはなから断言していた。それをかたときでも疑ったわたしが愚かだったのよ」

唇を震わせながらも、決然として彼と目を合わせる。「わたしは自分のほうの取引条件を満たしたわ――一度ならずね。だから持参金の一割を明日渡してちょうだい」

それを与えれば、メッサリナは去るだろう。

彼を置き去りにして。

ギデオンは首を横に振った。「できない」

メッサリナが口元をゆがめた。「できないの？　それともあなたがそうしたくないの？」

ギデオンは歯噛みした。「ぼくがそうしたくない」

「そう」メッサリナはくるりと背を向けた。「あれはわ、た、し、のお金よ。必ずいただくわ。お金をもらったあと、ルクレティアを連れてこの家を出ます。あなたは残りのお金でせいぜい楽しめばいいわ、ギデオン。ただし二度とわたしを惑わさないで。わたしのことは放っておいて」

彼女がそう言い残して扉へ向かったとき、ギデオンは腹を刺されたように感じた。これは悪夢だ。

妻を失いかけている。

「待ってくれ」彼女のあとを追って腕をつかもうとした。

しかしメッサリナは腕をさっと振り払った。「触らないで」

「メッサリナ」胸がふくれあがっていく。張り裂けていく。

粉々に砕けていく。

「やめて」彼女は険しい声で言った。「この屋敷も持参金も、わたしの名前すらあなたは所有することができる。けれど、わたしを所有することはできないわ」

そして部屋から出ていった。

脚が鉛でできているようだ。メッサリナは階段まで慎重に足を一歩一歩前に出した。ぼろぼろに傷ついているのを表に出したところでなんにもならない。

ギデオンのせいで壊れそうになっているのを。

あともう少し。あとほんの数歩で腰をおろせる。だからそれまでは顔をしっかりあげていなさい。

グレイコート家の人間は、災難や屈辱のせいでうなだれたりしない。

バートレットはメッサリナがギデオンと共有している寝室の前で待っていた。「奥さま？大丈夫でございますか？」

「ええ」ぎこちなくうなずいた。「今夜はもうさがっていいわ」

「ですが――」

困惑する侍女を無視して廊下を進んだ。ギデオンの寝室は二度と見たくない。

ルクレティアの部屋をノックしようと手をあげたとき、扉が開いた。妹に中へ引き入れられ、抱きしめられた。

「ごめんなさい」いまにもまた泣きだしそうな声でルクレティアが謝った。「お姉さまの結婚生活のことをジュリアンに話す権利なんてわたしにはなかったのに。ジュリアンがホーソーンのことをあまりにあしざまに言うものだから、お姉さまはもう名実ともに妻になったのだし、ジュリアンも彼と和解すべきだとつい口を滑らせてしまったの。そうしたらジュリアンはその言葉に飛びついて、どういう意味か教えろと……」

ルクレティアは体を引くと、幼い少女のように手の甲で目をぬぐった。「ごめんなさい、メッサリナ。何も言うべきじゃなかったのに。許してもらえるかしら？」

「許すことなんて何もないわ」メッサリナはのろのろと首を振ると、妹と並んでベッドに腰をおろした。「事実がわかってよかったのよ。愚かなひとり芝居をしていたんだから」

「でも、お姉さまは本当に幸せそうだったわ」ルクレティアがささやいた。目には水晶の粒みたいな涙が溜まっている。

「ええ、でもあれは偽物の幸せだった。そうでしょう？」微笑もうとしたけれど無理だった。「ギデオンには愛情なんてなかった。わたしの愛情に応える気も。最初から結婚のまねごとだったのよ。遅かれ早かれ彼は真実を明かしていたでしょうね、わたしたちの結婚は本物ではないと」

ずっとこらえていた涙が不意にあふれだす。視界がぼやけ、メッサリナはしゃくりあげた。ルクレティアの腕が体にきつく回されるのを感じた。

「ホーソーンに決闘を申し込んでやれないのが悔しい」ルクレティアが歯を食いしばる。「彼の干からびた真っ黒い心臓を剣先で貫いてやるのに！」

メッサリナはあきれた顔をした。「あなたときたら血の気が多いんだから。可能なら本当にやりかねないわね」

「やるに決まっているでしょう」ルクレティアは憤然として言った。

「落ち着いてちょうだい、雌トラの女王さま。違法な決闘であなたが牢屋（ろうや）に入れられたら、わたしは本当にひとりになってしまうわ」

「仕方ない、あきらめるわ」ルクレティアは大げさにがっかりしてみせた。

元気づけようとしてくれているのだろう。けれども笑顔を作るのは無理だった。はらはらとこぼれ落ちる涙を止めることも。

次に口を開いたとき、ルクレティアの声はやさしくおだやかだった。「わたしが手伝うから、ボディスを脱いで、リナ」まだ手引き紐をつけていた妹がよく回らない舌で呼んでいた子どもの頃の愛称を耳にして、なぜかメッサリナはわっと声をあげて泣きだした。ルクレティアは姉の頭からピンを引き抜き、胸当て（ストマッカー）とボディスを脱がせてやった。「ほら、これでいいわ。立ってちょうだい。次はスカートよ。気をつけてね」

メッサリナはよろよろと腰をあげた。「バートレットをさがらせるんじゃなかったわ」しゃくりあげて言う。「それに、あなたにも侍女をつけないと」

「いいのよ」ルクレティアの声は耐えがたいほどやさしい。器用な指が姉の衣装を解いていった。「わたしはバートレットを使わせてもらえれば充分だもの」

「あなたがそう言うのなら」メッサリナはつぶやいた。すっかりくたくただ！　泥沼を歩き、スカートに下へ、下へと引っ張られて、身動きできない漆黒の深みに落ちていくかのようだ。いずれ最後はそこでじたばたするのをやめるのだろうか。

「ええ、いまのままでいいのよ」ルクレティアはきびきびと言った。姉のスカートが足元に落ちる。「はい、スカートをまたいで。どう？　わたしがお姉さまの侍女を務めることだってできるわ。これならほかには誰も必要ない」

「ただし、ふたりとも料理はからきしよ」

「残念！　それもそうね。レモンカードパイをあきらめるのは無理だわ。わたしはパイさえあれば生きていけそうだもの」

メッサリナの喉から弱々しい笑いが漏れた。「あなたさえいれば、どんなことでも乗り越えられるわね」

しかし心は知っていた。ギデオンにもいてほしい。夜に抱きしめてくれる男性にも。やさしく微笑みかけ、夕食の席では議論を楽しみ、ありのままのメッサリナを愛してくれる人にも。

けれど、それは叶わぬ願いだ、そうでしょう？　ギデオンが彼女と結婚したのは家名と富のため、それだけなのを忘れるのは愚か者だ。

それに、これから先は？　スカートを広げていたパニエを脱がせてもらいながら、メッサリナは疲れたため息をついた。これから海外へのがれる計画を立てなくては。ギデオンが約束を破ることなく、持参金の一割をくれるといいけれど。

それすら信じていいのかどうかわからない。

ルクレティアが清潔なシュミーズを頭からかぶせると、ひだを寄せた布地がメッサリナの体を包み込んだ。まるで人形のように服を着せ替えさせてもらっている。

メッサリナは妹に向きなおって手を取った。「ありがとう」

ルクレティアは姉の頬にキスをしてベッドへ導いた。「子どもの頃みたいね」

「ええ、ほんとに」明るい声を出そうとしたが、少しもうまくいかなかった。

メッサリナが大きなベッドに入って上掛けを顎まで引きあげ、天井を見つめていると、ルクレティアはキャンドルの火を吹き消した。衣擦れの音がしてベッドが一、二度揺れ、そのあと妹が体を横たえて静かになった。

「おやすみなさい」メッサリナは言った。

「おやすみ」ルクレティアがささやく。

数分後には、いびきによく似ているけれどそうではない寝息が聞こえてきた。

しかし、メッサリナがようやく眠りについたのはそれから何時間もあとのことだった。

14

その夜キツネは捕ったばかりの野ウサギを持ち帰りました。ペットは空き地で火を熾して
それを焼き、黒イチゴとヘーゼルナッツを添えて夕食にしました。食事が終わるとキツネは
後ろ脚で立ちあがり、あくびをしました。するとその姿は赤毛でほっそりとした長身の若者
に変わり……。

『ペットとキツネ』

一週間近くたったある日、ウィスパーズ・ハウスの階段をくだっていたギデオンは、下か
らあがってくるメッサリナと鉢合わせした。
どちらも足を止めた。
「ごきげんよう」メッサリナはささやいて目をそらした。
同じようにそっけなく言い返すことができればよかったのに。彼女のまなざしを求めずに
いられたら。無言ですれ違えたら。
しかしギデオンにはできなかった。「元気かい?」

メッサリナのつややかな黒髪は上品にまとめられ、深緑色のドレスはよく似合っていたが、こちらを見ようとしない目の下にはくまができていた。彼女が話さえしてくれれば。この冷戦状態に終止符を打つ言葉が何かあるはずだ。妻をもう一度微笑ませる言葉が。

おまえはそれを見つけられていないではないか。頭の中でからかう小さな声を、ギデオンは払いのけた。あきらめるものか。メッサリナは妻であり、恋人であり、彼のものだ——たとえいまは本人がそれを否定していようと。

「変わりはないわ」メッサリナが冷ややかに言った。

ギデオンは息を吸い込んだ。「では、また夕食のときに」

声に滲む懇願の響きを隠すことはできなかった。

「ええ」彼女はうなずくと、通りで——特に好きでもない——知り合いとすれ違っただけのように階段をあがっていった。

くそっ。くそっ。

自分が抱えているすべての問題から逃げるかのごとく、ギデオンは階段を駆けおりた。夕食の席では話ができるだろうか。それがだめなら、妻と言葉を交わす機会は今日はもうない。舞踏会の夜以来、メッサリナは彼の寝室には来ていなかった。

「旦那」玄関ホールにいたキーズが主人の顔色をうかがいながら声をかけてきた。

「何かわかったか？」ギデオンは大股で玄関扉へと向かった。

キーズにはジュリアン・グレイコートをつけてその動向をできるかぎり調べるよう命じて

あった。なんといっても情報は力であり、次にジュリアンと会うとき力を握っているのはこちらのはずだ。

キーズは急ぎ足でギデオンに追いつき、息を切らして玄関前の階段をおりながら報告した。

「グレイコートがこれから人と会うらしいって情報が入ってきました」

「場所は？」

「〈オパール〉です」

通りへ出るギデオンの眉がはねあがる。〈オパール〉といえば、堕落した聖職者やうさんくさい銀行家、果ては裏で盗みまで働く者が集まる上流社会の掃き溜めとして知られるコーヒーハウスだ。「意外だな。そんな場所へ足を運ぶとは」

「ええ、だからこそじゃないんですか？」キーズは鼻につくほど陽気だ。「あんな店へ行くとは誰も思わないから、人目を忍んで人と会うことができる」

ギデオンは鋭い視線を投げかけた。「たしかな情報なのか？」

キーズは潰れた鼻の側面を指で叩いた。「弟のほうは酒が入るとよく舌が回る」

ギデオンは返事の代わりにただうなった。

日差しが燦々と降りそそぎ、ばからしいほどいい天気だ。晴天の恩恵に浴してロンドンの街はせわしなく活動している。すきっ歯のパイ売りがしゃがれた声を張りあげて客を呼ぶ。椅子駕籠の担ぎ手たちが軽快に通り過ぎ、駕籠に乗っている赤ら顔の紳士の巨大な鬘が揺れる。薄汚れた子どもたちは戸口でナックルボーンに興じ、荷馬車の御者は大きな馬を怒鳴りつけている。

吐きそうになる光景だ。そう感じるのはギデオンだけかもしれないが。

ふたりは押し黙って二〇分ほど歩き、頭上に看板がごちゃごちゃとせりだす細い路地に入った。

キーズがちらりとギデオンに目をやる。「あの先です」

「知っているさ」ギデオンは嚙みついたあと、顔をしかめた。「悪かった」

もうひとつ角を曲がると、〈オパール〉はいきなり右手に現れる。狭い路地にひしめくほかの店とは異なり、看板はいっさい出ていない。店があることを示すのはコーヒーの芳香だけだ。

ギデオンは背中をかがめて低い戸口をくぐった。

高い壁で仕切られたブース席の中には小さなテーブルが置かれている。ほかのコーヒーハウスとは違い、ここの客は見られるのを好まない。天井には煤けた長い梁が交差し、唯一の明かりは通りに面して並ぶ汚れた小窓から入る自然光のみだ。奥では悪神に仕える古代の女祭司のごとき威厳を放ちながら、年配の女がコーヒーを淹れている。

「あそこがいい」ギデオンは顎をぐいと動かし、部屋の片隅の薄暗いブース席を示した。

「あそこから入り口を見張っていれば、グレイコートを見逃すことはない」

キーズがうなずき、ふたりはその席に着いた。

すぐに小汚い少年が湯気のあがるマグカップをふたつテーブルへ置き、小銭をもらうや無言で離れていった。

コーヒーをひと口すすると舌がやけどしそうなほど熱く、ギデオンは胸のこわばりがほぐれるのを感じた。コーヒーはこの世の七不思議のひとつだ。紅茶のほうがいいというやつはどうかしている。

ただし……メッサリナは別だ。いつも紅茶をひと口飲んでうっとりと目を閉じる。その姿を思い返し、ギデオンはむっつりとマグカップを見おろした。

「何か機嫌を取る方法は考えてみたんですか？」キーズが声をかけてきた。

「なんだと？」

キーズは空色の目を見開いた。「旦那がその……ふさいでるようなんで。奥さまと喧嘩されてるのはみんな知ってますよ」

ギデオンはむっとした。「他人の家庭の問題をネタに、レギーとおまえとピーとほかの者たちで盛りあがっていたわけか。まるでおしゃべりな中年女の集団だな」

キーズは唇を突きだし、顔をくしゃくしゃにした。考え込んでいる様子だ。「そう言われたらそうですけどね。でも旦那の問題は、自分たちの問題でもあるんです。旦那が暗けりゃ、こっちも一日じゅう暗くなる。それに、旦那が奥さまのことで頭がいっぱいで仕事に気が回らなかったら、そこにつけ込まれるかもしれない。雄猫ってのは、ぼーっと何かを考えているときにほかのやつらに襲われるもんなんですよ」

ギデオンの唇がぴくりと動く。「おまえは猫の生態の大家か？」

「自分が育ったところの中庭にはやたらといましたからね」キーズは威厳たっぷりに言った。ギデオンは笑いそうになるのをこらえてうなずいた。キーズの気分を害したくはない。

「賢いな」

キーズはうれしそうに顔を赤くした。「どうも」

ギデオンは乾杯のしるしにマグカップを傾けてから口へ運んだ。「それほどの賢人なら教えてくれ。どうすれば妻の気持ちを取り戻せる？　やれることはなんでもやったんだ。花束まで買って渡したのに、彼女はそれを洗い場の女にくれてやった」

「女性はたいてい花が好きなものですがね」キーズはこほんと咳払いした。「でも、ミセス・ホーソーンが求めているのはほかのものなんじゃないでしょうか」

「たとえばなんだ？」ギデオンはしびれを切らして尋ねた。自分の無知を思い知らされるのはいかなるときもいやなものだが、メッサリナの心を勝ち取る手段に関して、自分は無知以外の何ものでもないと感じる。部下をにらみつけて尋ねた。「ボンボンか？」

キーズは首をかしげた。「奥さまが欲しがってるものは本当にボンボンですか？」

ギデオンはコーヒーハウスの入り口へ目を据えたまま眉根を寄せた。実際、女性に求愛した経験はほとんどなかった。たまに関係を持っても、たいていは一度きりだ。そこには暗黙の了解があり、互いに楽しみはするが真剣になることはない。

だが、いまは真剣そのものだ。

メッサリナが本当に求めているものはなんだ？　何なら彼女の心を取り戻せる？

キーズの言うとおり、ギデオンはずっと心ここにあらずだった。日々の仕事をこなしながらも、頭には常に妻との問題が居座っていた。まるで炎症を起こしたかのように魂がずきずきと疼く。彼女の笑みを失ったせいで。

彼女に避けられているせいで。

メッサリナとふたたびベッドをともにしたいが、それだけではない。彼女が紅茶を飲むところをもう一度見たい。彼女を公園へ散歩に連れていきたい。仕事や食事、劇場についての意見に耳を傾けたい。

眠りに落ちたメッサリナをただ抱きしめたい。

妻がいないことを考えるだけで、体の大事な部分が欠落したかのように胸にぽっかり穴が開く。

コーヒーハウスの扉が開き、ジュリアンが入ってきた。

「来ましたよ！」キーズが教えた。

「わかっている」ギデオンは頬杖をついて顔を隠した。

視界の隅で、ジュリアンがコーヒーを淹れている年配の女に何か話しかけている姿をとらえた。女は大きく口を開けて笑い、歯が一本もないのがはっきりと見えた。ジュリアンは窓辺のテーブルのひとつへ歩いていき、コーヒー入りの背の高いマグカップを受け取った。

「人と会うと言っていなかったか？」ギデオンは小声で確認した。

それに答えるかのように、帽子を目深にかぶった男が入ってきた。ジュリアンのテーブルへ直行し、座りながら帽子を取る。

ギデオンは息をのんだ。

それはルークウッド伯爵だった。


「シードケーキをおひとついかが？」その午後、メッサリナはレディ・ギルバートに尋ねた。

「あら、いただこうかしら」高齢の女性は自分の皿を彼女に渡した。

お茶会を開くことになったのは、すべてルクレティアのせいだった。好きなように振る舞えたなら、メッサリナはルクレティアの部屋のベッドに突っ伏して惨めな思いに浸っていただろう。しかし昨日はルクレティアに買い物へ引っ張りだされたあげく、ボンド・ストリートでレディ・ギルバートと行き合わせてしまったのだ。

前に劇場の階段で会ったときの、噂話の種に飢えたレディ・ギルバートの目つきをメッサリナは忘れていなかった。メッサリナがオーガスタス叔父の舞踏会を途中で飛びだしたことは、さぞかしレディ・ギルバートを喜ばせたことだろう。

しかし街で会った際、レディ・ギルバートは意地悪というより孤独な老女に見えた。そしてメッサリナが気づいたときには、すでにルクレティアがお茶に招待していた。しかもホランド母娘にフレイヤとエルスペスまで招くよう、なぜか妹に説き伏せられてしまったのだ。

いまはいちばん乗りでやってきたレディ・ギルバートがいるだけだ。メッサリナは悩みを解決できていなかったものの、少しだけ気持ちが軽くなっていた。ラベンダー色の髪をしたレディ・ギルバートの頬はピンクに色づき、とても楽しそうだ。

ルクレティアの言うことを聞いて、お茶会を開催してよかったのかもしれない。

「……そのご婦人の靴下止めは結局見つからなかったのよ」途中からは聞いていなかった誰かの噂話をレディ・ギルバートが締めくくった。

「本当に？」ルクレティアは椅子の端っこまでレディ・ギルバートのほうへ身を乗りだし、床に尻餅をつくのではないかとメッサリナをひやひやさせていた。「少しも知らなかったわ」

レディ・ギルバートは意味ありげにうなずいた。

「それじゃあ……」ルクレティアが眉根を寄せる。「ペットのオウムはどうなったのかしら？」

「あれはねえ」レディ・ギルバートは息を深く吸い込み、話を始めようとした。

扉が開き、新たに雇い入れた執事、クラッシャーが厳かに告げた。「ハーロウ公爵夫人、レディ・エルスペス・デ・モレイ、レディ・ホランド、それにミス・ホランドのおふた方がお見えになりました」

五人の淑女が次々に入ってきた。

エルスペスは退室する執事をじっと眺めている。

レディ・ホランドはメッサリナに微笑みかけた。「お招きありがとう、メッサリナ。ご一緒できてうれしいわ、ルクレティア。もちろんレディ・ギルバートも」

それぞれの紹介と挨拶がひとしきり続いた。

メッサリナは長椅子に腰をおろすと、自分の隣をぽんぽんと叩いてフレイヤを招いた。親友は白地にターコイズブルーの縦縞(たてじま)のドレスをまとい、鮮烈な色合いが上品に結いあげられた赤い髪を引き立てていた。しかしフレイヤのグリーンの瞳は心配そうだ。

まったく。昔から勘が鋭いのだから。

「大丈夫?」フレイヤがささやく。

メッサリナは首を横に振った。しゃべれば泣きだしてしまいそうだ。

ルクレティアは追加の湯を持ってくるようベルを鳴らし、小皿にシードケーキを取り分けていた。

「結婚生活は楽しんでいらっしゃる?」レディ・ホランドがフレイヤにいたずらっぽく問いかけた。

フレイヤは唇の片端をあげて微笑み、気づかうようにメッサリナを見た。「楽しみすぎかもしれません」

レジーナとアラベラが声を忍ばせて笑う。

メッサリナはフレイヤと目を合わせたままでいた。自分の結婚がかくも無様に失敗したのは友人のせいではない。フレイヤはケスターとの結婚をもっと喜んでいいのだ。なんといっても、ふたりは愛によって結ばれたのだから。本当の愛情にもとづく恋愛結婚。メッサリナも、自分は愛情を手に入れかけているのだと思っていた。ギデオンとの結婚はあとほんの少しで本物になると思っていた。

けれど、すべては偽りだった。

シードケーキへと手を伸ばしたまま、毅然とした笑みを浮かべた。そしてルクレティアとフレイヤの目に滲む心配の色は無視した。

冷めた紅茶を取り、アラベラの婚約とフレイヤの結婚式のことでみんながおしゃべりに花を咲かせているのを聞き流した。紅茶を捨てて、入れ替えなくては。

不意にギデオンへの恋しさで胸が詰まった。彼に会いたい。

ばかばかしい。

ギデオンはメッサリナを裏切り、いまは妻を自分のベッドへふたたび呼び寄せる手段を見つけようと苦心しているだけだ。嘘や偽りが容易に水に流せるかのように。彼の贈り物までが癇に障った。切り花は大嫌いだった。すぐに枯れるし、胸が悪くなるほど甘ったるいにおいを残す。

ギデオンの気持ちが本物でありさえすればよかったのに。あの魅力的な黒い瞳で見つめてくるときの気持ちを、信じることさえできたら。

「小さな結婚式を挙げたんです」フレイヤの声が鬱々とした物思いをさえぎった。「夫のカントリーハウスの近くにある村で。すてきだったわ」

「でも、あなたのご家族はどなたか参列されたの？」レディ・ホランドはそれが気になるらしい。

「あいにく、わたしたちと立会人だけでした」フレイヤは詫びるように言った。

「お兄さまは公爵でしょう。彼もいらしていたら、ひとつの場所に公爵がふたりいることになっていたわね」レジーナはその光景を思い浮かべるかのように目を細めた。「その場合、身分がいちばん高い者としてほかの人を室内へ先導する役はどちらになるのかしら？」

「わたしにもわからないわ」フレイヤはメッサリナと目を合わせ、軽い口調で言った。「でも、兄のランはエディンバラにこもっていて出てこないんです」

メッサリナはフレイヤに同情の目を向けた。エア公爵ことラヌルフ・デ・モレイは、エディンバラにある自邸の外へさえ出ないと聞いている。オーレリアが命を落とした恐ろしい夜に彼も大怪我を負い、右手を失った。その悲劇は彼を永遠に変えた――ジュリアンとクインタスを変えたように。

フレイヤを変えたように。

まわりで寄せては返す波のように途切れることなく会話が進行し、メッサリナは顔に笑みを張りつけるのをときおり思いだしては話に加わろうとしたが、ほとんどはただ座っていた。

だが、ルクレティアが急に甲高い声をあげて、メッサリナの注意を引いた。「リンゴのタルトよりレモンカードのほうがずっとおいしいわ」

エルスペスは平然と眉をあげてみせた。「あら、そう？」

ルクレティアが猛烈な勢いで反論した。

メッサリナと目が合ったエルスペスが素早くウィンクしてきた。

とんだいたずらっ子ね！　メッサリナは口元に笑みをたたえた。エルスペスはそ知らぬ顔でからかっているのに、ルクレティアのほうはまだ気づいていないのだ。

ルクレティアを引っかけることができるなんて、尊敬せずにはいられない。

居間の扉が開き、サムがデイジーを連れて入ってきた。

「まあ、デイジーよ。それにサムも」エルスペスは少年に微笑みかけた。

メッサリナは彼を手招きした。

サムはやってくると、目を大きく見開いて気をつけの姿勢を取った。

一方、デイジーはホランド母娘のほうへ向かった。

「まあ、なんてかわいいの！」アラベラは子犬を抱えあげて妹へ渡した。

レディ・ギルバートが口を開く。「以前、三本脚のパグを飼っている子爵夫人を知っていたわ」

エルスペスは興味を引かれて顔を向けた。「三本脚の？」

「ええ」レディ・ギルバートはどこへ向かうともわからない話をくだくだと続け、それについていっているのはエルスペスだけのようだった。

メッサリナはうわの空でシードケーキをひと切れ取ると、サムに差しだした。

サムは素直ないい子だ。セント・ジャイルズの子どもたちのために無償の学校を開けないかと、メッサリナは考えはじめたばかりだった。

その夢もサムも見捨てることになる。

メッサリナは唇を噛んだ。

今朝、月のものが始まった。子どもができたためにギデオンに縛りつけられる恐れがなくなったのだから、喜ぶべきだった。ほっとすべきだった。

　ほっとはしている。

　一方、がっかりもしていた。裏切られはしたけれど、本当は彼の子どもが欲しかった。黒い巻き毛を弾ませて走る小さな女の子が目に浮かぶ。黒い瞳に眉のあがったきまじめな顔の男の子も。

　メッサリナの胸は痛んだ。

「わたしたち、もっと頻繁に集まるべきね」ルクレティアはメッサリナに目を向けると、決然たる面持ちになった――この顔つきには見覚えがある。子ども部屋に子豚を連れ込んだときの顔だ。あのあと当時の家庭教師は唐突に離職した。

　たしか、あれはその年三人目の家庭教師だった。

「毎月一回サロンを開くことをここに提案するわ」ルクレティアは仰々しく宣言した。「意義のあることをみんなで議論するために」

「三本脚の犬のこととか？」レジーナが困惑顔で尋ねる。

「三本脚の犬には議論すべき価値があるわ」エルスペスが言う。「レモンカード対リンゴのタルトもしかり。本についてはとても意義深い話ができるわね」しばし思案してつけ加える。

「そうそう、執事もいい議題になるわ」

「執事が？」フレイヤが問い返す。

エルスペスはまじめくさった顔で姉を見た。「彼らは謎に満ちているでしょう。気づいたことはない？」

「とてもいい考えだと思うわ」不意にアラベラが声をあげた。「ファッション以外のことを話し合える場があればすてきじゃない？」

アラベラはうなずく面々を見回した。

ルクレティアは顔を輝かせている。

メッサリナはこれが空約束になるのを案じた。自分とともにルクレティアも家を出てしまえば、サロンを開くことは叶わない。

だが妹はそのことをすっかり失念しているらしく、両手を叩き合わせた。「素晴らしいわ！では次の集まりは来月ね？」

全員がうなずき、次のサロンで話し合うテーマについて意見を交わしだした。

メッサリナのかたわらでは、長椅子に寄りかかってうとうとしていたサムがいまやずるずると床に沈み込んでいた。

まわりがおしゃべりに興じる中、メッサリナは幼い少年を見おろした。なんてかわいいのだろう。こんな子が友だちも頼れる人もなしに、セント・ジャイルズの危険な通りにひとりでいるのを想像すると胸が締めつけられる。セント・ジャイルズにはサムのような子がどれくらいいるのだろう？

学校を開くことができれば……。

レディ・ホランドが立ちあがり、娘たちとともにていねいな口ぶりでいとまを告げはじめた。レディ・ギルバートもそれに続き、メッサリナはサムとデイジーをさがらせたあと、玄関まで客を見送りに行った。

「わたしはもう少し残るわ」フレイヤが軽い口調で言った。「メッサリナと会うのは久しぶりで、積もる話がまだたくさんあるの」

「では、わたしたちはお先に失礼するわね」レディ・ホランドが言った。

客たちが二台の馬車に乗り込むのを、メッサリナはルクレティアとフレイヤ、それにエルスペスとともに見守った。

新たに雇った従僕のひとりが玄関扉を閉めると、フレイヤはくるりとメッサリナに向きなおった。「話をできる場所はどこ？」

「さっきの居間よ」妹の好奇心に満ちた視線を感じつつ、メッサリナは先に立って歩いた。

フレイヤは居間に四人だけになるのを待ってから、メッサリナに言い放った。「全部話してちょうだい。なぜそんなに悲しげなの？」

メッサリナは目をつぶり、惨めな話を洗いざらい吐きだした――ギデオンの誘惑に屈してしまったこと、彼の嘘が露見したいきさつ、いま現在の他人行儀な夫婦関係。

ひととおり話が終わると、フレイヤは黙り込んだ。

ルクレティアは身を乗りだして紅茶を注ぎ、メッサリナに差しだした。当然ぬるくなっていたが、メッサリナはかまわずに飲み、指の震えが止まるよう念じた。

エルスペスが真剣そのものの声で言った。「わたしがホーソーンを殺しましょうか？」

ルクレティアが目を丸くする。「人を殺したことがあるの？」

エルスペスは肩をすくめた。「ないわ。でもたいして難しくはないはずよ」

ルクレティアは尊敬のまなざしを向けた。

ようやくフレイヤが息を吸い込み、メッサリナをまっすぐ見た。「いまのあなたはどうしたいの？」

メッサリナは困惑して眉根を寄せた。「それはどういう意味？　お金をもらったら、ルクレティアとこの家を出て海外へ行くわ」

「それもひとつの選択肢ね」

「ほかにどうできるっていうの？」ルクレティアが尋ねた。

「あなたはホーソーンのもとにとどまることもできる」フレイヤはメッサリナを見据えたまま続けた。「ここならあなたの家族も友人もそばにいる。二度と会えなくなっても本当に後悔しない？」

「ホーソーンは嘘つきのろくでなしなのよ」ルクレティアは憎しみのこもった声でフレイヤに言った。「人の心を操る嘘つきのろくでなし」

フレイヤは首を傾けた。「ええ、それは否定しない。だけど、いいこと？　ホーソーンと結婚したのはわたしではないわ」声が低くなる。「彼を自分のベッドへ招き入れ、はたから見るかぎりではとても幸せそうにしていたのもわたしではない。どう？　間違っているかしら？」

　今度はエルスペスが目を丸くした。

　ルクレティアが言い返そうとするのを、フレイヤは手をあげて制した。

「いいえ、間違っていないわ」メッサリナは認めて唇をぎゅっと結んだ。「でも、あなたの意図がわからない」

「あなたは夫に対してなんらかの感情を持っていたはずよ。そしていまも未練があるんじゃないかしら」フレイヤはため息をついて長椅子にもたれかかった。「問題は、ここにとどまる理由として、それで充分かということね」

「わたしは……」メッサリナは唾をのんだ。「ここにはとどまれない」ルクレティアへ目を向ける。「わたしたちはここにとどまることはできないの。叔父はルクレティアにも結婚を強要しようとしているわ」

　ルクレティアは顔色を失ったものの、勇敢に顎をあげた。「わかっていたわ。ほんとに卑劣な人」

　エルスペスは座りなおして少しだけルクレティアに身を寄せた。

「では心は決まっているのね」フレイヤはうなずいて立ちあがった。「けれど覚えておいて。わたしたちは相手を選んで恋に落ちるわけじゃないの。いまのあなたはホーソーンに怒りを感じていて、それには正当な理由がある。彼の行動は軽蔑に値するわ。でも、だからといって愛する気持ちが消えるものではないの。そうなることをどんなに望もうと」メッサリナを見る。「喧嘩ではナイフをちらつかせ、人の心を操る嘘つきのろくでなしを、あなたは愛しているの？」

疑念と不安、恋情とさまざまな思いがメッサリナの頭の中で渦を巻いた。「わたしはギデオンに……特別な感情を抱いているわ。でも、それが愛かどうかはわからない。それに夫の話すことがすべて嘘なのか、それとも、そこには彼自身さえ気づいていない真実があるのかもわからない」

「それを突き止めるのよ」フレイヤはうなずいた。「嘘か真実か、それがはっきりするまでここにとどまりなさい」

ギデオンのマグカップは空になり、二杯目のコーヒーをとうの昔に飲み干していた一方、キーズのほうは――一杯目を――まだちびちび飲んでは顔をしかめている。店の向こう側には、ジュリアンとサミュエル・ピーボディ卿とハードリー子爵とルークウッド伯爵が座っている。うち三人はテーブルの上に身を乗りだし、額を寄せ合い話していた。気位の高いジュリアンは、言うまでもなく背中をかがめるようなまねはしていない。わずかに体を前に出しているだけで、長い三つ編みは肩にのせられ、片方の耳たぶからはきざな真珠がさがっている。

不快な男だ。

昔から特に好きではなかったが、この男のせいでメッサリナにそっぽを向かれるようになって以来、完全に嫌悪するようになった。

だから、この男を殺すのはたやすいはずだった。

ところが自分は彼を眺めて時間を無駄にしている。

ギデオンは目を細めて思案した。ジュリアンは頭が切れる、そうだろう？　そして上流階級の中でも選りすぐりの者たちと交流がある。

なぜ公爵はジュリアンを亡き者にしようとしているのだろう？

「一日じゅういる気ですかね？」キーズがうめいた。「こっちは膀胱が破裂しそうだ」

ギデオンは空っぽのマグカップを見おろし、鼻を鳴らした。「コーヒーを飲みすぎたか？」

キーズは自分のマグカップに目をやった。「こいつの中に小便をしてもいいですかね。どうせ味はたいして変わりゃしない」

「女主人に告げ口してやる」ギデオンはマグカップから目を離して言った。ルークウッドが体を起こし、ほかの男たちも立ちあがろうとしている。

「やれやれ、助かった」男たちがコーヒーハウスをあとにすると、キーズが言った。「用を足してきます」

ギデオンは腰をあげた。「先に行くぞ。ほかに誰かに会わないか、グレイコートをつけて確かめる」

キーズはうなずき、建物の裏手へばたばたと急いだ。

ギデオンは三角帽を頭にのせると、大股で戸口へ進み、万が一ジュリアンとその仲間がまがって消えたところだった。

だ外にいた場合に備えてうつむいた。だが店の前にはもう彼らの姿はなかった。左右を見ると、ハードリーとピーボディが右手に歩み去り、ルークウッドとジュリアンが左手の角を曲がって消えたところだった。


ギデオンは小走りで左に向かった。

路地が道幅の広い通りと交差する角にたどり着き、道を折れる前に頭だけ出してうかがった。ジュリアンとルークウッドはロンドンの雑踏にまじって五、六歩先にいる。

ギデオンは、肩にのせた竿の両端に鶏をつるして運ぶ男をよけ、獲物のあとを急いで追った。さらに数歩進んだところで、ジュリアンとルークウッドは大勢が行き交う通りをいきなり渡りだした。ギデオンも渡ろうとしたが、カブを満載した荷馬車にちょうど行く手をさえぎられた。とぼとぼと歩く馬たちがふたりの姿を隠す。

ギデオンは何歩か引き返すと、荷馬車の後ろを回って通りを横断した。

ジュリアンの姿がない。

ルークウッドは前方をどんどん進んでいったが、ジュリアンの姿はどこにもなかった。

見失った！

ジュリアンがどちらの方向へ行ったかもわからず、敵を見失ってギデオンはいらだった。

しかしルークウッドはまだ前方を歩いている。

店へ引き返してキーズを呼ぶか、それとも、このままルークウッドを追跡するか？

ギデオンはぶるりと頭を振ると、ルークウッドを追って走った。船乗りの集団をかわし、血で汚れたエプロン姿の体格のいい肉屋を押しのける。

背後でののしる声があがった。

ルークウッドはタバコ屋に入っていった。

ギデオンは歩みをゆるめ、店の手前で立ち止まった。隣の店先の台に並ぶポケットナイフを眺めるふりをする。

タバコ屋は小さな店舗だと見て取れた。中へ入れば、確実にルークウッドに気づかれる。そのこと自体は問題ではないものの、出資の話を持ちかける前に、伯爵がジュリアンとどうつながっているのか、もっと情報が欲しい。

ギデオンは店の外をうろうろした。

一〇分過ぎたところで考えなおした。やはり、ルークウッドまで見失うのはまずい。

ギデオンはタバコ屋の中へ入った。

予想にたがわず、店内は狭くて薄暗く、タバコのにおいが立ち込めていた。壁には太い束にしてねじられたタバコの葉が並び、ずんぐりした紳士がそのうちのひとつを店員に指さしていた。

ほかには誰も見当たらない。

見回しても部屋はここだけだ。商品は壁に陳列されており、死角はない。

カウンターの後ろに扉がひとつある。

ギデオンはカウンターを飛び越えた。

「おい！」店員は驚くあまり、ロンドンのイーストエンド訛りが口をついて出た。「そかあ、立ち入り禁止――」

しかしギデオンはすでに扉を通り抜けていた。

その先の部屋には樽（たる）とタバコの木箱がところ狭しと並び、むせ返るようなにおいがした。奥に別の扉がある。

それを勢いよく開けると、背の高いおんぼろの建物がひしめき合う細い路地に出た。周囲をぐるりと見渡したものの、ルークウッドは影も形もない。

見失った。

くそっ、くそっ！

尾行に気づかれたのか？　だったらルークウッドは、つけ回すのをやめるようギデオンに命じればいいだけだろう？

ルークウッドは何を隠している？――ジュリアンはそれにどう関わっているのだろう？

それらの問いにここで答えを見つけるのは無理だろう。

ギデオンは重い足取りで路地を進んだ。〈オパール〉まで引き返してキーズと合流するか、先にウィスパーズ・ハウスへ帰り、キーズにはひとりで帰らせるか。ここの路地は両脇に並ぶ建物が近くて狭苦しい。どの建物も上に行くほど逆さピラミッドのように前へせりだし、左右の屋根がくっつかんばかりで、いまにも上から崩れ落ちてきそうだ。

ギデオンは身震いした。幼い頃に住んでいた貧しい通りにあまりによく似ている。洗濯物を干している娘ふたりの横を通り過ぎたところで、いきなり小さな中庭に出た。道はそこで行き止まりだ。

戸口でパイプをくゆらせていた老人が、背中を向けて建物の中へ引っ込んだ。

ギデオンのうなじの毛が逆立った。中庭にひとけはない。いるのは自分ひとりで、ここから出るにはいま来た道を引き返すしかない。

右腕を伸ばしてひと振りし、前腕に結びつけている鞘からナイフをてのひらへ滑らせ、指先にはさんで身構えた。

猫が中庭を横切り、家と家のあいだの隙間に吸い込まれる。

背後の石畳に靴音が響いた。

15

ベットは目を丸くして赤毛の若者を見つめました。「あなたはどなた？」

彼はにっこり笑って言いました。「きみの夫に決まっているじゃないか。ぼくはキツネの姿のときもあれば、そうじゃないときもあるんだ」

それでベットは、相手が人間ではないことに気がつきました。人間はキツネに変身などしません。彼女は強力な魔力を持つ変わり者の妖精と結婚してしまったのです。怖くなって体を震わせました……。


『ベットとキツネ』


狭い中庭でギデオンは振り返りざまに身をかがめ、ナイフを持つ手をあげた。

彼の脇腹めがけて突きだされた刃物は狙いを外し、上着をすっと切った。

襲撃者は体勢を立てなおしもせずにふたたび襲ってくる。

ギデオンはすかさず飛びのき、つま先に体重をかけた。

相手はてだれだ。

そしておそらく、殺し慣れている。

男の腹へと腕を繰りだしたが、かわされた。相手がにやりとする。着ているものは簡素な茶色い服ながら、くたびれても汚れてもいない。

「財布が狙いか?」

渡すつもりはなかったが、相手の意図を知りたかった。

男は——実のところ少年に毛の生えた程度の若者だ——頭を傾けてみせた。「おたくの死体からちょうだいしてやるよ」

男はドブネズミ並みのはしこさで突進してきて、ふたたびギデオンの脇腹を狙い、またも外した。この服はもう二度と着られそうにない。

ギデオンは飛びだしながら、ナイフを素早くジグザグに動かした。

襲撃者が掲げた腕をギデオンの刃が切り裂く。

血しぶきを予期して、ギデオンは飛びすさった。

しかし、まったく出血しなかった。腕に革を巻きつけているのだろうか。

男はにっと笑って前へ滑りでると、ギデオンの左側を狙うかに見せかけ、最後の瞬間になって右側を切りつけた。

ギデオンはとっさに右腕を引いてかろうじてかわした。つもりだった。

生温かいものが袖を濡らす。

傷を確認している暇はない。

男は立てつづけに何度も切りつけてきた。あまりの速さに刃先がかすんで見える。ギデオンはくるりと横へのがれてさらにもう一度体をひるがえすと、相手めがけて再度ナイフを振るった。

今度は血しぶきがあがった。

ギデオンは地面を踏みしめてにやりとし、腰の高さにナイフを構えた。そして刃先でおぞましくも〝8〟を描く。

横への一閃(いっせん)。

弧。

くねり。

刺突。

電光石火のごとくなめらかな身のこなし。勝つのはギデオンのはずだった。

何しろセント・ジャイルズにおけるナイフ試合の元チャンピオンだ。一度は〝にやにや笑いのジャック〟を負かしさえした。

しかし、なんということか。

ギデオンが再度男に切りかかったとき、背後から棍棒で右肩を殴られた。激痛が走り、脱臼したのだとすぐにわかった。

ナイフが石畳に落ちて音をたてる。

中庭への入り口に注意を払うのを怠っていた。いまさら気づいても遅いが。

次の一撃は脇腹に命中した。

さらにその次の一撃も。

ギデオンはよろめき、頭部をかばおうと左腕をあげた。

怒鳴り声が、耳慣れたキーズの声が聞こえ、最後にふたつのことが脳裏をかすめた。

助けに駆けつけたキーズは手遅れなのをさぞ悔やむことだろう。

それに、死ぬ前にもう一度メッサリナに会っておきたかった。


「本当にホーソーンのもとに残りたいの？」フレイヤとエルスペスが帰ったあと、ルクレティアはおずおずと姉に問いかけた。

ふたりはふたたび居間におり、ルクレティアはだらしのない猫みたいに長椅子に身を横たえ、メッサリナは椅子に沈み込んでいる。

「わからない。もう何もわからないわ」メッサリナは妹へ目を向けた。「あなたとどう生きていくか、計画を立ててあったのよ。イングランドを捨ててアメリカへ渡り、小さなコテージを買うの。小さいけれど、メイドと料理人を置けるぐらいの大きさの住まいを。わたしは夫に先立たれた妻ということにすれば、あなたの体面に傷がつくこともないわ」

「それは名案ね。でも、アメリカへ行ったら、二度とフレイヤに会うこともできなくなるわよ」

胸がずきりとした。長年疎遠になっていたフレイヤとは最近仲直りしたばかりだった。こんなにすぐに離ればなれになるなんて……。

「オーガスタス叔父さまとも二度と会わないですむのよ」メッサリナは強いて指摘した。「叔父さまはもうあなたにも手出しできないわ」

「そうだけれど」ルクレティアの返事はあいまいだ。まだティーセットがさげられていなかったので、妹はシードケーキの残りをつまんでいる。

メッサリナは首を傾けた。「あと一、二時間もすれば夕食なのはわかっているわよね？」

ルクレティアはこくこくとうなずいた。「もちろんよ。今夜は子羊の腿肉のローストですって」そこで口をつぐみ、肉汁たっぷりの腿肉を思い浮かべるかのように遠い目になる。それからほうっとため息をついてメッサリナに微笑みかけた。「こんがりと焼けた腿肉には目がないの。ヒックスが焦がさないよう祈るわ」

話の途中で扉が開き、執事のクラッシャーが入ってきた。作法どおり、気づかれるまで待ってからこほんと咳払いする。「ミスター・ブラックウェルという方がお見えになっております。ご案内いたしましょうか、それともお引き取りいただきますか？」

ギデオンに会いに来たのだろう。夫がいまどこにいるのかも、いつ帰宅するのかもわからなかったが、メッサリナはミスター・ブラックウェルに好感を覚えていた。

「お通ししてちょうだい」執事に伝えたあと、妹に注意した。「お客さまがいらっしゃるのよ。ちゃんとなさい」

ルクレティアは重々しいため息をつきながらも、体を起こした。

まもなくウィル・ブラックウェルが現れ、メッサリナはあらためて彼の美男ぶりに目を見張った。今日の服はコマドリの卵色と呼ばれる明るいブルーで、瞳と同じ色だ。

「ご機嫌いかがですか、ミセス・ホーソーン」彼はメッサリナの前へ進みでると、片手を取って会釈し、魅力的な笑みを浮かべた。「お茶の時間にお邪魔してしまい、申し訳ありません」

メッサリナは空のカップと、ルクレティアが物欲しげな視線を送っているシードケーキの最後のひと切れがあるだけのティーテーブルを示した。「ご覧のとおり、もうほとんど終わりなんです。でも、ご一緒にどうぞ」

「ありがとうございます」ミスター・ブラックウェルは向きなおるとルクレティアの手を取って会釈し、瞳をきらめかせた。「ご機嫌うるわしいようで、ミス・グレイコート」

「ええ、あなたも」ルクレティアはうなずいた。

妹が彼に関心を寄せてはいないかと兆候を探してみたものの、何も見つからない。メッサリナは嘆息した。ルクレティアが愛を捧げる相手を見つけてくれれば、悩みがひとつ減るのに。結婚は妹が叔父から身を守る盾となる。

メッサリナはベルを鳴らしてメイドを呼び、皿を片づけて新しいティーセットを持ってくるよう頼んだ。

それが終わると、低いテーブルをはさんで自分とルクレティアの向かいにある椅子を客に勧めた。「どうぞおかけになって、ミスター・ブラックウェル。あいにくギデオンは留守なんです」

「ええ、執事からそううかがいました。いつ戻られるかご存じですか？」

「あいにくわからないんです」メッサリナはなるべくさりげなく答えたものの、実際にはこの数日ギデオンとはほとんど口をきいていなかった。もともと夫の日中の行動と仕事は謎に包まれていたが、いまやすっかりよそごとだ。

メッサリナは気持ちが沈んだ。この結婚は名ばかりで、ひと組の男女が生涯ひとつの軛につながれるだけの結びつきだ。年とともに不満を募らせる自分の姿が目に浮かぶようだった。社交界ではそういう夫婦関係は珍しいものではない。だからこそメッサリナは結婚には長年慎重な立場を取ってきた。自立したいという気持ちが昔からあったのだ。

ギデオンとの結婚はそれを叶えてくれるかに見えた。

自分がばかだった。時間を巻き戻し、ギデオンとの結婚をなかったことにできればどんなに楽だろう。

とはいえ、そんなことをしたら、黒い瞳が微笑みをたたえるさまを見ることもなかった。セント・ジャイルズに暮らす幼い少年たちのことや腕のいい仕立屋の大切さをふたりで話し合うこともなかった。

硬い手を肌に感じることはなかった。安らかな寝顔を見ることはなかった。

メッサリナの胸はひりひりと痛んだ。

ミスター・ブラックウェルの舌打ちで、彼女はわれに返った。「妙だな。相談したいことがあるから今日ここへ来るようホーソーンがことづてを寄越したのに。ぼくが時間か日にちを勘違いしたんでしょう。彼はいつも時間厳守ですから」

「お力になれなくてごめんなさい」メッサリナが謝ったとき、メイドがティーセットを持ってきた。

「ぼくのほうこそ、お茶までいただいて申し訳ない」

メッサリナは微笑み、身を乗りだして紅茶を注いだ。シードケーキのおかわりのほかに、ルクレティアの好きなレモンカードタルトが用意されている。ヒックスが使いを出して買ってきたのだろう。

昨日ヒックスはパイ生地に挑戦したものの、残念ながら失敗に終わっていた。

レモンカードタルトを目にして、ルクレティアはにわかに元気づいた。「義兄(あに)とはどんなお仕事をされているの、ミスター・ブラックウェル？　ミスター・ホーソーンがウィンダミア公爵のためにやっているようなこととはもちろん違うんでしょうね？」

「いやいや、まったく違いますよ」ミスター・ブラックウェルは笑い声をあげ、メッサリナからカップを受け取った。「ぼくがやっているのはもっとまっとうな仕事です。主に炭鉱の運営だな。これからさらに――」

部屋の外から騒然とした物音が聞こえてきて、彼は話を中断した。

メイドのひとりが駆け込んできた。「奥さま、すぐにいらしてください！」

　メッサリナは飛びあがった。恐怖に胃が縮みあがる。階段へと急ぎながら、ルクレティアとミスター・ブラックウェルがあとに続くのが意識の片隅でわかった。

　階段を半分おりたところで玄関ホールが見え、足を止める。不意に頭がくらくらした。レギーと新しい従僕たちが即席の担架に乗せてギデオンを運んでいる。

　夫は顔面血まみれで、ぴくりともしない。

　一瞬、最悪の事態がメッサリナの脳裏をかすめた。

　キーズが彼女を見あげて告げる。「医者を呼びに行かせたところです」

　メッサリナはへなへなと階段の手すりに寄りかかり、小さくうなずいた。ルクレティアの腕が肩に回される。

　ミスター・ブラックウェルはふたりの脇をすり抜けて階段を下まで駆けおりた。「何があった？」

「ホワイトチャペルで襲われたんです」キーズは顔をこわばらせた。「旦那は店を出たあと……」なぜかふたたびメッサリナを見あげ、唇を引き結んでから続ける。「いや、それはいいんです。自分は旦那と離れちまって、見つけたときには、旦那は男ふたりにやられてました。ひとりは自分が拳銃で倒しましたが、もうひとりには逃げられました」

「なんてことだ」ミスター・ブラックウェルは顔色を失っている。「医者はまだか？」

　彼がギデオンの右肩へ手を伸ばすのを、キーズはすかさず止めようとした。「だめです！」

　肩に触られるなり、ギデオンは苦しげにうめいて体をのけぞらせた。

「どうしたの？」メッサリナは取り乱して尋ねた。

「肩が脱臼してるんです」キーズは答え、担架を運ぶ男たちに指示を出した。「階段をあがってくれ。できるだけ動かさないように」

レギーはふんとうなり、後ろ向きに階段をのぼりだした。太い腕に力こぶが盛りあがる。メッサリナはルクレティアとともに踵を返して階段を駆けあがった。ギデオンの寝室へと急ぎ、舞踏会の夜以来、初めて中に入る。

室内は何も変わっていなかった。あれからほんの数日しかたっておらず、メッサリナはつかの間悲しみの波にのまれそうになった。

しかし、ルクレティアはベッドの上掛けをてきぱきとめくっている。「すぐに暖炉に火を入れて」

「ええ」メッサリナはふたたび廊下に出ると、担架を運び込む男たちを通すために脇にどいた。ギデオンの顔をちらりと見たが、目を閉じている。意識はあるの？

先ほど居間に呼びに来たメイドの視線をとらえる。「もう一枚毛布を持ってきてちょうだい」それから別のメイドへ顔を向けた。「お医者さまが使うはずだから、厨房へ行ってヒックスにお湯を用意させて」

「かしこまりました、奥さま！」ふたりのメイドは小走りで去っていった。

階下に来客の気配がし、ほどなく鬘をかぶった中年の男性が息を切らして階段をあがってきた。

医者はメッサリナに気がついた。「奥さまですかな？」

「はい、そうです」メッサリナは寝室を示した。「夫はあちらです」のろのろと歩く医者に、つけ加えずにはいられなかった。「急いでください」

医者はうなずいた。「はいはい、ちゃんと向かっていますから」なだめすかすような口調に、彼女は蹴りあげてやりたくなった。

ようやく寝室の入り口にたどり着き、メッサリナは医者のあとから中へ入ろうとした。

そのときベッドからギデオンのかすれた声があがった。「彼女を外へ出せ」

メッサリナは足を止めて見回した。部屋から追いだされるほど夫を怒らせたのはどのメイドなの？

しかしすぐに気がついた。ギデオンはメッサリナのことを言っているのだ。

「妻をこの部屋に入れるな」ギデオンは医者に触れられてうめき声をあげながら、なおも繰り返した。「彼女を外へ出せと言ってるんだ！」

キーズが申し訳なさそうな顔をしてメッサリナの前に立った。「すみません」

「でも――」

彼女の鼻先で扉が閉まった。

ジュリアン・グレイコートは弟と泊まっている宿の部屋に戻り、わざと扉を叩き閉めた。

「どこへ行っていた？」ふたつある狭いベッドの片方に横たわり、腕で目を覆ったままクインタスが問いかけてきた。

「所用だ」ジュリアンは帽子をテーブルに放った。窓辺へ近づいて外をのぞく。中庭にはまばらに人影があるだけだ。「ホーソーンにつけられた」

「えっ?」クインタスが腕をどかすと、その下の目は血走っていた。「どういう意味だ?」

「〈オパール〉からホーソーンに尾行されたんだ」ジュリアンはうわの空で返答した。厩の陰にいる少年はこの部屋を見張っているのか?

「どうしてそんなことを?」クインタスがしつこくきく。

「われらが叔父上の命令だろう」少年が厩の中へ入っていったので、ジュリアンは弟を振り返った。

クインタスがこちらをじっと見ている。「兄上を殺す気なんだ」

「そうかもな」叔父に不吉な言葉を言われたあと、その可能性についてはもちろん考えた。「あれだけぼくを嫌悪しているんだ、殺害を命じてもおかしくはない」

「なんてやつらだ!」

ジュリアンは弟をちらりと見て憫笑(びんしょう)した。すぐに気が高ぶるところは妹たちとよく似ている。「だがオーガスタスがぼくを尾行させた理由はそれだけではないかもしれない」

クインタスはうめき声をあげると、寝返りを打ってベッドから起きあがった。着ているものはシャツとブリーチズだけで、シャツの裾がだらしなく尻に垂れている。髪は寝乱れてもつれていた。「じゃあ、オーガスタスは何をたくらんでいるんだ?」

ジュリアンは肩をすくめた。「いいか、ぼくはルークウッドとその友人たちと落ち合っていたんだ」

クインタスはグラスにワインを注ぐ手を止め、すっと目を細くした。「こっちの計画に気づかれたのか？」

「それも懸念のひとつだ」ジュリアンはテーブルへ近づき、弟の手からワイングラスを取りあげた。「オーガスタスにはこれまで何度もわれわれの計画をくじかれている」

ワインをごくりとひと口飲んで顔をしかめた。安酒だ。

クインタスが別のグラスにワインを注いだ。ジュリアンのほうを向いたその顔に、才気煥発(さいきかんぱつ)でよく笑うかつての弟の姿が垣間見えた。

クインタスはワインを喉に流し込み、グラスを空にした。「ほかにもあるのか？」

ジュリアンは唇を引き結んだ。口に出したい話ではない。何代も続く貴族の子孫である自分にこんな……恥ずべき弱みがあるとは。

クインタスは、ジュリアンが考えていたよりも頭がしっかり働いているらしく、静かに言った。「恐喝か」

ジュリアンはうなずいた。自分はグレイコート家の男だ。この問題を直視しなければならない。「もしもホーソーンに知られたら……」

「オーガスタスは兄上を破滅させるだろう」クインタスが兄の言葉を結び、ふたりのグラスにさらにワインを注いだ。「つまり尾行の目的として考えられるのは、ぼくたちの経済的破滅か」

「そうだ」ジュリアンは歯を食いしばり、まずいワインを喉に流し込んだ。「社会的抹殺、あるいはぼく自身の抹殺という恐れもあるが」

「となると」クインタスは舌をもつれさせることなく言った。「こちらに選択の余地はないな」

弟と目を合わせたジュリアンは、そこに自身の決意と同じものを見た。

クインタスがうなずいた。「ぼくたちでホーソーンを始末しよう」


あれから何時間もたったかに思えた。メッサリナは気がつくとふたたび居間にいて、熱い紅茶のカップを手に押しつけられていた。

目をあげると、ルクレティアが心配そうにこちらの顔をのぞき込んでいる。

「ホーソーンは大丈夫よ」ルクレティアが言った。「きっとよくなるわ。あんな大声で怒鳴っていたんですもの、たいした傷じゃないはずよ。それに、怪我をした男の人って、とにかく扱いが面倒でしょう。クインタスが一七のときに酔って落馬したときのことを覚えている？　大騒ぎしておきながら、自分の寝室に鍵をかけて閉じこもり、誰も近寄らせなかったじゃない。結局は足首をくじいただけだったのに、何週間もベッドから出てこようとしなくて、辟易させられたわ」

ルクレティアは言葉を切った。おそらく息継ぎのためだろう。

　メッサリナは持たされたカップを見おろした。冷めてしまう前に飲まないと。けれど、口を開いたら言葉があふれだしそうだ。

　ギデオンの顔は血まみれだった。側頭部も髪が血で濡れていた。昏睡(こんすい)してしまったらどうしよう。いまこのときも血が止まらずに命の危険にさらされているのでは？

　なぜギデオンはメッサリナを部屋から追いだしたのだろう？　仲たがいのせいでそこまで妻を嫌いになったの？

　声が漏れてしまったらしく――嗚咽(おえつ)かもしれない――ルクレティアがメッサリナの手からカップを取り、姉をきつく抱きしめた。

「大丈夫」ルクレティアがささやいた。「ホーソーンは心配ないわ。わたしが約束する。きっと大丈夫よ」

「あなたはギデオンのことが好きではないんだと思っていたわ」

「嫌いよ」ルクレティアがそっと返す。「でも、お姉さまは好きでしょう？」

　ふだん慰めるのは姉であるメッサリナの役目だった。メッサリナは妹の肩に顔をうずめ、スミレの香りを吸い込んだ。自由で奔放な花の香りは、あふれんばかりの愛情に満ちたルクレティアの性格によく合っている。

　居間の扉が開き、ミスター・ブラックウェルが静かに入ってきた。

　メッサリナは急いで背中を起こし、ハンカチーフで涙をぬぐった。「夫の容態は？」

「まずまずです」ミスター・ブラックウェルはふたりのそばにある椅子を身振りで示した。

「かけてもよろしいですか?」

メッサリナはうなずいた。「どうぞ」

彼は険しい顔つきで腰をおろした。「肩が脱臼していましたが、それは医者がもとどおりにしました」顔をしかめる。「相当な痛みをともなったようでしたが」

メッサリナは息をのんだ。一度馬番の肩が脱臼したのを見たことがある。それは屋敷からかなり離れた場所でのピクニック・パーティー中に起きた出来事で、その場で腕を戻すことになった。

馬番は拷問されたかのような悲鳴をあげていた。少し前に上階から聞こえてきた怒声が耳によみがえり、メッサリナはめまいを覚えた。

「意識はあるの?」自分が無力に感じられた。夫が負傷しているのに、人づてに容態を教えてもらわなければいけないなんて。

ふたりはもはや名ばかりの夫婦でしかないのだろうか?

「ぼくが部屋を出たときは起きていました」ミスター・ブラックウェルが答えた。「医者は薬で眠らせたがっていたようですが。ホーソーンが承知しなくて」

ルクレティアは、これだから男の人は手がかかるとかなんとかぶつぶつ言っている。

メッサリナはそれを無視してさらに問いを重ねた。「夫は……わたしのことを何か言っていましたか?」

ミスター・ブラックウェルの顔に浮かんだ哀れみの表情を見て、メッサリナは尋ねたことを即座に悔やんだ。「いいえ、申し訳ありませんが、何も。わかってやってください、ホーソーンは激痛に耐えているんです。医者の見立てでは、肋骨が数本折れているかもしれないそうで。頭にも切り傷があり、縫合する必要がありました」

「わかりました」メッサリナは握り合わせた手を見おろした。

炉棚の上に置かれた金箔の時計が時を告げる。驚いたことに、まだ夕食の時間にもなっていなかった。

ギデオンが運び込まれてから、一時間しかたっていない。

女主人として務めを果たそうとした。「どうぞ夕食の時間までいらしてください、ミスター・ブラックウェル。あなたにはすっかりお世話になってしまいました」

彼はルクレティアへと視線をさまよわせたものの、かぶりを振った。「申し訳ありません。今夜は仕事でつき合いのある相手と食事をすることになっているんです」

メッサリナは顎をあげると、なけなしの自尊心をかき集めた。「では、お引き止めしてはいけませんわね」

ミスター・ブラックウェルはためらい、それから出し抜けに話しだした。「ホーソーンと仕事をするようになってもう何年にもなります。だが、彼が女性と一夜以上続く関係を持つのを見たことはかつて一度もなかった。こんなことを言ってすみません」

メッサリナは体をこわばらせた。「わたしが知る必要があることだとは思えませんが」

「ぼくの説明の仕方が悪かった」ミスター・ブラックウェルは正直に続けた。「ぼくが言いたかったのは、ホーソーンは長いことひとりきりだったということです。おそらくずっとそうだったのでしょう。彼の家族が亡くなっているのはご存じでしたか？」

「母親と弟がいたとは聞いています」メッサリナはゆっくりと言った。ギデオンのいないところでその私生活について話すのはまるで裏切りのように感じられた。「ほかに家族や親戚はいないようでしたが」

「ホーソーンはそんなことさえ人に話すことはほとんどありません。知っているのはあなたも含めてごくわずかです。ぼくがその話を聞いたときは、ビジネス・パートナーになって二年が過ぎていました。それにあのとき彼は珍しく酔っていた。ホーソーンはそもそも酔うほど飲むことはないんです。彼は母親を亡くしていることをなんの感情もまじえずに話しました。弟のことですら。まるで新聞記事を読みあげるかのようだった。それで、あることに気づいたんです」

彼は言葉を切り、その先を尋ねてほしがっているのが見て取れた。メッサリナは仕方なく口を開いた。「それはなんだったんですか？」

「ホーソーンに、寝室から出ていくよう言われたことを気にしてはいけません。彼は本質的に……」ミスター・ブラックウェルは適切な言葉を探すかのように眉根を寄せた。それが見つかったらしく、うんとうなずく。「心のどこかが欠落しているんです。われわれのように感情を抱くことがない」

メッサリナは彼を凝視した。「ギデオンは愛し方を知らないとおっしゃっているの？」

隣でルクレティアが、ミスター・ブラックウェルを止めようとするかのように手をあげた。しかし彼はメッサリナから目を離さなかった。「ホーソーンは愛が何かさえ知らないと言っているんです。少なくとも人に対する愛は」口元をゆがめる。「金なら間違いなく愛しているでしょう」

メッサリナは深く息を吸い込んだ。「あなたのお考えを聞かせていただき感謝します。よく考えてみますわ」

彼女が立ちあがると、ミスター・ブラックウェルも腰をあげた。

「奥さまもさぞおつらいでしょう。ぼくで力になれることがあれば、なんでもおっしゃってください」彼は上着のポケットを探って鉛筆と手帳を取りだすと、腰をかがめて住所を走り書きし、ページを破ってメッサリナに渡した。「ぼくはここにいます。いつでも使いを寄越してください。すぐに駆けつけますよ」メッサリナの隣に静かに立っているルクレティアへ目を向ける。「おふたりのためなら」

ミスター・ブラックウェルは会釈をして帰っていった。

ルクレティアはどすんと長椅子に腰をおろした。「いまの話、どう受け取ればいいのかわからないわ」

「わたしにはわかる」メッサリナはそっと言った。「ミスター・ブラックウェルは、わたしがすでに知っていることを言ったにすぎないのよ。わたしとギデオンにはなんの希望もないのだとね」ルクレティアを見あげる。「フレイヤはギデオンの気持ちを確かめるよう言っていたけれど、もしも彼には感情というものがなかったら？　わたしひとりが自分の感情に振り回されているのだとしたら、危機に瀕しているのはわたしの自尊心だけじゃない。魂もよ」深く息を吸い込んだ。「お金をもらいしだい、ここを出ましょう」

16

「あなたの名前は？」ベットは勇気をふるって赤毛の若者に尋ねました。

けれど若者は首を横に振りました。「名前を教えたらそれを逆手に取られかねないからね。

ぼくには敵が多いんだ」

「わたしを信用していないのね」

彼は首を傾けました。「そうだね。きみを信用してもいなければ、愛してもいない。だが
夫婦仲に支障はないさ。さあ、ベッドにおいで」……。


『ベットとキツネ』

その夜ギデオンは肋骨の痛みに歯を食いしばり、寝返りを打った。右の脇腹には包帯が巻かれ、関節を固定するために右腕は包帯の上から胸にくくりつけられている。手羽を縛られてこれからオーブンに入れられる鶏の気分だった。

傷を負ったことも、痛みがあることも、襲われたらなすすべがないことも腹立たしい。部下が周囲を固めているのはわかっていた。危険は皆無で、敵が侵入できる可能性もない。だ

がそれでも、原始的で動物的な本能が、洞穴を見つけてそこへ身を隠し、近づこうとする者には歯を剝いてうなりたい気持ちにさせるのだった。

そして当然のように、メッサリナはノックすらなしに寝室へ入ってきた。

「出ていけ」ギデオンは即座に言い放った。

先ほどは彼に嚙みつかれて退散したのに、今回メッサリナはベッドの横へ椅子を引っ張ってきただけだ。見ると手にはスープのボウルを持っている。

「夕食を持ってきたわ」淑女たちとの昼食会の席に着いたかのように落ち着き払った声だった。

「そこに置いて出ていってくれ」

メッサリナはベッド脇のテーブルにボウルを置いた。「体を起こすのに手を貸しましょうか？」

「結構だ」左手で体を押しあげようとし、肋骨の痛みにうめき声をのみ込んだ。

「意地を張るのはやめて」メッサリナは静かに言うと、彼の背中に腕を回して加勢した。

威厳は損なわれ、痛みまでともなったが、ギデオンは息を切らしながらもなんとか上体を起こすことができた。

それからむっつりと言った。「見た目より力持ちだな」

メッサリナが片眉をあげる。「いま頃気づいたの？」

「ふん」湯気の立つビーフスープが満たされたスプーンがいきなり目の前に突きだされた。

「自分でき――」

　メッサリナは彼の口にスプーンを差し入れた。

　ギデオンは彼女をにらみつけ、もぐもぐと口を動かした。肉は柔らかく、味もいいのは認めざるをえない。ごくりとのみ込み、ひとこと言おうと口を開くと――。

　またもスプーンを差し込まれた。

　メッサリナの顔に浮かぶ満足げな笑みは、屈辱に甘んじるだけの価値がある。彼女に微笑みかけられるのは舞踏会の夜以来で、ギデオンは渋面を保ちながらも、ひそかにその輝きにうっとりした。妻が笑みを絶やさずにいてくれるなら、調教された猿のように宙返りでもしてみせる。

「人に食べさせるのって楽しいわね」メッサリナはスープをすくって差しだしながら言った。

　今度はギデオンもしゃべろうとはしなかった。スプーンを喉に詰まらせるのはごめんこうむりたい。

　それからしばらくはメッサリナが黙々と差しだすスープをただ口に入れた。打ち解けた雰囲気すら漂い、強烈な切望感が胸に込みあげた。

　次に差しだされたスプーンからは顔をそむけた。「もういい。腹がいっぱいだ」

　それで立ち去るものと思っていたが、メッサリナはボウルとスプーンを脇に置いただけだった。

「誰に襲われたの？」

ギデオンはかぶりを振った。「二人組だ。片方はナイフの扱いに相当慣れていた。どちらも見覚えのない顔だった」

しかし心当たりならある。あれはジュリアン・グレイコートを追跡している最中だったのだ。

メッサリナが眉間にしわを寄せた。「強盗目的だったのかしら？」

「違うだろう。財布を出せとは言われなかった」

彼女はわずかに青ざめた。「では、あなたを痛めつけるためにそんなことを」

連中の目的はギデオンの殺害だ。それは明白だが、メッサリナに教えるつもりはなかった。

彼は肩をすくめた。「たぶんな」

メッサリナのまなざしが鋭くなる。「なんのために？」

妻を追い払うべきだった。彼女の兄を疑っていることを口にするわけにはいかない。公爵の可能性も否めないが、仕事を遂行する前にギデオンを殺害しようとするのはつじつまが合わなかった。黒幕がウィンダミアでも充分に面倒だが、メッサリナは反発しながらも、兄であるジュリアンのことを気づかっている。

彼女はそうやって大勢の人たちを気づかっていた。

おそらくはギデオンのことでさえ。

メッサリナにそばにいてほしい。ようやく彼女が口をきいてくれたのだ。たとえ尋ねられたくないことを尋ねられるだけであっても。

返事を待っていたメッサリナは、椅子の背に寄りかかって不審そうに彼を見つめた。「この数週間、あなたはやけに強盗に襲われているわよね」

ギデオンは目をしばたたいた。

メッサリナはうんざりだとばかりに天井を仰いだ。「わたしが気づいたのがそんなに意外？」

ギデオンは咳払いした。「たしかに、ふだんは強盗に目をつけられるたちではないな」

彼女は眉をつりあげた。「誰があなたの命を狙っているの？」

それは答えられない。「わからない」

「それはあなたには敵がいないということ、それとも多すぎてわからないの？」

「多少の敵はいる」ギデオンは慎重に答えた。「きみの叔父上ははるかに敵が多い。そしてぼくは彼の部下だ。公爵に打撃を与えるために……ぼくを排除しようとする者もいるだろう」

メッサリナは暖炉の炎へと目をそらした。「あの仕事は終わったの、ギデオン？　わたしとの結婚と引き替えに叔父に命じられた仕事は」

くそっ。この話題から離れなければ。「いや、まだだ」

メッサリナは彼へ視線を戻した。澄んだグレイの瞳は険しい。「なぜ？」

なぜなら彼女を傷つけることはできないからだ。いまも、これからも。何をするかわからないウィンダミア公爵との約束があろうとなかろうと。ギデオンは不意に気持ちがはっきりとした。ジュリアンを殺すつもりはない。

たとえジュリアンがこちらを殺す気でいても。「複雑なんだ」

「わたしに話すつもりはないということ？」

額に汗が浮かぶ。「ああ」

メッサリナがあきらめと失望の表情を浮かべた。「わたしを信頼していないのね」

腹に拳を食らったかのように、セント・ジャイルズで受けたどんな打撃よりも鋭い痛みが走った。

「メッサリナ、違うんだ」立ちあがる彼女に急いで言う。

妻は動きを止めて彼を見おろした。その目は怒りをたぎらせている。「わたしはあなたと結婚しているのよ、ギデオン。しかも自分から望んだわけでもないのに。わたしを信頼していないわけじゃないというなら、なぜ話してくれないの？」黙ったままの彼に向かってかぶりを振る。「あなたがわたしたちをいまの状況に置いたのよ。夫を気づかう妻など欲しくなかったのなら、叔父と悪魔の取引をする前に、もっとしっかりわたしを観察するべきだったわね」

メッサリナはそう言い捨て、早足で立ち去った。

翌日の朝、身支度を終えたメッサリナは深々と息を吐いた。ゆうべはほとんど眠れず、輾転反側していた。ギデオンに裏切られ、彼に対する気持ちをあらためて考えてみた。夫のほうは彼女にこれっぽっちも愛情を感じていないのだろうかと。幸い、昨日は客間のひとつを使ったから、ルクレティアの眠りを妨げずにすんだ。

目覚めたときに一瞬――ほんの一瞬だけ――隣にギデオンがいればと思った。

メッサリナは息をのみ込んだ。胸が痛い。

けれど、ギデオンに裏切られたことは当面のあいだ、脇に置こうと誓っていた。彼は怪我人だ。さんざんキーズを問い詰めて、ギデオンは危うく殺されるところだったのを聞きだした。もしもキーズの到着が遅れていたら……。

彼女は身震いした。ギデオンの数々の過ちと頑固さは頭に来るけれど、やはりいまも彼に心惹かれている。

誰かが寝室の扉をノックした。

「どうぞ」メッサリナが声をかける横で、バートレットはブラシやヘアピンを片づけだした。

メイドが顔をのぞかせる。「ミスター・ジュリアン・グレイコートがお見えになっています。執事が居間にお通ししました」

臆病心が頭をもたげ、居留守を使いたい衝動に駆られた。ロンドンに来てからジュリアンがもたらすものは苦悩ばかりで、しかも当人はそのことになんら良心の呵責を感じていない。

メッサリナは鏡の中の自分を見つめ、小さかった頃、木の床の上で転んだことを思い返した。大きな木のささくれがてのひらに刺さり、抜かなければいけなかったが、幼いなりに痛みが怖くて、ピンセットで取ろうとする乳母に絶対に手を見せようとしなかった。呼ばれて子ども部屋へやってきたジュリアンは、一〇分かそこらメッサリナを静かに諭し、ようやく彼女にてのひらを出させたのだった。

あの頃のジュリアンはそれはやさしくて思いやりがあり、メッサリナは完璧な兄として崇めていたものだ。

けれどメッサリナはもう幼い子どもではなく、ジュリアンはとうの昔に妹を慰める力を失っていた。

「よろしかったでしょうか、奥さま?」メイドが尋ねた。

メッサリナは視線をあげた。「もちろんよ。すぐに行くと兄に伝えてちょうだい。それからヒックスに言ってお茶の用意をお願い」

メッサリナは廊下を進んで階段をくだった。笑顔の少年から、いまのジュリアンはなんとかけ離れてしまったのだろう。ふと顔をあげるといつの間にか居間の扉の前にいた。メッサリナは肩をそびやかして気持ちを引き締め、扉を開けた。

ジュリアンは暖炉の前にたたずみ、小さな炎を見つめていた。長い三つ編みは片方の肩にのせてあり、表情は哀愁を帯びている。

兄は格好をつけてロマン派詩人を気取っているのだろうか? しかし彼女が部屋に入ってきたとき、ほかに人はいなかった。

ひょっとすると兄は見た目のとおり、本当に孤独なのかもしれない。

部屋を横切るメッサリナにようやく気づいて、ジュリアンが顔をあげる。

「お茶を用意させているわ。これが快い訪問であるといいけれど」

「それは〝快い〟の定義によるだろう」ジュリアンはゆっくりと言った。

メッサリナは長椅子に腰をおろした。「そう？　わたしの定義では〝快い訪問〟とは購入したばかりの家具を壊される心配なしに会話をすることよ」

ジュリアンは眉をあげた。「ぼくがおまえに暴力を振るうわけがない」

「どうかしら」メッサリナは長椅子の背に腕をのせ、兄をじっと見つめた。「もちろん、わたしに手をあげることはないでしょうね。けれど、わたしの心を傷つけるのは平気のようだわ」

彼は唇をきつく結んだ。「自分の夫の欺瞞を知らないでいたほうがよかったのか？」

「いいえ」おだやかに答えながらも声に辛辣さが滲んだ。「でも、わたしのことなど頭になかったのではなくて？　お兄さまはギデオンをやり込めたかった。そのためにわたしの心を踏みにじることになろうとなんの不都合もなかった」

ジュリアンはメッサリナとそっくり同じグレイの瞳でこちらを見据えた――もっとも彼女は鏡に映る自分の瞳にこんな冷ややかさを見たことはない。

扉が開いたので、メッサリナは振り返った。メイドがふたり、紅茶と小さなケーキをのせた巨大なトレイを手に入ってきた。

「お茶にするなら、どうして教えてくれなかったの？」そのすぐ後ろからついてきたルクレティアがケーキに目を注いで言った。

「ごきげんよう、ルクレティア」ジュリアンがにこりともせずに声をかけた。

ルクレティアは挨拶代わりに手をひらひらさせただけだった。メイドがトレイを置きもしないうちにケーキをひとつつまみ食いしたせいで、口がふさがっているらしい。

メイドたちは支度を終えると、ほかに用はないか尋ねてからさがった。

ルクレティアはメッサリナと並んで長椅子に腰をおろした。自分の分の紅茶を注いで容器に入っていたクリームの半分を加えてから、長椅子に寄りかかり、カップを口へ運ぶ。「ここで何をしているの、ジュールズ？」

愛称で呼ばれたジュリアンは顔をしかめ、向かいの椅子に座った。「メッサリナと話がある、おまえとではなくな」

「あら、そう」ルクレティアは次のケーキへ手を伸ばした。今度は少なくとも皿にのせている。席を外すよう兄がはっきりほのめかしたのにもかかわらず、出ていく様子はない。

メッサリナはため息をつき、ジュリアンと自分に紅茶を注いだ。「なんの用なの、ジュリアン？」

「おまえの夫につけ回されている」彼は砂糖を入れるか迷ったあと、紅茶を取って椅子に深く座った。

ケーキを選びながらも、メッサリナの頭はめまぐるしく回転した。「そんなことが？　それはいつのこと？」

「昨日だ」

ギデオンはどこまで秘密主義なの！　襲われたときにジュリアンを尾行していたなどとは、おくびにも出さなかった。メッサリナはつかの間手を止めて、ルクレティアへ目をやった。妹は食べるのをやめている。「どこで？」

「ホワイトチャペルだ」

メッサリナは兄に目を向けた。

ジュリアンはグレイコート家の男だ——時と場合によっては冷酷かつ無情になることもでき、この一〇年ほどは常にそうありつづけている。

メッサリナはケーキをのせた皿を差しだした。「ギデオンは昨日ホワイトチャペルで二人組に襲われたわ。肩を脱臼し、切り傷も負っている。いまは階上(うえ)の部屋で休んでいるわ」

ジュリアンは手を振ってケーキを断り、退屈そうに脚を組んだ。「ほう」

メッサリナはすっと目を細めた。「わたしの夫を殺そうとしたの、ジュリアン？」

隣でルクレティアが皿をそっと置いた。

ジュリアンの薄い唇が冷ややかな笑みを描く。「ぼくが殺すつもりであれば、ホーソーンは生きていない」

メッサリナはカップをおろして体を引き、兄を観察した。嘘をついているのか、本当のことを言っているのかは、見分けることができなかった。「なぜかしら、そう聞いても安心できないわ」

「ついでだから言っておくが」ジュリアンは口をつけていないティーカップを慎重な手つき

で置いた。「ここへ来たのはおまえの夫に確かめるためだ、ぼ﹅く﹅を殺そうとしているのかどうかをね」

「えっ？」メッサリナは兄を凝視した。心臓が倍の速さで鼓動を打ちはじめる。ギデオンが彼女の家族を傷つけるようなまねをするはずがないと言い返したかった。そんなふうに彼女を裏切るはずはないと。

けれども言えなかった。

「ホーソーンがぼくを尾行する理由は暗殺以外に思いつかない」ジュリアンは静かに口にした。

メッサリナは顎をあげ、必死になって反駁（はんばく）した。「ギデオンがたまたま同じ場所にいた理由ならいくらでも考えられるわ」

「なるほど」ジュリアンは彼女を見つめたままおだやかに返した。

メッサリナは兄の視線を受け止めることしかできなかった。自分の言い分が納得できるものでないのはわかっている。ギデオンがジュリアンのあとをつける理由はいくらでもあるだろうが、まともな理由はひとつもない。

ジュリアンはつかの間目をそらしてから、ふたたび彼女を見た。「ぼくはおまえの夫を信用していない」

「わたしのことは信用しているの？」メッサリナはそっと尋ねた。

ジュリアンは彼女を見つめた。大理石の彫像みたいに端整で冷ややかな顔。子どもの頃、兄は学校の休暇で戻ってくるたびにお菓子を持ち帰ってくれた。

　メッサリナはため息をついた。

　ジュリアンが立ちあがる。「どうしてあいつの肩を持つ？　あの男はおまえに結婚を無理強いした。公爵の手先だ。最終的におまえを傷つけるのはあいつであってぼくではない」

　そう言い捨てて会釈をすると出ていった。

　ルクレティアは自分のカップに紅茶を注ぎ足した。「本当にジュリアンがギデオンを襲わせたと思う？」

　メッサリナは首を横に振った。「ジュリアンはああ言っているけれど、ほかに何を信じればいいの？」

「ジュールズの頭にあることを読むのは不可能よ。でも、お兄さまがギデオンを殺そうとするとは思えないのよね」ルクレティアは思案するように言った。

「彼は大ばかよ」

　ルクレティアがこちらを見た。「ジュールズのこと？　それとも自分の夫のこと？」

「ジュールズよ」そう言ってから、メッサリナはいらいらと手を振った。「両方だわ」

「ジュールズは大ばかかもしれない。けれど、最終的にお姉さまはギデオンに傷つけられることになるというのは当たっているんじゃないかしら」

　わかっている。それは自分でも考えた。ギデオンにどれほど心を傷つけられることになろうと覚悟はできている。

けれど兄を傷つけられることに覚悟などできるわけがなかった。

午後にはメッサリナの気持ちも――かなり――落ち着いていた。ハイドパークで長い散歩をし、そのあと薬代わりにブランデーを一杯グラスに注いだ。それらのおかげで心が静まったので、ギデオンに会いに行くことにした。

問題は、またしても夫の魅力に囚われつつあることだった。血を流して担架に横たわる彼の姿にメッサリナは恐怖した。ギデオンの野性的な笑みと心を見透かすようなまなざしのない世界など想像できない。そんなものは考えたくもない。

けれど……。

夫はジュリアンを傷つけようとしているのだろうか？　ギデオンがそれを否定したとして、彼を信じられるだろうか？

そもそもギデオンに尋ねる意味が？

尋ねてみないことにはわからない。

メッサリナは意を決して背筋を伸ばし、寝室の扉をノックしてから開いた。

大怪我を負ったのだから、正気の人間ならおとなしく横になっているものなのに、ギデオンはベッドから出て、毒づきながらシャツを着ようとしていた。シャツを頭からかぶって左腕は袖に通したものの、右腕はもちろんまだ包帯でつられている。

「いったい何をやっているの？」メッサリナはぴしゃりと言った。

持っていた本をベッド脇のテーブルに置いて、つかつかと歩み寄る。

ギデオンは奮闘のあまり顔を真っ赤にして見あげた。「着替えているんだ」

「なんのために？」

「仕事がある」ギデオンがうっと息をのんだ。

苦痛に顔をゆがめる彼を、メッサリナは揺さぶってやりたくなった。

しかしそうする代わりに、シャツを引っ張りあげて脱がせた。

ギデオンがうなり声をあげたが、メッサリナは夫の上半身を目にして呆然とした。脇腹にはしっかり包帯が巻かれているとはいえ、その上下から青黒いあざがのぞいている。これでは包帯の下はいったいどうなっているのだろう。

メッサリナはギデオンの渋面を見あげた。髭を剃っておらず、顎は黒い無精髭に覆われていて、まるで盗賊だ。それも叩きのめされた盗賊。

道徳観念もなく、みずからの意志さえあれば何ごとも成し遂げられると考えている男。

それが彼女の夫だった。

「正気なの？」メッサリナはきつい声をあげた。「肋骨が折れていて、肩は負傷し、頭の傷は縫い合わせたばかりなのよ。どんな仕事であれ一日ぐらい遅らせることができるはずだわ。たったの一日よ、ギデオン」不意にしょっぱい涙があふれて視界がかすんだ。「お願い、ベッドへ戻って」

まばたきしてから見ると、ギデオンは恐怖に近い表情を浮かべてこちらを凝視していた。

「メッサリナ？」

「ギデオン」

彼の口角がさがって眉根が寄せられ、なおさら恐れ知らずの略奪者めいた顔つきになる。

「わかった。ベッドへ戻ろう」

ギデオンはためらい、顔をしかめて言った。「泣かないでくれ」

妻の涙を見るのが耐えられないかのように、くるりと背を向けてベッドへ向かう。

ギデオンは、女性は感情的になりすぎると軽蔑するたぐいの男性なのだろうか？

「待って」メッサリナは涙をぬぐい、自制心を取り戻した。「ブリーチズをはいたままではきちんと休めないわ」

ギデオンに近づき、ブリーチズのボタンを外そうとする。彼のことが心配で、自分が何をしているかに気づくまでに一瞬間があった。指が凍りつく。手はブリーチズのふくらみの真上へと伸ばされていた。視線をあげる勇気はなかった。けれど彼は息を止めたようだった。

部屋を出なくては。ジュリアンの話を聞いたあとではなおさらそうすべきだ。

メッサリナはブリーチズのボタンに、ボタンにのみ、意識を集中させた。ブリーチズの前を開け、下着とその下にあるものは無視して、腰の下までブリーチズを引きおろす。次にギデオンをベッドに腰かけさせ、ブリーチズを両足から引き抜いた。

深呼吸して彼を見あげた。断固として起きようとしていたのにもかかわらず、その顔には疲労の色が刻まれている。

それも下着がぴんと張るのを妨げはしなかったが。

メッサリナは咳払いして横を向くと、枕を叩いてふくらませ、ギデオンをヘッドボードに寄りかからせた。

それから上掛けを腰まできちんと引きあげてやる。

「これでいいわ」少し大きすぎる声で言った。

ギデオンは苦笑いを浮かべた。「ありがとう」

「どういたしまして」メッサリナは椅子をベッドの横へ引っ張ってきて腰かけた。「ここへ来たのは質問をするためよ。兄のジュリアンに危害を加えようとしているの？」

ギデオンはしばし彼女を凝視した。その表情には何も表れていない。

それから嘲るように片眉をつりあげた。「いいや、きみの兄上に危害を加えるつもりはない。ふたりのうちどちらにもだ」

安堵感が胸に押し寄せた。ジュリアンの疑心暗鬼だったのだ。

「ありがとう」メッサリナは微笑んだ。

部屋へ入ってきたときにテーブルにのせた小さな本を手に取る。

ギデオンは本へ目をやり、不機嫌な声で言った。「何をしている？」

メッサリナはひるまなかった。「あなたに本を読んであげるのよ」

その朝初めて彼の唇が弧を描いた。「本を選ばせてはもらえないのか？」

「おあいにくさま」最初のページを開き、咳払いしてから読みはじめる。「『名高き海賊船長シングルトンの冒険一代記』、第一章」

ギデオンの視線が注がれるのを痛いほど意識しながら、ダニエル・デフォーのあまり知られていない名作を朗読しだした。幼い頃に病気でベッドに寝ていると、オーレリアがいつもこんなふうに本を読んでくれたので、自分もやってみようと思いついた。もちろん、姉に読んでもらうのと、自分が読むのとではまるで違う。それにメッサリナが読み聞かせをしている相手は愛する人だ。

言葉がつかえてしまい、読みなおした。

ギデオンは愛する人だった。裏切られ、だまされはしたが、短いあいだギデオンは彼女のものだった。なぜかこれまで彼のことをそんなふうに思ったことはなかった。

ギデオンは一度は彼女のものだったが、いまは違う。メッサリナは彼のもとを去り、はるか遠くへ旅立つ。大海がふたりを隔て、もう二度とギデオンと、かつて愛した人と会うことはない。

そして、もう二度と誰かを愛することはないだろう。

不意にメッサリナは明快に理解した。自分にとって、ギデオンは生涯ただひとりの男性だ。だがその事実も何かを変えはしない。

ふと顔をあげると、ギデオンは眠りに落ちていた。

メッサリナはしおり代わりにヘアピンをはさんでそっと本を閉じた。

ギデオンがじっとしていることは滅多にない。いつも何かを計画して、絶えず行動している気がする。けれどいま、豊かな黒いまつげは浅黒い頬の上でじっと動かなかった。

おかげで存分に観察できた。

額の右側は緑と青のあざでまだらになっている。その下の黒い眉は相変わらず狡猾そうで、悪魔を連想させるが、いまでは……その悪魔に愛着を抱いている。この悪魔はメッサリナの心に取り憑いたのだから。

そして唇。

この罪深い唇を見つめるだけで体の中が熱くなる。

けれどギデオンの魅力は外見だけではない。意志が強く野心的で、誇り高く、誰にも止められない。ユーモアを解するし、辛辣にもなる。

秘密を抱え、ぬけぬけと嘘をつく男性。

暴力を行使することをいとわない男。

メッサリナが愛を捧げたいと願った人。

せめて……。

せめてギデオンが愛し方を知っていたなら。彼女を愛するすべを。そうすればすべては違っていただろう。メッサリナは——たとえ簡単ではなくとも——嘘を許し、彼との結婚生活を続けていた。ふたり一緒に満たされて、けだるい体をベッドに横たえることもできただろう。夕食の席で議論を交わし、劇場へ足を運んで舞台や観客について語り合うことも。そしてセント・ジャイルズの喧嘩屋あがりの、このひと癖もふた癖もある男性と一生をともにしていた。

退屈することも、不満を覚えることもなしに。

だが現実にはそうはならない。

メッサリナはため息をつき、背中をかがめてギデオンの額にそっとキスをした。そこに涙がひと粒落ちたとしても、認めはしなかった。

17

その夜ベットは赤毛の若者と一緒に眠りましたが、朝になって目を覚ますと、彼もキツネもいなくなっていました。その日は小さなコテージの掃除をし、あたりを散策して木の実を摘み、こわごわと森を眺めて過ごしました。日が沈みはじめると、木立からひょっこりキツネが顔を出し、彼女と一緒に夕食をとりました。

そのあとキツネは若者に変身し、彼女をベッドへ連れていきました……。

『ベットとキツネ』

メッサリナににらまれることなしにベッドから起きあがれるようになるまで、丸々二日かかった。

にらまれるだけならいいが、泣かれるのはごめんだ。

彼女の瞳が涙で潤むさまを見ると、胸がねじれてとうてい耐えられなかった。

ギデオンは物思いを振り払い、玄関ホールへと進んだ。

玄関脇には従僕がひとりいるだけだ。新顔で名前は知らない。

ギデオンは振り返って階段を見あげた。メッサリナはどこにいる？　一時半にここへ来るよう伝えたはずで、いまはぴったりその時間だ。

来ないのだろうか。

ふたりは不安定な関係ながらも休戦状態にあり、妻はみずから冒険物語を朗読してくれたが、いまだにギデオンを許してはいなかった。単に怪我人を介護していただけなのだろう。なぜかメッサリナは持参金の一割を要求してこず、ギデオンもその話を持ちだすつもりはなかった。

彼女を探しに部屋まで行こうとしたとき、階段に靴音が響いた。

ギデオンは振り返った。

お気に入りの色、つややかな黒髪を引き立たせる深いピンク色のドレスに身を包んだメッサリナが片眉をあげた。「呼ばれたから来たけれど、なんの用？」

きつい口調に反して、目は好奇心に輝いている。

ギデオンは頭をひと振りし、無事なほうの腕を差しだした。多くのことが今回の計画にかかっている――おそらく自分で思っている以上に。「遅れるとまずい」

メッサリナは小首をかしげた。「教えるつもりはないということ？」

「行こう」ギデオンは妻を玄関の外へと連れだした。すでに待っていた馬車に彼女を乗り込ませ、自分は向かいの席に座った。

メッサリナは唇をすぼめて彼を眺めた。「怪我をしたばかりで本当に出かけても大丈夫なの？」

「もう大丈夫だ。昨日もその前もそう言っただろう」いらいらと嚙みついたあと、深呼吸をして声音を無理やりやわらげる。「それに、それほど遠出ではない」

ギデオンの言葉で好奇心をますます刺激されたらしく、メッサリナは走りだす馬車の中で次々と質問をしはじめた。

その輝く瞳と弧を描く唇、快活におしゃべりするさまをギデオンは眺めた。この計画がうまくいかなかったらどうする？　結婚する前なら、部下にジュリアンを監視させ、いま頃は倍にして報復していた。常に即座に仕返しを遂げ、敵に勝たせることは一度たりともなかったのだ。

メッサリナはギデオンを弱くする。彼女のせいで自分が弱くなったことには気づいていた――だが、それもどうでもよかった。

妻がもう一度笑いかけてくれるなら、自分は子羊みたいにおとなしくなろう。

一時間後、馬車がサザークの薄汚れた倉庫の前に止まり、果たして本当にこれでよかったのだろうかとギデオンの胸に初めて迷いが兆した。

メッサリナに手を貸して馬車からおろしながら、彼女の顔をちらりとうかがう。「がっかりしたのではないといいが。きみが気に入るのではと思ったけれど、もちろんいまからほかの場所へ行くこともできる。やはりここは――」

メッサリナが彼の唇を指でふさいだ。

「中を見なければ、気に入るかどうかはわからないでしょう？」

ギデオンはぎこちなくうなずいた。「そうだな」

メッサリナの手が腕に置かれると、ギデオンの胸は満足感にふくらんだ。妻とともに階段をあがり、倉庫に足を踏み入れる。

中は天井の高い巨大な空間で、板張りの床は使い込まれていた。そこに陳列されている品々を吟味して歩く紳士たち――それに数えるほどの淑女――でかなり混み合っている。

メッサリナはぐるりと見回した。「この場所は何？」

「オークション会場だ」ギデオンは彼女の表情をじっと眺めた。

緊張という馴染みのない感覚に襲われていた。自分より大柄で年上の男たちを相手にナイフ試合に挑んだときも緊張したことはない。だがこうしてメッサリナとともにここにいると、自分の命がこの瞬間にかかっているかのように感じる……。

ギデオンは息を吸い込んだ。「故ミルトン伯爵は度が過ぎるほど熱心な蒐集家だったせいで、亡くなったときに伯爵家は破産の危機に瀕していた。跡を継いだ甥は、世襲財産と先祖伝来の家財をのぞき、すべてのものをオークションに出すことにした」倉庫内を身振りで示す。「きみが目にしているのはそのオークションだ」

メッサリナは目を見張り、もう一度室内をきょろきょろと見回した。「でも、ここにあるのはたいした数ではないわ。もっとも」頭をこくりと動かし、雌鹿のギリシア彫刻らしきもののほうを示す。「見るかぎり、素晴らしいものばかりだけれど」

「これらは出品されているもののごく一部だ」ギデオンは彼女を彫刻のほうへ導き、上着のポケットから冊子を取りだした。「残りはここに記載されている」

「まあ、そうなの」メッサリナが冊子を受け取るのと同時に、ベルが鳴った。

参加者たちは倉庫の奥に向きなおった。

ギデオンは気持ちが落ち着かず、指で膝を叩いた。ベッドの中で何日も練った計画だ。これが失敗したら、次はどうすればいいかわからない。

灰色の鬘をかぶった痩身長軀の男が小さな演壇にあがり、驚くほど大きな声でひとつ目の品を発表した。四人の男たちが、天板が紫色の大理石という悪趣味なテーブルを抱えて控えの部屋から出てくる。

競売人がテーブルについて短く説明し、競りが始まった。

メッサリナは眉をひそめた。「あの……あなたはあれが欲しくて来たの？」

「まさか。五ページ目を見てくれ」ギデオンは彼女が持っている冊子を指で叩いた。

妻が下を向いてページをめくり、掲載されている品々に目を通しはじめた。ギデオンはそれを見つめ、目当てのものに彼女がたどり着くとすぐに気がついた。

メッサリナはぴたりと動きを止めたのだ。

ギデオンは静観するつもりでいた。彼女が自分で決めるまで声をかけずにいるつもりだった。しかし、とうてい待ちきれなかった。

妻に顔を寄せる。「それが欲しいかい？」

メッサリナはグレイの瞳を銀のように輝かせて彼を見あげた。「わかっているでしょう、欲しいに決まっているわ」

ギデオンは全身が軽くなるのを感じた。妻は気に入ってくれたのだ――この贈り物を。メッサリナはすぐそばにいるので、あと数センチ身をかがめれば口づけができる。

ギデオンは彼女の耳にささやきかけた。「きみなら伯爵の蔵書を欲しがるだろうとは思ったが、確信がなかった」

「それでも、とにかくわたしをここへ連れてきたのね」メッサリナが微笑む。

ギデオンは地下暮らしの男が数十年ぶりに太陽を拝んだかのように、その笑みを堪能した。

メッサリナはふたたび目録に目を落とした。「蔵書数は一〇〇〇冊を超えていて、アイルランド語の挿絵入り詩篇(しへん)に、シェイクスピアの劇作の四つ折り判、それに特別注文の三方金の赤い革装版『エウリピデス全集』まであるわ」うっとりと息を吸い込む。「ああ、ギデオン。このコレクションが一冊残らず欲しいわ」

彼はうなずいた。「では伯爵の蔵書をまるごといただこう」

「でも、あなたが本を読むところは一度も見たことがないわ」メッサリナは不思議そうに言った。

「実際、読まないからな。ぼくには……」かぶりを振る。「本は必要ない。だが、きみは違う。それに、きみに本を読み聞かせてもらうのは好きだ」

メッサリナは黙り込んだ。競売人が悪趣味なテーブルの落札者を宣言し、ざわめきが起こる。会場内では興奮と期待感が徐々に高まっていた。

ギデオンが顔を向けると、彼女は判読しがたい表情を浮かべていた。

メッサリナは口を開き、ためらってから言った。「喜んであなたのために朗読するわ。わたしもあなたに本を読み聞かせるのが楽しいの」

「ぼくも楽しい」ギデオンは少し勢い込みすぎるくらいに言った。「きみの声は耳に心地いい」

彼女の唇に小さな笑みが浮かぶのを眺めたあと、ギデオンは競売人へ視線を戻した。


一時間後、走りだす馬車の中でメッサリナはアイルランド語の挿絵入り詩篇を大切そうに手にしていた。蔵書をおさめた木箱はウィスパーズ・ハウスへ運ぶようギデオンが手配したが、図版入り地図帳と詩篇はすぐに持ち帰りたいと頼まずにはいられなかった。

詩篇はてのひらにのるほど小さいながら、表紙をめくるとどのページも宝石色に輝いていた。各巻の冒頭は金をふんだんに使用した細密画で彩られている。比類ない美しさだ。

そしてこれは、ギデオンが彼女のために競り落としてくれたものだ。

メッサリナは向かいに座る夫を見あげた。彼は微笑を浮かべてこちらを眺めている。いつもならその笑みには嘲りが含まれているのに、いまは純粋な笑みだ。彼女がこの小さな本を欲しがると――欲しくてたまらなくなると――どうしてギデオンにわかったのだろう？　ほんの数日前には花束でメッサリナの歓心を買おうとした彼が――あれはつまらない過ちだった――いまは非の打ちどころのない贈り物をしてくれた。

一〇〇〇冊を超える蔵書を。

この行為に、なぜか気持ちを揺さぶられた。希望と失望のあいだでぐらぐらしている気分だ。本ならば最高の贈り物になるのがわかったということは、ギデオンは彼女が欲しがるものをそれだけ真剣に考えてくれたということだろうか？

メッサリナのことを真剣に考えてくれたということ？

希望があるかもしれないことが、かえって怖い。ふたたび傷つけられることになるかもしれないのだから。ギデオンへの信頼を裏切られてからこの数日は、切なさばかりがむなしく募った。もしまた彼を信じ、ふたたび胸に忍び込んでくる欲望に屈したら、次に裏切られたときは深く打ちのめされるだろう。

自分自身の判断を信じていいのかどうかわからない。

こちらを見つめるギデオンの眉間にいまや小さなしわが刻まれているのに、メッサリナは気づいた。

咳払いして言う。「ありがとう」

「喜んでもらえてよかった」ギデオンが慎重に返した。

メッサリナは首を傾けて彼の表情を読み取ろうとしたが、できなかった。「本当に？」

「ああ」ギデオンは顎をこわばらせつつも、充分に落ち着いた声を出している。「きみのためにやったことだ」

メッサリナ。それだけだ」

ギデオンは座席に頭をもたせかけ、黒い瞳で彼女を見据えた。「きみに幸せでいてほしい、メッサリナ。それだけだ」

その言葉は彼女の胸に小さな火をともした。炎が不安定に揺れる。

不意にギデオンは疲れた顔つきになって目を閉じた。まだ外出は早すぎたのだろうかと、メッサリナは心配になった。

馬車がいきなり止まり、彼女は危うく床に放りだされかけた。

「危ない」ギデオンが身を乗りだして彼女を受け止めた。「大丈夫か？」

「ええ」メッサリナは息を切らして言った。「大切な詩篇も無事よ」

彼は眉をつりあげた。「心配したのはそっちではない」

メッサリナは学校を出たばかりのうぶな娘みたいに顔がにやけそうになるのをこらえた。どれほど理性に制止されても、夫を無視できずにぐいぐい惹きつけられていく。

ギデオンは窓を開けながらつぶやいた。「なぜ止まったんだ？」

窓が開くなり、がやがやと大声や足音が聞こえ、メッサリナの背筋を震えが駆けおりた。

「なんの騒ぎなの？」

御者が騒音に負けじと声を張りあげる。「絞首刑の見物ですよ。人波で道がふさがれてて、回り道も無理です。しばらく待つしかありません」

ギデオンが小さく息をのんだ。

メッサリナははっとして彼の顔を見た。

夫は血の気を失っている。

メッサリナは前に絞首刑の行列と行き合わせたときのことを思いだした。「ギデオン?」

夫は座席にどすんと腰をおろすと、膝の上で拳を握りしめ、目をつぶった。彼女の声が聞こえている様子はない。

「ギデオン?」もう一度声をかけてみる。

彼はかぶりを振った。「ぼくは……」

ただごとではない。メッサリナは腰をあげて夫の隣に移った。詩篇のことはもう頭になかった。「大丈夫?」

ギデオンがたてた音は笑いからはほど遠かった。「いいや」

「絞首刑のせいなのね?」メッサリナはそっと言った。「わたしに何かできるかしら?」

ギデオンはもう一度かぶりを振って目を開けた。瞳がうつろだ。「ぼくの頭がおかしくなったと思っているんだろう」

「そんなことはないわ」彼の肩に手をのせてささやいた。「何にそれほど動揺しているのか教えてもらえるかしら?」

ギデオンは自分の拳を見つめた。「エディ」

誰だろう――? すぐにはわからず、その名前をどこで耳にしたのか思いだそうとした。

そうだ。エディはギデオンの弟だ。「彼がどうしたの?」

ギデオンは感覚がないかのように淡々と言った。「エディは絞首刑にされた」

「えっ？」まるで理解できなかった。「誰に？　いったいどうして？」

ようやく目が合ったものの、どんよりとした黒い瞳にメッサリナはショックを受けた。

「窃盗の罪でつるされた。エディは一一歳だった」

「でも……」そんなことはありえない。そうでしょう？　幼い子どもが絞首刑になるなど聞いたことがないし、しかもたかだか窃盗だ。「どういうことなの？」

ギデオンは嘆息した。「エディは掏摸を働いていた。危険すぎるから、やめさせたかったが、ひもじいときには見て見ぬ振りをしていた。そしてエディが一一歳でぼくが一三歳の冬、ぼくたちは飢えに苦しんでいた」

その先は聞きたくなかった。恐ろしい結末を迎えることはすでにわかっている。とはいえ、彼をひとりで苦しませることはできない。「何が起きたの？」

ギデオンは顔をゆがめて歯を剝いた。「相手は年寄りの貴族だった。セント・ジャイルズをふらふらしていたんだ。売春婦を探していたんだろう。ほかにどんな理由があってあの界隈(わい)をうろつく？　エディはそいつの懐中時計を盗んだ――金の懐中時計だ、愚かな貴族め。従僕がエディをつかまえた。エディは法廷へ引きだされて裁かれ、首をつられた」

メッサリナは愕然とした。幼い少年が大人の罪人と同じように処刑されたなんて、とんでもない話だ。法律には明るくないが、それでも正しいこととは思えなかった。

「罪を犯したのが子どもの場合、判事が減刑するものではないの？」

「もちろんそうだ、ふつうならば」ギデオンの声は低く、憎しみに満ちていた。「ぼくがそれを知ったのはあとのことだ。だがあの貴族は——クロスという名の男は——死刑執行を要求した。懐中時計を盗んだことは、上院議員である彼の威厳に対する侮辱であると主張し、自身が犯した罪の代価を払うようエディに求めた。命をもって償うのが妥当だと」

顔を大きくゆがめて最後の言葉を吐き捨てた。

何が言えるだろう。それほどの理不尽に対して。ギデオンの怒りと悲しみに対して。「お気の毒に——」その言葉は、切り落とされて血が噴きだす腕に、優美なハンカチーフを押し当てるようなものに思えた。場違いで陳腐。

役立たず。

どのみちギデオンの耳には聞こえていないらしかった。「収監中はエディに一度も会っていない。看守につかませる金がなかった。エディは食べるものも毛布もなしに、ひとりきりで怯えきっていたのに、ぼくには何もできなかった。何ひとつ」

ギデオンは拳をきつく握りしめ、空っぽのてのひらを開いた。

想像するだけで恐怖に脚が震える。メッサリナには理解できなかった。幼い少年が誰の助けもなく……。ぶるっと頭を振った。この話に救いはないのだろうか、なんでもいいから。

「お母さまは?」

ギデオンがなんの感情もない目を向けてきた。「その頃には母は酒浸りになっていた。弟がつるされたときには泥酔し、ろくにしゃべることもできなかった」窓へ目をそらし、ひとりごとのようにつぶやく。「弟がつるされたとき、ぼくは……」

　先をうながすことはできなかった。知りたくもないし、想像したくもない。けれど彼の肩から指へと手を滑らせ、温かいてのひらに自分の手を重ねて、強く握りしめずにはいられなかった。

　ギデオンは息を吸い込み、彼女の手をきつく握り返した。「それを見に行った。行くしかなかった。弟をひとりきりで――」言葉に詰まる。何を言いたいのかはわかった。

　幼い弟をひとりきりで死なせたくなかったのだ。

　ギデオンは目をつぶった。「ぼくは見物人の行列についていった。タイバーンの刑場に到着したときには群衆がふくれあがり、先頭へ行くことはできなかった。それで、樽の上にあがると、弟が処刑されるところが見えた」

　ふたたび言葉を切って唾をのみ込む。

　メッサリナは涙で目がちくちくした。想像できない。自分もまだ幼いのに、たったひとりの兄弟がつるされるところを見守るなんて。

「エディもぼくを見た。たぶんだが」ギデオンが頭を振った。「思い違いかもしれない。あれだけ離れていたんだ。だがぼくには見えた。弟の顔は血の気を失っていた。真っ白になっていて……」

　ギデオンがメッサリナに視線を向けた。その目は濡れていたが、涙はこぼれていない。表情は険しく、顔はこわばり、頬に走る銀色の傷跡がくっきりと目立つ。そのとき彼女は気がついた。知らない人なら、ギデオンの悲しみを別のものと取り違えるだろう。彼を冷ややかで無情な恐ろしい男だと思うはずだ。実際はそうではないのに。

一週間前の自分なら同じ思い違いをしていた。

「エディはぼくの弟だった」ギデオンが静かに言った。あまりに声が低く、かろうじて言葉が聞き取れるくらいだ。「エディがつるされたのはぼくのせいだ。兄であるぼくが守ってやるべきだった。盗みをやめさせるべきだった」

馬車が揺れて動きだした。見物人の行列が移動したのだろう。

しかしメッサリナはそれにもほとんど気づかなかった。それくらい呆然としていた。目がくらむほどまぶしい光を当てられたかのようだった。結婚式の翌朝、べそをかくサムをギデオンが叱りつけていた光景が脳裏によみがえる。あのときは粗暴な振る舞いに思えたが、過去を知ったいまはまるで違う意味が読み取れる。ギデオンはサム――自分の弟と同じ幼い少年――が二度と盗みを働かないよう念を押していたのだ。窃盗は絞首刑になりかねないからと。

ギデオンは好きこのんで冷酷な態度を取っていたわけではない。

サムを守ろうとしていたのだ。守れなかった弟の代わりに。

「ギデオン」悲しみが胸に押し寄せた。「エディが絞首刑になったのはあなたのせいではないわ」

「なぜそんなことが言える?」ギデオンは目をつりあげた。「弟の面倒を見られるのはぼくしかいなかった。弟が頼ることのできるのはぼくしかいなかった」いきなりクラヴァットをつかみ、首を絞めそうな勢いで乱暴に引っ張ってほどく。「最後にぼくと会ったときに、エディが何をしたかわかるか？　掏摸をしに出かけてつかまる前に？」

ギデオンがシャツの胸元をはだけさせた。ちぎれたボタンが飛び、音をたてて床に跳ねる。そんなこともおかまいなく、いつも身につけているファージング硬貨を手に取った。「これをくれたんだ。夕食にパンを買うようにと。ぼくは五、六ペニーは持っていたが、くれるならと、もらっておいた。そのせいでエディは刑務所に入れられたときに無一文だった」

ギデオンの目に宿るやり場のない怒りと大きな悲しみに、彼女は圧倒された。彼には感情が欠落しているなどとどうして思ったのだろう。

メッサリナは彼の体に腕を回した。「あなたは最善を尽くしたのよ。自分にできるかぎりエディの面倒を見ていた」激しく首を振る夫を、きっぱりと否定した。いまなら真実がわかる。「あなたは弟を愛していた。その硬貨が証拠だわ」

なんの変化もなく日々は過ぎていきましたが、ある晩、キツネは赤い靴を手に持ち、片脚を引きずって帰宅しました。

「きみにあげるよ」キツネはペットに言いました。

受け取って履いてみると、靴は彼女の足にぴったりでした。「なぜわたしにこれを?」

「ぼくを忘れないようにさ」キツネはからかうように言いました……。


『ペットとキツネ』

18

その夜の夕食のあと、メッサリナは着心地のいい部屋着に着替えて居間でくつろいだ。ルクレティアは隣でレモンカードタルトをかじっている。どうやら妹はヒックスをすっかり自分の言いなりにしているらしい。ギデオンは食事を終えるとすぐに姿を消した。

メッサリナは膝にのせた詩篇に目を通すつもりでいたが、午後の出来事が頭から離れなかった。妻をオークション会場へ連れていくときのギデオンの不安そうな顔つき。彼女が本の贈り物に大喜びしているとわかったときの満足げな表情。

そしてエディのことを打ち明けたあと、口からほとばしりでた怒りと悲しみ。結婚したばかりの頃だったら、夫が計算も策略もなしにありのままを話してくれることはなかっただろう。それはわかっていた。

ギデオンが心の傷を見せてくれたことを、メッサリナは光栄に感じた。

長椅子の横に垂らしていた手に、小さな鋭い歯がかじりついてきた。見おろすと、デイジーが彼女の手を夜食代わりにしようとしている。

「だめ」メッサリナは厳しい声で叱りつけた。「嚙んではだめよ」

「すみません、奥さま」暖炉の前に寝そべって、彼女が手に入れた図版入りの地図帳を注意深くめくっていたサムが、飛び起きて駆け寄ってきた。

「いいのよ、サム。しつけの行き届いた子犬でも嚙むことがあるものだわ」メッサリナは詩篇を脇に置き、デイジーを膝にのせてからサムの目を見た。「デイジーもしつけが行き届いているわよね？」

サムはにわかに後ろめたそうな顔になった。「ミスター・ヒックスの靴の片方を持っていっちゃって」

ルクレティアが顔をあげる。「靴を食べてしまったの？」

「違います、食べてはいないけど」サムはつま先を見おろした。「ちょっとかじっちゃって」

ルクレティアは心配そうに目を見開いた。「すぐにミスター・ヒックスに新しい靴を用意してあげないと。せっかくロースト肉が上達しているところなのよ」

サムはおろおろしている。

「いいのよ」メッサリナは彼を安心させようとした。「デイジーが靴を嚙んだのはあなたのせいではないわ」

「はい、奥さま」そう言いながらもサムはまだしょんぼりしている。

メッサリナは笑みをこらえ、膝の上で丸まっているデイジーを撫でた。少年が地図帳に注意を戻すのを眺め、ふと思いつく。「サム？」

少年は地図帳から顔をあげた。「はい、なんでしょうか？」

「大人になってどんな仕事でもできるとしたら、あなたは何になりたい？」

ルクレティアが眉をあげる。「そんなことは――」

「しーっ」メッサリナは妹を黙らせた。

サムは眉間にしわを寄せてその質問を真剣に思案した。それから笑顔になって言う。「学校の先生」

メッサリナは驚いて目をしばたたいた。「先生？　それはどうして？」

「学校の先生ならセント・ジャイルズに住まなくていいでしょう。それに頭がいい。すごく頭がいい。本を読むんだもん」

セント・ジャイルズにも学校の先生ぐらいいそうだが、そのほかの点は納得できる。「なるほどね」

サムはうなずき、地図帳へ目を戻した。

すると今度はデイジーが立ちあがり、あくびをした。子犬は頻繁に用を足す必要があるのをメッサリナは思いだした。「デイジーを庭に出してくれる、サム?」

「はい、奥さま」少年は使命感をみなぎらせ、急いでやってきて子犬を抱えあげた。

メッサリナが少年と子犬を見送ってから振り返ると、ルクレティアは開いた詩篇に顔を近づけていた。

「これって何かしら?」子牛皮紙に描かれている挿絵を指さす。

メッサリナは紫色の小さな怪獣をのぞき込んだ。「鯨でしょう」

ルクレティアはまだ首をかしげている。「鯨ってこういう生き物なの? 髭があるなんて知らなかったわ」

「わたしも自信があるわけではないけれど」メッサリナは本を受け取り、しげしげと眺めた。猫に魚の尾がくっついている怪物?

「それにしても」ルクレティアは次のタルトに手を伸ばした。「ホーソーンがこんなに太っ腹だとは思いもしなかったわ。蔵書一式って、落札価格は相当なものだったでしょう?」

「ギデオンにはわたしも想像していなかった面がたくさんあるわ」メッサリナはゆっくりと言った。亡くなった弟のことを話すときの顔がまぶたによみがえる。ロンドンに到着したばかりの頃は、彼のことを感情のない悪人だと思っていた。

それは思い違いだった。

「でも本好きには見えないわよ」ルクレティアが言った。

「たしかに本好きではないわ。けれど、わたしが本を好きなことを知っているの」メッサリナは妹に向きなおると、熱っぽく語りだした。「あなたにもオークション会場を見せてあげたかったわ！　本当にいろいろなものが展示されていて、中には趣味の悪いものもたくさんあったけれど、とても興味深かったわ。それに競売があれほど容赦ない戦いだとは知らなかった。どんどん入札価格があがっていって、最後のほうはギデオンが落札できるかどうかはらはらして……」

ルクレティアにまじまじと見られているのに気がつき、声が尻すぼみになった。「どうかした？」

「いいえ、なんでもないわ」妹は明らかに嘘をついてごまかした。「ただ、すごく幸せそうだから」

「ええ、幸せですもの」メッサリナは少しだけ意固地になった。

「それでもまだ、わたしと一緒にこの屋敷を出ていくつもり？」

メッサリナは唇を嚙んで詩篇を見おろした。彼女が初めてその本を開いたときの様子を見つめるギデオンの顔が思いだされる。

まだ本当に彼のもとを去りたいの？

ギデオンが愛を知っているのなら――たとえそれが兄弟愛でも――幸せになれる可能性があるのでは？

「わからないわ」メッサリナはつぶやいた。

ルクレティアはうなずき、指についたタルトのくずを払った。「そうだろうと思っていたの。わたしはどこか身を隠す場所を探すわ。どこかオーガスタス叔父さまに見つからない場所をね。北にあるケスターの領主館はどうかしら？　いいえ」手をあげてメッサリナの言葉をさえぎる。「お姉さまを咎めているわけじゃないわ。お姉さまには幸せになってほしいの。ただ、よく考えてみて。お姉さまは本当にホーソーンのもとから去りたいの？」片方の口角をあげて微笑み、立ちあがった。「おやすみなさい、わたしの大切なお姉さま」

メッサリナは妹が退室するのを見届けて、長椅子の背に寄りかかった。自分がどうしたいのかはわかっていた――ギデオンとここにいたい。ただ、それが正しいことなのかどうかわからない。結局、これはあくまで自分の幸せだけを考えた答えだ。ジュリアンがギデオンを憎みつづけたら？　兄に危害を加えたら？　それにルクレティアをどこかで匿う必要が生じたときは？　メッサリナのためにルクレティアが自分の幸せを犠牲にするのは間違っている。

それだけでなく、妹なしで暮らせる自信がなかった。

物思いに沈んでいると、ギデオンがワインのボトルと小さなグラスふたつを持って居間へ入ってきた。「邪魔じゃないかな？」

「いいえ。どうぞ」メッサリナは急いで背中を起こした。

「きみもどうだ？」彼がボトルを示す。

「いただくわ」

ギデオンはワインを注ぎ、無言でグラスを手渡した。ふたりの指が触れ合った。

体が震えたのを、メッサリナはワインを飲んでごまかした。フルーティーでおいしい。グラスをテーブルに置き、咳払いした。「図書室へ入れる本のことを話すために来たの？」

「いや」ギデオンは口をつけずにグラスを置いた。「メッサリナ。きみが相手だとうまく言葉が出てこない。だが、伝えておきたいんだ……」美しい唇がゆがむ。「きみにいてほしい。ぼくと一緒にここにいてくれ。きみが許してくれるなら――」

「許すわ」彼が言い終えるのを待たずに両手を差しだした。「あなたを許してここに残る」

そうするのが正しいと、なぜかはっきりとわかった。

ギデオンはメッサリナの両手を取ると、長椅子の彼女の隣に腰をおろして目をつぶった。

「ありがとう」

彼女の両のてのひらを持ちあげて、崇めるように片方ずつ唇でそっとかすめる。

メッサリナは体に震えが走って息をのんだ。涙が目をちくちくと刺す。

ギデオンは彼女の腰に腕を回して引き寄せた。

メッサリナが詩篇を手に取ったときのように、このうえもなく大切で貴重なものを扱うみたいに。

失うことのできない宝物みたいに。

ギデオンは彼女の唇の両端にキスをした。次に上唇に、それから下唇に。ゆっくりと官能的な口づけ。そして頭を傾けて喉に唇と舌を這わせて、彼女の肌を粟立(あわだ)たせた。

詩篇が床に落ちた。

メッサリナは彼のうなじのリボンをほどくと、奔放に波打つ髪に指を差し入れて、息を吸い込んだ。「お願い、わたしを抱いて」

「メッサリナ」ギデオンが切迫した声でつぶやき、彼女の喉元に唇を這わせた。

メッサリナは震えていた――欲望のために。希望と愛のために。

夫の顔を両手で包んで上を向かせ、じっと見つめる。唇は赤くなり、黒い瞳はぎらついていた。「ギデオン。お願い」

「わかった」

彼は震える手でメッサリナの部屋着のリボンを引っ張った。

だがすぐに頭をさげ、シュミーズの薄いローン地越しに乳房の頂を唇でとらえる。

メッサリナの頭からいっさいの思考が消えた。

胸の先端を吸われ、ただ感じることしかできなかった。

メッサリナは背中をそらしてあえいだ。彼の唇が反対の胸へ移動する。放置されたほうは濡れたシュミーズがひんやりとして、すぐにつんと尖った。

体を震わせているのは、寒いからではない。自分の胸がどれほど敏感かをいま実感している。だから、与えられる喜びを予期できた。ギデオンに吸われ、なめられ、噛まれて疼く張り詰めた場所に、自分の存在のすべてが集中するかのようだった。

体の中心が熱を帯びて溶け、メッサリナはじっとしていられずにささやいた。「ギデオン。お願い」

長椅子に横たわらせられたので、夫の輝く黒い瞳を見あげた。

薄暗い明かりの中で、ギデオンが覆いかぶさってきた。その姿はまるで彼女の欲望が夜の闇から召喚した魔物だ。

「シュミーズをめくって、きみの体を見せてくれ」彼がささやいた。

熱い興奮に体を貫かれ、メッサリナは思わず太腿をぎゅっと合わせた。かさばるシュミーズの裾を握り、腰まで引きあげる。

「もっと上へ」彼女の裸身に目を注いでギデオンがうなった。

震える手で薄い布地を引っ張りあげ、つんと尖った胸をあらわにした。

彼はただじっと見ている。

胸の先がいっそう硬くなって高ぶり、痛いほどだった。

ようやくギデオンが目を合わせた。「メッサリナ」

名前を呼ばれただけだったが、彼の言いたいことはすべて伝わってきた。

ギデオンが身を乗りだしてきて、ブリーチズの前を開けた。

メッサリナは両腕を持ちあげた。「来て」

ギデオンは彼女を見つめた。まるで生きつづけるのになくてはならないものであるかのように。いますぐひとつにならなければ息絶えるとばかりに。

そして下腹部の高まりをようやく解き放った。しかし体をさげようとしたところで急に動きを止め、苦痛の声をのみ込んだ。

メッサリナははっと目を見開いた。「右肩が！　やっぱりいまはまだ――」

「いや、きみが手伝ってくれれば……」ギデオンは左手で体を支えて彼女を見つめた。「手伝うなんて、どうすればいいの？　メッサリナはおずおずと手を伸ばし、彼の硬くなったものを両手に取った。最初はただ指を滑らせて、驚くほどの熱さと、皮膚の柔らかさを感じてみた。それから指先で先端に触れ、そこからあふれる真珠の粒みたいなしずくに親指を当てて動かした。

両手の中でペニスがびくりと跳ね、ギデオンが鋭く息をのんだ。「メッサリナ……」

自分が夫にこんなかすれた声をあげさせているのだと、メッサリナは胸の中で微笑んだ。

片脚を相手の腰に巻きつけると、ブリーチズの生地が太腿の内側をこすった。彼の目を見つめたまま、自分の脚のあいだに触れさせる。

ギデオンは彼女を見つめ返し、ふたりの体を結びつけた。彼のまなざしは何かを語りかけてくるように思えたので、メッサリナは胸を高鳴らせ、その意味を読み解こうとした。

ゆっくりと侵入され、押し広げられて、快感が体を駆け抜ける。あえぎ声をあげつつ、目を開けたまま、ギデオンと視線を絡め合っていようとした。この行為はこれまでのものとは違う。体だけでなく心をもつなぐ神聖な結びつきだ。

彼も同じことを考えているのがわかる。こんなにも熱いまなざしで見つめてくるのは初めてだからだ。ギデオンは腰をゆるやかに動かして彼女から離れた。

メッサリナはたちまち喪失感に襲われた。

「メッサリナ」彼はかすれた声で言い、今度は奥深くまで沈み込んだ。荒々しく、容赦なく。

彼の悪魔を思わせる眉を指でなぞっていたメッサリナは息をのんだ。ギデオンは情熱に駆り立てられて愛を交わし、瞳をぎらつかせている。口の端にはしわが刻まれ、暗い顔の中で頬の傷跡が烙印のごとく銀色に浮かびあがった。まるで彼女の魂を奪いに来た悪魔のようだ。

けれども、そうではない。

ギデオンは悪魔ではない。

メッサリナは背中を弓なりにそらした。もう何も考えられず、全身が液体に変わったかのようにとろけて、中心から熱がほとばしっている。彼女はギデオンの肩をつかんだ。高みまであとほんの少し。それなのにどうしても到達しない。

それゆえ、もどかしげな声を漏らした。

ギデオンが激しく体を打ちつけてくる。長椅子がきしみ、額に汗が浮かぶ。「自分を触るんだ」歯を食いしばり、肺から言葉を絞りだすように言った。「頼む、やってみてくれ」

彼の前でそんなことをするの？　そう思っただけで、恥ずかしさで脚のあいだの敏感な箇所が疼きだした。

メッサリナはふたりの体の隙間に片手を潜り込ませた。ギデオンの腹部の筋肉が収縮するのがわかり、下腹部を覆う体毛が手をこすった。

唇を噛んで黒い瞳をのぞき込み、自分自身に触れた。こんなこと、ほかの男性の前では絶対にできない。秘所はしっとりと湿り、過敏すぎるほどで、快感のあまり陶然として、ギデオンをきつく締めつけた。

指で真珠の粒をまさぐり、慰撫する。そのあいだも彼は動きつづけ……。

彼女をじっと見つめていた。

メッサリナは唇を噛んだ。彼と目を合わせることができない。なんて背徳的な行為だろう。

ギデオンは彼女の中に容赦なく快感を注ぎ込み、歓喜が螺旋を描いて上昇した。メッサリナの指が自分の蜜で濡れる。やがて無上の喜びがほとばしり、彼女は目の前が真っ白になって背中をそらした。

わななきが何度も体を駆け抜け、火花が全身に、頭の中に、指先にまで散る。

そのあいだもギデオンは腰を打ちつけつづけた。

ようやく目を開けられるようになって見あげると、そこには苦悶する美しい悪魔がいた。目はきつく閉じられ、歯は食いしばられて、全身をきらめく汗に覆われている。

地獄へ墜落していくかのように。

天国へ舞いあがっていくかのように。

全身を痙攣させて奥深くへ身をうずめてくるギデオンを、メッサリナは抱きしめた。腕の中で彼は身を震わせたあと、頭をがくりと垂れて息を切らした。メッサリナは目を閉じた。満足感と安らぎが全身に広がる。

やがてギデオンはのろのろと体を離し、立ちあがった。

メッサリナはシュミーズと部屋着の裾を引きおろした。行為が終わったいま、急に気恥ずかしくなった。

ギデオンは彼女に片手を差しのべた。「ベッドへ行こうか、ミセス・ホーソーン」

「ええ」

彼に手を引かれて立ちあがる。ふわふわと宙に浮くようだ。手で触れられそうなほど幸せを間近に感じる。階段をあがりながら、夫に寄りかかった。レギーをはじめとする彼の部下たちがそばに控えているはずだが、みんな目立たないよう物陰に隠れている。

寝室にたどり着くと、メッサリナは彼を部屋へ引き入れて扉を閉めた。そしてあらためて向きなおった。「あなたは本物の結婚を望んでいるの?」

「ああ、望んでいる」ギデオンの黒い瞳が彼女を貫いた。

メッサリナはうなずいた。「それならひとつだけ教えて。叔父があなたに与えた仕事は何?」

血管の中で血液が凍りついたかのようだった。

せっかくすべてをつかみかけているときに、それを失うことはできない。

メッサリナは身構えるように肩をそびやかした。「本気で一からやりなおすのなら、秘密があってはならないでしょう。たとえば、持参金の一割をもらってそれで何をするつもりだったか、わたしもあなたに隠していたわ」唇をなめる。「実は——海外へ行くつもりでいたの。すべてを捨てて海を渡り、新たな暮らしを始めるつもりだった。お金をもらったら、あなたのもとを去るはずだったの」

深く息を吸い込み、肩から重荷をおろしたかのようにほっとため息をつく。

そして期待を込めた目でギデオンを見あげた。

嘘をつくんだ。

ごまかすしかない。

これぱかりは許されない。この事実を知れば、メッサリナは出ていく。そもそも出ていこうとしていたのだ——海の向こうへと。

彼女が眉根を寄せた。「ギデオン？」

彼はメッサリナを見つめた。頭はせわしなく回転し、この状況を取りつくろう言葉を探す。

妻がふたたび微笑みかけてくれるように。ほんの数分前のふたりに戻れるように。

「ギデオン」

「メッサリナ」彼はささやいた。磔にされたかのようだった。

彼女の美しい瞳に宿る希望が消えていくさまに、息が止まりそうだった。

ギデオンは妻の手を取ろうとした。

メッサリナはあとずさった。「お願い、話して」

「ぼくは……」

彼女の瞳から希望がほとんど消えて、なんらかの激しい感情が取って代わる。「話してちょうだい」

ギデオンは歯を食いしばった。無理だ。時間を止めたい。避けようのない災難を押しのけたい。

だがそんなことは不可能だった。

それになぜか彼女に嘘をつくこともはやできなくなっていた。「叔父上はぼくにジュリアンの暗殺を命じたんだ」

メッサリナはさらに一歩さがり、頭を横に振った。「えっ？」

「最初は従うつもりだった」全身全霊を込めて真実を口にした。「だがいまは違う。いまはきみの兄上を手にかけなどしない」

メッサリナは彼を直視するのが耐えられないかのように目をつぶった。「だったら、なぜ教えてくれなかったの？」

彼女には永遠に知られたくなかったからだ。

自分が臆病者だったからだ。

メッサリナは目を開けると、まばたきもせずに彼を見据えた。「わたしに知られることなしにやろうとしていたのね」

「そうだ」ギデオンは息をついた。彼女の希望と自分の希望が死んでいくのがわかった。「最初はそうだった。しかし、もうそんなことは考えていない」

メッサリナは背を向けて入り口へ向かった。「ルクレティアを起こさなくては」

「待ってくれ」思わずそう言っている自分にギデオンは驚いた。これまで懇願など一度もしたことはない。公爵にも。ナイフ試合で負けた相手にも。

誰にも。

だが、メッサリナにならいいから。「お願いだ、聞いてくれ」

ちらりとでもいいから。彼女が振り返ってくれるなら。

メッサリナは彼に背中を向けたまま扉の前で足を止めた。「まだ何か言うことがあって？」

ギデオンの胸に恐怖がわき起こった。違う、これが現実のはずはない。「メッサリナ、きみと結婚するまで、ぼくはどんな仕事かさえ知らされていなかった。これは本当だ。頼む、ぼくを信じてくれ」

「信じられないわ」メッサリナがようやく振り返った。その目からこぼれ落ちる涙を見て、ギデオンは衝撃を覚えた。「あなたは自分の利益のために一度わたしをあざむいた。二度目はないわ。あなたはわたしのために兄を殺すことを思いとどまってくれたと信じたいけれど、それはできない」彼女は震える息を吸い込んだ。「信じたくても無理よ」

ギデオンは胸が割れたかのように感じた。そこから胸の中にあった何もかもが――希望が、夢が、人生の目的そのものが――こぼれ落ちていくかのようだった。

自分が死んでいくかのようだった。

そして血を流す胸から真実がほとばしりでた。「きみを愛している」

そう口にしながらも遅すぎたことはわかっていた。

メッサリナは笑い声をあげた。しゃがれた耳障りな笑い声を。「よしてちょうだい。その手にはのらないわ。もうあなたに心を操られるものですか」震える手で涙をぬぐう。「わたしもあなたを愛しているのだと思うわ、ギデオン。でもそれでは不充分なの。いまはもう」

顔をあげて彼の目を見つめた。「さようなら」

ギデオンは彼女が出ていくのを言葉もなく眺めた。

部屋にひとりで取り残された。

19

秋になり、ある日家に戻ってきたキツネの片耳がちぎれていました。手にはきれいな青いドレスを持っていて、それをベットにあげました。

ベットが着てみると、ちょうど体にぴったりです。「なぜわたしにこれを？」

「ぼくを忘れないようにさ」キツネはからかうように言いました……。

『ベットとキツネ』

もちろん、その夜のうちに出ていくことはできなかった。

少なくとも、馬車を用意する必要があった。

メッサリナがルクレティアをともなって、もう戻ることはないとウィスパーズ・ハウスの外へ足を踏みだしたのは、翌朝、太陽がすっかりのぼりきってからのことだった。

「よいしょっと」ルクレティアはヒックスが用意してくれた巨大なバスケットを抱えている。中には彼女の好きなケーキが入っていると料理人は言っていた。

妹が自分以外の誰にもバスケットを運ばせようとしないのはそれが理由だろう。

レギーは馬車——フレイヤとケスターから借りた——の横に立ち、大きな体をぎこちなく揺すって左右の足を踏み替えている。姉妹が近づいていくと懇願した。「せめてピーを一緒に連れていってください、奥さま。あいつは体は小さいが、いざというときには頼りになる」屋敷を見あげる。「旦那が心配なさってるんです」

ルクレティアは目を見開き、無言で姉に訴えかけた。

メッサリナはかぶりを振った。夫とはもうなんの関わりも持ちたくない。「ごめんなさい、レギー。でも護衛ならハーロウ公爵家の人たちがいるからそれで充分よ。それに——」微笑もうとしたけれどうまくいかなかった。「それほど遠くへ行くわけではないわ」

真っ赤な嘘だった。これからまずはケスターのカントリーハウスへと逃げ去り、そこで傷をなめるつもりだ。そのあとのことはルクレティアと考えよう。

未来を思うと憂鬱だが。

ケスターに経済的な支援をお願いすることになるかもしれない。結局、持参金の一割はもらわずじまいになってしまったのだから。われながら考えが足りなかった。今朝はギデオンからも避けられ、その態度に何よりも傷ついた。

「ここが嫌いではなかったわ」ルクレティアは屋敷を振り返ってささやき、ため息をつくと従僕の手を借りて馬車に乗り込んだ。

メッサリナはレギーにうなずきかけて、馬車の踏み段に足をかけようと背を向けた。

「奥さま！」

彼女は振り返った。

デイジーを胸に抱えたサムが駆け寄ってくる。「デイジーを忘れてます、奥さま！」

サムや彼みたいな子どもたちの力になりたくて、メッサリナは壮大な計画を胸に温めていた。もうそれを叶えることもできない。自分には何もしてやれない。

いまやサムは彼女の前に進みでて犬を差しだし、大きな目で訴えかけていた。「連れていってあげてください。じゃないと、嫌われたと思って、デイジーが悲しみます」

視界が滲んだ。「デイジーのこともあなたのことも好きよ、サム。でもデイジーは馬車の旅が好きではないと思うの」メッサリナは涙をぬぐった。「デイジーの世話を引き受けてくれる？」

子犬も少年も途方に暮れたように彼女を見つめている。「はい、奥さま。わかりました」

サムの下唇は震えていた。「ほんとに出ていくんですか？」

「ええ。ごめんなさい」

メッサリナは街角で大泣きしてしまう前に馬車に乗り込んだ。いつの間にギデオンの部下やサムに愛着を持つようになっていたのだろう？　いつの間にギデオンを愛するようになっていたのだろう？

車体を揺らして走りだす馬車の窓から外へ目をやった。サムはレギーに肩を抱かれ、子犬を腕に抱えたまま立ち尽くしていた。

メッサリナはその光景から顔をそらして目をぎゅっとつぶった。

　これから永遠に、心は何かが欠けたままになりそうだ。

ギデオンはメッサリナを乗せた馬車が屋敷の前から走り去るのを眺めた。うなだれて、冷たい窓ガラスに額を押し当てる。

彼女なしではいられない。

空気や水、パンと同じように、生きていくにはメッサリナが必要だ。

だが、もう二度と彼女に会うことはないだろう。苦しく、永遠にも思える一分ほどのあいだに、胸が凍りついた。

ギデオンは背中を起こして窓に背を向けた。やるべき仕事がある。果たすべきことが。メッサリナのことを考えるのはやめよう。いまは考えてはならない。仕事へ意識を向けなくては。心に負った致命傷に気づかぬふりができるように。

息を吐きだして部屋をあとにし、階段を駆けおりた。

外へ出ると、太陽は雲に隠れて、空は灰色だった。足早に歩きながら頭の中で計画を練り、あらゆる不測の事態を予期しようとした。当然、そんなことは不可能だが。

地味な宿屋の前にたどり着いたときには、てのひらが汗ばんでいたが、こうするしかないとわかっていた。

自分に残された道はこれひとつだ。

一階の酒場の扉を開けると、メイドがあくびをしながら床を掃いていた。口の軽いその女から部屋を教わり、ギデオンは階段をあがった。

右手に並ぶ三番目の部屋の扉をノックする。

返事はないが、ここで間違いないはずだ。

ギデオンは袖を振り、ナイフをてのひらへ滑らせた。来るのが遅すぎたのだとしたら……その場合は仕方ない。

今度はさらに大きな音でノックした。

それからドアノブをひねり、扉を乱暴に押し開ける。

ジュリアン・グレイコートは室内に立っていた。シャツにブリーチズを身につけ、裸足(はだし)で黒髪をおろしている。

両手に一挺(ちょう)ずつ拳銃が握られ、どちらの銃口もギデオンの胸に向けられていた。


午後を過ぎた頃、馬車の窓へ頭をもたせかけていたメッサリナは、妹の視線を感じた。

「お姉さまは本当にこれでいいの?」ルクレティアがためらいがちに問いかけた。

ばかばかしい。ルクレティアはどんなときもためらったりしないのに。

メッサリナは頭が重くて動かす気になれなかった。「ギデオンはわたしたちの実の兄の殺害をくわだてていたのよ。とうてい許すことはできないわ、違う?」

「ホーソーンがやり遂げるつもりでいたならそうだけれど」ルクレティアは押し黙り、姉に意見するのをこらえている様子だったが、我慢しきれずに一気に言った。「でも彼はそうじゃないと言ったんでしょう」

反論することはできたが、それになんの意味があるだろう。メッサリナが心を決めた理由をルクレティアは知っているのだ。

すべてが無意味だった。

「せめてもう一度考えてみて」ルクレティアは熱心にうながした。「いますぐ決めることはないわ。だってケスターが田舎に持っている屋敷までは何週間もかかるかもしれないもの。その前にオーガスタス叔父さまにつかまらなければの話だけれど」

メッサリナは答える代わりにただ目を閉じた。叔父のことは考えたくないし、ギデオンについて考えを変えるつもりもない。夫のもとを去るだけでも体を引きちぎられるようにつらかった。あんな思いは二度としたくない。

がさがさと音がしたあと、ルクレティアが言った。「バスケットにレモンカードタルトが入っているとヒックスが言っていたけれど、本当だと思う？　期待して探して、もしも入ってなかったら、余計にがっかりするでしょう？　あら、これは何？」

メッサリナが目を開けると、ルクレティアは革製の封筒を手に持っていた。メッサリナは肩をすくめた。「あなたが玄関ホールへ来る前に、キーズから渡されたのよ」

「開けなかったの？」ルクレティアが非難の目でにらむ。

メッサリナはふたたび目を閉じた。「いまさらでしょう」

「もうっ」ルクレティアは封筒を開いた。「書類がたくさん入っているわ。ひどく読みにくい字ね……」

　そのまま黙り込んだ。

　メッサリナは昼食休憩のときに馬車の外へ出るのはよそうかと考えていた。食欲が少しもわかない。

　ルクレティアが大きな声をあげる。「信じられない」

「どうしたの？」メッサリナはぼんやりと尋ねた。

「ホーソーンは持参金の半分をお姉さまに譲渡したのよ。しかも持参金が手に入ったら、残りの半分も渡すという証書付きで」

　メッサリナは頭をもたげた。「なんですって？」

　ルクレティアがこちらを凝視している。「ホーソーンはお金のために結婚したんじゃなかったの？」

「ええ、彼の目当てはお金よ」メッサリナは呆然として言った。

　ルクレティアは笑い声をあげた。「なのにお金には全然関心がないようだわ」

「見せてちょうだい」メッサリナは妹の手から証書を奪って目を走らせた。内容はただの無味乾燥な法的文書で、ルクレティアがいま言ったとおりのことが記されているだけだ。「どういうことなの？」

　向かいに座っているルクレティアが声をあげる。「変ね」

「何が？」メッサリナはうわの空で尋ねた。

「中にネックレスが入っていたわ」

メッサリナははっと顔をあげた。

ルクレティアの指からはギデオンのファージング硬貨がぶらさがっている。

「いったいどうしてこんな安い硬貨をネックレスにするの？」

「愛のためよ」メッサリナはささやいた。

「えっ？」

「わたしを愛しているという意味なのよ」メッサリナは声を張りあげた。心臓がどくんと息を吹き返す。「馬車を引き返させてちょうだい！」

20

冬が訪れ、ある日キツネは頭から血を流し、手には金の耳飾りを持って帰ってきました。キツネがそれをくれたので、ベットは耳につけました。

「なぜわたしにこれを？」

「ぼくを忘れないようにさ」キツネは言いましたが、今度は少しもからかっているようではありませんでした。

その夜、赤毛の若者はベットを抱きあげて愛を交わしました。

次の日、キツネは家に戻ってきませんでした……。

『ベットとキツネ』

その日の午後遅く、図書室で本の入った多数の木箱を見つめていたギデオンは、キーズが話をしているのにふと気づいた。

「……なんにせよ、いい知らせだ、ですよね？」

ギデオンは目をしばたたいて相手に目を向けた。キーズはいつからそこにいたのだろうか？　正直、まるでわからない。

「何がいい知らせなんだ？」ギデオンは、怪訝そうに眉間にしわを寄せるキーズに問いかけた。

それから木箱へ目を戻した。メッサリナのために手に入れた本が床をほとんど埋め尽くしている。木箱から本を取りだす彼女の顔を眺めるのを心待ちにしていたのに。

「……旦那？」

「ああ、すまない」

キーズは深呼吸し、辛抱強く繰り返した。「ウィル・ブラックウェルが、会計帳簿をつける仕事をそろそろ自分に引き継がせてもいいと言ってきたんですよ。旦那と会ってその話をしたら、ニューカッスルへ行くそうですよ。事業は順調なようですね」

ギデオンはキーズを見つめた。自分の事業。自分の金。長いことギデオンの頭にはほとんどそれしかなかった。富を手に入れるために策略をめぐらせ、知恵を絞ってきた。

それがいまはどうだ？

ギデオンは腹を押さえて体をふたつに折った。

「旦那？」キーズがぎょっとする。

ギデオンは腹を抱えて笑うのに忙しく、返事ができなかった。自分は賢いつもりだったのか？　人より優れているつもりだったのか？　なんたる愚か者だろう。

人生において渇望しつづけてきたものをすべて手に入れはしたが、生きていくために欠かすことのできないたったひとりの相手を失った。

なんということだ。

不意に冷静になって笑いが引っ込み、ギデオンはメッサリナが選んだ長椅子に腰をおろした。

「旦那？」

ギデオンはかぶりを振って目をつぶった。「キーズ、ぼくは妻を失った」

「それなら取り戻せばいいじゃないですか」

ギデオンは目を開けたが、疲れたまなざしをキーズに向けただけだった。「それはもうやった。そして失敗した」

キーズはいつもなら政治についてレギーと議論するときにだけ見せる頑固そうな顔つきになった。「なぜあきらめてるんですか、旦那。これだけはあきらめちゃいけない。失礼ながら言わせてもらいますが、旦那はあの方なしじゃだめだ」

少なくともそれは事実ではある。

「だがメッサリナはぼくを必要としていない」ギデオンは疲れた声で言った。

「そうは思いませんね。旦那がよそを見てるとき、奥さまはしょっちゅう旦那の顔を見てましたよ。まあ、この話は公爵の件を片づけたあとですね」

ギデオンは時計に目をやった。「もうここに来ているはずの時間だ。ことづては送ったんだな？」

「当たり前じゃないですか」キーズは心外そうに言ったあと、眉根を寄せた。「公爵が旦那を殺そうとしたらどうするんです？」

ギデオンは部下と目を合わせて肩をすくめた。「そのときはやるべきことをやるまでだ」

キーズはうなずいたものの不安げだった。「公爵殺しは間違いなく絞首台行きになる」

ギデオンはうなずいた。「だったら殺さないよう最善を尽くさなくてはな」

キーズはかぶりを振った。「強盗どもに旦那を襲わせたのはやっぱりグレイコートなんじゃないですか？」

「グレイコートがメッサリナを危険にさらすはずはない」ギデオンは断言した。

キーズの表情豊かな眉毛が髪の生え際近くまではねあがった。「じゃあ、黒幕は公爵だと？　グレイコートの暗殺を旦那に命じてあるのにですか？　そりゃあ、おかしな話ですよ」

「どこがおかしい？」ギデオンは苦々しく言った。「公爵はまともではない。ぼくがいては自分の身が危うくなると、いまさらながら決断をくだしたのだろう」

「でもロンドンへの道中で襲ってきた辻強盗はどうなんです？　公爵だったら、結婚前に旦那を殺そうとはしませんよ」キーズが指摘した。

ギデオンは眉根を寄せて思案した。「ぼくの葬式で涙を流さないやつはいくらでもいるだろうが――」

「旦那は敵が多いですからね」キーズが相づちを打つ。

「一度や二度ではなく、三度も金を払って命を狙わせたとなると、ぼくを憎んでいるだけでなく、暗殺を計画するだけの頭脳とそれを実行する金があり……」ギデオンは頭を振った。「ぼくを個人的に知っているやつだ」

キーズは両手を宙に放った。「自分でもレギーでもピーでもないですからね、旦那。母親の墓に誓って」

ギデオンはいらだたしげに部下に目をやった。「そんなことはわかっている」

図書室の扉が開いた。レギーが背後をちらちら見ながら言いかける。「ウィンダミア公爵閣下が――」

公爵がレギーを押しのけた。「いちいち言わんでもいい。ホーソーン！　どこにいるんだ？」

ギデオンはゆっくり立ちあがった。「先に金をいただきたい」

公爵はキーズとレギーをじろりと見やった。

ギデオンは大男のほうにうなずきかけた。「さがっていい」

「そっちは？」ウィンダミアはキーズを顎で示した。

「彼は忠実です。同席させます」

「まあいい」ウィンダミアは顔をしかめた。「きさまのみすぼらしい家に、鋳掛け屋みたいに呼びつけられるとは不愉快だ」

ギデオンは眉をあげた。「お伝えしたように、あれをここから動かすわけにはいかなかったんです」

「証拠を見せろ」

キーズはそわそわしていた。

「その約束ですからね」ギデオンは公爵をともなって図書室をあとにした。キーズが落ち着かない様子でついてくる。

三人は階段をくだり、廊下を厨房へと進んだ。

「屋敷の使用人たちはどうした？」ウィンダミアが鋭い声で尋ねる。

「今夜は休みを取らせて、ここにはいません」ギデオンは淡々と答えた。

神経を張りめぐらせ、あらゆる危険を警戒するべきだったが、どこか投げやりな気分だった。

厨房を横切り、地下貯蔵室の入り口で立ち止まると、頭をぐいと動かして扉を示した。

「この下です」

ウィンダミアはギデオンと扉を交互に見やった。「案内しろ」

ギデオンは歯を食いしばり、キャンドルに火をともした。「どうぞ足元に気をつけてください」

狭い階段は段差が低く、心柱のまわりに螺旋を描いておりていき、足元が滑りやすかった。

ギデオンが高く掲げたキャンドルが、地下の古い石壁にいくつもの影を投げかける。

下の空間を仕切っている木製の粗末な棚はどれも倒れていた。

ギデオンは手前の棚へと歩み寄り、足を止めた。

公爵が横を通り過ぎ、狭い隙間をのぞき込んだ。

ギデオンはよく見えるようキャンドルを上にあげた。

ジュリアン・グレイコートがうつぶせに転がっていた。後頭部全体が血に覆われ、ぬらぬらと光っている。常人ならばそれだけで吐き気をもよおす光景だ。

ウィンダミアは違う。

げらげら笑いだした。

ギデオンは嫌悪の目を向けたあと、キーズに合図した。「先の約束に修正を加えた証書を用意してあります。あとはあなたの署名をいただくだけだ」

「よかろう」公爵はひとりで笑いつづけている。

キーズは木製の平らな旅行用机を出し、公爵が書類に署名するあいだそれを両手で抱えていた。

ギデオンに書類を手渡すウィンダミアの目は勝ち誇り、ぎらぎらとおぞましい光を放った。

「こいつが流した血の代金だ。これで男ひとりが片づいたのだから安いものだな」

「ぼくの血ではありませんがね」ジュリアンがゆったりした口調で言いながら顔をあげた。

「豚の血ですよ」

一瞬、公爵は唖然(あぜん)として甥を凝視することしかできなかった。ジュリアンは体を起こして立ちあがり、上着についた埃を払いだした。

ウィンダミアはくるりとギデオンに向きなおって歯を剝いた。「この嘘つきの盗人(ぬすっと)め！

きさまはその持参金を一ファージングたりとも目にすることはない、なぜなら――」

「なぜなら、甥の殺害をくわだてたことをロンドンじゅうに知られてもかまわないから？」

ギデオンは首を傾けてみせた。

ウィンダミアは目を細めてにらみつけた。「きさまを信じる者はいない！　誰ひとりとしてだ」

「ああ、でも、こちらには証人がいます」ギデオンが言うのと同時に、地下室の奥の暗がりからクインタスとルークウッド伯爵が姿を現した。

ルークウッドは見事な仕立ての上着の肩から蜘蛛の巣を払いのけた。「グレイコート、パントマイムよりもおもしろい見世物じゃないか」

ウィンダミアは伯爵を凝視し、顔面蒼白になった。身内を嘘つき呼ばわりするのは親族間の諍(いさか)いで片づけられる。

だが伯爵の証言を否定するのは、相手の顔に泥を塗るのも同然だ。

「本気で伯爵を敵に回すおつもりですか？」ギデオンは問いかけた。

ウィンダミアはギデオンをにらみつけてからゆっくりとジュリアンに顔を向け、ほとんど飢えたような目で見据えた。「おまえを必ず始末する。いつか弱みを見つけてやる。そのときがおまえの最期だ」

ジュリアンは首を傾けて悠然と言った。「しかし、それは今日ではありませんよ」

ウィンダミアは怒りに顔を赤く染めながらも、その場を去るしかなかった。

「あれで終わりだろうか？」クインタスが問いかけた。

「いいや」ジュリアンが答えた。「まだ始まりでしかない。だが、とりあえずしばらくは手出しができないだろう」ルークウッドに目を向ける。「急な呼び出しにもかかわらず、駆けつけてくださり感謝します」

ルークウッドは微笑んだ。「友のためならなんでもしよう」

ジュリアンはうなずき、ギデオンに向きなおった。「叔父の悪巧みについて警告してくれた義弟に借りができたな」

ギデオンは疲れた表情で肩をすくめた。「きみのおかげでメッサリナに持参金を渡すことができる。それで貸し借りはなしだ」

地下室の階段を駆けおりてくる足音が響き、ギデオンは身構えた。ウィンダミアがあれで退散するとはあっけなさすぎる。戻ってきたのだとしたら――。

しかし息を切らして現れたのはルクレティアだった。

「メッサリナはどこだ？」彼女が口を開く前にギデオンは大声をあげた。

ルクレティアは息を継いだ。「馬車の中にいるの。屋敷の前よ。わたしたち、途中で引き返してきてあなたに――」頭を振り、自分の言葉をさえぎる。「それはいいの。ミスター・ブラックウェルがおかしくなってしまったのよ。いきなりわたしたちの馬車に押し入ってきて、あなたに話があると伝えてこいってわたしに命じたの」

ギデオンは眉根を寄せた。「どういうことだ――？」

しかしルクレティアはまだ話を終えていなかった。空っぽになった肺に空気を吸い込んでから一気に言う。「彼はメッサリナに銃口を向けているのよ」

メッサリナは馬車の中で向かいに座るウィル・ブラックウェルを凝視した。彼の隣にいる巨漢は劇場の外で襲ってきた男だ。ブラックウェルは拳銃二挺を無造作に手にしていたが、彼がそれを使いはしないと思うほどメッサリナは愚かではなかった。

ブラックウェルはすでにフレイヤの馬車の御者を撃ち殺していた。

彼がルクレティアにはなんの関心も示さず、安全な車外へ使いに送りだしたのはせめてもの救いだ。

メッサリナは下唇をなめると、凛とした声で告げた。「ギデオンは来ないわ」

ブラックウェルの顔は汗で光り、片方の目の下はぴくぴく引きつっている。

その風貌はもはや端整でも魅力的でも洗練されてもいない。狂気に駆られた悪人だ。

「来るさ」ブラックウェルは片方の拳銃を持ちあげた。

メッサリナは凍りついたが、彼は座りなおしただけだった。

彼女はギデオンが出てくるのが何より怖かった。「夫に何をするつもり?」

「何をすると思う?」ブラックウェルはそっけなく言いながら、車窓のカーテンを開いて外をのぞいた。「あいつを殺すんだ――いや、あいつを殺させる」

巨漢の男のどんよりとした目と視線が合い、メッサリナは心臓が凍える気がした。

「どうして？」必死になって問いかける。

ブラックウェルはいらだたしげに彼女を見た。「あいつが事業の会計帳簿を自分の部下に任せることにしたからだ。そうなれば、炭鉱からあがった利益をぼくが横領していたことがキーズにばれてしまう」

彼はメッサリナを殺すつもりだ。そうでなければこうもあっさり自分の不正を白状するだろうか？

まさに狂気の沙汰だ。白昼堂々とギデオンや彼女を殺害して逃げおおせられると本気で思っているの？　そんなことをすれば馬車からおりる前につかまる。

もちろん、ギデオンもメッサリナもそのときにはすでに殺されているだろうが。

ごくりと唾をのみ込み、怒りの声をあげた。「あなたは事業のお金を横領していたの？」

ブラックウェルは肩をすくめてカーテンをおろし、せせら笑った。「もう何年にもなる」

馬車の扉がいきなり開き、ギデオンが乗り込んでくるのを目にしてメッサリナの心臓は止まりかけた。

ギデオンは彼女に近づこうとした。巨体の男は身をこわばらせた一方、ブラックウェルは拳銃を振った。

「近づくな」ブラックウェルが馬車の床を顎で示した。「そこに座れ。あぐらをかいて、両手は前に出すんだ」

ギデオンは身動きもせずにブラックウェルに目をやった。

ブラックウェルはギデオンから目をそらさずに片方の拳銃をメッサリナの頭に向けた。

「いますぐ妻が撃たれてもいいのか?」

ギデオンの小鼻がふくらむ。しかしそれ以外は無表情のまま床に座った。

「そいつから目を離すな」ブラックウェルは巨漢の男に指示を出してから、天井を拳銃でこづいた。

馬車が揺れて動きだす。

「ブラックウェル、どんな計画かは知らないが、うまくいくはずはない」ギデオンは落ち着き払って言った。

床に座れと命じられてから、メッサリナのほうを一度も見ようとしなかった。彼と目を合わせたい。もしもこれがふたりの最期なら……。

いいえ。そんなことを考えるのはよそう。

「きみときみの愛する妻を殺したあと、銀行口座にある金をすべて引きだし、海外行きの切符を買う、という計画だ」ブラックウェルはさも残念そうに頭を振ってみせた。「容易に実行可能。きみが悪いんだぞ、ホーソーン。ぼくたちはもっともっと稼ぐことだってできたんだ、きみが炭鉱労働に子どもを使うことをかたくなに拒まなければな」

子ども? メッサリナはギデオンへ目を向けた。この話を聞くのは初めてだ。ギデオンとブラックウェルは労働方針のことでいつから衝突していたのだろう?

「きみは一五歳以下の子どもを炭鉱で働かせようとしていた」ギデオンはうなった。「そんなことをすれば体を壊すどころか、それよりひどい結果にまでなりかねない。認められるものか」

「賃金は大人の半分だ」ブラックウェルは薄ら笑いを浮かべて身を乗りだした。「きみは会ったこともない子どもたちを気にかけるのか？」

ギデオンはまっすぐブラックウェルを見つめた。「ああ」

「それなら地獄で気にかけてやれ」ブラックウェルは吐き捨てた。「妻とふたりでな」

馬車が急カーブを曲がり、中のあらゆるものが揺さぶられた。

その瞬間ギデオンはブラックウェルに飛びかかった。相手の両の手首をつかんで振りあげ、銃口をメッサリナからそらす。

立てつづけに大きな銃声が二度轟いた。

車内に濃い煙が立ち込める。

いまやギデオンは右腕をかばいながら、ブラックウェルと巨漢の男に取り押さえられていた。

メッサリナは武器になるものはないかと必死で車内を見回した。何も見つからなかったので、スカートをまくりあげると、巨漢の男のすねを思いきり蹴りつけた。

驚いたことに、男は大声をあげてギデオンから離れた。そしてメッサリナに飛びかかろうとした。

彼女はまた蹴ってやろうと身構えたが、ギデオンがブラックウェルから拳銃の片方をもぎ取り、体をひねって、巨漢の男の後頭部を銃尾で殴りつけた。

男は岩のごとく崩れ落ち、メッサリナの足元に倒れ込んだ。

馬車が揺れて止まる。

ブラックウェルはギデオンの頭めがけてもう片方の拳銃を振りおろした。ギデオンは身を引いてかわすと、相手の左胸に片手を突きだした。

ふたりは一瞬固まった。

ブラックウェルの視線が一度さがってから上にあがる。顔は恐怖にゆがんでいた。

ギデオンが手を引いた。そこに赤く染まったナイフが握られているのをメッサリナは目にした。

「ぼくを刺したな」ブラックウェルが蒼白な顔で言った。

「きみを殺したんだ」ギデオンは暗い満足感を滲ませて返した。

ブラックウェルは呆然とした目でのろのろと壁に寄りかかった。

そのまま動かなくなった。

メッサリナは嗚咽とともに息を吐きだした。

ギデオンが振り返る。「大丈夫か？」

「ええ、わたしはなんとも……」彼の姿を目にして声が途切れた。

夫の上着の肩には穴が開き、黒い布地は濡れてぎらついている。

メッサリナは指先で触れてみた。

真っ赤な血が手にべっとりとついた。

馬車の扉が乱暴に開かれた。そこにはよりによってジュリアンが息を切らして立っていた。

「無事か、メッサリナ？　ホーソーン？」

ギデオンは冷静そのものでうなずいた。「大丈夫だ。できれば――」

「大丈夫じゃないわ」メッサリナは言った。「彼は撃たれているのよ」

ジュリアンはそれほど心配していないようだった。「ほう？」

ギデオンは顔をしかめた。「たいした傷じゃ――」

「たいした傷じゃないなんて言わないでちょうだい」メッサリナは怒りを爆発させ、兄に向きなおった。「馬車を屋敷へ引き返させて、医者を呼びにやって」

ジュリアンは気おされて目を丸くした。「わかった」

後ろを向くと、外にいる誰かに向かって声を張りあげた。

レギーが扉から頭をひょいと突き入れる。

「レグ」ギデオンが声をかけた。「片づけを頼む」

ギデオンの部下がブラックウェルと巨漢の男を運びだすあいだ、メッサリナは悲鳴を噛み殺していた。

ギデオンは彼女をじっと見守っている。

メッサリナはハンカチーフ――薄いローン地の情けないほど小さな布きれ――を取りだし、夫の肩に押し当てた。

ギデオンは小さくうめき、彼女のハンカチーフは赤く染まった。

「死んだら、絶対に許さない」メッサリナは怒りの滲む声で言った。

ギデオンは奇妙な表情を浮かべている。「どのみち、ぼくのことは永遠に許さないんじゃなかったのか?」

「ええ、そうよ」彼女の返事は意味が通らなかった。

「きみを愛している」

メッサリナは止血の役にはほとんど立っていないハンカチーフを見つめた。「知っているわ」

「本当にきみを愛しているんだ」ギデオンは相手に聞こえなかったかのようにもう一度言った。「きみが信じてくれないのはわかっている。だが本気だ、本気なんだ」

「しーっ」目に涙が込みあげる。「あなたを信じるわ」

「メッサリナ」ギデオンは彼女の手をそっと取り、自分の肩から引き離した。「たいした傷じゃない。聞いてくれ。きみを愛している。ぼくと別れて――」しわがれた声が途切れる。

「どこか別の国へ行きたいのなら、きみの力になろう。きみなしでやっていけるかどうかわからないが、妻には幸せでいてほしい」

「ギデオン……」目から涙があふれた。

「だがもしも……ぼくを少しでも哀れと思うのなら、とどまってほしい。お願いだ、ぼくと一緒にいてくれ、メッサリナ」

彼女は涙を喉に詰まらせ、ギデオンを叩きそうになるのをなんとかこらえた。「どこへも行くわけないでしょう、ひどい人ね！　あなたを愛しているわ。愛してる、愛して――」

ギデオンはメッサリナを抱きしめて唇をキスでふさぎ、最後まで言わせなかった。

エピローグ

ベットはタイムに覆われた空き地で夜通し夫の帰りを待っていました。朝を迎えてもひとりきりだったので、木立を見つめて夫の言葉を思い返しました。〝決して森に入ってはならないよ〟

ベットは立ちあがると、スカートをぱんぱんと払いました。そして森の中へ入っていきました。

薄暗い森は気味が悪く、彼女は恐ろしくなりましたが、赤毛の若者、それにキツネのことを思いだして勇気を奮い起こし、進みつづけました。

やがて忙しそうにクルミを集めている一匹のリスに行き合いました。「いやになるわ、いやになるわ、なんて足が痛むのかしら」リスは働きながらぶつぶつ言っています。「靴さえあったらどんなに楽かしら！」

ベットは少しも迷わずに靴を脱ぎました。「ちょっといいかしら、リスのおかみさん。靴が欲しいのならわたしのをあげるわ」

「あらまあ！」リスは大喜びで赤い靴を手に取りました。「なんてご親切な」すぐに靴を履いてみると、リスの足はベットの足よりうんと小さいのに、ぴったり合いました。

「ありがとう!」リスは甲高い声で言いました。「お礼にあたしにできることは何かあるかしら?」

「夫を探しているんです。キツネの姿をしている妖精です。見かけませんでしたか?」

「あら、見かけましたとも」リスは言いました。「あのキツネはここいらじゃよく知られているのよ。ずる賢いから必ずしも好かれているわけじゃないけれど。旦那さんがどこへ行ったかは、クマのおかみさんにきくといいわ。でも気をつけてね、あのおかみさんは気性が荒くて長い爪を持ってるから」リスは道を指さしました。

ベットはリスのおかみさんに礼を言い、さらに森の奥へ入っていきました。けれども靴がなくてはすぐに足が痛くなり、足を引きずりはじめました。休憩したいと思いながらも、夫のことを考えて歩きつづけました。

クマのおかみさんは不機嫌な顔をして丸太に腰かけていました。そしてベットを見ると、恐ろしげな声で低くうなりました。「人間があたしになんの用だい? 今日はあたしの誕生日だっていうのに、誰もプレゼントをくれやしない。さっさと消えな、でないと手足を引きちぎるよ!」

「お誕生日のお祝いに来たんです」ベットは急いで言いました。「プレゼントもあります――ほら、このドレスです」

言いながらベットは青いドレスを脱いでクマにあげました。

クマのおかみさんはドレスを着るとうれしそうにくるりと回りました。ドレスはもちろんおかみさんの体にぴったりだったのです。「おやまあ、プレゼントなんてありがとう、人間のお嬢さん。なんで靴も履かずに森の奥をうろついているんだい?」

「キツネの姿をしたわたしの夫を探しているんです。リスのおかみさんから、あなたに尋ねるといいと言われて」

クマのおかみさんは鼻を鳴らしました。「あたしはあのキツネにずっと言ってたんだよ、こずるいことをやってると、いずれ罰が当たるって。そしてそのとおりになった。あんたの旦那はオオカミにつかまっちまったよ。じきに殺されるね。オオカミの家はそこをずっと行ったところさ」

「ありがとう!」

ベットはいまや薄いシュミーズ一枚になり、やがてがたがた震えて体に腕を巻きつけました。火があればどんなにいいことか! けれどもキツネの顔を思い起こして歩きつづけました。森の中をどこまでもどこまでも進むと、ようやく開けた場所に出ました。

そこには小さくてこぎれいな石造りのコテージが立っていました。大きなオオカミが行ったり来たりしていて、コテージの前には鉄製の檻があります。

キツネはその中にいました。

オオカミはベットを見るとうなりました。「おまえは何者だ? なぜおれさまの土地に勝手に入ってきた?」

ベットはぶるぶる震えながらお辞儀をしました。「わたしの名前はベットです、オオカミさま。夫のキツネを探して来ました」

「この悪党のことか?」オオカミは手をひらひらさせて、檻に囚われているキツネを嘲りました。「無駄足だったな。見つけたはいいが、すぐにお別れだ。このキツネはおれさまのにっくき敵だ。昔からおれさまに一杯食わせては笑いものにしてきた。日が沈んだら、鉄のナイフで首を切り落としてくれる」

ベットはひざまずきました。「お願いです、オオカミさま、どうかわたしの夫にお情けを」

「どういう理由で?」オオカミはうなりました。

「わたしは夫を愛しているのです」

「こんな生き物をか?」オオカミはキツネを指さしました。「ずる賢くて秘密だらけで、自分のことしか考えていないやつだぞ!」

体の震えにも足の痛みにも屈せず、ベットは微笑みました。「愛とは理屈ではありません。思いが勝手に向かってしまうものなのです」

「ふん。うまいことを言おうと、逃がしてやるわけにはいかん。こいつはただいたずらがしたくて、おれさまが黄金を隠していると妻の耳にささやき、おれさまが妻を愛しているならくれるはずだと信じ込ませたのだ」オオカミは両腕を放りあげました。「そんな黄金などここにもありはせん!」

「まあ、そんなことですか」ベットは金の耳飾りを外してオオカミに差しだしました。「これを奥さまに差しあげてください。びっくりさせたくて隠していただけだと言えばいいんです」

オオカミは大喜びしました。「おまえは賢さではキツネに負けず、やさしさでははるかに上回る。おまえに免じてキツネを許してやろう」

オオカミが手をひと振りすると、鉄の檻は一瞬で消え、ベットの目の前にキツネが立っていました。

キツネはベットの手を取り、森の中へ駆け込みました。ほどなくして足を止め、赤毛の若者に姿を変えました。

そして彼女に向きなおって顔をしかめました。「決して森に入ってはならないと言ったはずだよ」

ベットはうなずきました。「ええ、覚えているわ」

若者は彼女のシュミーズに目をやりました。「青いドレスを手放してしまったんだね」

「ええ、そうよ」

若者は彼女の血だらけの足を見おろしました。「赤い靴も」

ベットはにっこりとして彼に口づけしました。「あなたはなんでもよく気がつくのね」

若者はため息をつきました。「いいや、少しもそんなことはない。きみのことをこんなにも愛していることにまるで気づいていなかったのだから」

「あら、そうだったの?」ベットは笑い声をあげました。

「きみはぼくよりずっと賢いようだ、ぼくのペット」若者はかぶりを振ると、腰をかがめて彼女の耳にささやきました。「それから、ぼくの名前はトムだよ」

『ペットとキツネ』

一カ月後

メッサリナは混み合った舞踏室を見回した。目にも鮮やかな装いの人々が押し合いへし合いし、パンチは底を突く寸前で、見間違いでなければ子爵夫人が準男爵とともに庭園へすっと抜けだしていったところだ。

つまり、舞踏会は大成功だった。

「レディ・ハドリー＝フィールズがサー・シンプソンと庭へ出ていくのを見た？」隣にいるルクレティアが耳打ちした。

「あれを見ていない人がいたかしら？」メッサリナはささやき返した。

「ハドリー＝フィールズ卿さえ見ていなければいいのよ」ルクレティアはパンチをすすった。

「お姉さまがチェスター卿と話し込んでいるあいだに、クインタスは帰ってしまったみたいよ」

メッサリナはため息をついた。セント・ジャイルズに子どものための学校を作る相談を、ちょうど手頃な建物を所有しているチェスター卿にしていたのだ。学校の先生になる夢を叶えられるようサムに少しでも早く勉強を始めさせたい。彼女が背中を向けているあいだにこっそり抜けだすなんて、いかにもクインタスらしい。

「少なくともジュリアンはまだいるわね」メッサリナは奥の壁のほうへ頭を傾けてみせた。長兄はしゃべりかけてくるレディたちを無視して柱に寄りかかっている。

それから彼女は舞踏室へ視線を走らせた。どこに――?

「メッサリナ！」フレイヤが後ろにエルスペスを引き連れ、人混みの中を苦労して近づいてきた。「蔵書家の本をまるごと買い取ったという話は本当なの？」

「ええ」メッサリナは笑い声をあげた。「ほとんどはまだ木箱の中だけれど」

フレイヤが微笑む。「書籍の分類と目録作りならエルスペスが力になれるわよ」

「それはありがたいわ。読むためには、まずは本を棚に並べないとね」

「あら」エルスペスは小首をかしげた。「あの男性、自分の鼻に埃の塊を押し込んでいるの？」

フレイヤは咳払いした。「あれはかぎタバコよ。タバコのことは前に教えたでしょう」

エルスペスは困惑している様子だ。「だけど、タバコは火をつけるものだと言ったじゃない」

フレイヤはうんざりとした顔でメッサリナにぼやいた。「妹はほとんどずっと〈ワイズ・ウーマン〉の施設の中で暮らしてきたでしょう。いまだに思わぬものを不思議がるのよ」エルスペスに向きなおる。「いらっしゃい。ビュッフェへ案内するわ。ゼリーを見ても驚かないでね」

ルクレティアがすかさず反応した。「わたしも行くわ」

三人が人波の向こうへ消えると、メッサリナは二、三歩ごとに客に呼び止められながら庭園の扉へとゆっくり向かった。

ようやくたどり着いて扉の外へ抜けだす。夜空は澄み渡り、三日月が街の空高くに浮かんでいる。首をそらして星に目を凝らしたが、舞踏室の明かりが邪魔をした。

薄暗い庭園の奥へ入っていくと、やがて星のひとつひとつのまたたきが見えはじめた。

力強い手に肩を抱かれ、耳元でささやかれた。「永遠に舞踏室にいるのかと思った」

メッサリナはくるりとギデオンのほうを向いた。暗すぎてよく見えないが、彼女が選んだ服のひとつ、わずかに紫がかったダークグレイのものをまとっているのは知っていた。上着は広い肩幅にぴったりで、刺繡入りのベストはほれぼれするほどよく似合っていた——妻のために着てくれたのだから、なおさらうれしかった。

メッサリナは彼の胸板に両方のてのひらをのせた。「わたしを探していたの、ミスター・ホーソーン？」

「ああ、そうだ、ミセス・ホーソーン」ギデオンが顔を寄せ、唇で唇をかすめた。「いつも、いつまでも」

メッサリナは唇を開いた。唇が触れ合う感触に、体が小刻みに震える。きっとこれから何十年たとうと、このときめきは変わらないだろう。

そんな考えが頭をよぎったものの、ギデオンの歯が喉をそっとかすめはじめると、思考は停止した。

そばでくすくすと笑う声があがった。

ギデオンは背筋を伸ばし、うんざりしながら茂みをにらみつけた。「ぼくには自宅の庭で妻と愛を交わす権利があるはずだ」

メッサリナは腕を夫の腕に巻きつけた。「そうね、けれど舞踏会の最中はだめよ」屋敷の明かりのほうへ彼を引っ張る。「ルークウッド卿と話しているのを見かけたわよ」

ギデオンはうなった。まだ機嫌が完全には直っていないらしい。「あの男の口にすることは軽薄極まりない」

メッサリナは彼の肩に頭をもたせかけた。「それでも、あなたの事業に投資するだけの賢明さは持ち合わせているでしょう？」

「そうだな」ギデオンは満足げに言い、素早く彼女に目をやった。「心配しなくても、社交の場で仕事の話を持ちだすようなまねはしていない」

「そう、よかった」メッサリナは舞踏室からこぼれだす光の輪の中へ入る前に、彼を引っ張って止まらせた。つま先立ちになり、もう一度キスをする。

ギデオンは彼女の腕をつかんで口づけを深め、唇を触れ合わせたまま問いかけた。「これはなんのためだ？」

メッサリナは頭を引いた。「あなたを愛しているから」

ギデオンの瞳の奥にかすかな戸惑いが見えた。まだその言葉を耳にすることに――言い返すことに――慣れつつある途中なのだろう。

「ぼくもきみを愛している」ギデオンは彼女の頬に触れた。「きみなしでどうやって生きていたんだろう。ぼくの世界は真っ暗で空っぽだった。きみが喜びを与えてくれた」

前言撤回。夫はどんどん進歩している。

メッサリナは微笑んでふたたびギデオンの腕を取り、光の中へと引っ張った。

訳者あとがき

《メイデン通り》シリーズなどでお馴染みの人気作家、エリザベス・ホイトの《グレイコート》シリーズ第二弾をお届けいたします。

妹と馬車で旅をしていたメッサリナは、叔父である公爵の部下ギデオンに、さらわれるようにしてロンドンへ連れていかれます。ギデオンはいまでこそ紳士のような風采ですが、貧困地区の生まれで、若い頃にナイフ試合で生計を立てていたところを公爵に拾われたという噂もあり、メッサリナは以前から反感を抱いていました。馬車での移動中に辻強盗に襲われると、平然とナイフで相手を刺すような男なのです。

ロンドンに到着したメッサリナを公爵が待ち受けていましたが、この底意地が悪く、常に奸計(かんけい)をめぐらせている叔父は、開口一番メッサリナにギデオンとの結婚を命じました！　彼女はあまりのことに絶句したものの、もちろん応じるつもりなどありません。しかし、叔父はメッサリナが逆らうのなら、妹のルクレティアをギデオンと結婚させると脅すのでした。

一方ギデオンが求めているのはあくまでメッサリナとの結婚です。彼には彼なりの思惑があり、メッサリナにこの結婚を承諾させなければなりません。頑固な彼女を誘惑するのは、困難ながらも魅力的な仕事であり……。

前作『愛の炎を瞳にたたえて』のラストのほうで、メッサリナはギデオンに連れ去られますが、本作はそのおよそ一週間後からスタートします。スコットランド近郊の邸宅で開かれたハウスパーティー（詳しくは前作をどうぞ！）から戻る途中でしたので、その間ふたりはずっと馬車の中で顔を突き合わせていなければならず、メッサリナは彼にすっかり辟易しています。彼女には莫大な持参金がついていますし、公爵の姪なのでもちろん家柄は申し分なく、ギデオンにとってはこれ以上にない縁組みです。とはいえなぜ、公爵は自分の部下でしかない男に姪をくれてやるのでしょう？　これには裏があり、ギデオンは公爵の命令でやらされる汚れ仕事にほとほと嫌気が差し、もうやめると申しでたところ、最後のひと仕事を命じられます。その報酬として提示されたものがメッサリナだったのです。これは、とある理由から社交界入りをひそかに切望していたギデオンには渡りに舟で、断ることはとうていできません。しかし、公爵は仕事の内容については、メッサリナとの結婚が無事に執り行われるまではいっさい話そうとはしないのです。やがて判明する公爵の依頼は、ギデオンの心をさいなむものでした……。

この《グレイコート》シリーズは、メッサリナのファミリーであるグレイコート家で一五年前に起きた悲劇とその謎をめぐる物語でもあります。メッサリナには、オーレリアという明朗快活な姉がいましたが、オーレリアは弱冠一六歳にして駆け落ちを試み、それに失敗して命を落としました。いったい何が起きたのかはいまもわからずじまいで、この事件を境にメッサリナの家庭は崩壊してしまいます。長兄のジュリアンは人が変わったように家族のことに無関心になり、叔父であるウィンダミア公爵の動向にばかり目を光らせるようになりました。次兄のクインタスは双子の片割れであったオーレリアを失い、酒浸りになってしまいます。公爵がオーレリアの死にどのように関わっているのかは、これから徐々に解き明かされていくのでしょう。

さて、本作では淑女メッサリナと貧しい生まれのギデオンが、お互いの育ちの違いを乗り越えていつしか協力し合うようになるさまが描かれます。ギデオンは公爵のもとで働きながらも、上流階級に属する者同士のつき合い方やマナーを理解しておらず、そのために失敗を演じてしまいます。メッサリナも初めのうちはわれ関せずと、彼の間違いに気づいていながらあえて忠告をしませんでしたが、彼女の話にきちんと耳を傾けてくれるギデオンに心を動かされて、助力を惜しまないようになっていきます。また、温室育ちだったメッサリナは、大勢の人々がその日その日をかろうじて生きつないでいることをギデオンに教えられて目から鱗（うろこ）が落ち、社会の見方が一変します。結婚のいきさつはともあれ、お互いを理解し合おう

とするふたりの姿には、夫婦のみならず、人付き合いのあり方を学ばされる思いがします

前作のヒロイン、フレイヤの妹でちょっと風変わりなエルスペス、そして名前だけですが、もうひとりの妹や兄たちも登場し、どうやら息の長いシリーズになりそうです。みなさまにも楽しみながらおつき合いいただけると幸いです。

二〇二一年七月

ライムブックス

危険な愛にほだされて

者　エリザベス・ホイト
者　岸川由美

2021年8月20日　初版第一刷発行

人　成瀬雅人
亍　株式会社原書房

〒160-0022東京都新宿区新宿1-25-13
電話・代表03-3354-0685　http://www.harashobo.co.jp
振替・00150-6-151594
ザイン　松山はるみ
中央精版印刷株式会社

本はお取替えいたします。

バーに表示してあります。

bo Publishing Co.,Ltd. 2021 ISBN978-4-562-06543-1 Printed in Japan